因此而牵系着

Yinci Er
Qianxi Zhe

刘华 ◎ 著

百花洲文艺出版社
BAIHUAZHOU LITERATURE AND ART PRESS

图书在版编目（CIP）数据

因此而牵系着 / 刘华著. -- 南昌：百花洲文艺出
版社, 2025.5. -- ISBN 978-7-5500-4137-0

Ⅰ.I267

中国国家版本馆CIP数据核字第2024CZ9736号

因此而牵系着

刘华　著

出 版 人	陈　波	
策划编辑	朱　强	
责任编辑	罗　云	
书籍设计	黄敏俊	
制　　作	何　丹	
出版发行	百花洲文艺出版社	
社　　址	南昌市红谷滩区世贸路898号博能中心一期A座20楼	
邮　　编	330038	
经　　销	全国新华书店	
印　　刷	江西骁翰科技有限公司	
开　　本	889 mm×1194 mm 1／32	印张 11.75
版　　次	2025年5月第1版	
印　　次	2025年5月第1次印刷	
字　　数	270千字	
书　　号	ISBN 978-7-5500-4137-0	
定　　价	52.00元	

赣版权登字 05-2024-279

邮购联系　0791-86895108
网　　址　http://www.bhzwy.com
图书若有印装错误，影响阅读，可与承印厂联系调换。

目 录

I

八一大道147号

这是江西省文联原先的门牌号码，当然，也是《星火》编辑部的。其实，那时它对作者并不重要，信封上只写南昌市《星火》编辑部也能准确投递，注明是稿件，还邮资总付呢，所以刊物版本记录页直到1987年才出现完整的通信地址。《星火》曾驻环湖路49号，不知道是中苏交恶之际随省文联一道迁于中苏友好馆与中苏友协合署办公呢，还是后来向其靠拢的。刚当编辑的我几次从环湖路旧址前经过，很是疑惑，已经身陷市井的它，怎么看也不像一座文学殿堂。

八一大道147号则不然。临街的栅栏泄露着满园花的消息，漫步后门外的展览路，林荫下不时擦身而过的孤独行人名叫"灵感"。一个闹中取静的去处。由八一大道入内，当门的雪松亭亭如盖，前院左角曾有花房，居于院子中央的主体建筑为俄罗斯风格，皇皇气派。大楼呈工字形，前栋三层分别为展厅、资料室、会议室及其他，高大而宽敞；后栋为两层的宿舍，连接前栋的那一竖是小礼堂，从前当老大哥的苏联专家可由二楼宿舍直接进入礼堂观影或者跳舞。三四十年后，我分得其中一套做住房，装修恍若探秘——厨卫原来是通达礼堂的过道，阴湿的主卧呢，则是后台化妆室，难怪墙角常年墨色洇散；小礼堂下层有《星火》的多间办公室，分别为诗歌组、小说组、评论组、编务组和主编、副主编的办公室。主编们其实是坐在刚刚出厂的一摞摞《星火》之间，从门外看过去依稀可见隐现于烟雾中的两帧头像，仿佛思想者，仿佛新刊的封面人物。

1982年过完春节，我走进编辑部最大的那间办公室正式上班，小说组。遇见的第一人却是诗歌编辑、赵丹之子周民，仅此一面，我前脚到他后脚调回上海。我的报到证附加有新婚的喜糖喜烟。糖是托列车员捎的，上海的大白兔和福州的各色硬糖。烟是当时还够档次的大前门，它比糖受欢迎，男性编辑少有不抽烟的。见习期里，我很快把食指中指熏黄了。近烟者黄。因为壮丽牌会不时从对面发射过来，老是抽伸手烟，怪难为情的，于是投桃报李，开始了稍逊编龄的烟龄。

八一大道于1989年和1996年两度变换门牌，147号而141号再371号。147号所经历的新时期初始，是文学的黄金期，是期刊不算太短的蜜月期。竟也奇怪，号码一变再变，期刊愈见困窘。也不知是数字犯忌呢，还是改换门牌的行为冲撞了哪路尊神，就像经济大潮兴起后人们认为大门里的雪松不吉利一样。"门"字里有个"木"那是"闲"，"口"字里呢？于是，雪松几度挨批评遭算计。最终，它得以幸存，要感谢147号的老人，此院多长寿者，似得雪松神佑。雪松乃文联的风水树。另有两棵招人疼爱的梅树，它俩离去时，大家感伤了好一阵子。写到这里，我鼻尖依稀暗香萦回，幽幽的。

是的，主编办公室和编务组兼着仓库。他们在堆积如山的文字里审稿或者画版。稿件地上一堆堆的，靠墙一排排的。墙面差不多都被又高又宽的文件橱遮挡着，深色橱子里被使劲塞入了每期发稿的底稿、稿签和年度合订本，这还只是1973年复刊以来的。一旦去翻寻什么资料，不免横生杞人之忧：长此以往，只怕满而为患，如何是好？

1966年《星火》停刊，随后省文联从147号被扫地出门。文联及所属单位的历史灰飞烟灭，连人员档案也是或缺失或散乱不堪。我做过人事干部，成天像肥硕的书虫蠕动在发霉的档案里，为了补齐工资归档材料。其时发现"干部履历表"多有缺失，便要求他们补充填写并取得相关证明，当事人挺不耐烦，有的还很委屈。可怜见的，坐实身份关乎人的命脉，晓得吧？最薄的档案袋属一位老人的，只有几页工资表格和一句话的履历：1951年5月参加工作，任《星火》助理编辑，1958年被划为一般右派分子，下放九江赛城湖垦殖场，1979年落实政策，对其右派分子政治结论予以改正，回原单位退休。我在1979年《星火》合订本里意外翻得他的四首词作，半页篇幅，很小，却是其精神皈依之所。一辈子卡顿于"助理"的老编辑，蜗居在孤独中顽强活到九十有三，他的一生投映在我眼里，只是踩着急急碎步穿越八一大道赶来领工资的身影。

和人一样，《星火》的历史也有断片，而且不止一次。我当主编后花了不少气力才理出个大概——

1950年6月，省文联筹委会创办《江西文艺》月刊，定性为群众性、地方性的通俗文艺综合刊物。

1957年1月，在《江西文艺》的基础上，《星火》文学月刊创刊，头年秋天郭沫若先生应邀题写刊名。《星火》每期印数为八千册，定价两角，延续好多年才上涨五分钱，我觉得用白菜来比喻它的价格比较直观，六七十年代一块钱可买一百斤白菜，一板车拉回家腌咸菜。

1958年3月，《星火》与《江西文艺》合并出刊，并标明合并出刊字样。其时，出于编写革命斗争历史的迫切需要，省委发号召，革命回忆录写作蔚然成风，投入人数之多、参与层面之广、写作成果之丰，今天难以想象。好些脍炙人口的篇章，均首发于《星火》，然后收入各种选本。信不信随你，我刚长记性时就晓得"《星火》杂志"，才读小学吧。因为我家邻居订了它，从时间节点来看，铁路大修队的青年干部一定着迷于星火燎原的历史。

可是，已经燎原的《星火》却好景不长，为了"整顿编辑人员、纯洁刊物内部和提高刊物质量，以及机关精减人员"，从1962年起，改为双月刊；到了1965年7月，于停刊八个月后复刊。至于头年年底开始的断片究竟缘何，未见记载。1973年以《江西文艺》之名复刊，属省文化工作室管，现在搜索省文联办公楼，或许还能找到那种明确宣示物权的暗红色桌子橱子，差不多够得上文物级了。《江西文艺》于1979年再度改名《星火》。由刊名、刊期、开本的反复倒腾，亦可清晰地窥见时势。

147号的老人告诉我，文联不少财产归属编辑部名下，比如车库，比如小车。我看过1980年省财政厅下达经费的文件，《星火》经费单列，每年十五万，整个文联才四十余万，更重要的是后面紧跟一句话：《星火》不足部分，从文联经费中调剂解决。牛吧？有阵地意识吧？人员编制也充足，一直不曾用满，我加入时最是兵强马壮，十八个编辑十八棵青松，小说组恰好占半。另有司机一人，驾驶日本进口面包车，那时很气派了，去吉安举办革命历史题材创作研讨会，在忽然飘起雪花的国道上跑起来神气十足的。

当年的十五万元，用起来挺犯愁。我对主编们紧锁的愁眉印象深刻，管财务的副主编还带叹气的。要知道，到了年底，既不能突击花钱，又不甘被财政收回去。怎么办？书生气十足的编辑部只好全体跟着发愁。财政拨款和邮发收入用不完，通过铁路发行的款项也就不着急结账了。干吗跟钱结仇呀？初来乍到的我仗着与铁路的关系，自告奋勇跑去跟人算账。自办发行是铁路局一位诗人帮忙做的，他差不多成了《星火》的编外干部。提到热心的他，我会想起一笔笔不小的发行数、一首首豪放的诗歌和他漂亮的双胞胎女儿。

文学期刊衣食无忧的年代，编辑部的信条偏偏是：作者乃刊物的衣食父母。这句话成了编辑的口头禅和座右铭。翻翻留存的底稿、稿签，即清楚它对编辑意味着什么了。意味着反复研读，意味着真诚沟通，意味着一丝不苟……每篇经红笔修改的底稿都渗透了编辑心血，拟发的稿件于编稿之后，还有叫人老眼昏花的三校。在我的人生字典里，有一个字令我终生惶惑，一朝和十年的惶惑，看到它不免脸热心跳。当见习编辑那会儿，我把人家本来对的字改错了。为此，我继当知青、读大学之后，第三次通读《新华字典》，并把容易错的常用字辑录下来，压在桌面上。老编辑们眼皮底下也有类似警示。

稿签反映对来稿的评价，上面有初审、复审和终审意见。因为小说组有组长副组长，编辑部有主编副主编，他们都得签意见，发表一篇作品实在不易，编辑部流程真个是"过五关斩六将"。诗歌组曾收到一个大包裹——白布、报纸、纱布等材料，外三层里三层地裹着，脏兮兮的纱布，似有血腥。揭开来，乃一沓诗稿也。一个襁褓啊。一个呱呱坠地的婴孩啊。作者真有诗心。

责任编辑签发的稿件能通过的，当然只能是少数。尽管如此，初审意见仍然认真而全面，许多稿签几乎写成了上千字的评论文章；如遇复审、终审有比较对立的异议，那么，稿签简直是作品研讨会纪要，哪怕作者系名家。当年的名家似乎更尊重编辑，哪怕一家省刊，所以检索《星火》历史，同样可以看到一长串如雷贯耳的名字。我和另一位见习的同事赴京津约稿，登门拜访当红文学大家根本无须什么周折，找着门牌号码便进了，平易得很。

送审稿并非都建议采用，有一部分乃出于慎重起见，慎重地对待某种倾向，慎重地对待某种风格和手法，毋庸讳言，也包括慎重对待某位作家、某篇作品。如今，若能汇拢当时一些有代表性的稿签，想必能真切反映出新时期初始那种生动活泼的文学氛围。

写退稿信最费心思。其实，编辑部备有铅印退稿信，填上日期、盖上小说组章子即可。但是，对于重点作者、值得关注的作者，以及读后有话想说的稿件，编辑一般都会亲自写信，即便以后有规定言辞铮铮：来稿一律不退。我当编辑的头几年，《星火》每月中短篇小说的自然来稿上千件，另有约稿和大量私信编辑的，每位编辑每天都要写一些退稿信，或长或短。兄弟刊物某编辑老兄，喜欢把自己写好的信件誊抄在厚厚的笔记本上以便留存，其远见卓识和不厌其烦实在令人钦佩。我写过一封近两千字的退稿信，后来收入了评论集，我以为作者若花心思认真投入，身为乡村教师的他或许能写出来。我耐心等待着。岂料竟断了联系。多年后偶遇，他红着脸告诉我，因为被家里催婚而搁笔了。也是，对于乡下男儿，生计注定比写作要紧，何况我并不能保证其发表。人丁，才是"传世之作"啊！

就像我不能保证一篇退改的小说能发表一样。听贵溪文友说起，该县已故卫生局局长，是《星火》老读者，可从来不曾在此发表作品。弥留之际，儿子听得的最后遗言，唯有父亲表达的这一终身遗憾。我心里一紧，接着告诉文友：也许避老乡之嫌吧，他来稿从不寄给我，而他得病之前，恰好有稿子落在我手上，我写信让他退改，一二三四，提了具体修改意见，可他一直不回复。千真万确，是退改，而非婉退。文友抱憾道：这个谦谦君子不愿为难你，拿退改当婉退啦！如若他真的改了，能合我意吗？不知道。当编辑其实也挺折磨人的，如果他不冷血的话。

即便三审通过，也可能最终因故放弃，要知道，当年文学可是拥挤的小道或独木桥。景德镇一位农民作者恰好遇到这种情形。连续读到他的来稿，我感动了，于是坐火车转汽车去了他的村庄。一个带着幼女生活的中年鳏夫，不会农活，没有手艺，靠做小买卖艰难度日，家里一贫如洗。他的小说誊写在最便宜的会洇水的稿纸上。也许正是出于对劣质稿纸的同情、对端庄文字的尊重，他的一个短篇才被留用。我编那六千字花了整整一天时间。近年我在景德镇忽然忆起往事，才得知其早已去世，不禁唏嘘：当年若顺风顺水，他生活处境会不会有所改善呢？

确实，因文学而获得机缘、改变人生的例子不胜枚举。比如，因作品发表并获奖，供销社职工成了文化馆干部并逐步成长为县级领导；比如，因作品发表且被选载，地道的农民终于放下卷起的裤腿去文化馆上班……在此，我必须点赞七八十年代的文化馆（当时叫工农兵文艺站）。它的文学干部及其培养的业余作者，是新时期文学最重要的创作力量；而不少文学干部，恰恰是凭着公开发表的作品走进文化馆的。于不经意间，我获知非常时期的编辑部有请工农作者上门当编辑的历史，比如铜鼓县的省人大代表李南伦，比如宁都县当年走红的农民诗人，也姓李，他不无自豪地告诉我，自己差点就留在了省里。李南伦和他都在与我相识几年后去世，真心要给我留话似的。

回望七十年，不同名目的小说、诗歌青年作者专辑和譬如《第一片绿叶》等栏目，不知助力了多少新人，使之跻身于文学风景林，甚至长成摇曳生姿的一棵树。将近四十年了，我才惊喜发现，自己和知名学者杨剑龙曾携手亮相耀眼于一时的《新星闪烁》，连忙微信他："原来我们曾一起冉冉的。"他回复："缘分啊！"这也是我们跟诗歌的缘分，跟青春的缘分。

是的，我同样要感谢文学。我也算《星火》的老作者，始于复刊后叫《江西文艺》的时候。我手头尚存有工农兵文艺站赠送的小册子，《学习参考资料》第四辑和《十个短篇小说》，前者收录臧克家、艾青等诗人名作，后者是《班主任》《伤痕》等。小册子是《江西文艺》编印的。前者简易得像当年的活页文选，叫"学习参考资料"再贴切不过了，其生动反映了复刊以后到拨乱反正时期，为繁荣文学计，一家省刊的智慧和热忱。

来南昌读大学期间，我屡次下定决心，要亲手把诗稿交给编辑部。可是，徘徊在八一大道东侧，犹犹豫豫的，终是没有胆量闯进147号，只好继续委托邮筒。很多年后，兼着《星火》主编的我，触景生情写下几则短章，表达与文学经历有关的心情。比如，在新疆眼见冲下山的一群羊到家门口猛然打住，犹疑甚至退却，我忍不住感慨道："如我回家时的心情/脚下生风/以俯冲的姿势/迢迢千里/仅仅 一座山的高度/而抵达家的路边 门前/心总会莫名地不安起来。"不安在一念之间。

有人胆大。赣南朋友告诉我，他读中学时极崇拜以《红线记》获全国短篇小说奖的罗旋，小小年纪，还挺懂礼数，买了水果糖作拜师礼，自个儿奔罗旋去了。想象那中学生小心翼翼从裤袋里一把一把掏出糖果敬奉老师的情景，我忍俊不禁。

罗旋曾是《星火》编辑，五十年代落户赣南，成为一粒火种，影响了当地几代作家。我同样迷恋客家乡土，从前小说组分片看稿，其间几次调整，而赣南始终划在我名下。我经常以组稿名义往基层跑，县城和乡镇，林场和瓷窑，钨矿和煤矿，还追寻过一直在追花夺蜜的蜂场，每次一去三五天，多则十天半月。第一次独行，组稿目的地正是赣南，回来后向编辑部作了书面汇报，无非是见了谁干了什么活儿有何体会及建议而已。听说文联主席俞林同志得知此事，在主编面前表扬这一做法并要求提倡。

俞林同志并未当面鼓励我，可他慈祥的眼神从来都有暖心的温度。他来文联上班，经常由小说组第一个门进，第二个门出，穿堂而过，逐一问候各位编辑，再去过道更里面的党组办公室。他对《星火》的感情可见一斑。这位老革命、老作家，曾任中南作协副主席，主编过《星火》，历经磨难后于1979年复出，兼着省委宣传部副部长。编辑们见他进屋，纷纷起立，亲切称呼"俞林同志"。黑黑的肤色、厚厚的镜片、亲切的微笑，以及带着河北方言的口音，这一切都令人肃然起敬。年轻的我，傻傻的，竟然也随大流称"俞林同志"。至今忆起往事，我仍顾自叱问：为什么不叫"俞林老师"呢？

　　不过，当年的文联乃至文学界，称"老师"的真不多。算一算，同事之间喊得普遍的唯有陶孝国陶老师，对我而言，编辑部还有李耕李老师、伊剡伊老师、秦梦莺秦老师。作为诗歌编辑，秦老师不仅有诗意的名字，还有诗境的美丽和诗性的温存，深受作者敬重，如我。而更多的称谓呢，要么直呼其名，要么在对方姓氏前加上"老"，如老舒、老吴、老徐、老郑、老涂。主编老舒是我老师，大学中文系书记，同学们喊他"舒书记"，那可是亲的书记，后来我忽然觉得拗口，也"老舒"起来。当编辑才一两个月，省委组织千名省直机关干部分赴各地，调查农村实行家庭联产承包责任制的情况，老舒领着七八个人的文联工作组在奉新跑了半个月，那是认识社会和时代的一次深刻体验，一路上我还管他叫"舒书记"。而"同志"绝对是尊称，当年文联领导都是老资格的，比如陈茵素同志，电影《红孩子》的编剧时佑平同志，参加过新四军、五十年代曾在《人民文学》发表作品的黄宗林同志，当过新中国永新县第一任县委书记的张涛同志。

编辑与作家之间亦如此，随意而亲密。即便有年长者，仍以直呼其名居多，几乎没有拿职务当名字的。不似如今，好些作者也当了官，见面称主席大致不错，即便不是的，也在等着下次或下下次换届。我为什么要絮叨此事呢？前些年，以文学理论和批评为特色的名刊《南方文坛》，出奇地发表了关于文联的田野调查，还让它打头，该文以昆明市文联为例，对比当下与新时期之初，剖析文联的演变。作为亲历者和见证人，我认同其列举的事实。文联日益被衙门化，似乎正是从称谓开始的，或者说，称谓是这一现象的重要表征。九十年代陈世旭主持工作时，倡导文联去官气，在大会上表扬《星火》的青年编辑说：她一个名牌大学的高才生，能喊我陈老师，我才激动呢。

文联要有文气和人气。八十年代的人气正是这样形成的：敞开门来，让作者成为编辑部的座上客；或者走出去，让自己成为作者的好朋友。小说组可以算文联大楼最热闹的所在了，当看稿困乏的时候，当议论某种文学思潮的时候，当能言善辩者临门的时候。

办公室朝南，三人为众，桌子摆成三个群落。对门的墙上挂着一幅毛体：不尚空谈。它下面坐着带烟道的煤炉，可用来烧水、烤火以及烤红薯。烤红薯的香味一度弥漫整幢大楼，怪刺激人的，被叫停了，但冷天大家仍喜欢围炉而坐，点烟也方便，加上两方暖阳投射进来，室内挺暖和的；夏日也好，一楼阴凉，当年周边尚未被围堵得水泄不通，时有清风徐来。关键还是文学有凝聚力，刊物有吸引力，编辑有感召力吧，文朋艺友可尽兴在"不尚空谈"的警示下，谈谈文学、社会、人生及情感，这些都很实在，一点也不虚空。

经常光顾的不仅是小说作者和评论家，比如吴海、清海、雨时、江一鱼，还有不少戏剧编剧，胡桔根、陈海萍、刘忠诚等，电影编剧则有毕必成、王一民、周毅如等，那时江西电影创作甚是辉煌，一个个大名鼎鼎，他们依然是《星火》的朋友、小说的朋友。其实，编剧差不多都起步于小说或诗歌创作，甚至兼着诗人小说家，而隔壁诗歌组则常有拿国家大奖的词作家出入。因为创刊和复刊定位为文艺综合刊物，在很长一段时期里，《星火》也是发表戏曲、电影、民间文学、音乐、美术和摄影的重要园地，内文和四封留有全省许多文艺名家的来时路。二十一世纪之初，有一部舞台剧获全国奖，我了解编剧其人，十多年前屡次退过他的小说稿，我甚至熟悉那台戏的剧情，并怀疑它由某篇退稿发展而来，当然经过脱胎换骨。退稿倒不是嫌其水平不逮，戏剧获奖的理由之一是有新意，却不知其新意早年在跟风创作的大量小说来稿里疯长。观剧座谈会上，我只得噤声。提起此事，我绝无轻慢编剧和戏剧之意，而是想说，文学是一切艺术之母的真谛，可通过一份省级文学期刊得到最好的验证。还有，我欣赏编剧十年磨一剑的精神和改弦更张以突破重围的智慧，所以跟他很嗨地喝过两回。

诗歌组、评论组自然是诗人之家、评论家之家，"家庭"氛围却各个不同。诗歌组彬彬有礼，笑意盈盈，轻言细语。因为李耕和八十年代初开辟的《散文诗页》，《星火》可谓是中国散文诗创作的重镇；评论组则慷慨激昂，高谈阔论，朗朗笑声伴着腾腾烟雾。

烟雾会从办公室扑出来，在长长的过道上弥久不散。《星火》的评论骨干作者，基本构成了省作协的评论委员会，大家经常挤在评论组开会。前文我提到十八棵青松，其实，在江西当代文学史上它是特指，特指舒信波、吴海、吴松亭、周劭馨、陈俊山、陈公重等一批最活跃的评论家，其例会未必满员出席，否则那间办公室肯定坐不下，但核心成员一定在场，否则主编老舒怎会挤到评论组去办公呢？否则小礼堂楼下怎会激荡那么富有感染力的笑声，那么呛人的烟味呢？大约正是某次神仙会的动议，《创作评谭》于1988年应运而生，其班底正是《星火》评论组。

教授陈金泉也是一棵青松。到了晚年，他竟出乎意料地写成长达一百五十余万字的历史小说《千古风流》，当我获知其写作念头萌生于半个世纪之前时，忽然对其紧贴创作实践的评论特色有了"原来如此"的感叹。他嘱我为作品作序。事后，他电话致谢，并再三表示还要面谢。我回答：不用，我应该的。绝对的大实话，当时应允下来我二话不说，痛快得很。可电话里的声音噎着我了：应该？世上没有什么是应该的。

好深奥啊，一句话害得我反复思考人生，终于顿悟。也是哦，"应该"，很多时候只受良知驱遣。

黄金期同样一年四季、春秋寒暑，像气候一样自然。无须大惊小怪，也不必讳莫如深。文学期刊一直像春江游鸭，最能敏锐感知水温和流速。编辑部参加全国文学活动、接待全国名家的记录，很可以反映其时的风云流变。我刚当编辑时，华东和中南地区的各家文学期刊关系挺热络，先前联合举办过为参与者津津乐道的活动，我从他们的唇齿之间感受到庐山含鄱口的霞光以及其余种种。

我赶上了厦门的活动，不过，分配给我的任务只是负责提前赶到鹰潭坐火车，并在那里接站送站。去厦门必须到鹰潭转车。我先后接到《星火》《湘江文学》和《长江文艺》的同志，一一把他们送上停靠在二站台的列车。每家期刊社去了七八位编辑和作家吧。当时买那么多卧铺票真的很费劲，得把鹰潭站和前方大站的卧铺票全都扣下来。俞林同志和老舒他们在站台上笑吟吟地向我道声辛苦。我未去厦门。关于厦门的讯息只有一则短讯《四刊联合举办小说创作讲习班》，没有发表名家讲课内容，也没有组织讲习班作品专辑，破了先例。

之后，类似活动基本断了，期刊间的交往也日益稀少。我只记得《福建文学》主编副主编一行人，浩浩荡荡，跑到江西来调人，调崇仁师范的女教师去当编辑，她的第一个短篇发表于《星火》即被《小说选刊》选载。人家眼疾手快，上门调人那阵势，简直是抢人啊。

直到1996年，广西做东，召开全国文学期刊主编会议，有企图破解困局的意思。我发言称，若全国图书馆都能订阅，省级期刊足以养活自己；若没有那么多选家，省刊订户会呈几何倍增加。这在叫苦连天的会上算是惊人之语了，好几家大媒体追着采访我，我做过功课的，一一算账给他们听，他们都点头称是。殊不知，我的这种浪漫主义情怀其实很幼稚，人家图书馆和选家凭什么听你的！

是的，从八十年代中后期开始，文学期刊的蜜月不怎么甜蜜了，相互有所竞争，得考虑生存之道了。于是，1986年《星火》突然决定改刊，专发革命历史题材作品。那时没评职称，我连助理都不是，其后不久，我被抽去省出版系列职改办，参与首次职称评定的组织工作，等我拿到中级时，编辑部里副高一大堆。至于改刊，想必决策层应是深思熟虑的。全国有不少名家鼎力支持，《星火》一时间甚为引人注目，市场反响也不错，有几期通过二渠道发行的数量以几十万计，叫人拍案惊奇。

联系五六十年代革命回忆录的办刊特色，江西得天独厚的"富矿"以及前三十年革命历史题材创作独领风骚的实践，还有新时期文学繁荣语境下期刊"千人一面"的时弊，反观那次改刊，似乎顺理成章且匠心独运。然而，由单一题材走向广泛多样，本来是江西文学进入新时期的重要标志，题材的拓宽恰恰象征着作家摆脱模式化的束缚，获得了选择题材的自由和勇气，一大批中青年作家正是携着反映现实生活的力作崛起于文坛。作为省文联辖下的文学园地，似乎顺理成章地改刊，也理所当然地遭到批评或抵制。当然，有赞誉，也有非议，而非议往往喜好冷嘲热讽、闪烁其词或嘀嘀咕咕。

对于编辑，我觉得难堪的是，偏偏在改刊之际，全国革命历史题材创作出现了如莫言《红高粱》这样的杰作，几位军旅作家由赣南出发沿长征路重走一趟，一举拿出了《灵旗》《马蹄声碎》等几部振聋发聩的中篇小说。假如作为此类题材的专刊，《星火》能有重量级作品的支撑，改刊或许就大功告成了。可惜没有。这一事实再次证明：出作品、出人才，确实是刊物的立身之本。

坚持了一年，第二年悄悄地有现实题材加入，第三年终于回归本来。以后，通俗起来；再以后，大文化起来。穷则思变，变也是为了坚守。可是，每一次改变，必定丢掉一批邮发数，丢掉一批老读者，丢掉人们对传统刊物日渐薄弱的信任。

《星火》全体同人的努力其实是艰苦卓绝的，当经济大潮汹涌澎湃的时候。这群传统的书生做了什么呢？早在1985年，刊物封底就出现了产品广告；其后，面向大众调整刊物内容，每年编一二期合刊，积极开拓二渠道发行；协同省作协成立省作家企业家联谊会，并联合主办《新潮报》以加强与企业的联系；成立开发部，在省文联破天荒以个人集资方式建起支撑门楼的一家店面（这么说，该懂"闲"和"困"的真实语义了吧？如今八一大道透绿，店面已拆除，而当年它至少在文学殿堂里建筑了新的观念）……可谓是峥嵘岁月。难为了当编辑的书生们，要知道，我读大学的时候，他们一些人已经名声在外，有的甚至在全国重要报刊上一组组地发表诗歌！

2007年"农家书屋"工程正式推广前后，我接触到北京一些相关领导和专家，忆及《星火》改刊往事，我们都觉得遗憾：若《星火》能坚持专发革命历史题材至今，凭此特色或许能独立于期刊之林。言下之意，特色鲜明的期刊才有进入工程的机会。谁说不是呢？然而，殊不知，坚持比改变要难很多很多。因为"坚持"抬头即见困窘，而"改变"的前方因不确定既启人心智也引人幻想。

七十岁的人，老了。七十年来，有人陆续走了，不在了。李耕老师为1996年谷雨诗会写的朗诵诗《了字歌》，以直白的语言历数当时文坛"了"了的现象，全场都被惊着了。久久鸦雀无声，令人窒息。而后，是爆破般的掌声。诗中数到当时"不在了"的几位人物，他说："人世沧桑，难免又会缅怀起一些已去世的熟人了，/邵式平不在了，俞林不在了，文莽彦不在了，常为谷雨诗会唱歌的罗德成也不在了。"一晃又是好多年。陶孝国不在了，徐远略不在了，汪自强不在了，伊剡不在了，李素馨不在了，丁慰南不在了。李耕自己也不在了，丢下两三种癌症和越来越糟糕的视力，丢下每天一首诗的写作目标。没有告别，没有致哀，没有鞠躬，以至于我经过八一大道或展览路时，老是想象前方拐角处的再次碰面，他将告诉我，自己又添了什么病，语气漫不经心，仿佛他家又来了一位访客，只是耽误自己些许时间而已。李耕真的不在了！他说过："去见屈原、杜甫、李白、陶渊明或艾略特、泰戈尔时，他们能笑脸相迎就好了。"我想，屈原他们一定会跟李耕老师热情相拥的，因为，又一位诗人"终于撑着自己贫苦的生命，在诗的地狱报到了"。而稍年轻的徐万明某日冷不防"不在了"。和我眼瞪眼坐了十余年、不断发射壮丽红梅或阿诗玛的射手，自个儿不知被什么击中。呜呼！

七十年的《星火》却不老。一代代编辑的心血，原来是它返老还童的灵丹妙药。我曾为草原上的卧马写过几行文字，倒是切合我的祈愿和《星火》的当下："匍匐在巩乃斯草原/守护开花的过程/屏息凝视 怕惊扰/每一朵花的绽放/谛听花蕾撕裂的 痛/和由衷的欢畅/如今 还有这样的诗人吗？"

有。我正看着，同样用凝视的目光。

八一大道141号

门牌也是时间概念，倘若它有变化的话。《星火》版本记录页于1987年第一次出现门牌号码，两年后变了，七年后又变了。其变化正好和刊物的变化对应，和我的经历对应。

于是，由147号变化而来的141号，成为另一个时期。什么时期呢？困惑迷惘的时期，焦躁不安的时期，变化多端的时期，或者，优雅告别的时期。

其实，告别未必优雅。告别有种种方式：电话或信函告知、托人转达、某次路遇打个招呼、登门陈情而后握别，最常见的，却是不辞而别。告别成为当时社会的常态，且前路茫茫，我不曾经历也未听说谁举行过隆重的告别仪式。日后江西文学乃至整个江西文艺界的人才断档，跟九十年代的大规模告别密切相关。

省文联同事曹克胜走了，熊光炯走了，吴颂今走了，胡颖晖走了，吴兵走了；江西文学的主力王海玲走了，胡经代走了，相南翔走了，严丽霞走了，张品成走了，朱子椿走了，郭纪金走了，黄白走了，展锋走了，罗丁走了；《星火》正在关注的青年作者祝春亭、邓荣弟、龚江南、张昆他们走了，李红、王哲、赖寄丹、高爱华她们也走了……一时间，深圳文化界随处可见江西面孔，广东甚至有些县级报纸总编也曾是江西作者。倘若那些去往南方更南的知名未名的文朋艺友，约定一起动身，一趟专列恐怕还得加挂几节车厢吧！倘若站台广播这时播送《十送红军》，场面一定相当悲壮吧！此前及其后，朝着不同方向，都有同事和文友陆续离开江西，比如，马宏道、王兆荣走了，翁纪军、何小薇走了，郭义芳、庄志霞、余鸣也走了；写小说的张聚宁、毛小榕、邱国珍走了，郭碧良、李平、李治川也走了，写诗的川梅、汪峰、刘立云、刘晓宇、冷克明走了，评论家陈俊山、陈良运走了，散文家沈世豪走了，电影剧作家许金焰、肖增健走了，故事大王肖士太走了⋯⋯

一同事落脚广东后，返昌探亲时回访编辑部，忆及人生地不熟的新环境，对我说，握别之际好想邀我一道同行，我不禁感慨，当时我也是话到嘴边又咽下。后有朋友登门话别，说到动情处，蛊惑得我去意顿生，便请他到了那边替我留意。不料，机会来得很快。可是，政策却变紧了，不再允许夫妻俩一同调动，要待两年才考虑解决分居问题。我不能不顾忌上有老、下有小的现实。文联老领导刘仁德不知怎么洞察到我的心思，走道上碰面，一声呵斥：刘华，别人能走你不能走！二十多年后，他去医院看望，见我面同样也是当头棒喝：刘华，我们能生病你不能！这是他的性格语言。

时代给予每个人更多的人生机缘，更多的人生选择。然而，从欠发达地区去往充满活力、可以淘金的地方，给人感觉好像是冲着高收入去的。实际上并不尽然。有几位知名艺术家，临行前跟我有过深谈，告别的原因各有不同，有的遭际甚至匪夷所思，内心渴求却是一致的，很简单的两个字：尊重。对人的尊重，对艺术的尊重。否则，很难解释，在得到领导职务、高级职称、各种荣誉和待遇之后，他们或恋恋不舍，或瞻前顾后，最终还是扬长而去。与我话别时，不经意间，触及内心隐痛，一个个竟然眼噙泪花。男人的泪腺一定藏在心室一隅。我还记得每一种泪花隐忍着的样子。不过，忆起种种别绪离愁，我便纳闷，他们临行前为什么愿意向我——一个并无深交的普通青年编辑，敞开心扉？莫非，我身份最为单纯，才可能做一个哑默的倾听者，而一切远行必有无奈的诉说？

某年某月的某一天，在赛里木湖畔，广阔的蓝天之下，一匹孤独的马令我触景生情："湖　冷冷地蓝着/草　默默地黄了/云影正淡　蹄声已远/看来　你心静如水/接受了所有的告辞/独自承载巨大的空旷……"

纷纷离去之后，留守者虽然人数仍不少，却倍感孤独，他们要面对的果真是巨大空旷——

省文联的小礼堂空了，再也不会像新时期初始那样放映内部电影了。所谓内部电影，乃当时尚不能公映的外国影片和即将公映的国内外影片。其受欢迎程度，如今难以想象，将来不可思议。141号的干部职工，因为手里的电影票而荣耀一时。省文联由此而诞生电影院这么一家企业，也就顺理成章了。文艺殿堂的神圣性，某种程度上体现为小礼堂的一票难求。我猜测，后来也许因为小礼堂太小，供不应求吧，内部电影改在省电影公司放映。小礼堂空了，作为企业的电影院只存在于报表上，人员分散于各协会各部门。曾经一度有干部顺应潮流响应号召，承包礼堂以开发经营，不多时，又是人走楼空。

省文联的展厅空了，再也不会像五十年代那样展示中苏友好、美帝侵华，像六十年代那样展示大办农业、大办粮食，像七十年代那样展示红色井冈山、建军历程，像八十年代那样展示彭友善、黄秋园、周国桢以及他们的国画版画漆画了。展厅出租给一家银行，141号的居民存款十分方便。非常意外，收拾旧物时发现一张卡片，上面记录有我家九十年代前三年的存款，很惭愧，每年两三笔，每笔五六百元，极其有限的储蓄偏偏都存入了别人家的储蓄所，当年利率倒是蛮高，一年期10.5%，三年期10.95%，可惜收入低。文联有银行进驻对我直接的好处是，同学有个爱好写作的女儿，她趁着上班上楼投稿，我趁着下班下楼奉还，一点也不耽误事。到陈世旭主持工作时，他坚决把展厅收回，并重新装修，从而还高雅于艺术，还尊严于画家。

《星火》的办公室先是空了，然后挤了。空了，一压缩，便显充实了。九十年代初编辑部搬上三楼办公，空间原本就比楼下大，加上编辑人员已大为减少，顿时有办公环境大大改善的喜悦。文件橱与《星火》合订本是搬家的最大累赘，不得不淘汰一批。像祖传宝物，还舍不得呢。淘汰的合订本，基本上是霉烂了的，一楼潮湿，上半年墙上出汗地上冒水。不清楚过去编辑部每年到底装订多少合订本，数量肯定不小。编辑近二十号人，再加上文联领导，人手一套，照人头点就是，不好估计的是编辑部的留存。我记得当时编务组、主编办公室的文件橱里，乃至橱顶上、墙旮旯里，到处堆放合订本。反正那时经费充裕。后来再搬家，而且是搬离主楼，只有小小的三间，人也少，连我才四个编辑，加上一位外聘美编。该让我拿主意了，我不得不对合订本忍痛割爱。编辑部留五套，编辑个人随意，我自己留下两套，一套存家中，一套放在办公室。同时，鼓励文联全体干部私藏，有需要者尽管来搬就是。新刊每期预留二十本，待年终装合订本；年度合订本编辑部留五套，编辑和文联领导各赠一套。其实，多也好，少也罢，一样经不住岁月折腾。多经历几次搬迁，多经历几次换马，势必难以保全。到如今，恐怕我家藏的那套才是最齐的。看来，藏之于民才是上上策。

合订本要送文联领导，每期新刊也要，而且不止文联，早先所有报刊的赠阅面都很宽，省里几套班子及有关部门的领导人手一份，必须的，几十年一贯制的。相信领导们肯定无暇翻阅，甚至无暇拆封。不过，偶有例外。有一次省党代会破天荒给文联一个专业人员指标，我去了。会前在走道上聊天，一位省领导迎面过来，看看我的胸牌，道："刘华。哦，你是《星火》主编。"显然，收到赠阅刊物，人家至少翻了翻，才晓得主编姓甚名谁。好些年后，他出版文学作品集，由省委组织座谈会，发言稿事先经主办方审阅，开会时照着念就是。我忍不住来了几句开场白，称领导退下来写小说和散文并出集子，我一点也不意外。这倒是把主持人吓了一跳，表情很紧张的样子。接着，我举了党代会花絮的例子，证明他从来都是热爱文学的，台上这才长舒一口气。也是，百忙之中仍要翻阅《星火》，那还不叫热爱文学呀！

对于编辑，最可怕的空，是刊物头条二条位置的空。巧妇难为无米之炊。一旦等米下锅，上下都忐忑。当编辑，尤其要操持一家期刊，过的正是忐忑不安的日子。前后几任主编，身体有一个通病，白发多且生得早，为头二条愁的。有一阵子，《创作评谭》与《星火》属一家，主编吴松亭兼着《星火》副主编。我写评论便是他强势逼出来的。他言辞平易，不露声色，却是斩钉截铁，他说版面空在那里，半个月行不行。还说你行，不行也行。他特别关注创作实践，江西每有重要作品出现，马上便有评论跟上。《创作评谭》连续两年第一期的头条位置，都是我这个青年编辑填的空，其中评论长篇小说新作《蔷薇雨》的那篇，只给我一周时间，我写了洋洋万言。为了及时作出评论反应，吴主编也不怕逼出人命。当然，这是成长必须感恩的威逼……

面前的现实也是喧嚣的。同事如月有文章记叙141号时期的编辑部生活，她说："编辑部当然不是世外桃源。就在我坐的三楼办公室对面，隔窗相望，就有'北大方正'四个橙红色的广告牌虎视眈眈地盯着你，警告你不要忘了商战正如火如荼地在你身边进行着；而喧嚣的市声越来越急促，有时是尖厉的各式大小汽车的鸣笛声，也无时不刻不在提醒你，你办公室外面的世界纷繁精彩也无奈。"

一楼冬暖夏凉，三楼视野开阔。中苏友好的时候，三楼两头是展厅，狭长的中间部分也是展厅。估计二楼也是一样的格局。看来，友好就是悬挂上墙细加欣赏的艺术。早已被隔断的狭长展厅，又被重新布局，利于编辑办公。

有朋友来到，见各位手执朱笔正襟危坐，不禁慨叹：好叫人感动！因为熟悉，便不必谦虚，脱口道："岂止让你感动？连我们都为自己感动！"都是戏言。就当时语境来考察，其意义和"吃过了吗""吃了"差不多，彼此招呼而已。闲暇时自省，果真有暖流激荡于胸臆之间，冷不防和自个儿多情起来。

的确有理由为自己感动的。首先，想象自己的坐姿一定让人觉得可敬。大潮涌起，远走高飞转瞬间发达起来的，另谋高就令人刮目相看的，此类信息撩得人心旌摇荡、心绪浮躁。好胳臂好腿的，谁还能坐禅似的保持这么一种姿势？俗话说：坐不垂堂；俗话又说：坐吃山空；俗话还说：坐以待毙！可见，坐大大地不好，十分地危险。换个角度看，临危不惧、处事不惊地坐着，又是一种修行，是要有点殉道精神的。面对物欲横流不动声色，执迷事业，可谓坐怀不乱，实在值得嘉勉一番。

其次，自以为手执朱笔的神情挺可爱。一脸的悠悠然陶陶然，一脸的惜惜哉悻悻哉。全身心地向往，表情就变得复杂多味。喜上眉梢时，不知为谁狂欢傻乐；恨铁不成钢时，忘了生闷气伤神伤身的道理。好些事不较真，偏偏铆着劲儿同文章的缺憾过不去。美其名曰为他人作嫁衣，剪剪裁裁、精工细作是嫁衣，服装改革了弄块布一披也可叫嫁衣，而且还新潮，何苦来哉？不过，话说回来，见那密密的针脚、熨帖的裁片，倒是感激得多，感激那管朱笔在窗外正弥散着烤乳猪香味的时候，居然傲立于刺鼻的油烟里。

再次，回忆接待作者来访的情景，估摸着那态度大概会让人觉得可亲。过去同行极言刊物与作者的依存关系，云：作者是刊物的衣食父母。可好多关系在迅速嬗变，甚至婚姻也有"阴阳大裂变"一说。而我等，笑容依然，真诚依然，或者可以说有过之而无不及。因为，亲近文学的"衣食父母"少了，或有亲近，便喜出望外，分外眼热，也是情理中事。再则，刊物囊中羞涩，稿酬标准总是不能望其项背，那么，唯有以加倍的真诚来补偿。真诚既是为人之道，又是勤业之策，其中透出几分良苦意味。

当然，更多的时候是为作者和读者感动。有那么一群工人，派出代表从几百公里外赶来请编辑上门辅导，声称差旅费由他们个人集资予以报销；我一度离开编辑岗位，在文联办公室工作两年，竟收到不少未曾谋面的读者朋友来信，不解的、埋怨的，甚至还有讥嘲的，多般表达，一样真情……

为自己感动，乃为了感召自己坚持的信心，感奋试图左冲右突的勇气，从而感染可能幸存着的对文学的热爱。然而，现实却不允许你陶醉于感动中。由印刷厂的变化，亦可窥见刊物日渐困窘的现实处境。从1973年复刊到1987年，《星火》一直由江西印刷公司承印，江印是大厂，设备和技术力量强。然一旦印数少，出版时间注定不能保证，于是只好换厂；转省政府办公厅印刷厂不到两年，因为经常被政府文件印制任务冲击而脱期，便改换省委党校印刷厂；四年后另择省委印刷厂，严重脱期以致招来出版管理部门警告，当年赶紧转移至广电报社印刷厂，两三年后再回到党校印刷厂。前十多年一以贯之，后十多年走马灯一般。各种差错都是真的，各种理由都是假的，印数惹的祸，量足够，编辑部才当得大爷。

那真是一个折磨人的时代。清高是石磨的底盘，旋转的现实是石磨上层那带柄的磨扇。八一大道141号，从来都是神圣所在，一旦要切割一块地皮拿去开发创收，让殿堂和酒家为邻，干部职工都不答应了，包括最早置身于窘境中的编辑们。记得金鹏大酒店在前院一角破土动工之时，大家呼啦啦拥去制止，不少人甚至跳进地基里，差一点没有拳脚相向。

金鹏大酒店营业以后，曾让耿耿于怀的人们又一次怒火中烧。某日，酒店里有一笼毒蛇胜利大逃亡。千真万确，是眼镜蛇。它们拿自己当各协会会员或《星火》作者了，自由出入文艺家之家。我亲眼看见两条，一条盘在楼下自行车坐垫上，高昂着扁扁的三角头，一条上了二楼再爬三楼挨家去叫早似的。一时间，整个141号，惊叫声、抗议声、怒骂声，声声入耳。我等舞文弄墨者，也不甘寂寞，冷嘲热讽起来。我跟着写了一篇，那是我此生唯一的杂文，题《并非蛇的童话》。我在《星火》合订本里找到它了，云："有一文化单位为搞活经济，让酒家占据一隅，不料，竟致毒蛇频频造访。蛇们或如最勤勉的公务员早早地坐在办公楼里等着上班，或如最够哥们姐们的熟客也不敲门便昂昂然窜进住宅。一时间，高雅的文艺殿堂里，人们的表情很不高雅了，众皆谈蛇色变。据不完全统计，一个月之内在此单位院内捕杀的毒蛇几乎一个班，还有多少伏兵尚待侦察。闹市之中，居然闹起蛇来，想必蛇是不大愿意做大款们的下酒菜的，哪怕在高档酒家注定会有个高档死法。"那些蛇也许被取了蛇毒、拔了毒牙，即便咬人也未必能夺人性命，不过，蛇的后代是否无毒且缺牙，尚待专家研究。万一有死里逃生的，蛰伏一冬后成了城市常住户，"人的惶恐怕是需要随着蛇的繁衍而绵延下去。当然，如果说，豪饮的诗人从此将因杯弓蛇影而诗思枯竭，作家的锦绣文章从此将是虎头蛇尾，画家们从此将没来由地画蛇添足，那也太夸张了。不过，一旦有了性命之虞，怕也难说"。

许多年后，有141号的老人问我，每年这个奖那个奖，发给我们的也不少，文联哪来的钱啊？要知道，当年临街店面的开发以及所出台的鼓励创收措施，在其后很长一段时间里，始终是职工福利的来源和事业经费的补充。可是，谁还记得当年顶住巨大压力栽下摇钱树的人呢？谁会反省当年的愤激和尖酸呢？或者，谁想得到，歌舞升平的地面上竟有一段波诡云谲的历史？

喧嚣早已过去。反观先前的创收和后来所谓的文艺产业开发，它们真是一把双刃剑，141号的教训太深刻了。一个温文尔雅、清贫更清高的文艺界人民团体，居然也会得到如此严酷的结果：有人丢了尊严；有人丢了良知；有人丢了官帽；有人丢了卿卿性命，丢在甘棠湖畔……

我曾天真地幻想并呼吁，全国有数以万计的图书馆，假如其中几分之一能够坚持陈列省级文学刊物（积累文化不是图书馆的功能之一嘛，文学杂志不比实用的趣味的出版物更有文化嘛），那么，所有省级文学期刊都不至于如此尴尬。然而，现实的回答是：市场法则是冷峻的，并且会变得更严厉。

不得不面对一只只酒杯了，哪怕杯弓蛇影，哪怕是饮鸩止渴。人家说了：感情有，交杯酒；人家又说：感情深，一口闷；人家还说：感情铁，胃出血。

我接手《星火》主编的那一年，办刊经费完全自筹解决。一年之后，编辑部的小日子过得还行吧，便请历任主编一块儿聚聚。可当我举起酒杯时，把大家吓了一跳，何曾见过我端杯呀？也是。即使逢年过节在家里，我也是滴酒不沾的。记得此前几年，我陪同省政府决策咨询委员会几位领导赴山东考察，借机看望堂兄，山东的邻里关系比亲兄弟更亲，呼啦啦都端菜提酒上门来问候我这南方来的大兄弟，几碗啤酒居然也把我灌得兴奋不已，醉酒话多，回到宾馆整宿拉着老领导做决策咨询。

人情和酒，联系企业的两大媒介。酒好比酒曲，可以酝酿人情。人情好比粮食，经发酵可以出酒。所以，接近企业，企望得到它对刊物的扶助，就得端杯。不记得在哪家企业开始的"处女喝"，却记得喝得最猛的一次。那座城市本来就是闻名遐迩的酒乡，那位主人则是名扬一方的酒神。人显瘦，口气却粗壮。满上，干！干了马上兑现！他说。真是豪爽得很。没料到，在酒桌上，我还算个可塑之才，只晕乎了几回。其实当年乃年轻得好。几年后听说酒神长卧于酒桌而不醒，飘飘然，弃尘世而升天。唏嘘之余，不免心有余悸。

一介书生，要操劳刊物的生死盛衰，归根结底，还得靠朋友。所有企业，都是朋友牵的线，否则，我顾自登门，未必能喝上人家的一杯热茶。而今翻阅《星火》合订本，再次确认当年对我帮助最大的为黎兄。《世纪跑道》《人生竞技场》《特色专栏》里面的作者，好多是他的化名。他在自己身上拔一撮毛，吹一口气，变化成若干个他，一起来助我一臂之力。

当然，为人之道，你来我往，我也得助人为乐。为了替某家工程单位写个能上央视的专题片，我跟着黎兄组织的摄制组，从江西到广东，跑了半个月。

说办刊是主编行为大致不错。主编要抓创收、抓发行、抓稿子、抓作者队伍、抓办刊方向。创收有朋友牵线、有酒壮胆，再加上脸皮厚一点，不算太难；发行有县级文联助力，有情暖心，再加上嘴巴甜一点，也不算太难；难的是，太多的作家各奔东西之后，尤其是"60后"几乎断档之际，怎么去发现新人，怎么去组织作者队伍。这是刊物的无奈，并且牵系着江西文学的未来。

于是，《星火》把办一所"中学"，视作省级文学期刊存在的价值和意义。开设《屋》《窗》《专列》《诗廊》以及《刊中刊》之类的栏目，重视精短作品，力图在有限空间里容纳最多的文学热情。选择那样一条办刊路子，需要热忱，尤其需要耐心，而耐心是当代人最缺乏的。我在主编寄语中诗意地写道："但我们真诚地耐心着，因为我们相信读者即作者中将会出现璀璨的文学之星。我们已经看到了星在形成时智慧碰撞与集结的动人情景，看到了星在上升时剥离云雾的艰辛过程。"

人总要有点儿浪漫精神吧，哪怕置身于窘境之中！《福建文学》主编黄文山在《美丽的艰难》一文中，则有美丽的联想。其时，全国文学期刊主编聚集广西崇左，在探讨共同的生存话题之余，主人安排游览石景林。喜欢事后对着照片写散文的黄文山，第二年对着照片这样写道："让人为之动容的还不是这千姿百态的奇石本身，而是尖锐的石峰之巅抑或难见天日的峭壁之间藤树交织而成的生命景象。草木的生命意识在石头丛中表现得特别强烈，也特别动人。"因为"只要让它们得以一抔浅土，一缕阳光，一点雨露，它们就格外生机盎然"。他笔锋一转："当美丽的风景从贫瘠的石头上展现，一切都在这里找到答案。文学事业何尝不是这样。"

回头看看，当时果真有星在形成、星在上升吗？似乎并没有我形容得那么动人。美好的想象为了自我安慰。我家那套《星火》合订本一度缺失八十年代初的某一册。它是被朋友借去的。朋友傍晚散步于展览路，一转念，拐进141号，向我借老《星火》，好像只为证明某件陈年旧事。我误以为他来了雅兴呢，想当然地鼓励其利用见识广、阅历足等的写作资源，为以后积累素材。哪晓得，他不无庄严地宣示："我此生只可能在两种情况下写作，一是进了牢狱干不了别的，二是老了干不动别的。"话说得叫人心惊，倒也坦率。

的确，热爱文学，已经成为一种奢侈。当机缘纷至沓来的时候，当人生如鱼得水的时候，当仕途春风得意的时候。

反之亦然。当陷入生存困境的时候，当面对人生难题的时候，当写作被人视为不务正业的时候。

我在另一篇文章里提到因被催婚而搁笔的一位乡村教师。读罢他的八九个短篇后，针对当时的创作现实，我肯定他："你没有盲目地跟潮……你笔下的乡间人物并不是时代变革的弄潮儿，然而他们却是最广大的一群。他们春种秋收，田园上的一草一木都是他们感知季节迁徙的器官。于是，你就写了那一草一木。"执意表现平凡的乡村人物的生活命运，使他笔下的乡村生活显得丰富多彩，然，不足也是明显的，我的退改意见写了近两千字，可见期待之切及遗憾之深。

无独有偶。一位叫金帆的乡村青年也引我特别关注。假如我有收藏书信的爱好，一直保存金帆来信，那么仅仅由那些变化着的讯址，亦可真切感受到农村青年为生活四处奔波的艰辛。我想，在路上，在打工者人流中，他的行囊一定是沉甸甸的，除了生活重负，还有对文学的痴情。那份痴情肯定是有重量的，因为它很具体，是用身心体验生活艰辛的微笑和叹息，是难以割舍的对泥土的留念和牵挂，或者就是能够在寂寞长夜里倾听作者言说乡村故事的一摞摞稿纸。正是这种"重量"，诱我一气读完了他集子里的全部作品。坦率地说，也许作者在开掘生活的深度、写作技巧等方面尚显得稚嫩，作品质量还不够整齐。但是，金帆笔下的乡村生活比坐在书斋里想象的要生动新鲜，它是朴素的，也是丰富的；金帆笔下的乡村人物比靠主观印象揣摩的要真实传神，他们的一颦一笑，何尝不是作者为生计奔波着、为命运思考着的表情呢？

我为那个集子写了序，至于是否收到样书，却不记得了。即便没有，也很正常，金帆一直在扬帆远航。不过，从前往来广东他会在南昌露个脸，有重要作品发表也会告知一声。可出书后便杳无音信了。结集该不是写作的结束吧？

文学人才匮乏，缺的主要是小说作者。还有那么两三位吧，比如某数学教师，从自然来稿里蹦出来的时候，真是叫人眼前一亮心头一跳，编辑部奔走相告。可惜，那是一位"游击队员"，打了一枪，连地方也不换，偃旗息鼓了，玩儿似的，并不虔诚，并不当真，并不把一枪命中太当一回事；当然，也有放了枪就跑的，跑得远远的，叫编辑部再也找不着了。

九十年代中后期，《星火》小说作者的主力在九江。可他们纷纷跑到南昌报刊社来打工了，在原单位写作被视为不务正业，而身为打工者，其艰难处境更是可想而知。时代风云激荡，生活漂泊难安，社会舞台虽恢宏壮阔，却是容不下一张书桌。后来，滕王阁文学院实行特聘作家制，其出发点正是为了给基层青年作家身份和荣誉，一个理由和任务，让写作得到应该得到的尊重和珍视。

作者生存处境艰难，期刊编辑何尝不是如此？倘若我不作声，恐怕当事人永远不会知晓。我做过试验，问一位退休多年的老编辑：你曾经至少有半年的退休金未发齐，记得吗？人家很是惊愕：这怎么可能呢？善良的人们之所以善良，其中一个原因就是忘性大……

《星火》以及《创作评谭》的编辑们至少要面对三次艰难时刻，可他们并不清楚或不记得了——第一次，选择全额拨款还是差额拨款？算一算，百分之四十的差额工资肯定比百分之三十多许多，当然强烈要求前者，殊不知，那一部分是要自己赚的，于是一个个都傻了眼。我拿两年做人事工作的经验，好不容易把熟饭返祖变为生米，并让编辑部的夜班费合法化。钱并不多，只是一份职业荣誉而已。第二次，事业单位改革遇到的问题，按照文件要求，那百分之三十同样要自己赚的，所谓全额，只是百分之七十的基本工资而已，至于办刊经费和那百分之三十，省财政才不管呢。省里不给，省文联当然承受不了。然而，同在一幢大楼，怎能人分三六九等呢？第三次，无可阻挡，全省所有的报刊社、出版社都得改为企业，省文联在报刊改企前夜，闻风而动，赶紧把所有编辑都安排到省文联下属各个事业单位，从而免除了后顾之忧。

七十年可以摆满一间陈列室的合订本，不敌薄薄的一纸公文；浮躁而功利的现实，何止容不下一张书桌，有时候，它甚至容不下一本薄薄的期刊、一颗小小的文学之心！

以后的办刊道路同样曲折。大约正是离开《星火》主编岗位的前后吧，我再访八十年代渔火点点的上犹江水库和亚洲最大的植物园——赣南树木园。湖荒了，园荒了，岛也荒了。正是一枚投映在湖中的橄榄状裸岛，令我触景生情，眼里泛起绿如蓝的清水："以水为镜　你看见/自己的灵魂了/完整如一枚坚果/孤独着　却傲岸着/清贫着　却美丽着。"是的，哪怕忍辱负重，哪怕疲于奔命，觉着自己曾经美丽过，这就足够了。

2019年12月，江西省作家协会换届。新一届协会领导班子产生后，我发表告别感言。原话记不清了，大意是：面对今天，我倍感欣慰，因为今日江西文坛的景象，正是陈世旭和我在世纪之交所设想、所瞩目的。当年，忧虑青黄不接的无情现实，陈世旭倡导召开全省青年作者笔会，反复琢磨后，命名为早春笔会。早春，象征着萌发，象征着上升，象征着新生代为迎接新世纪的集合和出发。凡是发表过作品的文学青年，哪怕已经搁笔，哪怕并无长进，哪怕三心二意，几乎都被邀请去了坐落在南昌郊区的省团校。

早春笔会至少在人心里栽种了文学信念吧？如今的江西文坛，好比作代会现场，一眼看过去，许多面孔都是早春笔会的脸。而且，我记性好，记得好些名字都曾在《星火》目录上出现过，有的甚至起步于微不足道的《屋》《窗》《专列》和《诗廊》栏目。

毋庸讳言，人一旦成名，可能疏忽身边，可能顾忌以往，没关系，走过路过，认门或者不认，141号都在那里，在八一大道东侧，在妇幼保健院对面，财富广场隔壁，此乃丁财两旺的风水宝地也。

八一大道371号

　　继147号、141号之后，八一大道再次变更门牌号码。号码变了，省文联位置没变；院子依旧，人面变样了。一些孩子长成大人，一些青壮熟成老人，一些老者显得更老，另有一些接踵作古。

　　自然地，年年有陌路走进大楼做了同事，也有过去的常客上台落座，当了主人。退休后，我认识了也在上海养老的蔡燊安和那个"燊"字。"跟深圳的'深'同音。"他说。我一直随大流念"xin"呢。尽管从前并不相识，可我知道，在轻工厅当领导的他，也是省文联的好友。忆及以往，我点到的人，他都熟悉；他提及的，有的我只是听说而已。可见他与文艺界交情颇深，难怪世纪之交差一点任职省文联。

　　如今识人以加微信为仪式，我因而能够从朋友圈里欣赏到他的画作。令人惊奇的是，作为科班出身的画家，原来老蔡非但功底了得，而且颇有现代意识和创新的个性追求，这在令我一直感觉有些沉闷的江西画坛可谓难得。于是，我疑惑了，当年的传说莫不是文艺界民意表达的一种方式吧？

　　老蔡读过拙作《八一大道147号》，而且读得挺细，问我怎么没写谁谁谁和某某某呢。我说，见笑啦，那篇文章只为追忆编辑部往事，提到的几乎都是《星火》同人。老蔡鼓励我继续这样写下去，写文联历史，尤其要写人，读来亲切。我则有顾虑。我写人事瓜葛，却生怕搅入人事纠葛。孩提时自己烧水缫丝，曾把一脸盆蚕茧缫成撕不开、理不顺的乱线团。我想起弃之可惜、留之无用的那一嘟噜蚕茧。

几个人

的确，往事怎么避得开人呢？坐在电脑前，只要一敲键盘，便有人影冷不防掠过显示屏。或许，他们原本就躲藏在某个文档里面，某个标题下面。是的，我存储了一些资料一些名字。其中有徐远略老师的《琴声寂寂》一文。他称左萱明为"一位憔悴的老妇人"。在我记忆里，那是飘然闪过楼道的枯瘦身影，是早晨从楼上倾泻下来的练嗓子的咿咿呀呀，是下班后女厕所发出的哗哗水声，是不时擦身而过、听来充满怨气、叫人唯恐避之不及的喃喃自语。独身的她，餐餐去外单位食堂打饭，天天从本单位拎开水回家，明明有带厨卫的住房，可热天总是在办公楼厕所里洗澡。性格怪僻，人生苦难。不可思议的是，苦难竟是一封信造成的！徐文披露，二十世纪五十年代初期，毕业于国立西安音乐专科学校的左萱明和北京同学都收到了台湾同学的来信，北京同学思想中绷着一根弦，将信当即上交组织因而平安无事，左萱明头脑里唯有琴弦，竟把信付之一炬，以致被当作"特嫌"受到长期秘密监视，从如花似玉被盯到花落色衰，浩劫中更是历尽磨难。平反后她被调回原籍江西，又遭婚姻变故。徐老师的文字证实了我从前听到的传闻：左萱明自己有一架几近全新的钢琴，可她家里整天黑灯瞎火、无声无息，不举炊、不用电，每月电费有时不足一元钱，而二十世纪九十年代其逝世时，遗物中竟有存折和现金三万七千元，还有新皮鞋、新毛毯等。后来，她的钢琴被亲属以左萱明名义捐赠给市少年宫。唏嘘之余，我感动于徐老师描写的琴声。那也是我曾欣赏到的琴声。原来，音协办公室里的三角钢琴才是她真正的灵魂伴侣。她日日与之见面，爱抚它，与之亲切交谈，"她的脸色好像久雨初晴，有了柔和，有了光亮"，每天早晚文联大楼里"都会响起从她手指下流出的琴声"。那是一双熟练弹奏青春欢乐的玉手，一双热情投入民间音乐搜集整理、认真记谱的巧手，也是一双焚烧信函的快手。

与左萱明的命运和性格形成强烈对照的人物，大约就是黄宗林了。黄老早年参加新四军，后来当厂长，从上海的棉纺织厂到江西的钢铁厂，一转身，来到文化单位，官至正厅级，离休后热衷于研究党史军史，办有内刊叫《红色源流》。与左萱明念念叨叨从不抬眼瞧人恰恰相反，大块头的黄宗林拖着八字步，却是高视阔步，笑脸迎人。即便后来离不开拐杖，神采依旧，气势依旧。路遇，他有话要说；当然，他更乐于主动登门，不吝赐教。其教导长于现身说法，谈古论今，娓娓道来。有时则提出问题，要求作答，而后谈笑风生挥发开去。自我感觉良好，哪怕遭到反唇相讥。比如，他称摄影为"聂影"，别人明里暗里也"聂影"起来，他毫不在乎。传说八十年代黄老曾闯进省委某领导办公室，拍着领导肩头叫"小×啊"，不住嘴地教育人家。我则是经常被教育的一个，为了对我加强传统教育，他甚至甘愿拄杖爬楼。久而久之，悟出经验：他一进门，我便赶紧让眼睛和耳朵值班，嘴巴和脑子休息去。眼睛看着他是尊重，耳朵听着是礼貌。万万不能插话，也不能对话，否则，他谈兴更浓，不泡个半天才怪呢。若无回应，则容易兴尽。后来他虽患阿尔茨海默病，仍然话多，以致真的有些招人嫌了。有一年春节走访，黄老的夫人告诉我：现在他已经不认识儿子了，可是，经常半夜三更爬起来往床底下钻，说是从前把书稿藏在了床下。想象着他的妻儿拽着他的腿脚使劲把他拖将出来的情景，我忍不住发笑。然而，不觉间，眼里一热，那一刻我觉得他不痴呆，清醒过来了。想起1942年的处女作底稿，想起五十年代发于《人民文学》的小说底稿，想起伴随人生的太多宝贵笔墨，他要找回自己的灵魂，只是不记得把它收藏在哪儿了。也就是说，痴呆的他依然认得文学！果然，他住院期间，我代表文联、作协去慰问，黄老一见我面就喊出了我的名字，让护士们乐得奔走相告，众皆称奇。

奇也不奇。文学情怀是371号不少老人共同的生命支撑。另一位老人依托来自内心的精神力量，屡屡化险为夷转危为安，戏耍病魔死神于笔墨之间。有十多年吧，我经常被"时佑平病危"的消息撵着往医院赶，赶到紧张抢救的现场，只见病床上的人仿佛孩童，枯瘦细小，气若游丝。听说他体重只有六七十斤，一不小心，能被大风吹去。然而，他心里很沉，像装着压舱石，便没有什么能轻易掳走他。这位"三八式"干部，以电影《红孩子》编剧著名，听说早在五十年代，他曾当过江西第一位"不拿工资，专门写作"的脱产作家。晚年，他涉猎历史学、民族学、人类学、经济学、法学、宗教学、文艺学等诸多领域，用颤抖的手，写下上百万字著述。时老偶尔在我面前自嘲道：正在研究猴子变人呢。他的思考和情感都不允许其轻易撒手人寰。于是，一阵慌乱后，脸色灰白的他渐渐复活了。活过来的第一件事便是立遗嘱。我代表组织。他的遗嘱就是告诉组织的个人意愿。我大约还记得那么几条：丧事从简；个人对组织没有任何要求；留下的几部书稿不要出版；希望组织不要答应家属的任何要求，包括出版遗作的要求。立下遗嘱后，养一段时间，他出院了。过一两年，又病危，又抢救，再立遗嘱。如此者三。每次赶赴抢救现场，我都让有关干部拿笔记下遗嘱，带回去输入电脑保存。直到时老真的仙逝，也不知电脑究竟存下几份遗嘱。依稀记得，最后那次病危，我带着一批文联干部正在江苏安徽学习考察，接到电话，我请同行的副主席赶回去看望。我以为，他的病危通知到头来只是再增一份遗嘱而已。然而，第二天传来噩耗。我连忙与那位副主席对调，他飞南京带队继续考察，我飞南昌去为时老送行。时老变得更加瘦小，而他留下的书稿很厚很厚，读起来像读天书，内容海阔天空，每个字抖抖索索。早年我当编辑时，为编发他的诗词曾与同事们一道辨认字迹，考古一般。他的作品应是生命之诗、生命之书。

在371号院子里，我最早认识的是徐远略徐老师，早在读大学的时候。徐老师的老朋友私下里管他叫"废话篓子"，他果然善谈，不过，在我看来，根本没有废话，全是教益，于是，老是想着去登门拜访，何况他儿子与我乃七七级同学。倘若聊到饭点，必被徐老师留下用餐。难忘他家的芸豆炖汤，此为上饶人最爱。我成为《星火》小说编辑时，徐老师则从《星火》小说组组长任上调至理论研究室当主任。成为文联同事后，我俩反而接触少了，他跟我说的话也少了。任何单位都会有一种莫名其妙的气氛，它可以被感受并被制约，却无从把握且难以摆脱。我胡乱琢磨：是否和他话多且较真有关呢？年轻人却喜欢他的热情、开放和宽容。理论研究室独处一隅，在车库的后面，在大楼的视野之外。我从编辑部窗口可瞭见拐向研究室的路口。我发现那里逐渐成为会聚青年评论家的热闹所在。他们果然闹出了动静。研究室编辑出版了一套"文艺研究新方法论"系列丛书，包括《文艺研究新方法论文集》《文学研究新方法论》《外国现代文艺批评方法论》《文学批评方法论基础》《关于文学主体性的论争》。虽为丛书，好像有的正式出版，有的并无书号。然而，一点也不影响它在八十年代中后期江西文坛的洛阳纸贵。我向徐老师讨要了几册，结果，有借无还，全部下落不明。2013年，徐老师辞世那几天，我因公差不能参加告别仪式，故特意抢在出差前审读了省文联负责人的悼词，为的是添加徐老师领导新方法研究及青年人才队伍建设的贡献。我清楚，了解并记得八九十年代的人不多了，而且，将越来越少，许多记忆将永久湮灭。听说，徐老师是在家中的床上悄悄地走的，此前不久我俩还曾路遇呢。他静静地走了，一声不吭，这可不像他的性格啊！

我曾说过，从前亭亭如盖的雪松是文联的风水树，故此院多长寿者。看来，雪松的神能有限。

几件事

晚饭后，我通常要去省政府大院转一大圈。从日本买回的计步器显示，六千步。计步器用坏后才发现——Made in China。

2004年夏秋之交，我照例去散步，一出院门，遇见文化厅的林葆，得知相邻的艺术剧院正上演杨丽萍主演的《云南映象》，他问我看不看，我还犹豫呢，他强调一声"杨丽萍"，我连忙接过戏票。夜晚我怕闹，太兴奋，硬是一夜无眠。

注定得耿耿难眠了。何止兴奋呀，我整夜辗转反侧，浮想联翩，几年来行走田野所捕捉到的民俗场景和乡村日常画面，纷纷涌现眼前。那是一组组被《云南映象》唤醒的江西景象，缤纷绚丽而充满生活气息、大地气息。我觉得，一旦挖掘出其中所蕴含的精神气韵，并找到乱花迷眼的艺术形式，同样可以令这些江西景象耳目一新地呈现于舞台。

连着几天，被这个念头蛊惑得丢魂一样，放下手里一切活计，斟酌着给党组打报告。适逢党组开会，完成过会的议题后，我忍不住先聊了《云南映象》观感，并建议如法炮制。窝在椅子里的与会者，本来体态舒展休闲，听完后齐刷刷地，不约而同绷直了。端正坐姿，表达的是共识。党组书记俞向党当即拍板：你打报告，我批，接下来，你带队，组织艺术家去采风，争取把这台节目搞好，经费你们不用管，我负责！

十六七年前的报告，居然还躺在我的移动硬盘里，文件夹像套娃一样，藏在最深处。晚会的初步设想如下：

　　　　江西不仅有着丰富的傩文化资源，而且民间艺术品种繁多、生动鲜活，其中不乏独特的品种，各地的民俗活动也是摇曳多姿，很是养眼。这些活态的民间艺术和民俗事象，和傩舞一样，不仅反映了江西人的生存形态、生活理想和生命意识，而且体现了汉民族特有的文化风貌和精神气质。以现代意识来审视、观照传统文化，挖掘并整合民间文艺资源，将傩舞与民间歌舞及特别有意味的民俗表演熔于一炉，是这台晚会的基本思路。

晚会名称：《傩之舞》大型民间歌舞晚会（暂名）。

晚会内容的思想意蕴：在充满沧桑感的民俗风情画卷中，艺术地述说发生在江西大地上的独具魅力的生活史和命运史，江西人寻找家园、营造家园、向往美好生活的生生不息的奋斗历程，生动表现一方土地的人们血脉相袭的思想感情、信仰崇拜、观念意识，它包括宗族意识、家园意识、生命意识、人与自然的关系、崇文重教传统、乐观精神等。这是一个地域的表情，这是一个民族的心思。

晚会形式：这台晚会将不断锤炼成一台大型民间歌舞表演，因此，要立足整体性效果来构思、策划。

围绕以上思想意蕴，精心选择具有江西特色的民间艺术和民俗事象为创作素材，将地方音乐、舞蹈、民俗活动以及艺术化的生活场景熔于一炉，并综合各种舞台手段，使之既叫人耳目一新，又令人震撼。

晚会依据提炼出来的不同意蕴，分为若干场次，各场次融汇不同的民间歌舞和民俗表演。除了在内容上通过强化内在联系，以表现宏大的主题外，形式上以各地傩舞或跳傩活动中的祭祀情节，贯穿全场，丰富多彩而一气呵成。

晚会的效果要求：古朴而又新颖。既强调原生态，又追求现代感，充满乡土气息，于大俗之中见大雅，神秘而又神奇。既突出仪式美，又讲究细节化，洋溢生命激情，在宏大之中求精致。

写好并交出报告，由我、余达喜、赵小元、熊纬、罗亚群等人组成的采风队伍立即出发。第一站往南，去南丰、宁都、石城等地；第二站往北，走访修水和武宁。时为秋天，我记得九宫山的金色稻田层层叠叠，我记得受访的各地专家期期艾艾，对"黄"心有余悸呢，要听到原汁原味的山歌得费一番口舌，虽然告别非常时期多少年了。民俗事象一般集中发生在传统节日期间，于是，正月里又组织了更加深入的采风。此后，总导演该拿出晚会的总体构思了，未见进度，我便出示了给党组的报告，他看后大喜，道：就是它了！

那台晚会原先为"中国（江西）国际傩文化艺术节专场晚会"。省民协的年度工作计划曾提出召开傩文化研讨会，报给党组后，一再升格，先是要求开成国际的，后来主张索性办节。倡导开展大活动，正是时任党组书记的风格，他有气魄，也有人缘，而且相信艺术家，对创作从不横加干涉，因此一时间文联人气旺盛。争取到中国民协、中国文联和省委省政府的支持后，方案不断膨胀，发展为"中国江西国际傩文化艺术周"。一个"周"字，绕开了办节的禁律。傩文化艺术周包括六项活动：在滕王阁广场举行艺术节开幕式，随后是大型民间艺术踩街表演，路线取沿江路两公里，有韩国、日本、巴西、莫桑比克、俄罗斯五支外国队伍，有贵州、安徽、湖南、甘肃、云南、广西、福建、四川等省（区）十支国内傩队，加上省内的，共计三十四支队伍，演员一千五百人。东森电视台、凤凰卫视做现场直播；在江西科技馆召开中国（江西）国际傩文化学术研讨会，来自美国、比利时、日本、韩国、墨西哥、法国等外国学者共计一百人；配合学术研讨会举办中外傩艺术展演，力求展示各地傩艺术的原始风貌；举办"赣傩的表情"大型民俗风情歌舞晚会；在绳金塔广场举办假面篝火晚会，那是集傩舞展演、群众假面舞会及商贸活动于一体的现代都市庙会；举办江西傩文化展，展览分为"古朴的原始形态""众多的文化遗存""完整的文化体系"三个板块，全方位推介江西的傩文化资源，并组织中外学者赴南丰石邮村田野考察。

每一项活动都得克服困难。比如研讨会的翻译问题，篝火晚会的安全问题，等等。开幕式及踩街表演的难度为最，那么多队伍、那么多演员、那么多观众、那么多领导，任何环节不能出错。偏偏，开幕那天台风带着暴雨赶来凑热闹，它是从福建沿海登陆的，对江西影响尤其大，开幕式议程进行中，哗啦——主席台上的雨棚因积水过多而垮塌一角，雨水倾盆而泻，倒在领导面前，估计坐在主席台上的人受到的惊吓不小。因为下雨，壮观的踩街表演少了很多观众，没有预想的万人空巷，也没有预想的出现各种应急状况。不过，到头来，我还是紧张了一回。组委会要求踩街次日，所有表演队伍必须离开南昌，以便集中精力开展其他活动。考虑到农民队伍多以及差旅报销手续等问题，身为大会秘书长的我，让会计随身带十万元现金以应急，一旦发生纠纷，拿钱铺路，请演员立即返程。第二天，湘西和贵州两支队伍未返程的消息吓我一跳，好在很快查明原因，原来他们寻根去了，分别去往九江和余干。

江西傩文化展设在文联展厅，从布展到开展，我竟没有时间认真看看。要知道，它调集了全省各地的傩面具，包括大量古傩面具，极具研究和鉴赏价值，这样的机会恐怕毕生难遇。撤展之前，我慌忙赶去拍照，总算留下一套资料。不过，被撤展的时间撵得紧，有些照片拍糊了；本以为田野考察活动有抚州市南丰县配合，组织工作可能会轻松。不然，南丰县轰动了，小小的石邮村竟然人山人海，好多看热闹的群众甚至爬上屋顶，吓得抚州市紧急调动周边多县的警力，共同赶去维持秩序。

晚会无疑是重头戏。《傩之舞》最后定名为《赣傩的表情》，此名称缘于我的散文集书名《乡村的表情》，串台词也是从书中提炼出来的。我想说的是，这一舞台创作绝非拍拍脑袋、心血来潮的产物，而是渗透了我等文化人对一方土地的长期思考，也是一群人的一拍即合，让这群人乐意为之倾尽心血。其演出效果之好，出乎大家预料。在艺术剧院连续演出多场，我也连续观看多场，除首场外，后来我为了观察演出效果，总是坐在最后排。尽管各场均为送票或单位包场，然而，几乎未见有人中途退场，几乎都是座无虚席。正值九十华诞的中国文联周巍峙主席对此作大加赞赏，鼓励我们将其推出去，去北上广乃至香港演出，他乐意帮忙联系。艺术周之后的很长一段时间，他老人家多次电话问询外演事宜。可是，演出一结束，演出队伍便散了，因为演员以文艺学校学生为主，骨干则是从九江市歌舞团、师大等单位抽调的，能把大家抓过来大半年已经很不容易。

《江西日报》刊文如此评说——

2005年6月15日晚8点，南昌，江西艺术剧院，一台名为《赣傩的表情》的大型民俗风情歌舞表演在此上演。

隔邻的江西省文联门口，左右对称地竖了六个巨大傩面，豹眼圆睁，面相比京剧脸谱更为远古而威严。它已经在视觉上告诉所有前往观看《赣傩的表情》的人，这就是晚会的主题。是的，傩，傩面，傩面具后面赣鄱大地上民众的日常生活，一切与此有关。

开场，是厚实的鼓点，仿佛来自远古，一下一下，撞击观众的耳膜。序幕就此拉开。

无须任何语言、任何文字……很快你会发现，只是歌，只是舞，只是音乐。一百多位年轻的舞蹈演员，运用他们的肢体和表情，向我们充满激情却又缓缓如流地，叙述着千百年来民间生活是怎样的世事变迁无定，而又繁衍生息不歇。

这是一次对民间生活的重新体验与整理。喊春播种、新屋上梁、喜婚与哭嫁、接福与占卜……让人动心、让人泪湿、让人欢笑的生活细节，在整台晚会中一个接一个上场，俯拾皆是，令人眼花。亲切得就像你昨天还是其中的主角或配角，朴素得就像在你自家的房前屋后……面对舞台上的这一切，你会感到仿佛是顺着时光之河回溯而上，个人记忆与集体记忆不断交汇，每一个场景都令你唏嘘不已，每一个元素都令你动容。

这是一场视觉的盛宴。像不死的鸟，能把天空打开；像成了精的鱼，要把海水穿透，舞者的肢体里埋藏着艺术与生活的精魂。山间健壮歌手，水边临水照花人；擂擂茶的倩影，古民居里的朗朗童音；还有母亲秋天一样的鬓发，妻子孕育中的腰……一切生命的信息，都在舞者的一动一静、一张一弛里传递与张扬。最后，舞台不见了，演员不见了，你只品尝了生活，品尝了生活其中悲欢离合的人。

这是一次音乐的巡礼。民歌小调、地方戏曲音乐、民俗活动中的唱彩、劳动的节奏以及自然的声音，种种音乐元素和谐交叉，从始至终你仿如沐浴于音符的雨点，有如恩爱的恋人絮语，有劳动时的诙谐与欢乐，亦有虔诚的庄重和洗心的清凉。歌词也是好的，《哭嫁歌》《恩爱好比一丘田》以及《祈福歌》，都是来源于生活本身，却提升了生活本身的上好之作。

这是一段色彩或美术的感官旅行。整台晚会的舞美设计立体且开阔，令人眼亮：远处是田野与天空，深邃宁静而潜藏无穷活力；白墙与灰瓦的民居深处，掩映着淳朴的乡村生活；梁木厚朴而辉煌，显示耕读传家久的好风尚。据此，我们深深地懂得"人，诗意地栖居于大地之上"这句话的经典所在。

晚会的色彩搭配亦臻于上乘。浅紫和深紫，是高贵的诉说；明黄与浅绿，是春天里最明亮的光芒；纯白与蓝，是孩子们过河时童真的身影；而大红的头盖与新鞋，是嫁娘们最艳丽的表情……

这是发源于生活深处的表情。什么也别说,用心去观看。表情,就是时光来过的痕迹,就是力量的凝集。表情,就是你,和我,和他。

还值得一提的,是《赣傩的表情》这一晚会的总体命名。傩,实际上是古老的,经千年百年而来的一种原始巫术。它起先只是先民的呐喊与求助,与艺术并无关系。而历史就是这样神奇,它像是一枚干果,即使隔着百年千年,我们依然能重新冲泡这枚干果,并于其中品尝到新的滋味。在《赣傩的表情》里,编导与表演者们对古老的民俗做了极大的提炼,使新旧如此完好地结合。古老,重新变为先锋。那些原本不可收藏的时光,在艺术中竟不可思议地变为可收藏。

无疑,傩文化艺术周乃江西省文联史上规模最大、影响最大的文艺活动,由文联主导并得到南昌及有关设区市、省直不少厅局的倾力支持,更是难得。它被中国民协评为年度中国民间文化遗产抢救工程十大新闻之一,南昌市则因举办这项活动等理由被美国《新闻周刊》评为2005年十大动感城市。

艺术周结束时,激动之余,我和余达喜等人感慨道:这样的活动不会有第二届了,也不敢搞第二届了。大家乐指省舞协主席余达喜是"吃傩饭,托傩福",作为傩文化研究的著名学者,他也谙熟舞台艺术,可谓整个艺术周活动的灵魂人物。从策划、准备的头年秋天忙到大幕即将开启的春天,他忽然被提拔为省文联副主席,而在田野考察目的地南丰,也有投入参与这项工作的领导升职,一时成为笑谈。

不敢搞第二届？真的！回头想想，当时真是胆大，那般规模的踩街似乎不曾听说。那般规模的调动简直不可思议（从队伍到表演道具、展览的古傩面具）。当时还挺心细，前期的造势有板有眼，通过电视台组织傩文化学者访谈节目、在报纸上刊登江西傩文化学者专访文章、在高校举办傩文化知识讲座，尤其是在八一广场上举办以图片为主的江西傩文化艺术展，并向群众散发《中国江西国际傩文化艺术周普及读本》，让叫"难"叫"摊"的老百姓都能认识那个"傩"字。

其实，提升活动规模，扩大社会影响力，是从谷雨诗歌节开始的。江西的谷雨诗会，于二十世纪六十年代初为省长邵式平所倡导，虽薪火相传几十年，但它主要是文学圈子的活动，形式为研讨会、座谈会加上朗诵会。新时期以来，历届朗诵会得到省电台支持，由播音员朗诵并播出，影响颇大，有的甚至反响热烈。

2003年，文联配合省里开展的主题教育活动，将谷雨诗会办成了节，首届谷雨诗歌节，主题为"弘扬井冈精神，兴我美好江西"，节日要有节日气象，于是乎，设计出朗诵音乐会、研讨会、"诗画南昌"诗歌大赛、摄影诗展、诗人采风活动等项目，尤其全省各级文联作协联动，同时分别开展诗歌活动。诸项均顺利进行，比如首届"友芝友诗画南昌"诗歌大赛，把评选出来的两百首诗印制在南昌市的公交车上，轰动一时。四月下旬，朗诵音乐会进入倒计时，突然接到"非典"期间不得举办大型活动的通知，一停摆，从谷雨等过秋分，朗诵音乐会最终演变为"红谷滩之夜"国庆大型文艺晚会，依然以诗歌为主打。热烈倒是热烈，可朗诵效果并不好，请来的大腕们，可能更善于表演。为了年复一年的诗歌节，我收拾秃笔，重习旧艺，后来拼拼凑凑出了一本诗集，美其名曰"最新节日朗诵诗"，也是无心插柳。一些诗为张铁林、焦晃、杨立新、虹云等人朗诵过，能感动作者的，唯有虹云。

之后的诗歌节同样配合省里当年的主题教育活动，在艺术剧院先后举办了三场朗诵会，"好山好水""劳动者情怀"及其他。第五届谷雨诗歌节的"感动春天"朗诵音乐会，走进校园，去了华东交大和江西农大。谷雨诗歌节，相沿成俗，真的成了群众性的诗歌节，成了遍及全省、滋润人心的文化习俗。

访问俄罗斯，我曾体验到那里的文化习俗。在银装素裹的托尔斯泰庄园，接连遇见几对手捧鲜花的新人，一问，是去托尔斯泰墓地献花的。新人若来自莫斯科，便是三小时车程。想来，既然向文化巨匠献花已成为民俗，成为婚礼仪式的重要内容，那么，路途遥远、大雪纷飞自然挡不住崇敬上路。我由此联想到一再被盗的陆九渊墓、甚为寒酸的杨万里墓以及其他众多名人墓穴。我浪漫地幻想着能够逐渐酿成一种风气——"去为那些光耀千古的名字扫墓吧"。"因为 通往那些名字的/石桥断了 山径也断了/那些熟悉的名字 长卧在/陌生的花丛和荆丛之中/有的墓园仍珍藏着老去的残烛/有的神道早已丢失尊严的表情/有的坟茔被风雨冲刷得/恍若无主的野坟/更多的墓碑啊 被青苔/偷偷地换上了它的姓名。"于是，从2010年清明节起，省作协会同省民协、省诗词学会等共同举办"我们的节日·缅怀文化先贤"清明祭扫历史文化名人墓园活动，全省文艺界和群众同时分别在各地祭扫。省里牵头举办的主题活动，先后祭扫了谢灵运、文天祥、杨万里、陶渊明、黄庭坚墓园。

清明活动是从谢灵运墓开始的。为此，当地政府修整墓园、修筑上山道路，可见它客观上促进了墓园保护，更重要的意义在于，让人们去体会去感悟"众多常青的名字　栽种在这里/已长成一片繁茂的风水之林/荫育着绵绵不断的文脉和文风/众多伟大的灵魂　栖息在这里/发达的根系　扎入广袤的心灵大地/守护着我们不甘流失的精神"。意外发现当年的《祭谢灵运文》，不妨抄录于此——

时维公元2010年清明之日，江西省文学界人士及宜春市官民共计二百余人，谨备鲜花庶果，奠酒致祭于中国山水诗鼻祖谢灵运之陵前，悠悠缅怀，殷殷凭吊曰：

日月经天，江河行地，时令忽忽，如白驹过隙。谢公逝去，不觉已一千五百七十七度春秋矣。遥想当年，赫赫世家，佼佼儿郎，自谓天下一石之才，曹子建据有八斗，所剩两斗唯公一人与天下平分之；更兼弱冠之年袭爵康乐县公，食二千户；位高禄厚，声名显赫，一时英俊豪杰，无与伦比，清高孤傲，举世无双！无奈失落刘宋，爵降禄削，欲跻身中枢干军国之大事而不可得，侍立君侧则感憋屈，出守州郡又觉零落；终至于不平而鸣，逆上抗命而惨遭扑杀。亲戚离散，朋友远避，惟乃孙携公之遗骸，潜行至赣西锦江之源，葬公于康乐县城北郊莲花形山丘之巅。呜呼哀哉，自此凄风苦雨之中，萋萋荒草之下，一抔黄土埋诗魂。

然公虽去矣，而翰墨点点，诗行历历；平生秉承自然，寄情山水，发乎胸臆之杰作却彪炳千秋，风骨长存；可谓笔底走龙蛇，毫端生风雷，开一代之新风，垂万世之经典。更兼呼朋唤友，登高历险，俯仰天地，指点江山，激扬文字，诗酒相酬；实乃山水风光旅游之先驱，而谢公之屐亦名满天下，倾倒众生矣！

昔之康乐，今为宜春万载县，乃公生前之食邑，殁后之归宿，以及子孙一支生息繁衍之地。缘公之遗风，文脉昌盛，底蕴深厚，绵延千载，山陵俱在，丰碑巍巍，为人景仰。公若有知，当含笑九泉矣。

故人生爵禄不足恃，得失不足虑；能够垂千古而不朽者，唯诗书文章而已矣！尚若谢公当年不是诗书传世，文章等身，为历代后学所推崇，为万千文人雅士所吟诵，又岂有今日陵前之盛典焉！

幸哉，谢公也！身家虽不保，诗书足堪慰。公其不朽矣！尚飨！

景德镇

第十五个中国文化遗产日，在杭州。我应邀去参加孙立新在浙江图书馆举办的瓷艺展，名"瓷韵匠心"。这是他第一个有开展式的个展。几位代表致辞后，他上台答谢。致谢各方，致谢来宾，致谢家人，他哽咽了，也说不下去了。他给父亲孙同鑫献花，深深鞠躬，向七十九岁的老艺人致敬，向有着一百多年历史的孙公窑致敬，向千年的景德镇致敬……

孙立新是孙公窑的第四代传承人，孙公窑系景德镇市政府授匾的二十四户陶瓷世家之一。我有诗句极言景德镇瓷业人才济济，称"在瓷都 即便一位其貌不扬的青年/都可能是名门的传人/或者，艺苑的新秀"，比如孙立新。我写那首诗的时候，他算真正的青年，如今虽年过半百，仍貌似青年，个头和身材没有什么变化，创作显然成熟了许多，展出的八十余件作品，有一部分让我这个外行都忍不住有话要说了。

我说，通过瓷韵，我品读到一颗匠心。匠心，首先得静心。追名逐利的，交际四方的……凡此种种，都不省心，以致如今能静下心来的匠人尚有几人？匠心更要用心。以家传技艺为根基，用心地秉持传统大胆创新。我读到其新意所在了，瓷板上的青花泼墨，为山为云，为瀑为林，明暗有度，浓淡相宜，其紧要处，以写意提神，人物着红衣，树木结红果，红了一点，亮了全篇，点了画眼，活了画魂。

我认识他应有二十年之久。记得年轻时的孙立新，真的喜欢标新立异，喜欢追求形式上的创新，在当时给人以突出的现代感，就像我年轻时提笔便是朦胧诗、意识流一样。然而，那一阶段仿佛是艺术进步的必经之路，仅仅是过程而已。一旦能从瓷韵里听到匠心脉动，那才是艺术的成熟。

我认识景德镇有四十年了。非常遗憾，前二三十年没有一张跟它的合影。当年为什么不买一台相机呢？我应该与生产青花瓷的人民瓷厂合影，应该与规模最大的建国瓷厂合影，应该与最能代表景德镇绘画技艺的艺术瓷厂合影，应该与釉上新彩出口瓷的专业厂红星瓷厂合影，应该与以接待用瓷闻名的为民瓷厂合影，应该与创汇第一的宇宙瓷厂合影，应该与"壶子大王"东风瓷厂合影，应该与生产玲珑瓷的光明瓷厂合影，应该与生产传统工艺瓷雕和实用瓷雕的雕塑瓷厂合影……一句话，笼而统之，应该与窑火正旺、青烟缭绕的景德镇合影，它依偎山城，与民居为邻，共同出入于某条街巷。可是，谁又能想得到，堂堂天下瓷都，那么多国营大厂竟然会在一夜之间化为乌有？

从二十世纪八十年代初开始，做文学编辑的我，一趟趟地跑景德镇，经由一条亲切的铁路——皖赣线。我至今记得沿线每个站名，其中有一处差一点成为我新的故乡。每次出行，均以组稿的名义，而最终抵达的终点，都是一座座瓷厂，都是辘辘车上、利坯刀旁，都是匣钵里、窑炉边。有时请作者领着，有时自个儿漫步在煤烟里，走着走着，不经意便走进了刚刚开窑的瓷器之间……

我常住的景德镇宾馆，在莲花塘；而景德镇市文联一直在新华书店的楼上。去得随便，才能频繁；去得频繁了，也就更随便了。我一般会去文联打个照面，而后沿着坡道走到荷塘边，一拐弯，朝向另一口荷塘，再拐弯，就能看见绽放在荷花上的宾馆了。八十年代，好像还没有请吃的风气，自个儿在宾馆食堂买餐券排队打饭，吃饱了，就该去消食了。其实，餐前我已绕广场转了一大圈。

如今讲究，闻到烟味，仿佛就要死人火烧屋一样。那时，青烟和窑火才是景德镇的主人，所有的男女都是它们的仆人，最忠诚的仆人，祖祖辈辈伺候它们吃喝，伺候它们起居，伺候它们出行。人把它们惯坏了，惯得脾气很大，且喜怒无常。比如，烧制青龙缸几经失败，眼看不好向朝廷交差，为挽救全体窑工性命，工匠童宾投窑自焚，从而成就了青龙缸，童宾缘此成为广利窑神；再如，因御窑连烧数十窑仍未烧成佳品，一位妙龄女子以自己的鲜血做釉料，竟烧出后来叫"祭红"的瓷器，她救下了父亲和众窑工，自己却因失血过多身亡。如此这般的民间故事，口口相传，人人知晓，所以，这个瓷器之都、艺术之城，其实也是民间文学重镇。

有位叫康戎的作家，取材瓷业民间故事写了两部电影，《滴水观音》和《瓷娃娃》。他也是《星火》的老作者，后来南下去了。我还记得他家当年的位置和他镜片的厚度。

关于窑火的脾气，有一个当代的真实版本让我震撼又感动。说的是，一景德镇籍教授毅然回乡钻研瓷艺，自己置了电瓷窑，决心要烧制一块当年可以称"最"的瓷板画，经历几次失败后，他相信即将的开窑一定成功，他为成功准备了盛大仪式，准备了足以让成功感奋的鞭炮和足以灌醉成功的好酒。可是，一开窑，竟见再一次失败。沮丧之余，又是发奋……

可是，窑火烧制的瓷器却是神奇。我在电视散文《青花》里便糅合了家族技艺传承和寻找古瓷碎片的真实故事——

我在千年的碎片中寻找青花。寻找她的来路，便是寻找自己的去向；我在艺术的城市中探访青花。探访她的消息，便是探访自己的心思。

我所端详的青花是残缺的。缺失的一片瓷，一片留给我的秘密，留给我的空白，像严父的面容那么冷峻。父亲说，你该在古窑的废墟上寻找，该在千年的烟火里寻找，找到了那一片，就找到了完美。

我所想象的青花别具风韵。她的美，要倾倒青花的窑厂、青花的长街、青花居住的城。父亲的眼神依然那么严厉。父亲说，你该去心的远方寻找，该去梦的笔端寻找，找到了你自己，就找到了青花。

父亲有秘不示人的心事。父亲一生都在寻找自己的青花。

提着鸟笼，唤着狗，他又出门了。躲过早晨的问候，躲过邻里的视线，也甩掉了我的追踪、我的逼视。那诡异的举止间，那苍老的背影里，藏着家传的配方、家传的技艺。以遛鸟的名义，他进了深山。那神秘的形迹分明是拒绝我的探究。

出身在陶瓷世家，我是他唯一的传人。他用美术哺育我、用瓷艺滋养我，难道，不是为了那郑重的交接吗？

傍晚，最先进家的是亲昵的犬吠，接着，是鸟的啁啾。父亲没有声音，父亲只有颜色。鞋上的黄泥，裤腿上的红土，衣袖上的绿汁，脸上的血痕，还有手里的一包配料。包裹在树叶里的配料，是水之魂，云之魅，草木之精神？是山之魄，石之髓，矿土之性灵？

——或者，是一个绚丽的允诺，把父亲的脸色映照得灿烂而温存。

莫非，那笼中的鸟知道，父亲的青花在河的那边，在雾的起源，在层林尽染的梢头？莫非，那疲惫的小狗知道，他涉过深深的溪涧，深深的荆丛，攀上高高的山路、高高的悬崖？

一次次神圣的点火，伴随着虔诚的祈祷。我通过窑孔，窥望着炉火纯青的过程，窥望着理想在燃烧中的奇妙窑变，窥望着父亲无情拒绝我的真相；一回回隆重的开窑，洋溢着喜庆的醉意。我通过震耳欲聋的爆竹，聆听着瓷的天籁，创造的天籁，聆听着父亲的微笑和内心。

祖辈的青花，永远属于祖辈；对父亲的赞誉，永远属于父亲。我要在青花中寻找自己。有点儿委屈，却是不甘；我要在自己中寻找青花。有点儿抱怨，却是发奋。

我就这么端详着用碎片黏合成的记忆，梦想着青花。在梦想中，我仿佛活过了一千年。我就这么凝视着满室画稿，满地毛坯，梦想着青花。在梦想中，我仿佛痴情的少年。

我轻轻地呼唤青花，用呼唤抚摸内心深处最温情感伤的一隅。我深情地描绘青花，用料笔想象她的肌理，她的神韵，她的风骨。

我想象青花来自春野。来自草滩，那牛群的后面，有个梳着羊角辫的牧童；来自山间，那花径的尽头，有个披着羽衣霓裳的仙子；来自弯弯的小桥、弯弯的田埂，拥着一位弯弯的笑眉勤勉的村姑。

我想象青花来自秋水，来自清澈的溪流或深深的湖。在水里成长，在水里欢乐，把艺术哲理演绎得质朴动人。如一尾鱼，依存于水，游弋于水，把水激活了，把每个日子都激活了，平凡的生活荡漾起一圈圈涟漪。

我追着青花而去，前往梦的笔端。前往青花走过的名山大川，前往青花生活的村舍田园，前往青花浣纱汲水的清流鸣泉，前往青花栽种呵护的春风秋月。

我看见我的青花俏立于枝头，是枝上的一叶，叶下的一朵；是缠树的青藤，藤上的青果。我听见我的青花婉转于云天，是云端的歌唱，云里的呢喃；是拍天的羽翼，羽上的彩饰。

我追着青花而去，前往心的远方。前往青花乘坐的古船，漂洋过海，前往青花曾经登陆的口岸；前往青花翘首以盼的花轿，吹吹打打，前往青花毕生神往的境界。

我听见我的青花用泥述说，用泥歌吟。声声如磬，如钟，如弦。澄澈处，有翩翩舞姿呼之欲出；苍茫中，有行吟诗人流连其间。

我看见我的青花用火洗礼，用火梳妆。洗去了一千年的岁月之尘，抹上了一千年的青春之釉。朴素而华美，平凡却高贵。镜一般明亮，玉一般圣洁。

锲而不舍地翻寻着历史的遗址，我终于拾到了缺失的那片瓦砾，那方青花的手绢。仿佛，它是一个美丽的寓言，孜孜不倦地追索着青花的踪迹，我终于窥破了父亲的心机，那无言的鞭策。仿佛，它是一个深奥的哲理。

我怀抱着我的青花，擦拭我的汗，我的泪，我的心血。

父亲扫净满地的爆竹屑，满地的欢喜和赞誉，把家传的配方交给我。那是再简单不过的仪式。只有父亲钟情的笼中鸟做司仪，只有父亲疼爱的小狗做嘉宾。那是再单纯不过的配方。只见一朵青花，一枝青梅，一竿青竹，一袭青衣，一脉青峰。

欣慰的父亲打开鸟笼。一对青鸟，犹豫着，有几分不安，几分依恋，又充满渴望。父亲用颤颤巍巍的手，放飞它们。远飞的青鸟，一只是我，一只是我的青花。

文友们陪着我，穿行在景德镇的街巷之间，从一家瓷厂到另一家瓷厂，从一座瓷窑到另一座瓷窑，从一只匣钵到另一只匣钵。那时候觉得满城缭绕的煤烟才能代表瓷的城，煤烟才是瓷的气息，才有釉彩的芬芳。回到宾馆，用毛巾往鼻孔里一塞，黑的。待上几天，自己仿佛也变成了一件瓷器，老是被引去了瓷器市场，或者在瓷的长巷、瓷的商店转悠，或者沿着比邻的地摊挨个蹲守。不为别的，外行看热闹，看哪些名家被绑架于地摊，看名家一旦沦落地摊还能值几个钱。

那时业余作者挺多的，除了文化单位的员工外，还有不少工人，包括瓷厂的工人。某瓷厂陈列室，是我难忘的一个去处，它比较集中地收藏了周国桢瓷雕。要知道，八十年代周国桢瓷雕风靡一时，他在北京办过颇具规模的陶雕艺术个展，《星火》曾用四封推介他，当年的文学杂志比画报影响大得多，画家都乐于上《星火》，甚至插图作者都是江西画坛的中坚。我觉得，周国桢尤以变形的动物人物瓷雕见长，那现代感强烈的瓷艺为千年瓷都带去一种令人惊奇的新鲜。

后来，那个陈列室理所当然地随瓷厂一道化为乌有。该厂有我熟悉的一位小说作者，听说瓷厂改制后，他自个儿当老板，靠山吃山，轻车熟路，瓷器生意做得不错。我正与文友忆着他呢，忽然接到他写来的一封信，其向我咨询如今文学写作的生意经，就像探讨瓷器市场畅销某某大师某某品牌一样。

瓷器市场确实风云变幻，滴水观音、祭红、"四美"瓶、周国桢，都曾流行一时。我对"哈哈罗汉"的印象尤其深刻，有一阵子，各单位拿它当会议纪念品也当礼品，我家里便有好几尊憨笑傻乐的瓷人儿，我也送出过一些大肚子罗汉。它不算贵，甚至还很便宜，却是人见人乐、人见人爱，谁都拿得出手。贵的，说是大师作品；贱的，属剽窃仿制，满大街的地摊上尽是，底座也有大师签名呢。买个贱的，冒充贵的，照样能鱼目混珠。中国艺术研究院知名学者方李莉进行过田野调查，她在文中生动描述了景德镇瓷器市场乱象，她深入之深体察之细，为我等作家做了示范。我是在《新华文摘》上读到那篇文章的。

居然得回头向文学讨生活，可见瓷器市场形势之严峻。大约只有走投无路，才会病急乱投医吧！可是，文学能养活人吗，诗歌能养活人吗，散文能养活人吗，小说能养活人吗？畅销书倒是可以，但你会写吗？写出有人要吗？电视剧倒是可以，你写得了吗？写了有人投资拍摄吗？拍了卖得出去吗？像你经销的瓷器？

我的回复确实凌厉。事关生计，我当然不能任其心存侥幸而误入歧途。瓷都的最大宗商品应该算是饭碗了吧！

其实，文学未必不能养活人，得看你是否善于经营。当年一位与我走得挺近的景德镇作者，未在任何省级期刊发表过作品，仗着领我去过瓷厂的情分，强烈要求入会，而且是直接申报国家级会员。我勉励他继续努力，他一咬牙赴外地努力去了，几年后，写信来奚落我一番，来信附有会员证复印件。我索性去查公布出来的会员名单，会员证不假，公布的姓名比真实更真实，印的字不歪不斜，一笔不少。人家不仅入了会，还成长为文坛名角，经常被深港澳的俊男靓女簇拥着合影。他寄我几册扬眉吐气的刊物，里面有好多文事活动照，颇有翻身农奴把歌唱的意味。

前几年，陪同领导去景德镇考察工业遗址的保护和利用。那些遗址其实就是我从前频频造访的作坊、车间和瓷窑。领导听说有欧洲专家夸赞那片遗址"工业感很强",便向下属出了一道比较尖锐的考题,曰:何为工业感?众皆面面相觑。什么叫工业感呢?当所有的国营瓷厂已变成废墟,甚至荡然无存、踪迹难觅的时候。

在古镇瑶里,工业感大约就是凝滞的水轮,哑默的水碓,干涸的滤池,荒芜的作坊,风蚀的窑砖,漫山遍野的破碎瓷器。那里曾有两百多座古窑遍布在群山中,曾有许多架木制水轮飞旋在溪流边。一条古驿道迤逦而去,前往徽州,前往瓷器向往的远方。

与瓷器远销海外的历史有关,后来窑厂纷纷迁往百里外的大江边,瑶里古镇被冷落了。然而,柴烟散尽的碧空,有云来驻;余烬犹在的残窑,有凤来朝。松与茶,枫与槠,来窑址上播种,在废墟里生长,竟然以无边秀色覆盖了满山瓦砾。仿佛,春的花容,秋的叶色,都来自漫山遍野的历史碎片,来自青花与粉彩,是瓷器上的图案,瓷土里的精魂。我不禁讶然,那么繁盛的一段历史,怎会被繁茂的植被包裹得如此严实?

我浪漫地怀想着民间的浪漫。我想,当窑厂纷纷迁徙,也许有一些陶瓷艺术家没有走,领着他们的子子孙孙,以山为坯,以水为料,在蛮荒的高山上画着釉下彩,画在煅烧过的丘陵间,就是釉上彩了。否则,很难设想,被窑火熏黑、被瓦砾覆盖的古镇,会有这种血脉相承的自觉。或者,他们养山养水,是为了保养永远激荡于内心的艺术感觉,为了保养崇尚山水、师法自然的人生境界。

这样的地方理所当然地成为作家采风的目的地。那是深秋,汪胡的原始森林五彩斑斓,锥栗成熟了,落了一地。红薯更是早已成熟。红薯担子从古镇的街巷里穿过。也许是被红薯诱惑的，晚饭后，有作家提出：到田野里开篝火晚会吧！众皆热烈呼应。我几乎没有思考，便点头应允。

于是，一担红薯来了。而干柴直接送到了田头——篝火晚会的现场。场地的选择，足以表现大家的防火意识很到位。那儿可能是瑶里最大的盆地了，离周围的山林远着呢，而秋后的禾田里只剩下禾苑，点火处在一丘大田的中央，在瑶河旁边。

二十来个作家围火而坐唱歌。唱歌是挨个轮着来的，一个都不能少，比较尴尬的是熊述隆和我。在一群年轻人当中，我俩是长老。从前，熊述隆是江西最好的散文家，没有之一。从前写散文的少，少得屈指可数。九十年代，有了以"散文三秀"为代表的女性散文写作，而这一命名恰好出自熊述隆对她们的散文评论。进入新世纪，江西散文创作异军突起，一度被评论家和全国散文期刊视作"江西散文现象"，此现象与作协的用心培育不无关系。瑶里之行，便是当时由驻会副主席李晓军具体张罗并持续开展的散文大行动之一，频繁的采风活动拢共召集百十位创作活跃的会员参与。

熊述隆和我都唱跑调了。幸好是在田野上，三面有山，一面临河，跑调也跑不出那个山坳，跑不出烤红薯弥漫开来的香味。

可是，篝火的青烟飘远了，有人看到了；远处的人还看到了火光，看到了一群不可理喻的男女，啃着烤红薯唱歌的人。

吃光红薯，燃尽劈柴，熄灭明火，我让大家用垫坐的塑料袋去河边提水，彻底浇熄余烬。而后，挖坑，将余烬拨入坑中，填土，夯实。走上大路，回头仍见丝丝缕缕的青烟从土里钻出来。当然，处理如此细致，想必安全无虞。于是，兴致未尽的一行人去逛夜半的古镇，在夜半的古桥上高谈阔论，惹得夜半的狗吠个不停，夜半的梦恐怕都受惊了。

惊着的还有宾馆老总。我一进门，他当头一句：你们在田里点火啦？我点头的同时赶紧申明，我们去开篝火晚会，我们是采取了一系列安全措施的。老总说：路过的村民一看到火，马上就反映到镇里去了。不用问，镇里追到老总这儿来了。

一夜无眠，我得想想怎么交代，一大早，镇委书记要来陪餐的。其实，早已是下半夜，天忽然亮了。我迎候着书记，赶紧上前致歉，说明事先我们为何选择河边的禾田中央，事后我们采取了哪些措施。书记微笑着点点头，轻声说了句没关系，紧接着提高了嗓门：不过，前天夜晚我们全镇干部村民都在山上打火，打了一晚上。

"不过"让我后怕，让大家都后怕。山里容不得"不过"。小小的汪胡村为什么会有一片原始森林呢？此乃村庄的风水林。传说族长大义灭亲，杀死擅自上山伐木的儿子以儆效尤，于是，此处又名"罪山"。为护林造林，八十年代当地的县林业局局长在大会上说：木材是个宝，假如我们现在不重视这个工作，后果不堪设想，可能我们的子孙死了，连棺材都没有！全场愕然。

走进如今的瑶里，我注定会想起从前的篝火。可是，如今的瑶里还会像从前那么宁馨，那么典雅，那么秀美吗？

第一次去瑶里，我看见，瑶河里有一条红色大鱼被自己的队伍簇拥着，下潜到深处，去参观铺满河床的瓷片。那些年轻的鱼则惊奇地在瓷片中寻找自己的宗谱、自己的历史。而更多的鱼，在桥下走台。一群一群，交叉穿行，袅袅娜娜，分分合合，如月在云端，雁过湖天，花开庭院……

瓷的都城，是艺术的都城，大师的都城，贩卖和复制大师的都城，抬举和恭维大师的都城。如此光怪陆离的地方，当然也应该是文学的都城。二十世纪八九十年代，我不自觉地一趟趟往那儿跑，一回回地住进莲花塘的深处，当时漫无目标。如今回望，倒是有如旁观者般清楚了，仿佛就是寻找能与陶瓷文化伴生的文学，寻找能对陶瓷历史和现实做出文学表达的人。

我一直关注景德镇题材的所有创作。比如，推介景德镇题材的创作，参加《大清官窑》研讨会……正是反复观看电视剧让我相信，某地的文化底蕴越深厚，就越需要当地作家去挖掘去书写，外人毕竟见外，很难进入地方文化中的。即便是做田野调查，外人也不可能像方李莉做得那么见骨见肉见心跳，方李莉不是外人，她是江西人，在景德镇生活过，我曾喝过她家的茶呢，不过，那是她先生朱乐耕泡的，用很别致的茶具。

自八十年代起始终为书写景德镇而努力的江华明，近年的小说创作颇值得关注。他曾领着我去过景德镇周边的好些古村落，其中叫沧溪的村庄，有独特的风水建筑，曰：张水门楼，即溪边人家，门楼一律朝东，迎着东方来水，以为吉祥。

景德镇的文学，是否也需要思考一番它的朝向呢？是否也该建造一座张水门楼呢？

——像青花泼墨的孙立新那样。

广　丰

广丰与福建、浙江毗邻。站在铜钹山的白化岩那儿，一眼望三省。我也曾在浙江江山和龙泉，瞭见了江西广丰的山和云。

广丰人的性格，颇似浙江人，可能跟田少人多的生存环境有关。我在距离该县不远的铁路边长大，从小一眼能认出广丰人，很容易辨识，戴着高高尖尖斗笠的便是。他们把箬叶塑造成山峰，然后扣在头上，男子汉顶天立地的样子。那种另类斗笠似为广丰所独有，挡雨遮阳的功能未必强于普通斗笠，人说其好处是凉快。我反而觉得它挺招摇。

戴斗笠的广丰人穿梭在我童年记忆里。卖黄烟的，卖红糖的，还有摇着货郎鼓吆喝"换鸡毛鸭毛破铜烂铁牙膏皮"的，用废物兑换的所谓冰糖，其实是熬得发燥的麦芽糖，叮叮当当，凿石一样，敲下来一小块。过去，小商小贩被人看不起，广丰人遭受的歧视尤甚，也许是斗笠招惹的。由货郎担扩大开去，广丰籍的邻居、同事、同学差不多都被叫作了"广丰佬"，我好几个同学拥有同一个外号。

大约本世纪初吧，省市作协在广丰召开全省小说笔会，我发言称：作家深入生活，不仅要了解一方土地的生活历史、民俗风情等，还要把握当地人的集体心理和集体性格，比如广丰人敢闯天下、善于经商的特长，一直被人讥嘲，而在改革开放的社会环境里，这却正好契合了时代精神，所以，广丰经济能够连年领先全省。对此，一直在听会的县委书记点头称是。我记住了他，是因为如此边缘的会议，书记碍于情面出场的有，但能坚持坐下去的，稀罕。

再见面，我俩都转岗上海带孙子了。上海离广丰不远，青浦有一座红柚园，园里走着广丰人，树上挂着广丰果，林间飘着广丰话。那果口感好，维C含量高，肉质细嫩水分多。青浦红柚园每年的开摘节，也是广丰人的团圆节，我三次应邀前往。邀我的是广丰卷烟厂的厂长毛小东，他专程由广丰赶赴青浦的红柚之约。青浦红柚是迁居上海的广丰马家柚。我参加的第三个开摘节前夜，广丰老乡们忆起马家柚的历史，忽然想到住在上海的老书记。事后我想，或许老书记当得"马家柚之父"吧。

开摘节那天，天未大亮，嗓门大而嗓音有些混浊的毛小东悄然带车从青浦直奔上海城区，往返好几个小时，将近中午时接来了老书记。在黄澄澄的柚香里，老书记感动于毛小东的出现，感动于红柚园的相聚；而毛小东则感慨于老领导现在的蜗居生活。要知道，老领导可是推广马家柚的有功之臣啊，一个良种推动成就了全县农民脱贫致富的重要产业，马家村的那棵母树已被保护起来，然而，发现和重用那棵树的老书记呢？

——被许多人忘记，却被毛小东记住；被毛小东提起，这才让许多人恍然想到。

据说，那棵劳苦功高的母树树龄超过百年，它是原有古树老化后重新发芽长起来的。老书记在任上某次考察马家村，发现古柚树结的果味道特别好，于是买下所有的挂果，十多只吧，分发给领导班子所有成员，要求大家品尝之后必须在会上发言谈口感。于是，这才有了响当当的马家柚，令人垂涎的马家柚。在青浦，我注意到一个细节，尽管柚果满园，女主人对每块柚子皮都是吝惜的，都要收拾起来。她家餐桌上，柚子皮被拿来做了好几道菜，说柚子皮还可以搽手搽脸，美容养颜。开摘节现场展示的柚皮雕刻工艺品，居然有金属质感。

广丰人拿马家柚当个宝。

老书记年已七旬。他的退休金在上海城区内租个小套房怕是都不够。他蜗居在一个人的感慨声中。

广丰人的敢闯敢作为，不是一股子血性，而是孜孜以求，坚韧不拔。我有广丰籍的七八级同学王维汉，当年读大学时，他的书法已在全省小有名气，谁也想不到，入学之前，他居然是个走村串户的木匠。他拿斧头当毛笔、拿木料当宣纸吗？正疑惑着，其弟林孙珍的回忆文字在上饶朋友圈里广泛流传，他写道："本来他（王维汉）可以在家随父亲学医，父亲不同意，坚持让他学木匠。父亲说，做木匠砍坏一根木头赔得起，当医生不小心医死一个人我没有那么多儿子赔！学徒期间三哥受的苦和委屈，远非我所能比。学徒不仅是学手艺，在师傅家，工余挑水、扫地、劈柴、做煤饼等重活累活样样得干，一点偷不得懒。刚做学徒时，一次在外乡，晚饭后临睡前三哥刚拿出一本书在油灯下看，师傅冷冷地蹦出一句："你还看书，东家没那么多煤油给你点！"小木匠王维汉"空余要么读字帖，要么在地上用树枝之类的比画研究怎样才能把字写得更好看"。这是一个现代版囊萤映雪的故事啊！毕业之后的漫长岁月里，任尔笔墨浮躁、字画铜臭，王维汉依然故我，潜心钻研书法艺术。后来，他硬是凭着自己的扎实功力和独特风格，成为省书协副主席。

只读过六年小学的林孙珍于恢复高考后，神奇地成为华东师大七九级学生。早在二十世纪八十年代初，他便是我关注的青年作家，后来他当领导去了，写得少了，我与之的联系便断了。再后来，林孙珍突然出现，希望我替其作品集写序。其中一辑写往事记忆，令我大吃一惊：小小年纪，竟当了社员，做了挑夫！要知道，这位少年郎肩挑重担，需要翻越的是横亘在赣闽边界上的崇山峻岭。往大里讲，那叫武夷山脉；往小里说，那是名字多得记不住的层层叠叠的峰峦。他的回忆文字，准确得像照相，精细得像微雕，感慨之余，我写道："假如要把一个时代做成标本，历史学家擅长的是做骨架，而展示历史纹理和质感的血肉，则需要依赖一份份真切有温度的个人叙事。"

回头看看，木匠和挑夫仿佛是这兄弟俩的前生。其实，广丰人有太多令人唏嘘的故事，那是性格导致的。

毛小东邀我在上海、杭州参加过好几次活动，我认识了几位在外地打拼的广丰人，他们也是有故事的人。比如，杭州的一位，高中未毕业，就出门打工，做过多种营生，也曾当卖菜的小贩，上午卖完菜，便去美术学院旁听。自幼萌生的艺术向往，催其奋发努力，接着他揽工程、跑物流，挣到钱后来了个华丽转身，经营艺术拍卖公司，并从事书法创作和研究。

外地老乡都管毛小东叫"毛厂长"，卷烟厂厂长嘛，不过，有时我不免疑惑：究竟喊的是厂长，还是场长？他当过铜钹山垦殖场的头儿，垦殖场和岭底乡两块牌子一套人马。我之所以疑惑，是因为老乡里有不少铜钹山人，早年我去那儿，经常听见山民们"毛场长""毛书记""毛主任"地喊他。

走出大山的铜钹山人，凭着吃苦耐劳的精神，硬是在大城市里站稳了脚跟，甚至闯荡出自己的事业。铜钹山高家村的村口，建有一座宾馆，大号"高老庄"，它的主人就是在上海做挖机生意的老板。

高老庄建在山口处，夏夜凉风阵阵，爽极了。那样的地方比较适合讲鬼故事。我曾在那儿给一群青年作家讲过里面根本没有鬼踪影的故事，却也把人吓得不轻。听说对面的高家村里，夜晚偶尔可见某栋空屋有"鬼火"闪烁。白日里我进村去过几回，倒是发现了傩的痕迹，它藏在一座小庙的楹联里，虽然无从深究，可它的存在本身就是意义所在。只可惜我存进电脑里的照片不见了。

2018年8月再访高老庄，巧遇毛小东请来几位老领导，有的已退休好些年，我仍然经常听得毛小东叨念他们的姓名。小憩于"高老庄"，见大门前挂着一块牌子——江西省作家协会创作基地，落款是2006年6月。牌子上似有锈迹，往事却历历在目。

牌子其实也经历了铜钹山的变迁。历史上，这片山林是封禁山，不得开垦围猎，也不得居家行走。相邻的浙江江山市廿八都，又叫百姓村，便是封禁历史的见证，来自各地的戍边官兵在封禁后安居此处讨生活，因此形成众姓混居的村落。

作为封禁山，铜钹山的美丽已封存千年。那美丽给人一种恍若隔世的陌生感，那陌生感悠悠然弥漫在兀立的险峰上、葱茏的山野间、宁馨的村舍里，或者，成了漫山遍野的空寂和宁馨。

热情也是引人入胜的美景。毛小东屡次对我说："山里的老百姓还是很苦的嘞，把铜钹山开发出来，就能从根本上解决山区的贫困问题。"我注意到，每每提及此类话题，他声音哽咽，眼里有泪。一个能够为群众动容的干部，才会为山水真正动情吧！

所以，在偏远而贫困的岭底乡工作多年，他致力于开发当地的山水资源。他喋喋不休，逢人就夸铜钹山的好，请许多专家来证明铜钹山的好，千方百计筹资筑路，期望引更多的游人来领略铜钹山的好。有一次采风，我因故被阻隔在岭底乡的办公楼里，进了毛小东的办公室兼卧室，我依然游兴不减。偌大的铜钹山区，恰好就在他的床头、案头。它是可以翻阅的，那是他编著的《铜钹山旅游概览》；它是可以倾听的，那是他搜集整理的《铜钹山美丽的传说》；它甚至是可以披荆斩棘去踏勘的。我捧着即将正式刊印的铜钹山开发可行性报告，不由自主地在文字里攀登或下潜，俯瞰或仰望，暗自惊叫或欢呼。一段，应有一公里长的崎岖艰险；一节，大约有一平方公里的神奇秀美。我知道，在草深林密的词语前方，一定有执着的向导，恨不能搜尽封禁千年的一切，哪怕镂于石木的一个字词。

桌上的一张废纸让我感动不已。那上面即便随便涂画的一些文字，也全都和铜钹山的开发有关。其中有个字很是生僻，我猜想，他一定在琢磨着某帖碑刻或某块匾联。

后来有一次我再去铜钹山，没有什么理由，乘兴而去，带醉而归。醉人的，不是酒，而是一个谜，是用报纸包回来的一些瓷片。瓷片上沾满新鲜的泥土。那是粗瓷的碗、破碎的碗、不成形的碗，却盛满了古老的气息，盛满了对历代朝廷禁律的讥嘲之意。

那是毛小东的最新发现。在饱览湖光山色、尽取民俗风情之后，他的目光竟钻入地皮之下。因为筑路，一座古瓷窑重见天日；因为古窑，那条新路便改了道。窑址紧挨着村庄，一地瓷片紧盯着远处。也许，瓷片在辨认当年通往福建的古道。我记得，离窑址不远处的小山包上，还有一棵古树。古窑究竟有多么古老？古窑、古树、古道和那个村庄，它们谁更古老？只能留待专家去考证。让我感动的是毛小东如获至宝的惊喜，视为神赐的珍惜。

不管这一发现价值几何，它的启示都是宝贵的。试想，那里不曾是封禁山吗，连炊烟都被禁止了，怎么会长出日夜喷吐的窑火和柴烟呢？莫非，朝廷就是被滚滚浓烟呛醒的？或者，顽强的烟火始终与那些森严的禁律对峙着？

也许，被泥土掩埋着的历史才是真正的历史；也许，真正的历史比史料记载的，要鲜活要丰富。由古窑可以想见，我们所立足的任何一片土地都是深厚的，不断探寻便有收获。正如高家村的傩迹，正如皇皇气派的十都大屋，正如惊艳于世、比美乐平的广丰古戏台，正如与靖安县同名的靖安村，正如铜钹山里的庙宇道观。它们让我体察到人烟在封禁山中不断蔓延的速度和温度，体察到人们请神灵引路，或者与神灵为伴，冒着巨大风险，执拗地深入武夷山的艰辛步履。毛小东领着我跑遍了广丰，甚至屡次"窜访"浙江省。其中的某村，为标榜"地灵人杰"而煞费苦心，将古今人物事迹编印成册以炫耀乡里、教化后人。我熟悉其中一个名字，便告知那位人物之子，岂料，他一脸茫然。看来，故乡有儿孙走失，更有儿孙彻底忘却故乡。

如果说，一座景区的旅游开发必定要赢得多方支持的话，那么，挖掘一个地方的文化资源则往往总是靠孤军奋战完成的。铜钹山的历史和文化，就是这样被毛小东一点一点地发掘出来，他所编著的《铜钹山历史文化丛书》，是一个人的工程，是一个人的意志唤醒了沉睡在密林的碑石、尘封在典籍中的文字，是一个人的谦和感动了那些为山民口口相传的上了年纪的故事……

在我看来，编著那套丛书，无论从其工程量来说，还是其意义来说，无异于再造一座铜钹山。因为，铜钹山风景区的精魂都在里面了。一位建设者，在紧锣密鼓的景区基础设施建设中，始终锲而不舍地挖掘地方文化资源，诗意地塑造建设着一个地方的文化形象，这样的建设者是令人敬佩的。游人沿着新建的道路走进铜钹山，立即走进了它的历史，走进了它那比风景更加神奇的心灵，这样的山注定要叫人流连忘返。

正是有了许多的发现和发掘，铜钹山的风景才经得起打量，耐得住品味，才能让纷至沓来的作家们文思泉涌，写下许多精美篇什。而曾经的野山，后来之所以能成为闻名遐迩的景区，除了建设者的种种努力外，也得益于作家的笔墨。他们的文字，像铜钹山的湖光山色，给铜钹山扬了名，又为铜钹山召唤了更多的文朋艺友。

这是江西少有的作家协会创作基地，而且是真正能为创作服务的唯一基地。我曾考察过两个申报创作基地的地方。一处，是离县城不远的景区，既方便又清静还景色宜人，难得的好地方，签了约，挂了牌，正儿八经弄来一块巨石，雕上字，栽在大路边。可揭牌仪式也是告别仪式，当地管事的人调离了，所有的约定便成为一纸空文；另一处，乃民间古建筑，当地政府对其期望值很高，不仅想嫁给作协，还想嫁美协、书协和摄协，恨不能一女许天下。可是，还没等相关几个协会盖章签字把手续办好，人家顾自忙着举行婚礼了。最荒唐的是，它的婚礼，也就是创作基地挂牌仪式，连新人也不迎，媒婆也不邀，反而请了一大堆开发商去喝喜酒，自娱自乐闹了一场，他们忘记结婚是要领证的，一式两份的协议书双方都未曾签章，到头来不过是几页废纸。看看急功近利急的！

铜钹山成为创作基地后，省作协定期组织作家前往，或者介绍市级作协采风团去，如果做个文艺界访客统计，那会是很可观的数目。我曾多次在会议上说，铜钹山是散文造就的山。我的同事概括得形象：铜钹山是最有文学海拔的山。

铜钹山是有灵性的。一旦贵客来了，景致一定分外迷人。比如，参加"三名楼"笔会的湘鄂赣三省作家到了，九仙山真个是仙气氤氲；北京上海的专家教授到了，九仙湖真个是胜似仙境。那几次我都拍到了好照片，不信，我可以打开电脑，把照片显示的拍摄时间报出来：前者是2012年10月23日10点12分，后者是2011年8月19

日7点31分。

吸引文朋艺友的，正是野山野趣，是封禁千年的美丽，而不是养在栅栏和花坛的景致。如今，多少风景胜地也被圈在栅栏和坛坛盆盆里了，铜钹山能继续"野"多久呢？

散文的确为铜钹山扬了名。然而，回头看，进入新世纪后逐渐被文学报刊认同的所谓"江西散文现象"，与铜钹山应是息息相关的。因为，铜钹山为江西散文提供了一块园地，队伍聚合的园地，创作交流的园地，思想碰撞的园地。说不定某位青年作家的成长，就跟在这里遇见天然的风景和天然的人情有关；说不定某件重要作品的灵感，就跟在这里呼吸纯净的空气和纯净的友谊有关。而"江西散文现象"的形成，注定离不开铜钹山热情的守望和热情的杨梅酒。

写到这里，我怀想杨梅酒了。当然，还有红豆杉酒，还有羊肉粉，那米粉是现做的，那山羊是当地养的。广丰的养羊传统，在江西算是特立独行。铜钹山还有一道名菜，腊肉炆石鸡。那么鲜嫩的石鸡配腊肉，真是不可理喻。不过，地方风味能够在舌尖上出奇制胜，往往就是不讲道理的混搭。

其实在创作基地挂牌前两三年，我们已经屡次前往，是作家褚兢介绍的，因为有乐于帮助协会促成好事的红媒，当年的省作协曾经一度每年举办采风活动十余次，而其工作经费只有区区一两万元。早先铜钹山接待条件也差，印象倒是深刻，比如九仙湖边的地铺和篝火，比如九仙山下的杨梅酒。

为什么单提九仙山的杨梅酒呢？它给我两次深刻记忆。一次是午餐后我独自从那儿提前离开，赶回不断来电催促的南昌。微醺的我和微醺的众人，所表现的握别和离情有点夸张，我看别人眼睛好像有点潮，感觉自己眼里似乎发热。还有一次是听说的，我不曾在场，据说采风队伍也是在九仙山下聚餐后打道回府，分手之际，都醉了，都哭了，没有一个例外的，一不小心弄成了生离死别的现场。毛小东说，铜钹山的杨梅酒不上头，我信。可它上眼，刺激泪腺。

十多年间，这样的杨梅酒淅淅沥沥，怎么不会淋湿散文呢？

宁　都

　　宁都的罗荣每个节日必发短信或微信问候，包括刚刚过去的立夏节。我回道：哦，又过节呀！

　　立夏还真的叫节，标志万物繁茂的节日。客家人有立夏节"补夏"习俗，即吃些好东西以强身健体，连牛也得补，春耕把它们累坏了，犒劳犒劳。宁都正是早期客家摇篮。南昌人立夏作兴的好东西是粉蒸肉。听说旧时南方地区还要拿秤来称人的，如此就不怕炎热、不会消瘦了，有古诗为证："立夏称人轻重数，秤悬梁上笑喧闺。"

　　那么，我不妨来称称关于宁都的记忆吧！为了不让它在人类变得更加健忘、气候变得越发乖戾的时代消瘦了去。

　　宁都是二十世纪八十年代之初我当编辑以来，到达次数最多的县份，没有之一；而罗荣则是我当编辑时认识、未曾中断联系、至今依然密切来往的作家，仅有的唯一。

　　人如车窗外的风景。有的匆匆闪过，再也记不得了；有的无缘错过，再也回不去了；有的无奈别过，再也见不着了。或者，被刻上"某某到此一游"，刻字的树意外死了；被塞进豪华影集，厚厚的影集受潮发霉了；如今倒是不必冲洗照片，存入电脑即可，再拿硬盘备份，然而文件夹太多，走丢了谁恐怕都属于大概率事件。同样，我也是别人眼里的风景，走过路过，或者一声招呼，或者一个愣怔，或者如老式月份牌的一页，日子过去便撕了揉了扔了，自然得很。不然谁能记得住人生路上与步履等速的风景？或者，如早些年尤其风行的名片吧，攒了几抽屉，真要找个人，那可要烦死了，于是，我便有了三天两头整理抽屉以保证精简的嗜好。

宁都不然。罗荣不然。因为很有风景的宁都总是我的终点以及起点。因为指挥交通的罗荣拦在后来叫昌厦公路的大道中央。交警大队管很有威的他叫"罗教"，我不拐进县城，属违反交通规则，要罚款扣分的。也许，即便乘八九十年代的班车。

从前去宁都有几种选择：坐班车到赣州转，坐班车经南城直达，或乘火车到鹰潭再换班车。说选择，并不准确，有时是"被选择"。比如，我分明记得由赣州去宁都是可以殊途同归的，班车有时乐意行走于都，有时陡然起兴狂奔兴国，那两条路在银坑交会后携手共赴宁都。因为屡次从不同方向到银坑，所以常常弄得我迷迷瞪瞪的。哦，兴国过来有很长一段色彩迷得人死的乌桕树。赞叹着风景，眼看就要到达宁都，不料交会的两车亲密接触，尽管只是几道擦痕而已，两名司机却不依不饶，相互指责，越闹越难缠。已是正午，我和同事都急。灵机一动，我赶紧上去劝架，三两句话，便让两车握手言和各奔西东了。同事很是诧异，夸我很会做思想工作。我得意地晃晃记者证。要知道，从前期刊的记者证也是可以派上用场的。

我对银坑印象深刻。它的圩日很频繁也很热闹，班车穿过镇街，其实是在箩筐、畚箕、菜篮之间跳跃，从箕器里爬出又掉落下一件箕器，于是我认识了新奇的脚板薯、削皮柿、"牛卵子"以及其他。对银坑印象大约可作为早年我常从赣州去宁都的旁证。

经南城直达的路线，快不了多少，通常两头见黑，或者夕发朝至。对于过客，南城一直是个魂魄不宁的所在，它拥有连绵不断的深坑泥潭和肆无忌惮的手。我曾选择夜车，到南城晚上八九点钟吧，司机要把旅客全部撵下去吃晚饭，之后，再放人上来。而当我抢先上车落座后，只见车厢里挤挤挨挨的衣袋成了"那类手"的用武之地。我暗示其中一个旅客，哪晓得人家一副虱多不痒的表情，或许是大智若愚。

选择拐道鹰潭那次，有重走红小兵串联路的意思。小学才毕业，风起云涌了，我与同学沿206国道步行二十多天到达瑞金，原本打算杀到井冈山的，将花花绿绿的最新最高指示一路撒去，那感觉真爽，结果因流脑大流行，被强行遣返原籍。串联路上，曾宿宁都，纵横两条街的县城，商品出奇丰富，且多有上海百货服装和糖果。要知道，当年即便生活在铁路大枢纽，想买上海货也不容易，得请列车员捎带或者翘盼保证沿线铁路员工生活的供应车抵达。重走红色之旅的那日，我咽喉肿痛愈加厉害，傍晚到宁都时嘶哑的嗓子已经失声。黄白在家中备饭，罗荣买来六神丸，真是灵丹妙药啊，半小时后能吃能说能喝酒了。直到现在，我仍经常夸赞六神丸之神奇。可是，如今的药还能治从前的病吗？

另一次，应是九十年代中期，终点本是瑞金，我先到宁都，再拿它当起点。第二天午后，罗荣陪我在城郊某处三岔口等了好久，终于上了去瑞金的班车，结果因车祸、修路，仅八十公里左右的行程，跑到天断黑。当晚便想，真该发扬红卫兵步行大串联之精神的。

路上堵了，烦。顺呢，有时也怕。还是以宁都为起点的行程，"罗教"把我交给班车司机，高个子师傅可能为领导信任而自豪吧，驾驶动作极其夸张，像骑自行车似的。上坡整个身体前倾，并左歪一下右斜一下，蹬得很吃力的样子；拐弯时身体顺势大幅度倾斜，伴以扭转龙头的姿势；下坡双臂挺直，腰背放松，脑袋后仰，一脸的扬扬得意。他真拿满载旅客的班车当自行车了，或者拿自己当小品演员。车倒是一路顺风，人却一路惊心。

看看，尚未进城呢，路上已有这么多记忆。

人是风景。来宁都真是看人的。看写小说的人，写散文的人，写诗的人，写戏的人，为写作服务的人。比如，写中短篇小说的黄白、罗荣。早在新时期初始，黄白已是江西文坛的骨干了，其作品多次在《星火》或之前叫《江西文艺》的刊物上打头，他南渡海南多年后，我俩再见于南昌，感慨多多。当年的罗荣，应该算新秀，不过此新秀功力和文字相当老到，似有大家气象。当编辑出身的我与之长期交往，与此不无关系，属职业病症状之一。宁都还有写长篇小说的陈东兵、温洪森，写散文的郑汉明、罗怡文，写诗的谢直云、谢帆云兄弟俩，写剧本的廖强哉，有刘彬、叶靖华等多位文联主席和更多写作者。他们以及由他们共同建构的相互喝彩、相互激励的"绿色"环境，才是文乡诗国的当代风景。

当然，宁都确实也有美不胜收的山水景致。地方喜好以"十景""八景"来概括名胜，我亲临其境，体验到宁都的三种别样景观。一是经年历久的梅江独木。当年我步行串联快到宁都县城时，那座独木桥便横架在暮色中，河滩宽阔，芦苇丛丛，而远山层层叠叠，有一种蛮荒的感觉，独木桥却让行人一直穿越到二十世纪八九十年代的霞光里。其实，它究竟何时功德圆满，我并不知情，印象中始终有的。二是转瞬即逝的石上落日。确切地说，是在石上村外看到的隔岸落日。红红的一轮，被龙头也似的山衔着，梅江动情了，泛起粼粼波光。待我认真端好相机，日头奋力一跃，竟沉了下去。三是恍若梦幻的莲花山形。

先前我曾两次去莲花山，印象并不深。本世纪之初的一个暑期，专程赴莲花山，那里正举办有全县教师八九十人参加的文学辅导班。青莲寺的斋堂里，尽是虔诚的眼神、肃静的倾听者。当人们越来越懒得写字（有键盘呢）、懒得说话（发短信嘛）、懒得表达感情（一声"哇"权当千言万语）的时候，在我眼里，这个文学辅导班便有了不可小觑的意义。那日，我再次得见青莲寺后的甘露树，且终于得以沐浴树之甘露。守候树下，隐约可见空气中游丝飘浮，那便是甘露，其源头是红豆杉的针叶。渐渐地，游丝密集起来，甚至可以感觉它落在肌肤上的丝丝沁凉，而集聚在树叶上的游丝凝成露滴，滴落下来。罗荣告诉我，越是骄阳似火，越是久旱物燥，甘露树越是甘霖飘飘洒洒。其时，如果说是因为热爱着的那些人，树才有了心思和情绪，也是恰如其分的。

身在山中而无从尽览全貌，道理人家苏东坡早就说清了。某次午后从东龙返回县城，一行人昏昏欲睡于弯环的山道上，高处猛然一个转弯，我眼前一片奇景。县城以远，阳光像舞台上的追光，把一朵盛开的巨大莲花作了完美呈现，那是鲜艳花瓣也似的群峰。莫非，它们簇拥在一起，只为诠释莲花山形的寓意，即心向善、莲花现？所以，那件气象和山景合作的大地艺术，像灵感一样转瞬即逝。

八九十年代的宁都之行，其实是行走在文学里，当然每次都少不了与文学和历史相伴，一道去造访翠微峰。次数多得记不住，而从山的罅隙里攀爬至山顶，仅仅一次。登临翠微峰，仿佛是去过宁都的标志，就像我曾经把逛新华书店并盖个章子当作到达某地的证明一样。

与宁都的长期往来，令我迷恋其与别处迥然有异的客家生活氛围，比史料鲜活诱人的革命历史烟云，以及注定会和想象大相径庭的人生命运。在听到太多女红军、女"苏干"的故事之后，曾经一度，我和罗荣打算合作写一部反映她们命运的长篇报告文学，可是，这一计划最终因采访的困难而流产。她们接踵老去，记忆纷纷飘零，有的则不愿触及心灵深处的痛。于是，二十世纪九十年代初期，我只能拿组诗《赣南母亲的群雕》献给她们。关于赣南女性在战争年代的作为，民间记忆太庞杂，苏区史料太厚重，姑且摘录我的几段诗句吧——"村庄是男人留下的阵地/村庄是女人毕生的战场"；"能把苦难做成种种美食的女人/叫作母亲/能把注定做不成美食的苦难/悄悄吞咽的　女人/叫作母亲"；"你的名字/是一个人的墓碑或许多人的/纪念碑　你的名字是纪念碑上鎏金的/大字　是附着在字迹上的岁月/你的名字偶尔被风吹上碑顶/成为一蓬青草"；如此等等。

女人是水，水是气脉所在。我的长篇小说《红罪》主要写男人，其气运则因女人而生成。为什么毫无来由地提及它呢？赣南有几位文友读后，惊讶于我对客家民俗和语言的谙熟。真心，这得好好感谢宁都了。宁都告诉我：语言和民俗都是人们的精神家园，民俗还是一方土地的精神履历表、性格说明书。

既然聊到语言，不妨随口多扯几句，《红罪》原先联系了影响稍大些的出版社，可方言问题成为我与编辑沟通的一大障碍，编辑认为方言太多，为广大读者计应加以删削。我以为不然，多的只是"听到来""把还你"之类的口语，一位名家为南方少数民族作品写评论，则把这类口语称为某族方言，殊不知，那是客家人乃至广域环境里南方人的口头习惯。我的小说里方言词汇也有，比如"红包鲜肉"，比如"改形换相"，不必解释，在阅读语境里注定能心领神会，而且它们妙不可言。小说是我记录和收藏民间的另一种方式，包括民间语言，那么，坚守自己就成了无可妥协的原则。

哦，那些生动的方言，正是宁都教给我的。

应该是缘分到了。进入新世纪的某个元宵节，我在广昌驿前巧遇南昌摄影家，一位不修边幅的大男人，一见面，他兴奋得像个烂漫小天使，连忙把他的相机端到我眼前，刚刚拍来的民俗事象向我展示了五彩缤纷的宁都，别样的宁都。仿佛神示，弄得我心旌摇荡，不禁慨叹道："我在平日里多次到过的地方，竟让我如此陌生。看来，结识一方土地，需要抵达它的节日，抵达它的内心，抵达乡村每个盛大典仪的现场。"

那次，无疑是对宁都的再发现。可惜当时已错过日子，只好翘等来年。后来，我把鸡年正月的行程写进文章里：十三日到达，晚上去黄石镇听宁都采茶戏；十四日上午访问竹笮乡的宁都道情，下午是石上村的割鸡仪式，晚上看江背扛灯；十五日有一些选项，比如，上午的黄石中村傩戏或田头镇妆古史游村，下午回到石上领略添丁炮及傍晚的担灯游村。元宵之夜最是精彩纷呈，形形色色的灯彩遍布全县山野，可惜，一年太长，一夜太短，我就近选择了曾坊桥梆灯。

文章《节日的宁都》发表后，报社的宁都籍采编人员迅即作出反应，或宣称被唤醒记忆，或声言从未听说，都挺为家乡自豪的。它成为我被选用次数最多的作品之一，连个人出书也有拿它代序或做附录的。估计摄影家乐见其中的路线图。第二年春节再去宁都，石上村告诉我照相的来了三四百人，以后渐次是五六百人、七八百人以至上千人。赶赴宁都的相机越来越多，我连年追着好奇的镜头跑，有一回在石上，把镜头盖给跑掉了。低头寻找无果，只好作罢。岂料，活动结束时，一老者拎着鼓鼓囊囊的特大塑料袋挡在村口大道中央，见我即哗啦一倒，镜头盖遮光罩滚了一地。老者豪爽得很：配吧，配上你就拿走！

说到老人，乡野上的许多欢娱场景忽然退隐，我记忆里尽是他们的特写。比如，自嘲为"南云第一封建头子"的老人，那显然是过往时代赐予他的封号。南云又叫南岭，该村是中秋节俗竹篙火龙的发生地。老人介绍来历说，四五百年前一场瘟疫后，有懂医的山东兄弟认为瘟疫流行乃环境太脏所致，故动员村民"沤火"焚烧脏污，疫情因而得以控制。从此，竹篙火龙成为人们纪念恩人的形式。这是现实主义的版本。先前我则听到火龙神喷吐火焰征服邪祟的浪漫传说。老人挺固执的，讨论着卢氏的来龙去脉，竟和客人争执起来，其愤怒的表情和不断提高的嗓门，差不多剑拔弩张了，一时间让我担心他动蛮。赶紧把话题岔开，询问少年为何持线香，回答颇意外，起初竟是自个儿闹着玩的，后来儿戏被赋予了辟邪纳吉的意义。

比如，石上马灯会的领导者，乡文化站的老站长，一个很有故事的人物。我第一次去石上看割鸡，巧遇该村六十年来添丁最多的一年，人们美滋滋地反复叨念一个数字——四十八。四十八种婴啼，该让一座妇产医院忙得不可开交吧！四十八个学童，该令乡村小学多建一间校舍吧！四十八位小伙子，长成了，该是另一个村庄吧！无疑，那年的庆典注定最为隆重壮观。所以，老站长始终人前人后地招呼着，与我的交流断断续续。我得知，二十世纪五六十年代人家曾是闻名遐迩的农民诗人，有了诗名，胆气也壮了，见县里迟迟不给国家干部指标，他居然上省城找领导，当仁不让地替自己要了来。忆起往事，老站长仍悻悻然，可见当年的他果然够牛。依我的经验判断，所谓别样宁都，正是老站长们修复的、重建的，而传承之链被斩断得太久太久。近年去宁都调研，得知老站长已过世，我懊悔不已，一直想找时间跟他深入聊聊。看来，念头比所有植物生发的苗头更柔弱。

※　　085

比如，卫东文宣队的老演员。那支特定时代烙印鲜明的文宣队，其实一直伴随老百姓的精神需求与时俱进着，曾被誉为"红土地上的乌兰牧骑"。我慕名先后两次去赖村参观队史馆，两只书橱和放在其上的镜框，给我极强的冲击力。书橱里整齐立着一卷卷史料，搜集和记载了自1968年11月建队至今的历年概况、演出、创作剧目，历来的演员队伍、演出反映等，惶惶然，一支小队伍的大历史。而以半个世纪的心思来做这件事的，乃建队初始的演员黄抡堪；镜框里则是首任队长黄春生的遗照。当年，他服从生产大队安排，放弃民办教师工作来创办文宣队，同时让自己"逆行"为真正的农民。二十五年后，他英年早逝，却是一茬茬队员公认的"始终队长"——他始终端坐书橱之上，仿佛戏神。

听说，因县城里新刷出的标语水平欠缺吧，某位退休老同志拄杖闯进县委书记办公室，没好气地告诫道：我宁都可是文乡诗国啊！

一个有年味有节味的地方。连续好些个元宵节，我都赶赴梅江边喝米酒、听响铳、闻硝烟、赏龙灯。往来最频繁的年份多达三次，而且，有几年是邀了一拨拨客人去的，为了让他们拍案惊奇，让他们看看城市楼丛中难得一见的圆月，让他们醉倒在淳朴民风里。

风情鲜明的客家民俗，至今依然原汁原味活态存在于宁都乡村，且被老百姓乐此不疲地享受着，真是难得。那大地飞红的场景令人叹为观止，叫人流连忘返。要知道，当下民俗遭遇的现实是，要么大面积地消亡，要么大规模地被改造。而在梅江两岸，好比正月间不怕来客，酒菜现成的，种种民俗事象也是现成的，且各个有异，即便随意游走乡间，也能时常惊喜遇见。

我一直觉得：民俗并非点缀乡土的花朵，民俗是老百姓的生活方式、思维方式和精神生活的最高形式。我在为一本新书写后记时，突然从脑子里蹦出来的这句话，把自己给惊着了。不错，是"最高形式"。若不是在乡野上跑了一二十年，遍访欢娱且神圣的节日现场，恐怕很难领悟其真谛的。

年俗节俗里蕴藏着丰富的精神文化，是中国乡村文明中敬畏天地为求得风调雨顺、礼拜神明来祈望辟邪纳吉、崇宗敬祖并睦族友邻以凝聚人心、庆贺添丁，以及教化子孙以光宗耀祖等思想观念最集中、最生动、最绚丽的反映，也是民间对生活理想和精神追求最艺术、最浪漫、最热烈的表达。那么，保护并传承节日民俗，就是尊重和珍视老百姓的生活传统和内心诉求，就是守护中华民族的乡村文明之根，就是传承和发展深深扎根于民俗大地上的文化精神。这正是传统节俗的当代价值之所在。

而今，乡村人口大量流向外地、流向城市，村庄"空心化"现象愈演愈烈，在此背景下，年节习俗成了一个村落、一方土地人心的强力黏合剂。它是亲缘的纽带，可以把远近甚至五洲四海的同宗紧密联结在一起，如石上村的割鸡和添丁炮；它也是一条地缘的纽带，如杂姓混居的马头村，元宵节的桥梆灯长达二百零六梆，一条灯火长龙把十个村民小组、众多姓氏紧密地串联起来；它还是一条乡愁的纽带，用独特的民俗风情，牵引着包括城里人在内的更广大人群对乡村的记忆和关注。

所以，最近一次走访宁都，我生出这样的念头：可否突出重点，抓住几个影响较大、活动时间较长的村庄，尝试开展传统节日的"体验游"呢？如马头桥梆灯活动是连续三晚，石上割鸡、放添丁炮、担灯等系列活动前后延续三天。如今，国家放开二孩政策，有文章反映，人口形势仍然十分严峻，在城市里不愿生孩甚至不愿结婚的年轻人比例不断上升。客家的添丁习俗，体现了中国人敬畏天地、崇仰祖先、珍视传统的思想观念，体现了生生不息建设家园、勤劳创造美好生活的生命意识，似可在石上创立一个添丁（上灯）文化节，对添丁文化做出生动诠释，同时，面向城市发展"体验游"。比如，在村里建一座"百姓祠堂"，每年从正月初二到十五举行添丁（上灯）文化节，吸引城里人在春节假期到百姓祠堂里参加集体的上灯活动，举办添丁宴，燃放添丁炮。当城里的节日越来越乏味时，不妨让"添丁"成为举家来乡下寻找精神家园的最快乐也是最庄重的理由和目的。

所谓年味节味，应该就是烟火气息吧！我对石上的鞭炮印象很是深刻，它缠绕在长长的竹篙上，红彤彤的竹篙林立于汉帝庙前，林立于一座座祠堂门前。正月十四的割鸡仪式，共有五个环节，每个环节要燃放一挂鞭炮，而哪家添丁户不曾收获几十挂鞭炮？于是，便又有了元宵节下午的燃放添丁炮仪式，人们要把所有的祝贺都点燃，让它化作惊天地泣鬼神的滚滚春雷。

一旦鞭炮大作，整个村庄捂住耳朵，却睁大了眼睛。天地间只见爆炸的火光在跳跃，只有轰鸣的声音在激荡。浓浓烟雾生于每一座祠堂内外，奔涌在每一条村巷头尾，吞没了所有房屋、所有的人。

我在村外看村庄。村庄是一团银色烟云，似朝雾，似夜岚，烟云忽浓忽淡，房屋时隐时现；浓时，硝烟能遮天蔽日；淡时，薄雾如轻纱漫卷。

我在村里看村庄。鞭炮是村中唯一的主人，硝烟是家家户户的熟客，进了厅堂，又进厢房，一直走进人们的肺腑里、血脉里。是的，当鞭炮声渐渐零落，我听到它的脚步声了，像一声声咳嗽。在烟雾里忙碌的有男人也有女人，他们忙不迭地收拾着那些用过的竹篙。一捆捆竹篙倚墙立着，沾在上面的爆竹屑好像还沉浸在亢奋之中，而地上到处都是一层厚厚的红色。

大地飞红，是节日民俗最浓重的底色；烟熏火燎，是节日民俗最黏稠的味道。我曾说过：灯与火，是一切民俗活动的灵魂。民间的烟火还有比石上更甚者，在南康寨坑，鞭炮是一堆一堆燃放的，炸了几乎整个上午，真的把朗朗乾坤熏得暗无天日，然而，仪式一结束，顷刻便是蓝天万里。

然而，最近我吃惊地发现在乡村也彻底禁止燃放和焚烧了，哪怕那燃放是对天地山川的告知，那焚烧是对神圣信仰的虔敬。鞭炮居然轻易地被一种可以听响却形象丑陋的"礼炮"取代。不妨秉持传统反问现实一句：再也没有了不时弥漫乡间的烟火，空气真的清新，环境真的洁净了吗？

有日子未去宁都了。不知中国客家民俗之乡宁都对烟火事以为然否？

瑞　金

我有一次被审讯的经历，发生在中央苏维埃政权所在地红都瑞金。至于具体什么地方，记不清了，肯定不是"一苏大""二苏大"的会址，或哪位人民委员的办公场所。不过，场面很正规，有审判长、审判员，还有书记员。

小学毕业之际，在红卫兵步行"大串联"的热潮中，有十多个男孩子拉起一支队伍，要走瑞金再去井冈山。他们找学校开一张介绍信，并做了一面旗帜。凭着介绍信，出发前在学校领一沓花花绿绿的毛主席语录卡，一路散发，到达沿途各县，还可去红卫兵接待站申领，补充"火种"。大串联的意义正是为了播撒革命火种。

我们的队伍向南挺进。出城必须经过南郊的刑场，那片草木稀疏的丘陵令人不寒而栗，于是，装腔作势地齐声歌唱，脚下却急急慌慌的。第一天赶了一百零八里，天完全断黑后到达金溪县城。第二天一早起来，都走不动了，便闹内讧，分裂的结果是大多数人扔下旗帜打道回府，剩下三人分得一纸介绍信和一根旗杆，将旗杆截成三根拐杖，继续一瘸一拐地前进。前方，不断传来流行性脑脊髓膜炎暴发的消息，县城和乡镇那类海报铺天盖地。我和同学建国因感冒去南丰县人民医院开药，医生不问青红皂白，把我俩扣下住院观察，另一个吓坏了，悄悄当了逃兵。医院把我和建国关了一周才放出来。出院后，两个人的队伍依然执意前行。历时二十多天，步行四百多公里，我俩终于喝到了沙洲坝的红井水。我记得当年的瑞金城藏在广阔的甘蔗林里，在国道上一个拐弯，只见山下盆地里的一大片青纱帐。

好像正是在沙洲坝，建国巧遇他哥哥，一个高中生，独自骑自行车串联来的。为了冒领更多的语录卡，高中生出了个高妙的鬼主意，让我俩和他交换介绍信，各自再去接待站申领。反正接待站只是看一眼介绍信，并不登记，换张面孔未必记得。语录卡大小似如今的名片，薄薄的彩色小纸片，却很受沿途围观串联队伍的群众欢迎，当他们用土话高喊"我要最高指示"时，摸出一把撒出去，看着他们在公路边雀跃着争抢，当时觉得很神圣很自豪。

高中生用我们由小学校开出的介绍信，获得了成功；不料，我们拿他的介绍信却被人识破。

逮住我俩的，是来自北京政法大学的大学生。而且，我们在前往瑞金的途中曾两次相遇，我俩还搭过他们拦下来的卡车，也算一路同行的战友吧！但是，他们是学法律懂法律的，正好可以利用所学来进行法律实践。

我记得审判庭是临时布置的，好像一间空空的教室，拖来几张课桌组成审判台，中央的板凳上坐着被告人。大学生们很威严地入席，审起两个懵懵懂懂的小学生来。问我俩的真实身份，问那张介绍信是怎么弄来的，问我们有没有前科。

我俩除了不懂"前科"的意思，别的全招了，全被人家记录在案，还在记录上按了手印。

后来，流脑局势更为险峻，大串联的红卫兵一律集体遣返，我俩其实也不敢去井冈山了，听说山上的直升机螺旋桨，把红卫兵脑袋给削掉半边，于是我俩服从安排被大客车拉到南昌，然后自个儿回家。带回去一身的虱子，一身的晦气。母亲把我全身的衣服用汽油搓、用开水烫，还逼我用汽油洗头，才把虱子消灭干净。后来很长一段时间，我一直忐忑不安地等着学校的惩罚。政法大学的人威胁道：你们的行为，我们一定会让学校做出严肃处理的！

时间证明，大学生吓唬小学生而已，却把小学生吓得不轻。

我后来在瑞金认识了一位真正的法官，人家不仅懂法律，还对苏区审判历史有深入研究，编辑出版了《苏区法学史研究》《苏区审判史简介》，负责筹建和策展中华苏维埃共和国最高法院旧址和苏区审判史陈列馆、中华苏维埃共和国检察史陈列馆。

他叫严帆，身兼作家、学者和收藏家。作为作家和学者，他可谓著述等身，随着国家各部委在瑞金建立教育基地的寻根热兴起，他又成了诸多红色历史陈列馆的设计师和策展人。作为收藏家，他以收藏苏区革命文物为主，同时收藏了不少客家文物。他的家就是文物的库房和展馆，三层楼，面积并不大，摆得满满当当的。

他让自己生活起居在中华苏维埃共和国的史料里、钱币里、枪械里、千奇百怪的文字里以及五花八门的物件里。也许，他是枕着形形色色的史料入眠，听到隐约的一声炮响醒来。是的，是炮，而不是号。我在中华苏维埃共和国临时中央政府大礼堂的墙上曾看到当年的作息时间表，上面写得分明：起床，一炮；吃饭，二炮。究竟是铳是炮以及什么炮，我本该细问的。至于那座大礼堂，严帆不无骄傲地告诉我，所用木料是他伯父带人上山砍的，而身为红军连长的祖父则为革命献出了生命。

我有诗句极言赣南人民的牺牲和奉献，称："在赣南 任何一位白发苍苍的老人/都可能是昔日的战士/或者，红军的亲戚。"中国作协组织作家采风，屡屡来到瑞金，每次少不了座谈一番，某次座谈会前，有外省作家提出，最好能叫几位红军烈属和后人到场以便采访。我笑道，在场二十多位当地的干部、作家和党史专家，几乎个个都是。他将信将疑，高声在场上嚷了一嗓子，结果全体高举手臂，如森林般，包括严帆。

瑞金作家钟明有一首叙事诗，题《党啊，亲爱的爸爸》。党不是亲爱的妈妈吗，很突兀吧？然而，对于钟明之父，"他是母亲的孩子，也是共产党员父亲的筹码"。钟明祖父参加红军汀瑞游击队不幸被捕入狱，祖母愿出卖腹中孩子以获取救人的两百银圆，所幸的是，孩子出生后过继给了叔父，长大成人投入家乡建设，因此"父亲时常对我说：'党啊，你是我亲爱的爸爸！'他念叨，这是一句他暖了一辈子心窝的大实话"。

严帆是红属也是烈属，是扎根在红土地上的红三代，是中华苏维埃共和国遗存于民间那些家当的发现者和守护人，他满怀敬畏，视之为职责。严帆跟我讲过好多收藏的故事。比如，在大柏地战斗遗址拾得的弹头，是他的第一件藏品，引领他走上红色收藏之路；比如，珍稀的苏区股票、米谷票以及其他，是如何来之不易；比如，变卖部分家产并借款才买下的那部《苏维埃法典》，辑有苏维埃时期的二十多部主要法律法规，存世仅两部，而其中有些法规为首次发现……那么多藏品，每一件都是有故事的吧？

严帆并未止于收藏，收藏为了保护，也为了传承、研究和利用。以专著《中央革命根据地新闻出版史》为代表作的一系列论文论著，便是他充分利用红色收藏去钻研苏区史的丰硕成果。如此道来，国家部委寻根找他做向导，真是找对了人，有他领路，历史丛林的深处，战争迷雾的尽头，一定是柳暗花明。

我也喜欢找严帆领路，喜欢找钟瑞春、钟俊诚、廖巧云他们领路。正是有瑞金朋友领着，我无数次去往叶坪、沙洲坝、云石山，或者去结识密溪古村和凤岗，去领略能挤得手机断了信号的壬田庙会。我对庙会日的壬田印象深刻。到了中午，处处杯盏觥觚，家家大宴宾客，且以客多为荣耀，即便陌生人也可以成为任何人家的座上客。于是乎，家家扶得醉人归，整个壬田都醉倒在收割后的田野上，采摘后的果林里。我和朋友则围坐在斟满水酒的大碗边，一同梦回瑞金叫作瑞京的年代……

我经常在严帆家里喝的，也是那种水酒。慢慢喝，小口抿，它是水；感情深，一口闷，它就是酒了，而且长醉不醒。可在严帆那儿，并不敢多喝，因为我总是陪着客人去的。我的客人有全国文艺界的多位领导，有一拨拨著名的作家、评论家和民间文艺家，我更乐意请他们参观狭小拥挤的严帆家庭博物馆，恰恰因为藏品有故事，甚至，有的藏品可能是新近从夹墙里、砖缝里或者别的什么地方发现的，是严帆闻风而动、追踪而去，不惜掏出当月工资买下的。摸一摸他的藏品，似乎可以感受历史的脉动，如果你能屏息体察的话。

难怪去严帆家的参观者，已有上万人次。我想，或有当年政法大学那几位跻身其中，怕也未必。

瑞金，无须命名，它一定是中国作家心目中的采风目的地。数一数新世纪以来曾经光顾此地的众多名字，答案便明了。

早在2005年，中国作协选择毛泽东主席《讲话》发表六十三周年纪念日，在南昌举办"重走长征路，讴歌新时代"作家采风活动出发仪式，然后，由副主席陈忠实和一位副书记带队，陈世旭陪同，熊召政、徐贵祥、石钟山、刘醒龙、葛水平等十余位作家前往瑞金，再从赣南驶向其时有大雾笼罩的井冈山。我在雾里迎候他们，他们很明亮。然后，一行人出省境穿湖南直接进入贵州。那次采风设计为三段式接力，江西至贵州是第一棒。

就我的经历而言，那是准备最为充分的采风活动，此前很早，中国作协党组书记就把我们相关省份作协负责人召去北京，细致协商活动安排，我甚至把江西境内直至贵州段每一天每一程的长度和耗时，都计算得清清楚楚。

五年后，中国作家"走进红色岁月"，原本确定往江西派一个采风团，也是为了推介江西的红色文化资源吧，我向中国作协力争两个团，即井冈山团和赣州团，以利采风活动能深入一些。如我所愿，何建明副主席带着乔良、素素他们上了井冈山，高洪波副主席带队赴赣州，我陪赣州团，不，团长一路上管我叫"团副"。

正是谷雨时节，俗话说谷雨要雨不得雨，那一年谷雨多雨，几乎全程有雨，车到密溪村，下车时竟然遭遇暴雨。直到返程，天才彻底放晴。那次来的作家有徐健、王松、辛茹、高凯、吕永岩、降边嘉措等。就那么跑了一趟，王松写成十多个中篇小说，并与赣南及瑞金结缘，成为我们的知交、江西的常客。真该发他一把金钥匙的。

一年后的五月，光明日报与省文联在赣州联合举办革命历史题材创作研讨会，与会者有王朝柱、李准、柳建伟、范咏戈、王国平、吕先富、许柏林等多位名家。会后送走刚刚履新的报社总编辑，我连忙赶到瑞金陪同大部队采风。云石山上有棵树，树干上面有个洞，人在洞那头，我在树这头，拍出的照片能让树洞有头有脸，我一乐，拍了好些个嵌在树洞里的头面人物。

再一年后，仍是五月，中国作家"重返红色岁月"而"走进中央苏区"，那次有叶辛、武歆、关仁山、王剑冰以及其他，当然少不了王松。那一趟行走赣南多地，瑞金乃为重点。我必须记下在瑞金活动的具体时间，2012年5月15日由兴国到达，第二天参观并座谈，17日前往上犹。连续两天早起散步，发现中国作协的荣杰起得更早，她不是散步，而是早早守候在饭厅门外等着给大家引路。此后一路上我成了婆婆嘴，叮嘱同事该学学人家。和荣杰交往虽不多，印象却特别深刻。比如说吧，一出机场，她就把打火机找来了，这让烟民们感动得不知如何是好。有赣南之行，交情便深了，再有老作家老同事来赣参加活动，荣杰必定先给我打个电话，叮嘱江西方面要特别关照谁谁。17日那天，离早餐点还早着呢，我邀荣杰，随瑞金文联主席廖巧云一道去看看她盘算中的文联新址，一个小院，几栋搬空的楼房。不久，那里成了全国县级文联少有的办公场所。

全国性的文学活动更加频繁。2015年，中国作协副主席何建明、白庚胜、陈崎嵘分别带队到瑞金采风，带的都是大部队，全国少数民族作家呀，全国网络作家呀，等等；中国作协主席考察江西，瑞金则是她行程的重要一站；2016年，中国作协党组书记在于都出席"重走长征路"作家采风出发式，接着兴致勃勃赶往瑞金，参观革命遗址之后，我引他去到一个新景点，文联建设的景点，协会工作的景点。当时，我试图为它争取中国作协创作基地的牌子，书记对瑞金赞不绝口。也就是说，廖巧云的念头在四年后便巍然耸立起来，并分外引人注目。无奈挂牌之事因时势而未能如愿。不过，任何高贵材质做成的牌子，都不如文艺界的口碑，这就足够了；瑞金文联能凭着令人称羡的工作实绩，荣获全国先进文联称号，这就足够了。

中国文联党组副书记也曾专程考察瑞金，最近见面，已是书记的他仍对这家县级文联记忆犹新。全国各文艺家协会亦经常组织艺术家造访，最频繁的2010年，至少有中国音协、中国美协、中国摄协等九个协会纷至沓来。我本已忘得干净，幸好翻到一篇汇报材料，那是为中共中央文献研究室常务副主任带队来赣做"党史与文学创作"专题调研而准备的。在省里开过座谈会后，我陪同调研组经井冈山再往瑞金，并在瑞金召集当地作家和党史专家，又开了一个座谈会。

省里的活动同样喜欢选择瑞金。记得早年有散文研讨会放在瑞金市人民银行招待所开，那等于是放在国库里开，会议因此变得金贵，作家们变成了藏进国库里的金银财宝。于是，应邀前来讲课的《散文海外版》主编甘以雯，在看过几篇短小的拙文后，热情约我用长篇文化散文的形式和语言去写建筑，建筑类和散文都是百花出版社的特色。仿佛开了窍，此后那些年我真有文思泉涌的感觉。原来，优秀编辑的目光，对于作者，就是一条宽阔道路。

前几年，我读到瑞金人行干部钟俊诚的电视连续剧脚本《血铸忠诚》，写中华苏维埃国家银行的历史，反映我党领导经济工作的斗争实践。它令我耳目一新。因为，长期以来，革命历史题材创作存在着开掘面窄、反映生活不够丰富等问题，描写重大事件多、军事斗争多，而表现土地革命、政权建设、经济建设、文化建设等题材，以及人民群众创造历史的作为和精神，还很不够。类似《血铸忠诚》这样的创作，正在我的期待之中。

瑞金是文学创作的富矿。比如，一度在宾馆小剧场为游客演出的采茶歌舞剧《八子参军》，便是取材于农民杨显荣一家八个儿子参加红军并全部牺牲的真实故事。经廖巧云安排，我陪同领导和作家，连续观看三遍。最后那回，我真正看进去了，不觉间在它的主题曲中热泪盈眶。那支山歌唱的是："哥哥出门当红军，笠婆（斗笠，方言让它变成了贴身又贴心的女人）挂在他背中心。流血流汗打胜仗，打掉土豪有田分。"仿佛，那一刻我才顿悟革命对于普通百姓的意义所在。2012年"走进中央苏区"后不久，我应邀走进首都北京，去观摩赣州市的大型采茶歌舞剧《八子参军》，其水平和效果非小剧场演出可比，不过，它与瑞金剧目的渊源关系，明晰可见。

我被北京舞台上的《八子参军》震撼了，一曲赣南民歌《十月怀胎歌》贯穿全剧，贯穿那么多的牺牲！无疑，该剧有创新突破的重大意义，它不再仅仅礼赞牺牲，而以咏叹生命，不断冲击观众心灵。

在瑞金红军巷深处的市文联院子里，有一台露天演出的剧情细节也曾打动我，我当时忍不住向廖巧云提出建议，应该强化细节，让观众眼里的湿润凝成泪珠落下来。那台戏是市剧协组织的。瑞金市有十个文艺家协会，它们在文联大楼里都有办公室，并有展览、排练和书画交流场所，有多功能厅，有会议室。如此这般的硬件，如此这般频繁且上档次有规模的全国性活动，应是可以为全国县级文联争光的吧！我带去的客人无不啧啧赞叹。

言说到此，廖巧云也该出场了。话说县级文联建设，江西曾走在全国前列，或者不妨大胆宣称，江西有力推动了全国的此项工作。早在二十世纪八十年代中后期至九十年代之初，与基层长期保持密切联系的（他离休多年，仍有县里的文艺家托我代问好的）省文联副主席张涛，积极推动全省县级文联建设。很快，全省除设区市所辖的区以外，各县几乎都成立了文联，有些县文联因为编制多、经费多、活动多，分外引人注目。省文联一度年年"评先"表彰，时有兄弟省份来赣专题考察，我记得，实力雄厚的南昌县文联乃当年明星文联也。

然而，好景不长，随着加强文化建设的口号越来越响，文联的声气反而越来越微弱。我后来做过调研，县级文联里好中差各占三分之一。好者，能正常开展工作和活动；中者，一间房、一千至一万元经费、一或二三个人，外加一台电话、几份报刊；差者，要么有名无实，要么挂靠哪里，存在的意义都是留个岗位安排干部。

在此背景下，冉冉升起的瑞金市文联自然耀眼。我大约可以充当它发展的见证人。从争取接手那个院子，争取一笔不小的装修经费，直到精心把它设计、布置并建设成为文艺家心目中的家，身为主席的廖巧云花费了太多心血。我曾读到一位企业家的座右铭：热情是百万富翁。廖巧云的敢想敢做并且能够成功，正是得益于自己对事业对工作的无尽热情。热情可以酝酿思想，可以蓄积能量，当然也可以温暖人心。随着硬件条件的极大改善，瑞金的文艺创作也齐头并进着。以文学为例，近些年文学人才忽如雨后春笋，呼啦啦冒了出来，令几乎可以对赣南作者如数家珍的我，不由得吃了一惊。不错，写作是个人的事。然而，当写作赢得掌声、赢得加油的助威时，写作的个人一定将由此获得挥洒开去的巨大力量。我听见廖巧云的掌声，一如她的热情。

编辑《中央苏区文艺丛书》，是瑞金市文联做成的另一件大事，功德无量的大事。那套丛书包括《中央苏区歌谣集》《中央苏区歌曲集》《中央苏区戏剧集》《中央苏区散文诗歌集》《中央苏区美术漫画集》《中央苏区标语集》《中央苏区文艺史料集》和《中央苏区文艺研究论集》，共八卷，它为中国现当代文艺史研究提供了苏区文艺领域的可靠资料和完整系统，如仲呈祥先生序中所言，"这在出版界和学术界都属首创"。收入其中的苏区文艺作品，有史料价值，却又不能等同史料，它们渗入了人的主观意识，因而有强烈的地气、浓厚的时代氛围、鲜明的精神指向，它们是生动鲜活的存在，可以呼应苏区的革命史，并让人感受到历史生活的血肉和纹理。如此道来，丛书的编辑工作便是一项抢救工程，抢救特定时期的文化记忆和历史情感，那种记忆和情感中，有可以观照现实的精神价值。如此大手笔，怎样壮观的大厦都无可比拟。

那套丛书其实也为如今和以后的创作挖了一口深井。深潜此中，或许能发现矿苗，找到矿脉，至少，可以呼吸到苏区的气息，谛听到渐行渐远的枪声和乐声。多么耐人寻味呀，那是枪声和乐声的奏鸣曲！廖巧云曾送我一套《红色中华》报合订本，细细读过一遍，不出所料，果然有不少发现。那些发现在赣南民间已经听不到了，当年的人不在了，当年的文字却活着。比如，为动员妇女春耕，苏维埃以五星裙为奖品，五星裙从此流行起来；因印刷厂缺染料，老百姓自发去祠庙刮下神龛神像上的金粉，也不怕得罪祖灵和护佑一方的诸多神灵……由此，我联想到许多的牺牲。能够统计的牺牲只是生命和财产，而更多的牺牲恐怕无法估量，比如情感、尊严以及内心的安宁和幸福。过去的新闻，埋藏着生动的历史。

我对其爱不释手，偏偏因嘴快，让《红色中华》报被人如获至宝"借"了去；赶紧又向廖巧云讨要，正翻阅着，又犯了嘴上毛病。

再要，恐怕很难找着了。长长心智吧，从今天起，我得把《中央苏区文艺丛书》看紧来。

鄱　阳

一座吃水很深的城。

作家范晓波这样形容他的家乡。

2020年夏天，鄱阳带着深深的吃水线，漂浮在一片汪洋中，沉重而缓慢地行走在举世关注的目光里，一连多少天，总也驶不出央视三十分钟长度的《新闻联播》。

疫情之后，汛情之前，我差点奔鄱阳而去，若然，等于杀上抗洪第一线。不由得忆起，此生最初赴鄱阳，也与水患有关，不过，那是灾后重建的采访。

先是省里举办"三项创建"活动表彰颁奖晚会，主题曰："先锋礼赞"，令我当总撰稿，表彰的"先锋"尚未确定，总导演一头雾水，不知如何编排节目，我怎么写串连词呀？上面却说，电视剧都是先有脚本再拍片，你必须先拿出本子。

于是，总导演和我等一行人，为找典型全省乱窜，南至大余，北到瑞昌，在瑞昌吃过晚餐后一路向东夜袭鄱阳。次日，在灾后重建的村庄里，访得田畈街牌楼村的党支部书记曹福泉，以及其帮扶的种粮大户乔志龙。高个子的乔志龙，挺能侃，且有喜感。舞台上的访谈对象就是他俩了。

我们从各地挖出的几个典型都上了"先锋"名单,这样,为应对上面,抢制的视频采访和节目单、串联词便无须改动,从而保证了晚会如期举办。我怀疑,上面对典型原本没有谱,便依着我们给人家发一只"先锋"奖杯就是。晚会效果不错,皆大欢喜,上面也终于明白,为晚会写串词叫撰稿,为影视剧编故事,那叫编剧。

紧接着,受人之托,我们去采访江西实施国债项目的情况,又到田畈街,又到"九八洪水"后从低洼处重建于丘陵山岗上的一座座新村。

牵挂着《新闻联播》里的鄱阳,我想,倘若不是当年大规模的灾后移民建镇,此番湖区受灾情形或更为惨烈。

屡遭水患的鄱阳,其实须臾离不开水。鄱阳原本就是一些岛、一些船,或者是一些鱼。鄱阳是鄱阳湖的水生物。

历史上,随着鄱阳湖成为贯穿南北、东西的交通枢纽,鄱阳逐渐成长为舟车四达、商贾辐辏的口岸,成长为灯红酒绿、夜夜笙歌的都会。五湖四海在此靠港登岸,四面八方在此落户营生。"十里长街半边商,万家灯火不夜天",不夜的城里必有不夜的鼓声和歌声。

那鼓,是鄱阳渔鼓。我曾专程赶到此地寻访,所有的追索都落在一个叫"牛子"的盲艺人身上。牛子姓周,没人知道他是否有别的大名尊号。周牛子个头在一米六五左右,稍胖,大脸盘,天门饱满。其声音中气足,但不太注意保养嗓子,演唱时嗓音有些沙哑,"像老化的磁带一样",唱高腔给人感觉好些。牛子应变能力、记忆力很强，能通过声音来认人，哪怕有意变声逗他，他照样能分辨出来。早年牛子卖艺谋生的所在，乃县城东门头的会仙楼茶馆。每天上午、晚上各一场，每场一二小时，演唱内容有《封神演义》《施公案》《彭公案》等。然而，牛子已作古多年；然而，牛子的传人却在。

他叫徐安主，牛子的大弟子，十一岁时跟着牛子学鼓书，十四岁时进了县赣剧团曲艺队，学拉赣胡、吹笛子。曲艺队是特意为集合散落城乡的民间艺人而成立的，从徐先生的年龄判断，其时当在二十世纪六十年代初期。人说牛子十八般技艺样样皆通，这和鄱阳渔鼓融汇鼓书旋律的唱腔特色相吻合，也和徐安主投师牛子门下的经历相契合。我眼前的徐先生，活像传说中的牛子，也是那样的个头、体态，那样的脸盘、表情，那样的中气和嗓音！

我惊奇于在他家中的所见。其妻也是盲艺人，唱小曲的。他俩腕上竟戴着手表，家里收拾得干干净净，厅堂挂着壁钟并贴满明星照，里屋有一台电视机，门口悬挂鸟笼子。这一切全都属于明亮的眼睛！问他收没收徒弟，他不无揶揄地说，而今收徒弟岂不要给人家付工资？我总在猜他养鸟的目的。哦，对了，笼中的一对翠鸟，不会是他最后的听众吧，或者，是能够鹦鹉学舌的关门弟子？

那歌，是鄱阳小曲和鄱湖渔歌。对地方文化谙熟于心的陈先贤老师，曾向我描述过发生在夏夜的"徘河"。那时，江湖边还没有圩堤。"那时"，指的是现在的老人还是少年的时候。没有圩堤的水边，漫漶的夜也没有圩堤，只有船如阵、桅如林，影影绰绰一座水之城、月之城，一叶叶轻舟载着唱小曲的民间艺人，流连在水月的街巷，徘徊于船家的庭院。或许"徘河"因此得名？

由鄱阳朋友领着，我两次乘船去长山岛。我一直对它充满神秘感。曾看过一个纪录片，说从前那儿差不多家家有人犯事，经过警民共建综合治理，形象很正面了。而民间传说长山乃"强山"也。不过，我见到的长山岛宁静平和，村中只有孩子妇女和老人，像所有村庄一样。攀至长山最高处远眺历史，历史如雾，遮蔽了村庄先人的来路，也遮蔽了一支支船队的去路。

第一次去长山的念头很丰满，准备在艇上住一宿的，好让湖浪轻轻摇着做一个裸泳于如水月光里的好梦；可是，现实叮咬得人生疼，是那种白天也相当凶猛的蚊子。湖区有民谣称"十只蚊子一盘菜"，蚊子尤其喜爱丰满。赶紧撤吧。归途中日落月出，摄影家龙哥忍不住开怀唱了一首很磁性的渔歌。忘记唱什么了，索性替他编一段吧："唱个歌子吧我牵头/我是湖边个钓鱼钩/千斤里个鲤鱼能钓起/半斤里个鳊鲅不上钩。"

听说，最动听的渔歌总是伴着桨声欸乃，唱在半夜时分。那时，夜捕的渔人离开夜深人静的湖岸，追着月光水色，划向万籁无声的迷蒙处。大约也只有此时此刻，渔人才是湖的主人、夜的主人、自己的主人，他们会很放肆地唱起来。

一定是唱给湖里的鱼听的。鱼是渔民的前生，或者后世，是他们的亲朋好友、妻子儿女，或者他们自己，我觉得。

过去的鄱阳城外有个渔村叫管驿前，而今管驿前早已变身城中村。出村便是县城的大街，入内却见完整的村落形态。有码头，有鱼行，有作坊，有街市，有饲养鸬鸟的大棚，有晒网补网的人家，还有一座晏公庙，乃鄱阳湖区水神崇拜的集大成者也。

我多次兴冲冲穿过弥漫鱼腥味鸟腥味的渔村，走进恍若"信仰超市"的晏公庙。庙里香烟缭绕，晏公、土地、社公、定江王、杨泗将军和护国周王等各方神圣欢聚一堂。靠墙一排陈旧的鱼形灯彩，证明此处庙会充满湖区特色，那是鲤鱼、鳜鱼、鳊鱼们的狂欢，是船夫、渔民及各色人等的祈福聚会，想必，届时一定有鱼虾鳖蟹们簇拥着龙王和各路水神巡游。

我领略过两年一度的庙会。据说典出老子出函谷关故事的"度关"仪式，为我所仅见。鞭炮声中，守候在院门前的信众忽然蜂拥而入，更有青壮汉子，从人潮中跳起来，伸臂去扯悬挂门上象征祥瑞的一对红灯笼。院内的男男女女挤挤挨挨，步履匆匆，在庙门前绕行一圈。人们要么牵着、抱着孩子，要么紧紧搂着襁褓似的衣物。可见，"度关"的意义在于保佑子孙平安，人丁兴旺。仪式之后，两只灯笼被撕扯得七零八落。

人们入庙拜过众神，再拜纸扎的太平龙船、顺利凤船。到了送神日，龙船、凤船将在道士们的引领下，随晏公等水神巡游于管驿前窄窄的街巷，领受人们虔诚的香火和祈愿，然后，去参加送神仪式，在饶河河滩上被付之一炬，化作缕缕青烟随神明而去。

特别耐人寻味的是，一伸腿即上了县城大街，送神队伍却从不越雷池一步；而一些干部和朋友，总会主动向我声称自己本是管驿前人。这么算下来，我认识的管驿前人真不少。当然，他们都是走出渔村的人，是渔人的后人、渔人的家人。

渔村仍在。渔业生产和生活习俗仍在。渔村仍完整保存着村落的文化形态。而村民结构、村民的家庭结构却发生了巨大变化，巨变之下，传统和现代和谐相处，就像庙会期间的临街村口互不侵扰。真是一个耐人寻味的田野调查选题，我一想起来便有按捺不住的冲动。可是，终究下不了决心。困难在于采访。

我曾经邀拢十多个老渔民，在管驿前开过一次座谈会。那是陈老师张罗的，他也是管驿前人。他亲自担当主持兼翻译。可是，老人们始终放不下戒心。实践经验告诉我，乡村老人能说会道的很少，一旦口若悬河，反倒要警惕其身份和经历了。不停地跟他们套近乎，试图使之放松，仍不能奏效。闷了好一会儿，收起笔和记录本，我说，请你们讲讲一辈子遇到的最难忘的事吧，我喜欢听故事。有陈老师相帮启发，老人们终于陆续开口，说的几乎全是亲身经历的"见鬼"故事。其中一个故事说，某次捕鱼，见一条红色大鱼，他赶紧用鱼罩罩下去，岂料，打上来的竟是一只死了的白色大鸟。于是乎，他觉得自己是见到了鬼，慌忙靠岸逃离。

不妨分析一下：能看见的红色大鱼，当是浅水区的鲤鱼，而鲤鱼在浅水区活动，应是产卵期。这个鬼故事传达的其实是民间禁忌，告诫人们产卵期的鱼不能捕。这类民间禁忌来自老百姓的生产生活经验，也体现了他们的生存智慧，体现了传统生活的意趣。而源于平凡生活理想的意趣，往往蕴涵着朴实的生命哲学。

陈老师有诗赞鄱阳渔俗曰："鄱水经年注，习俗称敦朴。乡野闻皮黄，满湖唱渔鼓。夜中欸乃声，渔者仍猎捕。绷钩撑篙网，渔法承远古。"一直希望他关于鄱阳渔俗的生动讲述，为着记录下来、传承下去，有朝一日能著述成册，赶在更多的渔民上岸之前，赶在更多的记忆被忘却之前，赶在气候变得更加乖戾无常之前……后来，我果然读到了他的《鄱阳渔俗》。

鄱阳渔俗，应是鄱阳县最具代表性的地方文化，囊括了渔业生产习俗、生活习俗、生产组织习俗、文化教育习俗、民间故事传说和民间艺术，以及民间信仰、民间禁忌等，而且，因为吸纳了沉积于水下的厚重历史和漂流在湖上的斑斓文化，它还辐照着水运文化、码头文化、移民文化、水生态文化等诸多方面。对于民俗研究，鄱阳渔俗本身就是一座湖水丰盈的浩瀚湖泊，有船有网，就能捕捞湖的文化、水的精神。

在相对封闭的自然和社会环境中，鄱阳渔俗持久保持着其特有的稳定性，从而，幸运地为我们留下了一笔珍贵的民俗文化遗产。鄱阳县因此启动了旨在保护传承的申报、建设"中国渔俗文化之乡"的工作。我则因此得到更多造访湖区和渔村的机会。我得倾尽全力支持鄱阳县的这项工作，那是自然。不过，面对无奈的必然，整个过程中我一直为太多的失去遗憾着，太多的渔俗已经或将要成为纸上的记忆。

上饶地区原文联主席、鄱阳人氏张泰民二十世纪八十年代写的散文《捕鱼图》，一直为我牢记且向往，然而，他描写的开港捕鱼场景，不仅我无从体验，甚至鄱阳朋友都不曾听说。记住吧，那是许多的船、许多的人拉着一张大网，围捕许多的鱼。随着网越收越紧，许多的鱼活蹦乱跳，许多的人欢呼雀跃。

管驿前老渔民向我述说的"跳白船"，不可思议且妙趣横生，可惜它早已成为历史记忆。所谓"跳白船"，即将白茬的船只划到白鱼密集的水域，大约是受船影的刺激，白鱼会高高地跃出水面，落在船上。那种捕捞方式，也许最能切合中国老百姓尊崇自然、愿者上钩、随遇而安的民俗心理了。当然，其前提是水里的鱼足够多。讲述者在血气方刚的当年，管着渔业社，是说一不二的领导呢，他偏不信邪，偏要将白船漆得红通通的。不幸，鱼们不认领导，都没有起兴。

陈老师如数家珍般介绍过的渔船渔具和传统捕捞方法，恐怕有不少已失传了。他津津乐道的"直钩钓直鱼"倒是还有，我曾在管驿前看过妇人削卡子。直钩其实就是竹枝杈，削尖后套入苇管，钓鱼时挂上饵料，鱼一咬，苇管崩裂，竹杈弹开，正好卡在鱼嘴里。谁让鱼自己贪馋呢。它让我记起小时候听过的山东童谣："小鸡小鸡你别怪，你是人间一道菜；他不卖，俺不买，他不吃，俺不宰。"对直钩，渔民同样有抚慰自己的说法，只怪鱼馋嘴。我以为，无论渔船渔具的制作和使用，还是形形色色的传统捕捞方法，都不仅仅是单纯的生产技术手段，其中往往蕴涵着中国传统文化和哲学的基本精神。人们对渔场、鱼汛、水情的了解和对渔船、渔具的选择使用，总是体现出道法自然、天人合一的价值观，总是体现出力图全面把握、协调自然万物相互关系的高远意图。

捕鱼的鸬鹚尚且幸存着。可是，当我们走进鸬鹚捕鱼的邹姓村庄时，正在打牌及围观的闲人纷纷上前询问是记者否。他们焦急地翘盼记者，是企望反映自己和鸬鹚的生存现实。江湖里的鱼很少了，更要命的是，出入的河道被邻村分割占据，鸬鹚船甚至无法驶往祖辈约定俗成相沿至今的捕鱼水域。于是，歇息在河滩上的鸬鹚经常饥肠辘辘，因为人要每两三天才喂一次鱼。

如此等等。我曾观摩查干湖冬捕，那是传统的冰雪季拉网捕鱼方式。现场的远远近近，停放着一些等待拉鱼的车辆，而从冰窟窿里拉出来的渔网，仿佛盛满活鱼的传送带。据说，查干湖冬捕时节鲜鱼供不应求，而且价格也贵得可以。鲤鱼和鲇鱼五十元一斤，走俏的胖头鱼则百元一斤。查干湖水草肥美，鱼长得快个头也大，可是对于南方人来说，其滋味和肉质实在不敢恭维。

怎奈人家是有文化的鱼、有民俗的鱼、有历史的鱼。作为我国最大的淡水湖，鄱阳湖里的鲤鱼上岸时的批发价不到三元钱，腌晒之后的干鱼每斤才一二十元。那咸鱼入锅便能熬出奶白色的汤，黏黏的，那是生长在大水面里的证明。

鸬鹚可以让鄱阳湖变得有文化。因为鸬鹚捕鱼有历史，有故事。其他一些传统捕捞方式亦然。

在鄱阳，哪怕是在管驿前这个渔村内部，渔民都有分工的，既有以渔具及捕捞方式划分的，也有以水域、以捕什么鱼划分的。而且分工由姓氏作为生产组织单元，从祖辈开始代代相沿成习。比如，有以鸬鹚捕鱼的，便有专捕喂养鸬鹚小鱼的渔户。

屡次去鄱阳，我认识了邹水义，一个能说会道且自学成才还会写的渔民，从前他就是以鸬鹚捕鱼的，整个邹氏都是，邹氏祖上来自高安。有一次见邹水义，他刚为央视节目组的电视片配渔歌回来，和摄影家龙哥搭档。

邹水义九岁上船，几乎一生与鸬鹚为伴。鸬鹚的眼神你不懂，他懂。他说，鸬鹚是有性格有表情的，像人一样，有的刁，有的懒，当然，听话、勤快的好鸟更多。怎么看出它的品行呢？比如刁的。鸬鹚捕的是深水鱼，为的是好把鱼摁在河床上。甲鱼是钻在泥里的，刁的鱼懒得挖泥，而是等别的鸬鹚把甲鱼挖出来后，它从旁里猛冲过去咬住甲鱼，典型的"摘桃派"。懒鸟更可恶，它会以暴力驱赶别的鸬鹚冲在前面，而自己伺机得渔人之利。鸬鹚捕鱼一般都是各干各的，一旦争抢功劳可能导致鱼逃脱，或者互殴起来。

对于渔民，每只鸬鹚都有名字，是他们随意取的，就像他们的孩子，不过无须去派出所登记。鸬鹚是我听说过的最坚贞的爱情鸟。从春节前开始，鸬鹚身体强健，爱情也成熟了，其标志是脸上发红。到了发情的时候，头上长出红色或蓝色的艳毛，蓝色艳毛灿灿发亮，尤其耀眼。交配时雄鸟骑在雌鸟身上，用劲咬住其脖颈。鸬鹚贪欢是不懂得节制的，欲醉欲死地连续忙活几天，而后面色苍白，毫无食欲。它们愿意为爱倾尽自己，倾尽自己的身体和灵魂！要知道，若不是所爱，它们各才懒得搭理呢。邹水义说，渔民常会买来鸬鹚，为自己船上的单身配对，培养感情后，还有捆绑不成的夫妻呢。当然，也有被野鸬鹚拐走而私奔的。爱情就是这么不讲道理。

鸬鹚最大的七八斤，雌鸟要稍微小一些，它们的咬力有六十斤，且嘴如有倒刺的利刃，独自捕二三十斤的大鱼也不在话下。然而，鸬鹚也会被鱼咬死。鸟有自己的命脉、自己的要害。对于鸬鹚，它们最怕的大概是护子乌鱼了。

鸬鹚的高寿者大约在三十岁。进入老年，下水干活的时间不能太长。一旦老得连鱼泥也吞不下时，渔民只好扳开嘴，倒下半斤白酒，使之长醉不醒，并入土为安。

船闲在水里，鸬鹚闲在河滩上。它们该饿了吧？邹水义说，从前每只鸟要卖两三千元，如今不足千元还没人要。也是，买它干吗呢？当爱情宝典读吗？

吃水很深的城，一旦进入枯水季节，那里有大片大片的草洲和花洲。那草，叫苔草，油亮油亮的绿，呈波浪状倒伏，似记历上半年水流的力度和流向。那花，叫蓼子花，紫色的。名曰香油洲的草洲上有一蓬蓬的荻花和芦花。对了，去草洲的渡口，有一根高压电线杆，高耸的顶端被东方白鹳搭了窠巢。我每次经过都能看到一只孤鸟立在上面。我有照片为证。

东方白鹳在守望谁呢？

萍 乡

从前去萍乡，常住矿务局的白天鹅宾馆，离矿务局也近。为组稿而去，作者即便不在矿务局，也是写矿工生活或安源煤矿历史的。若往下追问，必有一些曾经乃矿务局干部职工，甚至最底层的矿工，从掌子面走出来的。

白天鹅无论如何改变不了我对萍乡黑的印象。道路是黑的，车辆是黑的，房子是黑的，男女肤色也黑，或者说，我无缘领略或结识肤白者。依稀记得，后来再去，忽见广场中央立起一座仙女塑像，为朱照林作品，仙女倒是白。一时间萍乡人引以为豪，我被领去欣赏多次，因而对朱照林印象深刻。他是我国首批获得城市雕塑创作设计资格证书的雕塑家之一，身在萍乡，他最出名的作品，当然是在安源路矿点燃工人运动燎原之火的毛泽东、刘少奇、李立三的人物雕塑。不过，我觉得二十世纪八十年代初期仙女雕塑能肆无忌惮地出现在城市中央，不可谓不大胆，转而再想，那般白玉无瑕该是煤城人的心灵影像吧？

是的，萍乡是煤之城，黑色之城。二十世纪八十年代初期产业单一，几乎都是靠煤吃煤。后来才陆续有了万龙山电扇、客车厂和浮法玻璃什么的，我曾一一造访。我被吊在头顶上的万龙山电扇吹得再也不敢写诗了。萍乡城区呈若干吊扇状，团团簇簇的，每一团都很逼仄，却相依相偎，是那种典型的工矿城市，空气里、语言里似乎也弥漫着煤灰和呛鼻的烟味。孩提时，家里做煤饼烧煤炉，经常买青山煤。到了萍乡，我终于知道青山煤产自这里的青山矿，终于知道各矿的煤质或有区别，最大区别在于烟煤和无烟煤。

在萍乡，比城市更黑的是矿井，是坑道，是掌子面。我们当时从著名的安源总平巷进去，然后坐罐笼下到地层深处，一直往坑道里面走，后来则需要爬着钻过狭窄处，才能到得采煤作业的掌子面。尽管全副武装，武装到了牙齿，之后多少天鼻孔总也掏不干净，一抠，是黑的，再抠，还是黑的。嘴里也是，吐不尽的黑。

在坑道里，遇见掌控传送带的一名年轻女工，她孤独地坐在岗位上，呆呆望着一群不速之客。她牙齿倒是雪白，前额也白，大大的眼睛很明亮也很漂亮。我们一行人都记住了那样一种神色，那样一种光芒。也许，对那双眼睛的审美，是坑道黑黢黢反衬出来的效果，或者源于怜惜的情感虚构出来的。谁知道呢？

那时萍乡的文学创作力量挺强，电影编剧最为突出，有彭永辉、许金焰、肖增健等，小说以陈海萍为代表，诗歌以陈菲为代表，二陈恰好正是矿工出身。海萍最有影响的小说是写矿难的中篇《警报拉响之后》，其戏剧和影视剧创作成就更高。后来者中有一位十七岁下井挖煤的诗人，名唐恒。江西作协和江西师大联合办过一期作家班，仅仅一期，学制两年。我初见唐恒正是他当学员的时候，点头之交而已，记得在班上他好像年龄稍小。有一年谷雨诗会的朗诵会主题为"劳动者之歌"，为挑选朗诵诗，我从头到尾读过唐恒诗集《会唱歌的煤》。

忽然发在微信朋友圈里的唐恒诗歌，真正感动了我，精准地说，是震撼了我。他病了，病得很重。没有任何药物和治疗手段能够减轻病痛，唯有诗歌，唯有对世界的挚爱，对生活的痴爱，对亲人的那种能让所有人扎心的疼爱。读过唐恒的诗，我马上打电话询问，得知其病情后的两三天里，时有不祥预感袭来，其征兆是一些诗句总在心里蛮横地冲撞。果然，消息来了，我当夜在手机写下《扬长而去》。

以诗为逝者送行，是我仅有的一次。读过它，原因便明了："料到你会选择谷雨时节/纷纷扬扬落着 诗的日子/我右眼皮在跳自从读到/你疼痛难忍的泪滴//读到你妻子手上的玉镯/母亲养老金的存折/我竟看见那么多狰厉的词句/与你搂作一团 像一场肉搏/吸氧，打滴流，甚至念阿弥陀佛/你也要死死揪住它们/你想得到去九华山隐居的车票吗/或者将疼痛搭成一间小房子//与诗歌肉搏，直至最后关头/被你摔趴在纸上的诗歌哭了/围观诗歌的人泪流满面/而你是勇者，胜者/你扬长而去/重回矿井，在掌子面上/与诗歌重温旧梦/继续做唱歌的煤。"我记下了那个日子，2018年4月16日夜。

后来听说萍乡诗友以惊人速度，把唐恒患病期间写的诗汇编成册印制出来，赶在其弥留之际。他是怀揣新诗集《我因此心生慈悲》走的。

进入新世纪再去萍乡，多是冲傩去的。"五里一将军，十里一傩神。"广泛流传的民谣，标榜的正是此地傩庙遍布，据说至今仍有百座之多，我每次前往观傩，几乎是行走在一座座傩庙之间。

一天进几座相邻的傩庙，日子久了，仅凭相机记录的时间来分辨地点，实在很难判断庙名。

村庄纷纷证明本村傩庙的古老。下埠说，其傩庙始建于唐代，有重修募疏的文字为据，且有歇后语道："下埠的傩神——面子大些。"德化庵傩庙也以文字做证，其始建于明代；赞化山傩庙则翻出泉陂《陈氏族谱》，内中声称永乐年间有两位当官的村人，为"致益家乡，奖掖陶瓷事业，倡修傩神庙"；南坑车湘村则递我一份打印的《原始资料汇编》，它的历史藏匿在村人记忆里。

而专家分析说，石源仙帝庙的前身为萍乡最早的宋代傩庙，当时叫将军庙，供奉傩神唐宏、葛雍、周武三大将军的青铜面具，庙毁于大火。明洪武年间发生恶性传染病，一年中李氏人口死亡数百，为了斩鬼驱邪、消灾纳福，李氏提议建立一堂傩神，以保一方长久安康。当地十个姓氏纷纷响应，成立傩神会，并择地建起以三元大帝唐、葛、周为主神的田心傩神庙。传说改傩庙后，傩祭活动时戴上将军青铜面具的三位年轻人挨户索室驱疫，岂料竟摘不下面具，人们遂顺应天意，视之为三将军真身而举行升天仪式，一同葬于庙前河边。从此，萍乡人对面具更加敬畏，并改用樟木等质轻耐用的木材刻制。

萍乡称面具雕刻艺人为处士，专职雕刻傩面并为之开光、安放腹脏，有的还要担任傩班掌案人。面具有供奉和舞耍之别，供奉面具厚重硕大，舞耍面具较小且轻。其造型或凶猛狰狞，或和蔼端庄，或诙谐幽默，处士以刀笔技艺写尽众神之灵性，并且，赋予不同的装饰。比如，以将军面具为代表的耳翅着冠，以历史人物和道教小神为代表的纱帽朴头，以道教众神为代表的高发束髻，如此这般。

我第一次在萍乡傩访问的雕刻老艺人，姓陈，当年应有七十多岁。回头一转念，觉得应该赶快组织力量，把一批高龄艺人的经历和技艺记录下来。忙着物色人手呢，忽然传来噩耗。看来，老人的老去神秘不可知，一切及时的念头恐怕都会迟到。

萍乡傩有甚为独特的彩把和兵把，我在别处不曾发现。彩把长两米，用五色绸布制成旗，分为十一层，代表军旗，意在引道驱邪。兵把长不足一米，顶端缚有一雄鸡头，鸡脖处扎一块红布，红布内缠有多层纸钱，意为内藏神兵神将，以显示傩队的威势。兵把之所以成为神圣之物，在于它经过开光，可带领傩兵傩将的千军万马外出扫瘟驱邪。傩神的魂灵藏匿在兵把中。兵把既要身先士卒率领傩队去扫堂，去驱邪逐疫，还要镇守神龛，掌管傩神庙里的各路兵将。它仿佛运筹帷幄、决胜千里的大元帅。

民间崇拜的神祇包罗万象，不管是道，是佛，是释，是儒，无论帝王将相、英雄义士、贤人良医，哪怕是传说中的鬼神、精怪和人物，都被纷纷揽入怀中，就像乡间的寺庙宫观通常是"信仰超市"一样，一个傩班更是琳琅满目的"信仰超市"，形形色色的面具不仅有为当地傩班普遍祀奉的神灵，往往也不缺独特性，而且，都通过多样的变化来强调本土特色。

仅从萍乡傩庙的楹联内容，亦可窥见萍乡傩的某些特点。比如，汶泉傩庙柱联称："问下跪何人自摸心头再来拜我伤天害理横行霸道任你烧香也无益，劝君莫为歹宝剑之下不肯容你孝道和睦宽

※ 117

容从善见我不拜又何妨。"下埠傩庙柱联云："恶有恶报善有善报作恶从善必有报应，金无赤金人无完人处世为人莫无良心。"而德化庵傩庙神殿联则道："事在人为休言万般都是命，境由心造退后一步自然宽。"虽然都是教化人心的内容，其表情、语气却是大不同。前两联是明白晓畅的，也是声色俱厉的，是坦诚相告的，也是触目惊心的，颇似城隍庙楹联。可能因为城隍神是阴间之神吧，城隍庙里阴森可怖，充满肃杀气氛。善恶、忠奸、报应等词汇，正是城隍庙楹联的主题词，其中断然没有其他祠庙楹联的温文尔雅。后者如耳提面命一般，语重心长地引人洞明事理，读来令我有恍惚间走进乡间佛寺的感觉。

通常傩庙楹联多追溯当地傩的渊源，或夸耀傩保境安民的神功，如石洞口傩神庙前柱联赞道："以三时逐疫驱邪共仰神功昭煊赫，为四境御灾捍患合崇庙貌肃观瞻。"正是在那座傩庙里，其神龛联道破了傩大肚能容的盛况和奇景，却道："集千神神神显威，融众教教教皆灵。"仿佛刻意为之佐证似的，腊市镇的飞天傩神庙竟与时俱进且滑稽地设有"当今皇上万岁万岁万万岁神位"，而附近的三胜庙内有联云："道济天人鞭青石障澜作堰，功宏宇宙指乌金富国裕民。"萍乡产煤，那位真人究竟怎样"指乌金"而造福人间，却是无从探问。

我倒是见过一位投资文旅的煤老板，建成一片仿古园区，皇皇气派的，他自家住一幢庄严的仿古建筑，仿佛庙宇，譬如傩神庙。大约请教了当地文化人吧，颇想打傩文化牌。如今地方流行拿文化当牌打，不知大家玩的是捡分争上游呢，还是抽乌龟?

韩国人也打牌，人家这样出牌。因为2005年中国南昌国际傩文化艺术周的举办，江西傩的影响出了国门。韩日两国学者尤其重视江西傩的原生性，于是，韩国江陵市特意邀请江西派傩队参加江陵端午祭活动。我们选派了萍乡的高坑傩队。

江陵是个靠山面海的小城市，人口仅二十四万。它曾是古国的首都，当时有"舞天"的宗教庆典活动，端午就是五月祈求丰收的播种庆典。江陵端午祭形成大规模的庆典习俗，早在1603年即有详细记录，其内容包括从农历四月起的锯神木、迎神、演戏等一系列祭祀习俗，以及融"大关岭山神祭"与"村庄城隍祭"于一体的村落祭奠等，参加人员上至达官贵人，下至黎民百姓，形成官民合一的庆典形式，而那些庆典均与地区的"大关岭山神""大关岭国师城隍神""大关岭国师女城隍"等神话传说相联系，意味着"地区历史""地区人物"已成为人们心目中敬奉的对象，成为该地区独立的信仰体系，因而具有明显的地域性。举办祭祀活动，除了有保存文化、辟邪求福的功能外，还蕴涵着陶冶民众性情、防止各族姓群间的分裂，以实现大同社会的目的，这也是江陵端午祭得以流传至今的根本原因。

傩队从上海飞仁川机场。入境后，遇冯骥才先生与几位由北京飞来，也是应邀参加端午祭活动的著名学者。接傩队的大巴车离开机场经过三四个小时的行驶抵达江陵。那天是农历的五月初三，匆匆吃过晚饭，便被催着上车去观看民俗活动。显然我们的傩队已经迟到了，挤进一座人头攒动的广场，只见预留的场地上放着一盏盏六棱形灯。提在每个人手上的灯是一样的，内置一根蜡烛，外裱剪纸纹饰，其上有"江陵端午祭"字样。几支当地队伍在台上做简单表演后，天色已暮，这时，我才感觉到接下去的活动是踩街。因为担当联络员的志愿者对具体安排并不清楚，让萍乡傩队甚为遗憾。如果知道要踩街，穿戴上服装面具，岂不是一次极好的展示机会？

参加踩街的有来自世界各地的民间艺术表演队伍，更多的是市民，包括抱着、牵着孩子的妇女。在市区里行走四十多分钟，来自高坑的农民艺人在浩浩荡荡的队伍里，像江陵市民，带着祈愿，追随灯的方向。踩街的终点是江边，是水面。络绎不绝的灯纷纷入水，随流而去；络绎不绝的人纷纷登高，望灯祷祝。

其后，我却差点与主办方斗气。我们带来的傩舞节目长度不过十分钟，是用于端午祭现场表演的，于是制作了伴奏带。这在出国前已得到主办方认定。谁知，因为组织的粗疏和衔接的不便，双方间产生误会。江陵另外还需要萍乡傩队为专家做专场表演，时长一个半小时。十分钟的伴奏带怎么对付呀？当面为此磋商时，对方有名负责人把话说得比较难听，我一时气愤，让主人难堪了好一阵子。

当然，最后还得握手言欢。所幸的是，尽管有伴奏带，傩队仍然不怕辛苦不厌其烦带齐了全套锣鼓家什，真有先见之明呀。而且，还原汁原味呢。我尤其感佩高坑农民艺人的朴实和大度，他们得知此事，满口应允，并连夜排练起来。

端午祭活动场所设在江边，叫"端午场"，两岸的帐篷排成了两条购物长街，被称为"乱场"，靠城市一侧河沿上搭起了两座临时舞台和一座临时祭坛。各支表演队伍按照指定的时间段，由联络员领着找到舞台，后面的排练或正式演出就是自个儿的事了。观众则如流水一般，来去很随意的。我感觉人们更热衷于购物，坐在舞台前的大多是在此歇歇脚，各种民间艺术表演都很难长时间地吸引人们眼球，主要是营造气氛罢了。

但是，本地的传统民俗活动却深受市民喜爱。江陵地区的端午祭活动真是丰富多彩，除指定的儒教式祭仪和巫俗祭仪外，还有诸如官奴假面戏、农乐竞赛、儿童农乐竞赛、汉诗创作比赛、乡土民谣竞唱大赛、时调竞唱大赛、拔河、摔跤、荡秋千、射箭、投壶等娱神和娱人的民俗活动。在高高的秋千架旁，在投壶的棚子里，妇女们穿着鲜艳的民族服装，不时发出一阵阵极为夸张的惊呼声或掌声；而在"农者天下之大本"的旗幡引导下，敲锣打鼓的孩子们仿佛行进在他们绚丽的帽饰中，一片片彩色的绒球，一簇簇洁白的羽毛。我注意到，在五彩斑斓的传统节日里，红与蓝，是主色调。红与蓝，是一种寄寓、一种抒情吧？

专场表演安排在剧场里。场外坐了一地的孩子和家长，应该是来上艺术培训课的。剧场里的观众并不多，主要是参加研讨会的学者。演出结束时，掌声倒是很热烈。那掌声是向仪式古朴而完整的萍乡傩致敬，向来自田野的满怀信仰的傩队致敬，当然，也是向步行去坐汽车接着乘火车飞机风尘仆仆来到江陵的锣鼓家什致敬。有一位韩国学者从掌声里走出来，当场邀请萍乡傩队去首尔表演一场。他是到过南昌的朴先生，我有点面熟。

在江陵参观期间，发生了这么一件事。大巴车司机放着宽阔的好路不走，抄狭窄的近道，不料，车身一侧，有个车轮陷入路肩的泥里。下车后，农民艺人二话不说，都去帮忙推车。面对这样危险的意外，我要考虑的是我方的尊严，是整个队伍的安全。而他们很单纯，也很现实——让车走起来。

首尔好像也是"乱场"，是在商业街上的表演。在萍乡傩队表演的同时，旁边还有演唱会。围观者大多是购物的人流。将一支他国的民间艺术表演队伍拉到闹市里，从中不难窥见学者的良苦用心，尽管这番美意与现实差距太大。

韩国之行前后一周，大约从第三天开始，我便日日有饥饿感了。韩国菜缺油，连烤肉也把油烤干了，整天剐得慌。最夸张的一天，刚吃过晚饭就饿，结伴上街添一碗面条，回到宾馆又是饥肠辘辘，三个人搜索行囊，凑出一把点心分享。我等尚且如此，那些艺人呢？其中还有多名青壮。飞回上海时正赶上晚餐，上红烧肉！每桌两份！犒劳犒劳萍乡。我说。

萍乡人爱吃熏肉。其制作还挺讲究，听说是把肉挂在黑黢黢的小屋子里熏的。幼时，除了青山煤，我还知道萍乡花果。柚子皮制成的甜点，雕刻成各种果蔬花朵的形状，很甜很好看。估计其工艺也不简单。喜辣的萍乡创造出那么精致的甜，真是一件奇怪的事情。

就像黑黑的矿区紧挨着那么绿那么壮观的高山草甸一样令人称奇。那时武功山还没有缆车，山上倒是有宾馆。开过小说创作座谈会，于芦溪午餐后，二三十人的队伍开始爬山。大约是八月份吧，那次攀登经历了盛夏深秋和寒冬。我看到的万亩草甸已经枯黄，莽莽苍苍，恍若塞北。不知是草甸把连绵山峰装饰成了草原呢，还是山上有大片平缓的坡地，才有了无边茂草。

夜里寒风凛冽。瑟缩着熬到天将明，赶紧去看日出。那是一个很平常的日子，日出也很平常。没有朝霞满天。没有金光万丈。太阳大大方方地走出地平线，就像戴着矿帽的矿工出井那么自然。矿帽上有一盏明亮的矿灯。

庐　山

　　当年还是插队知青的我，因为喜好写作，被派往井冈山、韶山参加文学活动，而后，与文友结伴，走长沙，访武汉，一夜班轮到九江，上岸再乘2路公共汽车到达终点站莲花洞，从那儿徒步爬上庐山——只为探看庐山真面目。

　　我曾用打油诗记录那次红色之旅。不过，当爬上好汉坡之后，那些打油诗被雾淋湿了。据说，那条山路是莲牯路名人登山古道。

　　后来屡次上庐山，或为采访，或为陪客，来去匆匆，走马观花，记忆里尽是湿漉漉的墙，水淋淋的树，雾蒙蒙的远方和脚下。大约因为恰巧都在上半年及暑期吧，空气潮乎乎，被褥潮乎乎，情绪潮乎乎。仿佛，雾才是庐山的主人，它给客人送来潮湿的体味和想象，朦胧的缅怀和感慨。其实，雾也是不懂礼数的客人，一开门，一开窗，便强蛮地涌进屋来。

　　庐山的雾，也可以成为令人称奇的气象景观，当它从谷壑升腾起来、漫漶开来的时候，我偶尔遇见两三次。也许，雾早就聚集在森林里、溪谷间，暗自密谋，私下里积蓄着什么，譬如，心气、情感和力量。是的，我以为，一切的上升，必定有一个积蓄过程。因为，一切的上升，都是迸发。从谷底冷不丁喷涌出来的雾也是。它悄无声息地扩张着，很快淹没林梢，淹没对面山腰处的房屋。它执着地拍打着某座山峰，那回溅的雾往后翻卷，重新融入自己士气高昂的队伍。经过那样周而复始、锲而不舍的冲击，雾迅速膨胀，汹涌澎湃，比潮涨更加有力。

为了下山方便，趁着雾尚未放肆弥漫，我赶紧逃离那个现场。路上的雾却是时有时无。半山腰的现场，此刻又该是怎样一番景象呢？我不知道。不过，后来的一个傍晚，我看到忽然腾起且十分嚣张的雾，接着竟凝滞不动地环绕一座山峰，一副如胶似漆的样子。那座山峰是令它心仪的伟男子吗？

更多的时候，我在雾里行走。雾的内部，只能看见最近的车灯，最近的树，以及路边的一截白线。

也许，多雾的山原本就是一个内向的人，一个学养深厚而见识广博的智者，满腹经纶而意气平和，阅尽沧桑却深沉无言。也许，结识它需要一个漫长的过程，需要等待，等待深交，等待缘分，等待彼此敞开心扉。

或者，等待某个季节？

大约是深秋。不觉间一二十年过去，再次置身山中，我终于看见庐山的另一番面目。暖融融的秋阳，驱散了雾的记忆，眼前一片响亮的黄。层层叠叠的，斑斑驳驳的，从一面面山坡上披覆下来，或者，从山坳里攀缘上去。一树树阳光的叶子，像阳光普照的少男少女。团团簇簇的金黄，掩映着红顶蓝顶的房子。在依山而建的建筑群里，黄叶一旦飘飘洒洒，成群结队地奔跑，仿佛真的变成了阳光的孩子，房屋的孩子。

那些树叫法国梧桐。它们好像天生喜欢庐山的老房子，呈现各种建筑风格的石头房屋。它们的叶子即便落下来，也愿意久久地铺在房前屋后，如毡如毯，厚厚的一层，哪怕有的小别墅门窗紧闭。树叶们在草坪上叠罗汉或者依偎在一起晒太阳，文静的叶子独处一隅，陶醉于捧读自己，调皮的则趴上窗台，偷窥里面深邃的黢黑和幽静。

漫山遍野的法国梧桐似乎就是为了烘托那些小别墅。而那么多老房子，似乎就是为了证明许多人曾经的户籍和一些人的暂住史。庐山别墅群对游客开放住宿以后，我曾陪同两批客人入住名人故居。

第一批，是在2006年10月，两地作协的互访交流，来了几位广西作家，应该算中青年吧。他们只是历史的访客，在乌兰夫住过的别墅里住了两夜，那里紧邻广西老乡韦国清故居，话题就多了，夜夜其乐融融的，早起一问，都睡得挺香，有的还做了好梦。对于他们，历史不过是旧日风景。临走，与门前的介绍文字和名牌拍了合影，以备忘，以夸耀。下山去了景德镇、婺源等地，于最后一天赶到进贤吃晚餐，而后直奔机场，把时间安排得紧绷绷的。岂料，上了黑黢黢的高速竟找不到机场方向，幸而当机立断，既然找不着北那就赶紧往西去，哪怕围南昌绕半圈。后来回访广西，遭"报应"了，坐船差一点找不到港口，乘火车差一点误了时间。难怪老人言，喝酒误事啊！

第二批客人中的老者，应是沧桑世事的回头客了，他们登临庐山，一旦回望岁月，便是回望自己的人生，于夜深人静之际，免不了浮想联翩一番的，睹物思人、触景生情、推人及己……怎样心游万仞而耿耿难眠都不奇怪。那批客人是来参加2010年中国庐山国际作家写作营活动的，前后十天，其中两位有被错打成右派的经历，偏偏不巧安排他俩住进了176号别墅，像1959年彭德怀和黄克诚各住一边一样，二位老作家也是。第二天早晨闻知他俩一夜无眠，赶紧换房吧，老人却不依。还有一位失眠者，睡在175号别墅的大床上，那张大床睡过司徒雷登，也睡过写下《别了，司徒雷登》的毛泽东。还有几位彻夜不眠的，窝在175号的会客室里，忙着看南非足球世界杯呢，包括我。

176号别墅其实是个优雅的所在，最初为洋人圣公会接待用房，两层楼。写作营活动之后的秋天，省散文学会在庐山举办研讨会，我们几个在楼廊上拍了几张漂亮的合影，比肩扶栏，笑若秋阳，头上悬有两只花篮。四年之后，其中的慈祥老者随马航370失踪，我懂他，摆脱政务后，陶醉于书法的他，一定隐身艺术中去了。

国际写作营是中国作家协会与庐山管理局共同主办的，历三届。2010年为第二届，主题是"文学与生态"。生态，一个世人普遍关注的国际性话题。生态话题，也是敏感的政治话题，它往往可能反映出文化背景和立场的差异乃至价值观的冲突。正因为如此，中外作家的座谈交流，说着说着，不觉间弥漫一股火药味。我主持这样的会议，察看大家表情，内心不免有些紧张。对西方作家发言的反应，台湾女作家满脸不悦，大陆作家则有暗地里吹胡子瞪眼的。

西方作家有的甚至标榜汉学家，其实对我国国情并不了解。一位瑞典女作家深情介绍了坐落于森林边缘地带的自家环境和漫步林中的惬意，之后，问：为什么中国的花都长在栅栏里花坛里？中国的野花到哪里去了？还有，中国不喜欢大自然，比如走遍南北，她发现中国人害怕大海，不喜欢在海边建造房屋。

她以不解的表情和手势，面对中国作家的解释。应该说，到过中国不少城市的那位瑞典作家，的确道破了我们一些在城市建设、园林规划等方面的流弊。在参加这次活动之前，我在长沙橘子洲曾大发了一番感慨。改造一新的橘子洲，再也不是我记忆里的橘子洲了。品种繁多的花木，一丛丛，一簇簇，一片片，那种刻意的雕饰，让人感觉是走在世界任何城市的某座花园里，如果不是那里还有一座青年毛泽东巨大塑像的话。

尽管如此，我们还是本能地对她的质疑做出了针锋相对的回应。当然，我们的回应也是事实，是她不曾看到的事实。比如我说，江西的野花开在一年四季。江西四季鲜明，四季有不同的野花。如果你能早些时候来，就可以看到漫山遍野的杜鹃花。杜鹃花盛开于清明节前后，而在庐山这样的大山里，应绽放于五月间。盛开的杜鹃花可以把一座座山峰染得红彤彤。至于海边的房子，我是这样解释的。中国的海连着太平洋，太平洋面积广阔，夏秋之间在高温高湿条件下产生超低压中心，形成猛烈的热带风暴，也就是台风，每年台风有一二十号。台风一来，别说海边，连内陆省份江西也深受其害，它能摧毁房屋和道路，甚至把武夷山里的鹰厦铁路都掏空，轨道像电线一样缠绕在高树上面。我描述的场景发生前一两年。

当然，老外是无法理解的，也别指望别人理解甚至改变什么。

我们生活在各自的世界，大家各得其所、其乐融融就好。会上是生态话题，会后则是搬迁话题。其时，庐山人议论纷纷，据传政府打算让牯岭居民下山，以容纳更多上山游客。没有了原住民，庐山还能叫人文圣山吗？殊不知，人也是庐山的风景，我们说。说了不算的我们还是要说。说话可以消食、解乏、通气等。

老外说中国不喜欢大自然，纯属误会；国人也这么说，那叫信口雌黄。一部中国诗歌史，几乎就是山水诗史吧，收录一万六千余首诗词的《庐山历代诗词全集》即为明证。而且，中国民间甚至把山水和自然万物当作神灵来供奉来膜拜。不幸的是，那位国人乃响当当的文化名人，他开涮中国知识分子的一系列荒谬言论，是对着全场领导干部说的，因为其善于在口若悬河时悄然偷换概念，那番演讲居然赢得一阵阵哄笑。

住在老房子里，我通常也睡不踏实，任性的思绪偏要往雾的河谷里去，往谜的森林里钻，就像当年侨居此地的那些洋人一样。如何会有那么多不同职业的洋人钟情庐山呢？他们不约而同先后在此落地生根，令我惊奇，令我忍不住想去——叩问小别墅乃至所有老房子的门窗。但是，且慢。我忽然被传说中的故事和记载中的史实震惊了——在侵华日军大肆轰炸庐山并勒令外侨撤退，及至英美撤侨舰船等候山下的危急关头，哪怕两位舰长颠簸着坐轿上山苦口婆心劝说，二十多个国家的九百名侨民再度开会仍决定留守庐山，对此，《庐山续志稿》称："外侨因财产、营业，以及与我国人民情感，大部不愿走动，仅有二十人表示离山。"能不震惊吗？原来情感和财产、事业一样弥足珍贵，一样须臾不可离弃！

有一位曾在庐山无人不知的洋人，名都约翰，人们管他叫都洋人，被侵占庐山的日军限令全家即刻下山，他宁死不从而服毒自杀。此心此情，令人唏嘘。"牯岭未曾撤退之美侨，均愿为我效劳，或为医生，或为看护，均不愿放弃其职务。"他国侨民亦然。比如，164号别墅外廊入口勒石纪念的瑞典籍夏牧师，他及夫人同美籍布朗夫人"仓促成立避难所四处，容纳避难者六百九十八人"。关于外侨与庐山军民众志成城，佑我灾黎，扶危济困，救助孩童，以及百姓营救飞虎队员的事迹，杨振雪先生《庐山往事》一书中多有生动记述。

那些往事，抢救性地采自庐山老人的唇齿之间，是平民视角的牯岭旧事，平易、真切而充满感情。我通常把它和一本叫《苍山牯岭》的日记，与庐山志书放在一起，用于不时地温习庐山。我特别担忧，曾经支撑着严酷历史的人类情感、文化情感，会在多雾的季节霉变了去，甚至，会在深秋里被厚厚的落叶遮蔽了去。那些情感应该也是可以抢救的吧？

《庐山往事》是省作协"走向田野"丛书中的一本，而策划并组织创作那套丛书，是一项极有意义的文学活动。灵感来自文化与旅游深度结合的领导要求，要求正是在庐山上提出的。我觉得要求提得很对很有超前意识，参观老别墅，我也想了解别墅的历史、主人兼及仆人，他们是谁他们怎样生活，他们演绎了怎样的故事。何况别墅主人往往是洋人，日常生活氛围里的中西文化碰撞交流，才有更加耐人寻味的魅力。于是，我们列出了这个选题。然而，曾见证历史的老人本来就不多，而在政府打算搬迁居民的背景下，采访尤其艰难，作者能够锲而不舍坚持完成写作，真的需要非凡毅力。

"走向田野"丛书还有《银的镇》《婺源的桥》《谷村沧桑》《赣江十八滩》等多部。我退休从南昌迁居上海，行囊里的书籍唯有它们。它们虽粗粝，却有地道的江西味道；它们未雕琢，因而给人深入其间的指示。

借着省里创作与繁荣工程的好处，那几年间省作协忙着给全省作家出书，后来有关方面要求举全省之力拍纪录片，"走向田野"该是多好的纪录片题材呀！甚至可以说是现成的纪录片脚本，然而，要求说，纪录片简单，到电视台叫两个人扛机子下去拍就是。那天把我乐的，第二天去了二附院拔牙。不信，省二附院口腔科蒋主任可以做证。

扯远了，打住，回庐山。

庐山不仅仅属于名人和伟人，它同样属于曾经驻足和现在生活在那里的所有人。

以一山而包容天下，使一人能结交中外。人类情感其实是在牯岭街既狭窄又广阔的日常生活空间里，一点一滴地培育起来的，那里鸡犬之声相闻，路遇似曾相识，人人各司其职且和平共处，风景怡人，性情怡人，人心怡人。说到底，人类情感本来就很具体，就是邻里之间的点头微笑，就是大难当头的悲悯体恤。我以为，庐山有这么一段往事，才可以理直气壮地叫作天下的人文圣山。

几十年间，我结交了不少庐山朋友，忆念往事，他们不免提及白洋人麦洋人霍洋人什么的，语气里没有轻慢，唯有随意的亲切，洋人仿佛是洋人们的小名，洋人们的昵称。哪怕有些朋友的祖辈只是石匠、挑夫，或者洋人雇用的厨师和仆人，哪怕当年的他们不过是寄人篱下而已。

我曾在鄱阳湖边造访过一座名叫青山的古镇。在那里，连废墟都湮灭在草木之中了，仅存潜藏绿荫里的新旧两幢房屋，日日眺望着湖上的船来船往，云驻云飞。据说，青山的消亡是因为姑塘的兴起。然而，因水而盛极一时的姑塘古镇，又因水衰落。民间另有说法，则把姑塘的盛极而衰归咎于牯岭镇的兴起。无论究竟如何，庐山脚下的不少居民成了牯岭最早的开发者、建设者，应是无可置疑的。

那些普通的建设者，同样也是人文圣山的创造者，他们的业绩是人文圣山最具价值的永恒景观。所以，后代向我介绍其家庭迁徙史时往往不无自豪。我相信，追索任何一户老居民的家族史，应该都可以抵达庐山的人文传统，抵达一部中外文化碰撞交融的历史。

之后再上庐山，我仍然经常与雾相逢，但记忆里却有了不少清晰的影像。比如，雪、红叶、寺庙、林中宁馨的小路和夜晚，以及一位青年对家居老房子的打量和追问……对了，还有诗友曾向我忆及的青春往事。快四十年了。某次在南昌开罢谷雨诗会，几位青年诗人追踪美人上了庐山，真心要献诗或献花。然而，遭遇怎样，后事如何，无解。

我猜想，他们一定遇上漫天大雾。从通远走南山公路上山，迷失在牯岭浓雾里，多情少年被雾裹挟着，沿"跃上葱茏四百旋"的北山公路经威家镇糊里糊涂去到九江。

诗人把鲜花和自己献给了雾。

井冈山

　　井冈山是许多人赞颂过的山。它的日月风雨、云雾雷电，它的峰峦山石、溪谷瀑泉，它的松杉枫栎、竹茅菊兰，它的蛙鲫鳅鲵、鹰雀鸦燕……曾经一度，自然万物差不多都成为诗人吟咏的对象。其时我有一位文友，立志出新，便是努力发现井冈山上被诗歌遗忘的事物。

　　所谓鲵，娃娃鱼是也，我记得他绞尽脑汁为之写过一段顺口溜，或称民歌吧，当然，生在井冈山的娃娃鱼注定是革命的鱼，否则那首诗毫无意义。

　　连那么珍稀的鲵也关照到了，看来诗歌绝不会忘记谁。这叫层出不穷的诗人怪犯难的。于是，只好重新回到红色历史里，继续写熬硝盐呀，削竹钉呀。

　　翻阅旧日笔记本，意外发现粘贴其中的油印诗稿，我写井冈山的两首，油印应算发表吧，发表在镇工农兵文艺站的小报上。据记载，其中一首还被上饶地区广播站播发，当时懊恼极了，身为作者的我竟未听到，再一想，全国人民都忙着听"新闻和报纸摘要"节目，有空听上饶广播的能有几人？便也释怀了。另一首诗写黄洋界保卫战，写到了竹："休猖狂，自有'好菜'来招待；我军民，阵前已把'宴席'摆。满坡'竹笋'任你吃，山上'石蛋'送下来。"那位刻意求新的文友甚是欣赏此作，啧啧叫好，因为它把战斗大胆想象为吃请，比高家庄还高。

为了纪念两个"五十周年"，我这知青身份的业余作者好歹也做了一点儿贡献。得到的好处是，以集体参观为名，上了一趟井冈山。我用一个小本子，一路以顺口溜的形式记录每日活动；用另一个小本子，非常潦草地抄录了井冈山博物馆的不少解说词。最近收拾旧物，发现抄录解说词的小本子仍在，竟有些小激动，激动之余便想，若闲得难受，好好整理一下半个世纪前的说法，并比照如今，说不定也是趣事一桩。

井冈山的中心在茨坪。几近半个世纪了，那时的茨坪很小，小得就像一座村庄，四围散落着一些民居，包括伟人故居，中间则是稻田和水塘。时值金秋，可稻田里尽是禾苑，那是因为山里水冷只能种一季，一晚已经收割。茨坪不同所有村庄之处在于，多了宾馆、博物馆和路边挺直粗大的水杉。不错，很早以前的茨坪，真的是坐落于井冈山一处盆地中央的最大村庄。

水杉是五十年代井冈山垦殖场栽种的。那时全省的垦殖场也接纳了不少下放的文化人，有下放干部编的《垦荒者之歌》唱道："新社会里新事多，干部下放进山窝；锄头是笔山是纸，写满文章在山坡。"水杉便是一篇锦绣文章，井冈山垦殖场有文化人在栽种水杉的同时也栽种诗歌散文，我听说过其中的一两位。

在从前的江西文学土地上，长得最为挺拔的是诗歌，这跟诗人们拥有雄伟的井冈山紧密相关，优秀诗人的代表作有不少是写井冈山的，比如文莽彦的《井冈山诗抄》、吕云松的《井冈山兰花吟》、陈良运的《黄洋界放歌》等。井冈山始终是江西作家的一座靠山。比如江子的《苍山如海：井冈山往事》，对于革命历史题材的散文写作，颇具创新的启示意义。何止文学，美术、音乐、舞蹈乃至整个江西文艺，都得益井冈山丰沛的创作资源，可以说，井冈山是江西当代文艺的圣地。我以为，或许可以找一块小小的空地，比如一座杜鹃花圃，一片兰花草坪，让花草烘托着，建造一座平凡却独特的江西文艺博物馆。它的收藏一定非常丰富且有意味。

自头次领略井冈水杉丰姿后，几十年间屡屡再见，总觉得不及先前长得快。老人形容孩子不长个儿，爱说这孩子光长心眼了。

上山，通常走泰井公路，那是一条值得迷恋的景观道路。有色彩鲜亮的田畈，有苍劲的古树古藤和苍老的古庙古屋。出了泰和，公路盘山而上，盘绕在花海竹海，盘绕在云里雾里。

从来忙着赶路，未曾停车坐爱。幸而有同事张越挂职泰和，得到机会去观赏公路两边风景。见过一座村庄叫八栋屋，严氏八兄弟的宅院，已有二百余年历史；见过一片树林叫楠木林，天然生长的楠木三百多亩，十分稀罕；见过一座水库叫南车水库，据说沿着水库尾巴也可以攀登井冈山，水库边多有名贵的竹柏……后来有了高速，从前的景观难以领略，从前的盘山趣味也无从感受。倒是方便快捷。

我也曾走永新那边上山，走遂川那边下山，皆是水情或路况的缘故。永新至井冈山路段同样难走，从南昌经永新到得宁冈，天已断黑。那次是省直工委组织的，好几辆大巴。安排在宁冈住了一宿，第二天参观龙江书院、会师广场，顺便溜到湖南匆匆看一眼炎帝陵，吃过红彤彤的湖南菜，赶紧回马茅坪黄洋界。

宁冈当时还叫县，好像是全省倒数第一大的县，叼根烟或啜根冰棒可走遍全城（我吸烟试过，稍有夸张，大致可信），要命的是，县官打老婆，全县听得见。所以，后来县官被裁撤，地盘并入井冈山市，打不着也听不见了。不过，我特别喜欢宁冈偏安一隅的环境，喜欢它虽是边城却安逸宁馨的氛围。2005年中国作协举办"重走长征路，讴歌新时代"作家采风活动，我特意安排大家去宁冈参观并吃午餐，然后出赣界入湘境，此举看似顺理成章，实则暗藏心机，解了自己对宁冈的几分忆念。

到了宁冈，不由自主，我注定会忆起1978年春天从江西大学怅然离去的背影。我的同学和室友，一位来自宁冈的瘦高个，姓郭。因为减员，郭同学的铺位一度成了全寝室的公共箱架。好不容易盼来恢复高考，并且把握住了命运转机，不幸竟被打回原籍，郭同学那番经历简直有点儿悲壮。

入学报到之后，新生都得去学校医院做身体复检的。不料，郭被查出问题来了。X光片显示，肺部有阴影，纹理比较粗。好像接着又透视过一回，再次证实了那团阴影。我曾陪他几次去咨询医生，每次医生一如既往地和蔼可亲。他们说，感冒也会导致纹理变粗；他们说，你要加强锻炼，跑跑步，也许阴影就消失了；他们说，你别紧张，这事要上报学校，待到学校做出决定将有个较长过程，说不定那时候你完全好了呢。

这就是希望，是照亮阴影的阳光。于是，郭遵照医嘱，开始跑步。我依稀记得我们寝室的同学曾经陪着他，在下午的操场上跑，一圈又一圈。假如哪一天我忽然打算写一部反映大学生活的小说，我肯定会用足这个细节，我将用这段回忆文字证明，此细节来自真实的生活经历，而非抄袭那个阿甘。

他带着阴影奔跑在晨曦中，暮色里，月光下。我因为睡眠不好，早晚都能听到他床上的动静。每天天还没亮，他便小心翼翼地穿衣起床，轻轻掩门而去。仍在做梦的操场，唯有他和时间、学校决定赛跑的脚步吧！

同学们都在为他加油，不仅因为对他充满同情，也出于友情。我记得他老是抢着去打开水，勤快，而且热心。比如，就在那段日子里，他领来了宁冈老乡，一位在昌的部队诗人，他让我俩结识在很快将不属于自己的校园里。后来，那位诗人考入江西大学，在政七八就读。我清晰地记得当我俩握手时，郭的表情。虽然他内心阴影笼罩，眼里却是温暖的光明。那位诗人叫刘立云。记得他有一首诗，题目正是《我是井冈山的儿子》。2020年9月18日，通过微信朋友圈，读到一首令我心灵震撼的新诗，他拍摄白桦树的眼睛为之配图："一年了。这些时光的/疤痕，时光的/眼睛，它们怒目圆睁/集合着谁的忧伤？谁/的愤懑和仇恨？//我一年未来这里，/一年未与它们/对视。这不能说明什么/但这一年，瘟疫、洪水、/堵塞在心里的 乱石和杂草/已让我剧烈地咳嗽，/剧烈地喘不过气来//庚子年！这个曾经/赔得我们倾家荡产/的年份，旧伤未愈又添新伤/而这次是大地震怒/逼迫我们赎罪。"刘立云的诗更加老到、精警了。

经过一段时间的锻炼，郭又去拍了片子。那是春光明媚的结果。冬天走了，春天来了，阴影被驱散了，太阳穿云破雾出来了。仿佛是一个奇迹，或者，是调皮的肺，跟自己的主人开了个玩笑。

可是，学校的决定接踵而至。那真是一个残酷的玩笑，是毫不暧昧的两个字：退学。我依稀记得郭去找过有关部门。然而，从前的决定是庄严的，不似如今；从前的人对决定是恭顺的，也不似如今。

郭同学真的要走了。要把从宁冈带来的行李送回宁冈去，要把入学通知书寄还给1977年，要把内心的阳光托运给1978年，而把阴影揉作一团随废纸扔掉。

他收拾好行装，等了两三天，然后，乘坐不待天大亮发车的班车走了。那天早晨，全体室友都早早地起床，送到校门口。晨风很凉，冷飕飕吹进心里。

我得知，几个月后，郭考入江西财院，毕业分配去了财政部。掐指一算，他回到宁冈，七八级高考应该开始报名了。也许，出了汽车站他便直接去到报名点。

那团阴影是催其返回宁冈再次报名高考的车票吧！每每看到宁冈汽车站，我都这样想。

至于走遂川下山的经历却记不清了。依稀仿佛，经过黄坳和一个叫草林的红色圩场。2002年，应央视三套"电视诗歌散文"节目组约，写井冈杜鹃，文章还没想明白呢，导演摄像等一行人齐刷刷上了山，一边体验和踏勘，一边等着稿子，边设计边施工似的。陪同导演去笔架山踩点时，经过黄坳，见一路风景依旧，我更有信心确定，先前一定从此路过。

时值四月中旬。山下杜鹃花陆续开放，山上却没有动静。上了山的节目组迫不及待，打算第二天去爬笔架山。当地宣传部接待的朋友说别急，还得做好准备，安排我们次日就近参观。我挺纳闷的，什么样的准备需要一整天工夫呀？宣传部朋友笑而不答，表情有点神秘。第二天，从仙人潭瀑布往军械厂去，惊见一条蛇盘在山路上。宣传部朋友笑指前方，终于开口：你问准备什么，准备对付它。也是，过了惊蛰，蛰伏一冬的蛇们纷纷出洞。后来得知，去年此时，江西卫视也是为了拍笔架山上的杜鹃花，请当地消防队的两名战士帮助扛机器，结果一名战士遭蛇咬。

傍晚，蛇药送到。找的是山下厦坪最好的蛇医，其蛇药在井冈山地区称最。准备蛇药的那天，我也做了知识储备，去园林所走访专家，得知井冈山的杜鹃花品种不少，其中包括万亩高山云锦、笔架山的猴头杜鹃，而且猴头杜鹃乃乔木而非灌木。不过，未身临其境，对笔架山、对乔木并无概念。

天蒙蒙亮，揣着对去年的紧张，我和导演前往笔架山。带到约定地点，宣传部朋友把我俩交给了向导，手握柴刀的当地农民，一个瘦瘦的后生子。向导要求我俩扎紧裤脚，并在裤脚和鞋帮上抹清凉油风油精，蛇怕那种气味，先熏跑它。熏不跑，它也未必咬人；不幸咬伤，不是揣着最好的蛇药吗？

对蛇的恐惧很容易被战胜了。比蛇更可怕的是，根本没有上山的路。路在脚下。确切地说，路在刀上。路是向导挥舞柴刀砍出来的。先是缓缓的山坡，长着密密的竹子和灌木，接着就是遮天蔽日的原始森林，林间有厚厚的腐叶，倒伏的朽木，潺潺的水流。

对于我，身后的导演比蛇比猛兽更可怕。三十出头的年轻人，从未爬过山的北方人，估计也很少锻炼。出发不一会儿，他便气喘如牛，面色苍白，从前老是见人形容豆大的汗珠，那一天我长见识了，很确切地看清了豆大汗珠到底有多大，看清了它的体积、圆周和直径。我怕他出事。假如有个万一，我和向导肯定对那个大块头无可奈何的。

只能不断地歇脚。衣服湿了又干，干了很快便湿。那时我年近五十，因为平时经常爬爬山，以期出一身透汗，所以对笔架山的高度并不怵。可别的山再高，也是沿着山路走的。笔架山不然。越往高处去，越难下脚。必须手脚并用，抓住岩石，搂着大树，慢慢向上挪动，那才叫真正的爬山呢。

从早晨到正午，六个多小时，终于攀上山脊。所谓十里杜鹃林，竟然是长在山脊上，高者达六七米。也就是说，即便上了山，要拍杜鹃花也不容易，人得仰视花朵。那时好像还没有航拍器，至少那个节目组没有。更悲催的是，杜鹃花也有大年小年，我们不幸赶上小年，树上花朵花苞稀少，而且花朵已经蔫了，可是向导说五月初山上才会开花。但愿吧。啃完面包后，又花了几个小时下山。

节目组要在井冈山上等到五月初，等到猴头杜鹃盛开。而我得赶回南昌，以便安静下来赶稿。下山走的还是泰井公路，一路上发现好几处地方杜鹃花开得正旺，马上电话告知节目组。山下的杜鹃花，才是我们常见的映山红呢。

后来发现，三清山也有大片的猴头杜鹃，而且，人家乖乖地顺势长满山坡，栈道在上，拍摄十分方便。

我在电视散文里这样描写井冈杜鹃，其实说的正是身为乔木的猴头杜鹃——

　　　　一棵棵，盘旋虬曲，从岩缝里挤出来，旋出来，树皮上斑斑驳驳的苔藓尽是含辛茹苦的记录，树皮剥落了，便是金属般的质地；

　　　　一片片，顺山势倾斜，如龙蛇腾空，哪怕穿破云天也要郑重地舒展自己的枝条，哪怕不露痕迹地与山石融为一体，也要庄严地奉献自己的花朵！

这篇电视散文从2002年起，每逢七一、八一、十一必在央视三套以及别的频道播出，似乎成了保留节目，持续多年。然，知晓此事的人不多，连井冈山的领导也未听说，在此之前，当地曾策划投巨资拍个宣传片而未果。后来遇当年井冈山的一把手无意提及此事，其惊诧的表情相当夸张。

2007年10月，井冈山革命根据地创建八十周年之际，省委在井冈山召开纪念大会，那是我所经历的最为壮观的井冈山之行，大家乘坐一趟专列，从南昌一直驶到井冈山脚下，再由浩浩荡荡的考斯特车队接上山。开大会的那一整天，我发现央视几个频道都在反复播出这篇电视散文，然而，与会那么多熟人竟没有一个询问的。或许，大家都没开电视，抑或虽开机却选了别的频道？

再上笔架山，向导变身缆车，轰隆隆，几分钟便上去了。三年后，中共中央文献研究室来赣做"党史与文学创作"专题调研，我陪同客人去赏猴头杜鹃。估计未能赶上花期，便对十里杜鹃林兴味索然，因为记忆里除了栈道没有别的，找出几张合影，背景不是鹃林而是几棵松树，由此可见，猴头杜鹃让端机子的和摆姿势的都大为失望。

那次重访井冈山，因为陪同党史专家，我算得上前所未有的认真细致，每到一处都听得格外入心。尤其毛主席重上井冈山后欲见王佐、袁文才妻子前后的细节，令我感动不已，一位领袖之所以伟大，往往更显现于细微之处。中共中央文献研究室的带队领导也被细节震撼，下山赴赣州的一路上，鼓励我就此写电影脚本，并表示后面的所有事情由他们负责。

如果我真的要写电影，我一定会大刀阔斧，砍掉历史的枝枝蔓蔓，直逼主人公的内心，写他怎样徘徊在历史和现实之间，怎样做出决定并怎样面对两个委屈得像孩子一样撇嘴、终于隐忍不住泪水的女人，怎样回复历史的诘问，怎样抚慰人心的创伤……那样，对演员的要求非常高，普天之下，能够胜任的演员唯有当事人自己。

毕竟是圣地。民间传说，有一年毛泽东铜像被请往韶山，特地选择经由井冈山的路线。不料，上山后，车没来由地坏了。人们顿悟老人家心思，临时决定住一宿再走。果然，一夜之后，车自个儿好了，顺顺当当去了韶山。我在韶山则听说，为铜像揭幕时，天空上竟是日月同辉。有意思的是，口口相传之间，人人言之凿凿，好像都是见证人、亲历者。

当过吉安市委宣传部领导的欧生，屡次跟我讲过发生在井冈山地区的神奇亲历。比如，央视"心连心"领着众多大腕来慰问演出，眼看开演时间就要到了，一直哗哗地下着大雨。是叫停还是让演员穿上雨衣，真是纠结。欧生倒是沉得住气，他是遂川人，往大里说，也是井冈山人，井冈山人信得过井冈山的天云和风雨。他们认为井冈山是最讲政治的山。欧生表态：再等一等。

始终不露声色，然后，嘿嘿一笑，是欧生的常见表情。我从二十世纪八十年代初即认识他的表情。那时我常去赣州，忍不住了，便会逗留遂川。记得我第一次到遂川，县委接待一名刚上岗的青年编辑，其规格是全体常委参加。

"心连心"果然等到了雨停风歇，甚至等到了阳光彩虹。欧生的确切表达是，雨准时停了，后来天还放了晴。我能想见他当时为井冈山自豪的得意。

永新人当然也是井冈山人。永新人在江西文学界曾经是格外醒目的存在，有的文学活动听过去像是永新老乡聚会，乡音浓重。他们中有吴海、周劭馨、汪木兰、陈公重等评论家，还有诗人徐万明以及其他。我从徐万明与老乡的日常聊天中得知永新县的许多地名，曾经动过念头，很想独自坐南昌到文竹的火车去永新跑一趟。那是准备通达井冈山的地方铁路，却因为效益不好，旅客列车开开停停的。我生出念头之日，乃旅客列车再次停运之时。

直到2012年，永新仍是我不曾抵达的"盲点"县份。黄瓜上市的季节，我"扫盲"去了。见到龙源口那巨大卵石铺面的高高拱桥，恍惚觉得似曾来过，后翻出记有打油诗的小本子，果然，到过的永新地方还有三湾呢。"三湾红枫永远喷火焰"——不记得是谁的诗句，但我敢肯定有这么一句诗。

那次从永新拎了半蛇皮袋黄瓜回家。久违的黄瓜。黄颜色的黄瓜。带黄瓜味的黄瓜。水分充足的黄瓜。城里绝对吃不着的黄瓜。带得太多，同邻居分享了。

井冈山的南瓜也是，往昔的味道，本真的味道，特别可口的味道。别处吃不着的味道。听着歌曲《井冈山下种南瓜》长大的人差不多都老了，而我的同事、词曲作者孙海浪和吴颂今仍葆有童心。我陪客，必夸井冈山南瓜的好；必提醒客人：喝红军可乐，千万悠着点。

武 宁

武宁，一个能让人情不自禁为它歌之舞之的地方。

某年，带朋友从庐山下来，到得庐山西海的观湖岛，踏着林间夕照，登双塔而揽山水，但见绿岛千座沐浴粼粼波光，金辉万顷装点一湖仙子。而最迷人的景色，乃是静。静呈现为视觉形象，扑面而来，尽收眼底。仿佛一种羞笑，一种媚眼。又仿佛阔大无边，是一道可任由想象描画的天幕。

于是，我的朋友夫妇顾自忘情于双塔，投入浩大的寂静，一个凭栏高歌，一个翩翩起舞。歌者舞者，没有配合的意思，都服从于自己内心的导演。至于当时唱的是否是情歌，记不确切。我想应该是吧。

山水武宁，宜于舞蹈，宜于歌唱，宜于写诗作词。早年我造访九宫山，曾记录不少朴实且有回味的山歌歌词，其中一首情歌细节生动得出奇："我跟情哥隔道墙，餐餐吃饭想着郎，我吃只麻雀留条腿，吃个鸡蛋留个黄，情哥喂人家疼姐我疼郎。"

歌词经重新谱曲，在大型民俗风情歌舞《赣傩的表情》中演唱，并收入民歌组曲《赣鄱谣》。那台民歌组曲是第一次亮相于国家大剧院的江西剧目。

武宁人上山干活也是曲不离口的，于是，便有了又名《锄山鼓》的打鼓歌。最出名的一首，早在二十世纪五十年代曾被国家级音乐学院当作教材。十多年前，在去九宫村的半路上，于上汤乡会议室歇息时，作家柯小玲像师傅带徒弟似的，领着青年女歌手熊金莲，一道为我们唱起来——

　　我们山歌牛毛多，黄牛身上摸一摸，吓走一个两个三个四个五个六个七个八个九个十个老歌手，填满十个九个八个七个六个五个四个三个两个一个山窝窝……

酣畅淋漓的歌唱，仿佛把全身心调度起来了，气在运行，血在奔涌，心在跳跃。方言因为被赋予旋律而变得粗犷优美，衬词因为得到气韵而变得耐人寻味。歌声如一阵清新的山风，令困乏的身体顿时清爽振作；歌声如一碗甘醇的谷酒，令平静的内心陡然亢奋起来。任何听众，稍稍熟悉曲调之后，大概都会忍不住投入歌声，用自己的心情和声音，或者，用怯怯的躲闪在嗓子里的哼唱尾随其后。

九宫山坐落在赣鄂两省交界处。传说当年李闯王李自成战死在山那边，朴实的湖北佬一心为着清白名声，可能更担心日后有口难辩招惹是非吧，也不怕累，竟悄悄扛着他的尸首翻山越岭，把这个曾经叱咤风云的英雄扔到了江西境内。山这边的武宁老表当然也不肯平白无故受此冤枉，又把人给湖北送了回去。也不知闯王最后怎样入土为安的，总不至于成为孤魂野鬼吧？

当年打发过闯王冤魂的武宁老表，大概就是九宫村的先人。见到来客，九宫村人一起拥堵在村长家门前。他们起初只是看热闹，当鼓师唱了几段山歌后，一个个按捺不住了。他们的表现欲有一个渐进过程，先是在门口挤占比较显眼的位置，同时，辅以开怀大笑或激动地诉说，吸引屋里的眼球；然后，借机哼上一两句显露才华，人也乘机进了屋。一旦我们眼前一亮，邀请其唱歌，他们反而倒要忸怩一会儿，让人费尽口舌干着急。真正能够说服他们的，还是歌声。他们最终拗不过自己的歌兴。

　　两名鼓师，高的姓阮，矮的姓王，他俩坐在厅堂里边击鼓边唱。抱在怀里的鼓，像常见的腰鼓，鼓槌却简单，一截竹篾带有指头大的竹节。高个子鼓师年纪较大，声音既轻又含混，矮的倒是能唱，却老是忘词。一旦忘词，便是群情激昂，你一句我一句，七嘴八舌帮他凑。也难怪，上次大家在一起唱山歌，恐怕还是当公社社员的时候。

　　兴头上，先后有壮实后生和年轻妇女挺身而出。那女子一直毫无顾忌地咯咯笑，歌声老是被自己响亮的笑声打断。最后，她的歌声甚至她红彤彤的圆脸紧绷绷的身体，都被她自己的笑声淹没了。在那个访问民歌的秋天，我到过不少地方，每每要求歌手唱几曲听听，他们总是以"黄"为由不肯轻易启齿。看来，民间把爱情视为洪水猛兽的时代烙痕还是很深的。九宫村则不以为然，九宫村虽有几分含羞，一旦开怀却是痛快淋漓。

　　九宫村索性扛起锄头，在村边禾田里摆开阵势，为我们展示劳动的艺术。开场之前，村长笑嘻嘻地给每个参与者发了一包香烟，这可能是当村长的领导艺术，他发烟的动作很有个性，盯住人家的衣袋一塞就是，自然且麻利。

在刚刚收割完的禾田里，劳动不过是装模作样，慵懒的锄头也就对鼓点漫不经心了。两名鼓师在排开的队伍前面不断走动，击鼓而歌，一唱众和。要是回到从前，若谁偷懒，鼓师就会贴近他，用鼓声给予鞭策。所以，锄山鼓又称催工鼓。它是山野里的督战队，田园中的司号兵。可是，它是人性化的，是温情体贴的，它用热烈的节奏鼓动着那些经过煅打、淬火的锄头，它用飞扬的歌声感召着那些负重劳作的人。当情绪被充分调度，队伍里的后生与鼓师对唱起来，中间夹着多人诙谐风趣的串唱，而在场的人全都投入伴唱，有时则变化为集体的领唱。伴着鼓点的歌声此起彼伏，参差错落，造成忽远忽近的声音效果。活跃的气氛撩逗得人人想纵情歌唱，活跃的形式鼓舞着歌手的自信心，哪怕嘶声吆喝。

尽管只是随意演示，我也感受到锄山鼓独有的魅力。它把平凡的劳动艺术化了，或者说，这种艺术植根的土壤是劳动者的身体，是劳作中的身体感受，譬如疲累和饥渴，譬如时时似浮云掠过的心思。这还不浪漫吗？连脉搏、呼吸和喘息都变成了山野上的歌声。而劳动因为尽情尽兴的歌声，成为生命的舞蹈，身体的狂欢。多么盛大的狂欢！

后来我得到连续去鄂西的机会，连续欣赏到与锄山鼓如出一辙的薅草锣鼓歌。鄂西让我意外。我意外的还有"蒸格子"，和兴国被誉为"四星望月"的那道蒸菜如出一辙。散落在江西的两道文化符号，与鄂西究竟有着怎样的瓜葛呢？

我无意探究。关于起源，各有说法，各自且有多种说法。然而，就锄山鼓和薅草锣鼓歌的生长环境来看，鄂西与武宁极其相似。崇山峻岭，高树修竹，林瘴升腾，荆棘遍布。鼓声歌声，应该也是人与大自然交往的一种礼仪吧？

　　武宁人自古乐于并善于跟大自然和谐相处。如若不信，有诗为证。清人余绍曾有《长墅源竹枝词十首》，作品向往离尘世高远而与天地相近的居住环境，追求优雅、诗意的生存格调，充满自然意趣且富有人格力量。

　　其一曰："千家星散住山乡，板屋清阴竹树凉。一幅桃源图画里，避秦人自道羲皇。"悠悠哉，陶陶然，十分自在惬意。有此超然世外的其一，必有超然物外的其二："锄犁蓑笠旧山家，不学耕田学种瓜。白发老翁年八十，一生未到县官衙。"

　　武宁的当代杰作则是山水环境中的城市建设。如果要评选天下最美县城，我和我的朋友一定会投武宁的票，到过的朋友说起武宁，一个个赞不绝口，只是不知票箱设置在哪里。自从发现它的美以后，有一位老叟仿佛多情少年，哪怕路过此地去往谁家，也要绕经美人院前，驻足美人窗下。

　　山环水绕，依山傍水，三面临水的武宁把水的文章做足了。十多年间，我多次下榻武宁宾馆，早晚散步，走着走着就到了水边；调个方向，换条路线，哪怕往宾馆后面的山上去，道路前方还是水。某个雾蒙蒙的拂晓，我拍得雾蒙蒙的水面上，行走着一艘雾蒙蒙的船，放大细看，那是渡船。早晨是从东边摆渡过来的吗？渡船启发了我，我觉得武宁县城应是巨大的画舫。

后来，我果然坐上了夜游西海湾的画舫，夜游于城市的灯火之间，夜游于星月的倒影之上，夜游于山水的邀约之中。

庐山西海，柘林湖建在修河上的柘林水库，位于永修和武宁境内，坝首在永修，武宁为上游。湖水淹没了武宁老县城。水库乃亚洲第一大水电土坝拦河工程。早先，我游湖是在坝首附近上的船，看的是猴岛、蛇岛、鳄鱼岛，听说一度还有人妖岛。某年省政协人口资源环境委员会组织生态文化调研，有政协委员以及作家记者参加，走一走，看一看，然后在风景区管委会开个反馈建议的座谈会。

我发言说，昨日游湖遇雨，白茫茫一片，在船上发呆半天，游兴索然；而在调研之前，上网搜索游客反映，居然搜出多篇小学生作文，内容却只有一个：湖中岛上猴子真可爱啊！由此，牵出以下话题：怎样找到庐山西海旅游之魂？怎样挖掘地方的特色文化？怎样在雨雾天气让游客也能一饱眼福？比如能否建造水库博物馆？要知道，水库最能体现时代精神，让后人受益的水库大多建于二十世纪中期，而从前筑水库，一声号令便是四面八方，便是千军万马，甚至自带口粮，甚至义务劳动，如此等等。说到地方文化，我提及锄山鼓、磨刀李以及水下的武宁老城。

整个庐山西海旅游大约是各管一段的。在我看来，武宁的西海湾夜游最为出彩。因为它有文化之魂，有武宁的水文化之魂、生态文化之魂、历史文化之魂。画舫穿过一座座桥，仿佛游走在光影艺术之中。当时我就想，地方任何能够抓魂的设计，无论景观还是舞台，一定离不开本土文化人的参与，因为唯有他们的心血和才情方能灌注于一切设计而不排异，方能让设计充盈属于那方水土的精神气韵。

果不其然，到了长水桥，离船行走于时空隧道，历史和现实的武宁扑面而来，武宁成为绚丽灯光映照着的一幅幅壁画，它是呼之欲出的草龙舞、打鼓歌、采茶戏和傩舞，是引人入胜的山水田园，是幕阜山、九岭山中的珍稀动植物……武宁的精彩被布局在长水桥的十八座桥墩上，而桥下之桥谓桥中桥，实乃文化长廊、景观长廊，前瞻或仰望，但见满目吉祥，因此它也是一道赏心悦目的如意长廊。

据我判断，时任武宁县文联主席的雷鸿尧正是这一创作的策划创意和具体设计、组织者。从整体构思、布局直到色彩、线条和灯光处理，我体悟到一位艺术家的思想和激情，无疑，那是故乡厚土赋予的。服务大局，乃武宁文联的工作特色和亮点，除举办重大活动、参与重大项目外，每每走访乡镇和景区，我同样能感知文联投入的热情。

八年前，鸿尧领我去石门楼镇认识了另一位武宁人，一位七十岁的老人。他姓汪名南通，当过兵，当过工人，教书十来年，去了乡政府工作，退休后钟情收集地方文化资料并身体力行学傩，成了率有十多位艺人的傩班领傩。

汪老先是从塑料袋中掏出"石门楼'社火'演出步骤提要"、抄有傩戏唱词的笔记本和石门楼傩的介绍文字，接着引我去看陈列在文化站的傩面具，有傩神、开山、钟馗、关公、傩将、傩公和傩婆、吉祥和如意。那套面具令人生疑，因为其形象和工艺风格酷似南丰面具，其中的吉祥和如意尤甚，应是南丰的一对和合神。问之，答曰石门楼傩为近年恢复，面具出自丰城工匠之手，汪老坦言曾去南丰学傩。

不过，历史上石门楼有傩也是不争的事实。早在1993年，有老人回忆说，石门傩神以冲天菩萨为主，其头戴冲天冠，金面黑须，着红袍，亦称欧阳金甲将军。张姓最早开基于此，因而石门楼傩始自张姓人家，下街曾有的傩爷殿即为张姓所倡修，傩神随后成为此地十三姓的供奉之神。起自正月初三止于十六日的游傩活动，须到张刘郑熊四大姓祠堂里跳傩，为各家各户跳傩时，不仅要围着屋场洒净水，而且房间、厨房、牛棚和猪圈也得走一遍。

如今的傩班，可能艺人多在廠下村，所以，我跟着汪老经过银炉殿去太阳殿。银炉殿乃真君殿，所在地为古代炼银处，故村名银炉，殿名亦银炉。坐落在廠下村中的太阳殿，全称泷溪太阳神殿，主祀炎帝神农氏，端坐上方神像的还有许真君、唐葛周三将军、三爷等。菩萨们每年正月初一起驾，前往周边村庄巡游过案，有傩戏表演与之相伴。旧时的元宵之夜，殿内有"百支灯会"，即点燃百盏明灯以抚慰神灵，且花灯、船灯、龙灯也集中于此表演，随后送往水边焚化。

因为是临时邀人演傩，锣齐鼓不齐的，几位艺人套上服装、戴上面具，只是做了几个动作而已。但由其面具及动作便能体察到，企望中兴的石门楼傩从内容和形式均已杂糅其他，而改变了原本风貌。

尽管如此，汪老们的努力仍是可敬的，幸亏有识见的乡土文化人搜索地域文化记忆，才为后人探看历史打开了门窗。再说，在多有移民的幕阜山区，各种傩事活动原本包罗万象，融汇了赣地许多民俗事象的片段和细节，是信仰的编队重组，是民俗的集结黏合，也是娱人形式的优选再造。由此或可发现，傩到了石门楼，不断丢失娱神的内容和仪式，而娱人的形式以吸收、综合为手段，得到强化。

最近访武宁，被同样当过乡村教师的李义全感动。早年为家庭生计、为孩子前途，他不得不辞职经商，经过一番挫折后，觅得商机，把经销摩托车配件的生意做得风生水起，所租的铺子成了旺铺。然而，仍是为孩子前途计，夫妻俩竟毅然转让旺铺和生意，放弃滚滚财源，分别去给两个孩子当专职陪读。这份有胆有识的父爱母爱，才叫伟大呢。我觉得，也是和其家训一脉相承的。我在李义全以野茶树为邻的老家看到了贴在墙上的家训："传家忠和孝，兴家文和德，持家勤和俭，安家让和忍，守家遵法度，败家黄赌毒。"秉持家训，传承家风，李义全家庭因此被评为2016年度全国"最美家庭"。

如今人们管他叫李总，太阳红茶业有限公司的老总。而我更愿意把他看作迷恋故乡的乡土文化人。他经营野生茶，原本正是挖掘地域的传统文化，包括宁红茶文化、幕阜山的历史文化和民俗文化等。他把太阳山、纱坦山的地名用在商标上，把刘伯温、胡大海、彭德怀的故事挖掘出来，把野生茶产品包装在古朴典雅的线装书里。看到那包装，我索性把茶当书来读，并情不自禁为它写下卷首语——

　　此乃太阳山野生茶三部曲，曰《纱坦太阳红》，曰《纱坦天香绿》，曰《纱坦天香白》，每部又分三卷。书香诱人，开卷却有茶香沁人心脾。诚然，品茗一如阅读。

　　如捧读山志。太阳山，位于幕阜山脉中段，小众山而高耸赣鄂边界，纱坦则因明朝皇帝朱元璋之军师刘伯温隐居此地传说得名。历史珠落原始森林间，或埋藏为秘密，或繁衍为"茶盖中华，价甲天下"的宁红茶传奇。

　　如捧读茶经。海拔六百米至一千三百米区段，烂石砾壤，阳崖阴林，野生古茶树邻松杉竹兰，生在百鸟和鸣中，长在云天相衔处，纳日月之精华，汲山川之灵秀。所谓"野者上，紫者上，笋者上"，此茶是也，且每年独采一季春芽，提升传统工艺精制而成。

　　如捧读自己。自己的色泽，自己的馨香，自己的韵味，甚至，自己的人生和心性……以野生茶为媒，将自我融入自然，乃品读至上境界矣。

李义全告诉我，俗名老鸦尖的太阳山谷地，占地面积三万五千亩，集中的野生茶林有三千多亩，另有零散茶树两千多亩，其中有大量三百年以上的古茶树。武宁是全国林权制度改革试点县，"林改"之后，李义全分得的山林里便有成片的野茶树，长期以来，农家只是自采自饮，"一岁一枯荣"的野茶大多浪费了。2018年，李

※　154

义全瞄准这一资源返乡创业，公司成立仅两年，已拥有六个优质农产品商标，并获得全国第一张"野生茶有机产品认证"。

说到"林改"，不由得想起当年省作协与省林业厅联合组织的作家采风活动，首次活动的第一站就是武宁。作家们访问了不少地方不少人，当然，也访问了不少山林和田园，访问了武宁的葱茏和生机。

自打领略过锄山鼓以后，我热衷于造访武宁。我访问过西海湾的桃花岛，访问过老鸦尖的野茶树，访问过长水村的红豆杉，漫步武宁街头，忽然吟得一句：山为里坊水为邻，竹树争作武宁人。

一年四季都想长驻武宁呢。

兴 国

一

2001年。

那日下午，由赣州前往兴国，途中发生惊险一幕。在缓而又长的坡道上，对面驶来的班车忽然停车下客，紧随其后的自行车慌了神，龙头一拐，从班车后面蹿出，朝着我乘坐的小车撞来。司机反应倒是快，一个躲闪，擦着路边行道树让过自行车；不过，摇摇晃晃的自行车还是倒了，骑手也摔在地上。我们下车查看人伤着没有，哪晓得，碰瓷似的，随着人唰地站起，周边田里的劳作者扛着锄头铁耙呼啦啦朝马路拥来，一派打土豪的阵势。领路车的司机厉声提醒道：快走！不然，很难轻易走脱的。

晚餐饭点时到达宾馆，刚刚围桌坐定，见电视里出现更为惊人一幕，大洋彼岸，有飞机撞向纽约世贸中心双塔，是谓"9·11"事件。

次日，经过层层选拔的全省故事赛在兴国如期举办。各地市派出演讲选手，力量强的县及东道主可另行组队参加。我记得那是兴国小李第一次获省里的故事演讲奖，以后赴别处参赛她又再度胜出。

于是，后来去兴国，常可见到面熟的小李了。她调入接待办工作。嗓子清亮，落落大方，是真正的客家女子，她唱的山歌兴国味十足："妹子今年十五六，奶盘好像碗仔底（du），要是让我摸一摸，胜过蒜子炒腊肉。"

兴国是山歌之乡。原汁原味的兴国山歌，是唱给采风者听的。我带去的作家采风团还对一位男歌手印象深刻，他唱的《打支山歌过横排》最是出彩。他的微信名叫二古月，某日他发截图显示，有称其二老师的，也有叫古老师的，还有喊胡老师的。

自从我加了二古月的微信，便忘了他的尊姓大名。

兴国的大号乃将军县，又名红军县、烈士县。我大约记得几个数字：出了五十四位共和国将军，国民党那边好像也是这个数；当年二十三万人口，逾八万人参加红军；有名有姓的烈士两万三千多，为全国各县之最，其中一半倒在长征路上，他们年轻的遗体仿佛里程碑，每公里栽有一块。

出过那么多红军、那么多将军的土地，该出产多少故事啊！在我眼里，它还是故事县。初识兴国，为参加第二次全国革命历史题材创作研讨会，会上会下，都是听故事。会上用故事论证伟人各有性格、英雄各有出处；会下用故事叙说形象的丰富多彩，命运的神秘莫测，由此恰好可以反证文学表达的苍白。

那时听到的将军故事，对当时阅历欠丰的我等，有些匪夷所思，与政治和文学喋喋不休告诉我们的，大大不同。比如革命动机，并非都是明道理而揭竿起，打土豪以分田地，为义气，为吃粮，为躲债，甚至为逃婚的，不乏其人。至于成长经历，更是值得品味处多多，一念之下，失之毫厘，其命运往往令后人扼腕长叹。

兴国城区的中心，耸立着革命烈士纪念碑。我曾以组诗《赣南母亲的群雕》抒写战争中的女性，其中有诗句写道："你的名字是一个人的墓碑或许多人的/纪念碑　你的名字是纪念碑上镏金的/大字　是附着在字体上的岁月/你的名字偶尔被风吹上碑顶/成为一蓬青草。"诗里的那蓬青草，就生长在兴国的纪念碑上，猛然看见它时，不由得怦然心动，并牢牢记取了它的模样和颜色。

在我眼里，那蓬青草象征着女性与纪念碑的关系，也道破了女性在历史记忆中的地位。好在随着观念的变化、创作的发展，长期聚焦于伟人英雄和重大事件的文学目光，终于注意到战争中的"她们"，注意到"战争对于男人/总是短暂的/战争对于女人/总是漫长的"，兴国女性的牺牲奉献尤为震撼人心，比如"山歌大王"曾子贞，"马前托孤"的女红军李美群，毕生守望丈夫的红军遗孀池煜华，还有陈毅第二任妻子赖月明的命运遭际。二十世纪八九十年代，她们的故事在民间广泛流传，并成为兴国作家倾心的题材，当编辑时的我经常读到此类来稿。

行文至此，我得到机会，搁笔去了一趟沂蒙山。沂南县建有沂蒙红嫂纪念馆，一座主题鲜明、特色突出的纪念馆，平凡女性是它的主角，水乳交融是它的题旨，它强调典型，兼及众多，以众多烘托典型，塑造了沂蒙红嫂的非凡群像。那组群像所体现的沂蒙精神，其实是和井冈山精神、苏区精神一脉相承的，在兴国，在赣南，完全也可以专门为女性建一座纪念馆。

如今能讲苏区故事的人已经很稀罕了。我从当年的《红色中华报》里居然找到不少有关兴国女性的故事线索，比如，为激励妇女投入春耕，女苏干拿绣有五星的围裙当奖品，创造犁牛合作社的形式相互帮助，等等。兴国是创造了第一等工作的苏区模范县，青壮男子上了战场，扩红，春耕，支前，其主力正是女人，是女苏干以及红属烈属。一位朋友的祖辈告诉后人，当年为完成扩红任务，她真的现身坦然面对想看女人的百十个后生，以了却他们的最后心愿。面对死亡，那心愿简直微不足道；而帮助别人了却心愿，却要有赴死的意志。我相信这个故事的真实性。那些不缠足、不束胸、吃苦耐劳且精明强干的客家女性，把保卫红色政权的斗争和自身解放的命运紧紧联系在一起，所以，在挣脱封建束缚、赢得社会地位和人格尊严之后，她们敢于以不可思议的激情拥抱革命，敢于为之付出难以想象的牺牲。

随时间远逝，历史生活的细节越来越让人难以理解，战争年代的真相被遮蔽。近年赣州有一台采茶歌舞剧，叫《永远的歌谣》。一曲耳熟能详的《苏区干部好作风》贯穿全剧，它是亲切的、温馨的；构成戏剧冲突的，却是一个"饿"字，它是尖锐的、冷峻的。设计向地主借粮度夏荒的剧情，比史料上的故事，要严酷得多、复杂得多、深刻得多，它采撷乡野之上的民间记忆，地气让人物有了生气，有了活泼风趣的野气、急中生智的灵气和敢于牺牲的正气，人物形象因质朴而崇高而真实可敬。

该剧一边隆重公映着，一边郑重修改着。老者说，乡土的东西原来也这么时尚啊；少男少女说，采茶戏原来也这么好听呀！在剧场感受到大家对此戏的热烈反应，我一激动，回去立即为之写了一篇剧评。岂料，竟有人批评这台戏，并通过行政手段限制其演出和参评。美终究还是要绽放的。后来，它理所应当地获得了全国"五个一工程"奖。

如今，我仍然不时听到这般言论：题材好，作品一定好。台上说说倒也罢了，可悲处在于台下呼应者甚众。

行走沂蒙，差不多是行走在《红嫂》《红日》《铁道游击队》与《苦菜花》之间，采自齐鲁大地的创作纷纷成为当代文学名著，而且，它们至今辉耀人心、造福一方，充分彰显出文学的力量。而兴国呢？赣南呢？江西呢？

我作为省里"三项创建"活动表彰颁奖晚会的总撰稿，曾赴兴国搜寻素材，时任县委书记有个故事挺感人的，应该说是继承了苏区干部好作风吧，于是，我把那故事写成了舞台上的一个场景，"连心卡发下去了 我的电话号码被千家万户/攥在手中 我的时间被电话攥在心中"，"今夜 我要把电话拉到枕边/我要把铃声接进梦里/从此，不让父亲般的铃声有片刻的犹豫/哪怕是憋忍着的 轻轻的/轻轻的一声咳嗽 也能把我惊醒"。

那位书记后来成了我的朋友，摄影发烧友。我以为，好摄之徒多了，好色之徒会少很多。真的！

二

就像曾是第一、二次反"围剿"旧战场的青原区，至今仍活态存在不少古村落一样，不可思议，昔日的苏区模范县竟藏有一座客家堪舆文化胜地，名三僚村。

三僚令我惊奇。它的出名，与被民间唤作"救贫仙人"的古代堪舆大师杨筠松有关。传说他在宫廷中掌管琼林御库，因为黄巢起义军破城，便携御库秘籍从京城长安出逃，随大批南迁的客家人，一路跋山涉水，寻龙捉脉，辗转来到赣南。三僚曾氏族谱记载了杨筠松与曾氏开基祖结为师徒、云游天下的经过。"救贫仙人"念及徒弟曾文辿终非终老林泉之辈，便亲自为其卜宅，在他眼里，三僚的山川形势几乎就是天生八卦，于是相中前有罗经吸石、后有包袱随身的风水宝地。另一位弟子廖瑀也住下来，三僚村便有了曾氏、廖氏两个自然村落，两姓祖祠都叫杨公祠，都供奉祖师杨筠松。为寻找当年杨筠松在地钳记中提到的"天马水""出土蜈蚣""罗经石""甲木水"，有不少海外易经考察团专程来三僚，如朝圣一般。

有一次，在上海，我忍不住把关于三僚的道听途说"贩卖"了出去，害得懂建筑的朋友兴致勃勃，拣五一长假结伴由上海赶往兴国考察。也不知道他们是怎么找到三僚的，可是考察结果让他们很失望，在电话里抱怨了我一番。

哦，我忘记告诉他们，考察三僚离不开倾听。他们毕竟不是风水先生，没有向导，所看到的景象自然平淡无奇。我在某年元宵节前第一次走进三僚，其平易也让我颇感意外。

杨筠松赞叹此地山水风景曰："僚溪虽僻，而山水尤佳，乘兴可登眠弓峻岭，健步盘遨独石巉岩，赏南林之晚翠，观东谷之朝云，览西山之晚照，听北浦之渔歌，临汾水龙潭而寄遐思，卧盘龙珠石以悟玄奥，耕南亩以滋食，吸龙泉而烹茶。"所以，当我的思想情不自禁地栖息在救贫仙人描述的优美景致里时，我甚至怀疑，当初三僚地方首先撞开堪舆先生心扉的，恐怕该是它的多情山水，对于饱读诗书、登科入仕的杨筠松们，卜居的诗意选择也在情理之中。

可是，岁月沧桑，地老天荒，文字里的山水大约是一件古董了。如今，粗略看去，环抱三僚的山峦并没有什么奇崛之处，因为林木稀疏反而显出几分苍凉；铺得很开的村庄似乎也没有整体布局的讲究，所存古建筑已经为数不多，散落在零乱的民居之中；一条瘦瘦的小溪与村街相交，水泥路一直伸到水里再爬上岸来，汽车踏水就能过去。如此一座其貌不扬的村庄，若不是有村干部领着，我大约也会像上海朋友一样失望的。

有了向导，山石就有了来历，草木就有了故事，建筑就有了说法，有些故事甚至是惊心动魄的。

比如，村东北有一道人工堆砌的山梁，接着出土蜈蚣形山余脉向三僚河畔延伸，看上去就是一座被竹林荫蔽的山坡而已，殊不知，它有个堪舆术的专用名词，叫作"砂手"，它是建筑的侧翼，所谓"左青龙右白虎"是也。它像屏障一样，护卫着村庄藏风聚气的水口。三僚曾氏砂手，为明初皇帝派太监督工而建，砂手之上，碑文依稀可辨的太监墓大约就是明证。

担任向导的村干部不无自豪地告诉我，宋元时期三僚村沈氏人丁兴旺，曾、廖二姓虽多有堪舆先生，但一旦进行风水建筑，便被人多势众的沈氏干预，明初堪舆大师曾从政发动族人在曾氏总祠下方筑砂手，屡屡被沈氏铲平。曾被永乐皇帝请去为重修长城选址的曾从政，再度奉诏入京都为天坛祈年殿选址时，不幸亡故。永乐皇帝派了两位太监护枢还乡荣葬。太监们到了三僚，想必是要顺便了却曾大师的平生夙愿，于是，着令县衙征召民夫三天内筑起了曾氏砂手。岂料，其中的黄太监因水土不服，一命呜呼，曾氏合族为其送葬；而把太监墓建在砂手上，无疑包含着震慑沈氏的用心。

竟也奇怪，自从建起砂手，曾氏如日中天，成为万丁之族，而沈氏则日渐衰落，人口寥寥。据说，此乃曾氏砂手封闭了沈氏祠堂的生方所致。

听起来，不见血雨腥风，却叫人毛骨悚然。我站在砂手上，身后是孤独的太监墓，眼前是沈氏寂静的屋宇和田园，几个红衣少女沿着弯弯曲曲的田埂走进早春的竹丛里，走进阔大的芥菜叶子里。她们是沈氏的女儿吗？那鲜艳的红，灼痛了我的眼睛。好像诡秘的她们，是为了反衬这个故事的凄凉而悄然出现的，神话一般，狐仙一般，来无踪影，去无声息。

曾氏虎形墓里也埋葬着令人震撼的故事。向导告诉我，虎形墓和山坡下的狗形祠有关。狗形祠属于曾氏三房，按狗形设计，大门张开，两扇窗户像狗鼻孔，祠堂左边侧门是能进气的狗耳，堂中间没有香案，祖宗牌位钉在墙上，而在左角另设祖宗牌位和香案，以纳入由狗耳进来的生气。祠堂前面，有个方形小坑，谓狗食盆形，据说里面渗出的水从来混浊，似有油腥。

由于狗形祠做中真穴，三房丁财甚旺，引起同宗其他房派的嫉妒和不满。五房的曾玉屏看中狗形祠对面的山坡，为了得到那块能够制约三房的风水宝地，他竟不惜舍弃身家性命，强奸三房的一名媳妇，以领受族法。他被处死后，五房得到那块宝地做墓地，并借机建起用心良苦的虎形墓。

墓为卧虎形，双爪搁在前面，似伏地歇息，墓上石雕的虎目却不知疲倦地长年醒着，墓顶山坡上的石雕望碑，则象征猛虎额头上那威风凛凛的"王"字。然而，形态逼真的卧虎，只是虎视眈眈地看守着、威压着狗形祠，念及同宗血亲，而不至于如下山猛虎扑向它、刑伤它。耿耿之中，尚存体恤；威严之中，不无柔情。

三僚人称，自从建了虎形墓，曾氏人丁兴旺。他们大概忘记了，在夸耀砂手的作用时，他们也是这么说的。曾氏已经习惯了把自己的兴盛，归功于每处风水建筑。不过，由此可见，建筑中风水讲究的要义，图的就是人丁繁盛、宗族绵延。此墓有碑文曰："石椁觉春仙榻暖，佳城不夜来灯辉。"所谓"来灯辉"，正好道出墓主人舍命求龙脉以振兴本房派的心机。

当风水学说主宰着人们的生活理想，人们对待死亡的态度也发生了奇妙变化，视死如归的碑文，字里行间竟是如此温情脉脉，生机勃勃！惊愕之余，令我玩味不已。

房派间的纷争，未必都似虎形墓那么顾念亲情、宽大为怀，也有心怀叵测、暗藏玄机的。比如蛇形祠。它根据蛇的特性，设计得弯曲逼仄、不对称，是风水体现房份轻重的经典之作。空荡荡的房厅内有两只香炉甚是惹眼，一只坐在香案上，另一只则放在地上。向导演示着告诉我，立于香案前敬香，此时回头望门外，远处山峦正好封住大门，显然也就封死一支房派的出路；倘若蹲下来，情形就不同了，大门高了，远山矮了，天空海阔，前程无限。真是天无绝人之路！想不到，兴衰荣辱有时竟取决于一个角度、一种姿势，取决于看似微不足道的变通之策！

其实，堪舆术正是建筑应对环境的变通之策。于困厄中求破解，于变化中求通达。我相信，尽管它渗透了迷信思想，但是，既然它破土于重视建筑的深厚传统习俗，那么，势必也包含了对建筑环境的重视和关心，体现出社会生产和生活的客观需要。同时，也是人类基于生存需要而产生的避凶趋吉心理的必然反映。然而，在一些古村，人们总是对祖先卜居时的风水讲究大肆渲染，三僚也不例外，甚至可视为典型。恕我冒昧，其中的一些风水景致，很难说不是后人想入非非的牵附。

听说，在三僚村，懂得堪舆术的不下五百人，而职业化的风水先生有一百五十多人，他们大多在广东、福建及东南亚一带营生。每年春节回乡，一个个都要提着公鸡到杨公祠里祭拜祖师、祖先。将杨公尊奉于自己的开基祖之上，受世代膜拜，任八方来朝，这种现象不是"事师如父"的传统就能解释的，它还反映了堪舆文化对三僚人生活乃至精神的极其深刻的影响。杨公端坐在他们心灵的神龛上，云游在他们宗族的血脉里。

三僚引起了朋友们的兴趣，连续好些年，为陪客，我几乎是春秋各跑一趟。去得多了，无须刻意挑剔，也能发现其中的不谐。最先感知的是两姓之间的暧昧。尽管都敬奉杨公，我想去看廖氏那边的杨公祠却是不易，廖氏村盘那边除了八处风水景观，还有围屋和古牌坊。向导一再托词，说那边还很远，说围屋里有人办酒不便参观，如此等等。接待我的是曾氏。琢磨向导的态度，估计怕是顾忌着宗族利益，不甘为别人做宣传吧。

后来找了一位廖某做向导，得以造访廖氏村盘。只此一回。每每进村，领路的总是曾姓。而在曾氏嘴上，解说不断变化，线路不断简化，再也没有原先听说的尖锐房派之争，即便暗藏心机，也是为了教化子孙。和谐化处理，我可以理解，甚至觉得这才可能最接近三僚风水的本真，风水需要调解的正是人与自然的关系、人的内心和谐，而绝不应该成为对付手足之情的器械。然而，杨公祠却是不得轻易进入了，经常大门紧闭，令我遗憾且蹊跷。

好像跟旅游开发有关。海内外堪舆界尊杨筠松为祖师，这还了得，一经宣传推介，三僚顿时声名大振。文化人来了，游客来了，开发商则下山虎一样猛扑过来。

屡屡前往三僚的我，得以见证整个开发过程。先是修建了道路、门楼、游客服务中心和停车场，并沿着游览路线设置了一些风水石雕，比如生肖、貔貅之类的。十年前的五月间再去，竟见三僚村前的独石岩建起了盘山而上甚是扎眼的游步道。倒是极大地方便了游客登山，可是，殊不知，那座奇崛突起于平地上的小山，却是三僚重要的风水景观，乃"赏南林之晚翠"、状若罗盘指针的独石巉岩。杨公门徒曾文辿给三僚断了一句偈语，称"前有金盘玉印，后有凉伞遮阴，代代能文武，世世为好官"。那独石巉岩便是金盘玉印，所谓凉伞遮阴，则指村后山脊上兀立着的一棵马尾松，树下有两块岩石。村中老人曾告诉我，他做孩子时树就是这么大，几十

※ 166

年过去，既不见长，也不会老去。

可是，发现独石岩建成游步道的那天，我大吃一惊，凉伞再也不能遮阴了，马尾松枯死了。头年年底，我还领略过它蓬勃健旺的风采，半年之间，它怎么忽然老去了呢？如果是寿终正寝，应该有个渐变的过程吧？如果是干旱所致，别忘了在南方，马尾松可是最滥贱的树。根据我的乡村生活经验，马尾松突然死去，一般发生在夏季松毛虫吃山的时候，针叶被啃噬殆尽，树的大限就到了。

那把凉伞的不辞而别叫人叹息，令人费解。它别是为八卦图形中、罗盘指针上的赘物抑郁而终吧？别是用自己的枯萎警醒人们吧？

通过村人讳莫如深的言辞、一反常态的表情，不难窥见他们内心的惶惑。请原谅我的大惊小怪或故弄玄虚。我压根儿不想把一棵树的死去跟古村落的开发刻意联系起来，不过，联想到一些地方高举着保护和旅游开发的大旗，大肆改造古村落，任意改变村落环境的现实，我倒是宁愿把那棵死去的马尾松看作是通灵的古树，看作是一种善意的警示。

某日，在京与朋友相聚，聊及三僚马尾松，众皆惊奇。不料，席上竟有一位来自三僚的风水大师，也不知是谁带来的。大师听罢我讲的故事，笑道：该与时俱进了，如今风水先生出门坐豪车，何须凉伞？接着，他正色声称那棵马尾松又复活了。

我不禁愕然。事后较真，忍不住去看了个究竟，而且是连续赶往三僚立此存照，先是尚有枯叶，后是仅存枯枝，如今枯树怕是早已荡然无存了吧？我该再去拍一张的。

双水坑12号附2号

鹰潭，火车拉来的城市。早先是贵溪下辖的镇，长大了，另立门户分家了，变成县级镇。双水坑一带为铁路住宅区，南面挨着浙赣线和鹰厦线，其间有蔬菜大队的成片菜地和藕塘，至于地名究竟指哪两口池塘，谁也说不清。二十世纪五十年代陆续支援新线来的铁路员工，则喜欢管那儿叫临管处，鹰厦铁路临时运营管理处也。

我父母于1957年由金华调鹰潭，先是在单位上搭张铺，帘子一掀就进了家。待建设鹰厦线的铁道兵撤走，部队在临管处附近建造的五栋红石楼房便移交给了铁路做家属宿舍。我家分得的住房乃铁道兵医院门诊部，厨房是挂号处，两个房间分别为外科诊疗室和药房。后来遇到铁道兵老战士，只要提起当年的医院，他们都哈哈大笑：那就是你家呀！

双水坑12号附2号。我家的门牌号码。两层三单元的楼房，三个门洞。我家是从附1号的二楼调换到中间门洞一楼的。年过花甲之际，初中全年级同学聚会，我提议，附2号的合个影吧。哇，五个！楼上楼下，不过十户人家，居然有一堆同龄的孩子，当年真够热闹，如今很是惊奇。

那五栋楼房在盛产红石的鹰潭，可以算红石建筑的代表作。砌墙的每块石头如同经过精心挑选，一样的颜色，一样的平整，细密、均匀的錾痕，斜斜的，仿佛每根线条都测了角度。粉红的墙面看上去，整齐中富有变化，精雕细刻一般。当地石匠把修整石坯的工艺叫"洗石"，仅此一项足以让几代石匠汗颜。铁路子弟上山抬石头为家里搭厨房，每遇石匠干预，便极尽嘲讽：拉你几块毛石还敢作声呀，跟铁道兵比比，你们洗好的石头也只能算废品！灵得很，石匠们一听便噤声，好像早在心里拜了祖师爷。

竟也奇怪，楼房和人一样，说老就老了。当它们年过半百时，铁路建筑段还说，这几栋房子大修一下，再住五十年没问题，如今哪栋新楼的质量比得上它，还冬暖夏凉呢。可能是心理暗示的作用吧，从那时起，忽然见红石楼房渐呈衰相，墙面风化得很厉害，连高处也看不到錾痕了。随手抹一把，红粉飘飘洒落，墙角没了棱角。因为常有人倚墙躲雨晒太阳，歇脚处便是深深的脚窝，靠背处便是深深的人形。当年用石灰水骑着二楼窗户在檐下从西头刷到东头的标语，自然也彻底风化了去，标语写的是：我们一定要解放台湾、金门、马祖、澎湖列岛！！！后面用了三个感叹号。修建鹰厦铁路的战略意义由此可见一斑。而双水坑的孩子看到还有那么多地方没解放，心头挺沉重的。我的少年时代，好些个假日都随着一拨男孩子在南郊扬旗那边的山上转悠，指望逮个破坏铁路的美蒋特务，让老师表扬一番。

呈"凹"形排列的红石楼房，环抱着部队留下的操场兼球场。一对木制篮球架，大约保留到七十年代初。孩子喜欢在球架上攀爬，大人则常在上面晒煤饼，最甚者，也不怕闪了腰，竟把准备腌的白菜一棵棵挂在篮筐上晒，把煤饼一块块贴在高高的篮板上，像烤烧饼似的，这大概是民间的行为艺术吧。有一阵子，铁路住宅区流行自搭厨房，各家疯了似的抢地盘，从鹰厦铁路两边的山上拉来红石，盖起一间间东倒西歪的小房子，忽然就把整个球场给占了。

火车不断提速，动车组、高铁真正实现了一日千里。与此同时，摧枯拉朽般的城市改造，理所当然地瞄准了一片片依偎着铁路的住宅区。已经或即将消失的简陋而低矮的住宅群，让我猛然发现：那是属于铁路特有的"文化场"，珍藏着艰辛岁月的温暖记忆，珍藏着五湖四海的故乡情结，珍藏着蒸汽机时代的精神和情感……这一发现促使我最终完成了长篇小说《车头爹 车厢娘》——

我愿意用文字为将要拆迁的铁路住宅区的住户们，建筑一座记忆之城，就像冬暖夏凉的红石楼房一样，就像他们用火车拉来的一座座新城一样……

所有的拆迁都很激情，都很亢奋。眨眼之间，双水坑被改造一新。红石楼房当然也不能幸免。我曾呼吁留下它们，建一座铁道兵博物馆或称鹰厦铁路纪念馆。要知道，双水坑附近曾经还有煤台、水鹤、三角线和龙头房，西有客站、北有货场、东有江南最大的编组站，客站对过是铁道兵525部队旧址……蒸汽机时代的记忆俯拾皆是。然而，火车拉来的城市，忘记了当年拉它那种火车的样子。

最近，因为处理房产，需要证明"我妈是我妈"，弟弟去派出所查找我家的户籍档案。结果，12号附2号没有，附1号也没有，甚至整个双水坑都没有。怎么可能呢？

我家明明在那里住了十多年，而后搬迁至6栋8号。我不妨出示记忆做证，管用吗？

我记得附2号门洞楼下邻居有广东籍的向家、张家和山东籍的张家，对着大门的单间叫洗澡间，住着各管一段的铁路警察，萍乡人；楼上有湖南的刘家、李家，江苏的徐家，有汲军家，还有从来不苟言笑的周校长。

我记得频频出入附2号的那些日子。去公用自来水挑水，或洗菜洗衣服（从前洗菜费时且费心，白菜好长蚜虫，空心菜是青虫的菜，得一片片检查叶子背面）；持粮油供应证去粮站买米买油；带着肉票，起早摸黑去排队买肉买猪油；拖着板车去买煤，一车煤灰五百斤，拉回来配上黄泥，做成煤饼晒干。做煤收煤的现场热火朝天，映照出旧日的人心，邻居都会为之撸起袖子的，当然，遇见别家忙活，我也得主动上前。若天晴，须把生火的煤炉拎到外面去散烟，等烟尽煤旺再拎回家，不然，整个门洞里全是鼻涕眼泪，雨天只好任由烟熏了。

孩提时代，进进出出的，更多是为了玩。然而，我们并不满足在家门口玩"开城"玩"打尺"，玩那些男孩子的游戏。铁路上班是三班倒，日间每个门洞里都有上下夜班的职工睡觉，这可是关系行车安全的大事，我们从小就懂得保持肃静和蹑手蹑脚的语义。我们的玩因而有了遥远的路程和广阔的天地——去找屋角地头挖蚯蚓，去调车场股道间挖趋光的"土狗子"，那种肉肉的虫子为鸭子的最爱，我每年养一大群鸡鸭，其中一只鸭，居然连续半年一日不停歇，生下一百八十个蛋，而且，六个蛋足有一斤重，我至今记得那青皮鸭蛋的色泽和形状。扒火车去采桑，吃桑叶也吃苦麻菜叶好不容易长大的蚕宝宝，结茧时并不肯待在箩筐里，满世界爬了去，每个房间的墙角、气窗和天花板，都有它们的编织物，甚至隔壁邻居的房间里也有，到头来把收获的一脸盆蚕茧倒入沸水中缫丝，缫成一团乱麻似的蚕丝疙瘩，缫丝做什么呢？不知道。去开荒种菜，山上的沙壤贫瘠，倒是适合种马铃薯。去钓鱼捞虾摸螺蛳，钓鱼的收获从来惭愧，捞虾却捞到一笔意外之财，据说那是铁道兵销毁的雷管，发现山塘里有铜皮的那个夏天，双水坑的男孩子几乎全体出动，一连十多天，天天泡在晒得滚烫的水里，铲起淤泥用土箕淘洗，废铜好几块钱一斤呢。在夏天，我还曾割草卖给奶牛场，挑砂卖给砂石公司……

当然，上学才是要务。从长有高大桉树的小学，到坐落在秃岗上的铁路职工子弟中学，路程只有三四里，可是，待我真正走进初中课程，差不多该毕业了。

入初中正值停课闹革命，仍然天天去学校，为的不是闹革命，而是扒火车。学校在东站，东站是调车场，进库出库的火车头，解挂编组的溜放车，必定要开到双水坑那儿换道。我们把火车当作接送学生的校车。我没有扒火车的胆量。可走马路来回，与女生为伍，为男同学所不齿。与危险相比，男孩子更害怕被讥嘲为胆小鬼。起初，只是扒守车，守车很安全，上面还有座位，冬天能从守车中央的煤炉里掏出煨红薯，那是运转车长下班时遗忘的或吃剩的。分享着红薯，眨眼间到了目的地，实在很幸福。只是常有调车员飞身上车。他们一般都很凶恶，或怒骂或敲打，甚至会逼我们从缓缓行进的车上跳下去。

危险在于跳车。几次扭伤腰、摔痛屁股，居然也掌握了跳车的诀窍。于是，一个个胆子更大了，要当飞虎队。看准车厢的扶手，随着溜放车猛跑一阵，一伸手，一弹腿，居然稳稳当当扒了上去。如附在檐下的紫燕，贴在壁上的蝙蝠。

乐颠颠地到了学校。不必背书包，不必佩校徽，不必揣着中学生的许多烦恼。没有老师的教训，没有铃声的管制，更没有作业。多半时间还是待在教室里，课程只有一堂：玩。扑克军棋象棋西瓜棋，是英雄自有用武之地，张张课桌都成了战场，处处烽火狼烟，时时杀得兴起。为翻军旗直翻白眼，为当头炮唾沫横飞，为剃光头手舞足蹈，为钻桌子泼皮耍赖，赢得趾高气扬，输得热泪盈眶。跋涉人生的种种表情，都是那时练就的。

遍尝了成败荣辱，便也看破了棋盘上的功过得失。于是，都祈望摆脱无休止的厮杀征战，都渴求创造一种皆大欢喜的游戏形式。大约受配合钻桌子的"鼓乐"启发，某一天，有同学禁不住手痒，无端拍起桌子来。原来，拍打桌子的喧闹剔除钻桌子的意义，就是崇高的艺术，就是打击乐。于是，男生女生纷纷仿学，以课桌为鼓，以双臂为槌。咚巴咚巴咚咚咚巴，咚咚巴巴咚。若要击打出节奏来，也非易事，需不断演练。功夫不负有心人，终于有一天，归杂乱为一统，集百家而齐鸣。肉拳狂抡，如威风锣鼓；双掌猛击，似赤道战鼓；手指轻叩，像少先队的队鼓。鼓声如雷，招来了满校

※ 173

园的眼睛。

就这么闹腾了多日，忽然觉得耳鼓生疼，耳鸣不已，想必是噪声所致，也是腻烦了，便思想着花样翻新。玩，因地制宜地玩，没有条件创造条件玩。原来，教室也可以成为流连忘返的游乐场，桌子凳子也可以成为奥妙无穷的魔方。先是用课桌摆成两座对峙的方城，旗鼓相当地把人划为鬼子与八路，各据一端，折纸为弹，狂扫滥射。继而，发现课桌板凳具有积木的功能，具有建筑构件的功能，很可以创造建筑艺术的杰作，于是，化干戈为玉帛，鬼子八路、男生女生共同携手，摆布起来。

由拙到精，由简到繁，老天爷，那再也不是战壕地道堡垒了，是曲道回肠、幽深可怖的魔窟，是神奇瑰丽、柳暗花明的迷宫，是雄伟壮丽、金碧辉煌的御殿。几十号同学藏在以课桌板凳建造的魔窟或宫殿里，做一天妖魔鬼怪，做一天猴精花仙，做一天公主王子。陶陶然悠悠哉不亦乐乎！讲故事，唱歌，捉迷藏。累了饿了，这才走出深宫爬出魔城。哇，天色已晚，真是洞中才一时，洞外已一天；仙界才一回，世上已千年。

停课的日子是漫长的。日子一长，每每爬出迷宫洞府，心里便有几分凄惶。这种愁滋味也许是一位女生勾起的。她每天在黑板上练一阵子字，再写下"到此一游"，独自悻悻离去。当她练得一手好字时，学校接到复课闹革命的通知。我记得那是秋天，收获红薯的季节，来自沿线工区的同学常以蒸红薯为午餐。

复课后，课程大约有语文、代数、音乐、工业基础知识和农业基础知识。既没有课本，也没有讲义。音乐课倒是经常油印一些革命歌曲散发，蜡纸由同学轮流刻。我的字难看，我比较擅长站在油印机旁推滚筒。最受欢迎的课应是农基。农基老师原本教化学，恰好他满口方言，且长得像老农，令我们兴致勃勃学说他的方言，得以记下好些农谚，其中的气象农谚，如"云行东，雨无踪；云行南，雨成潭"，"一日南风三日雨，三日南风涨大水"，等等，让我受用了好些年。现在却不灵了，现在的天气喜怒无常。也许，上农基课正是我们将奔赴广阔天地的先兆。

那位女生肯定料不到，复课后，她反而常常被停课。学校出批判栏，班级出黑板报，都需要她那娟秀的好字。批判栏常出常新，既批判资产阶级教育路线，也批判具体的人，走资派、学霸、反动学术权威等。抄稿子，成了她最重要的课程。这还不算，学校成立毛泽东思想宣传队，硬把她也拉了进去，每天下午均为排练时间。性格内向的她并非能歌善舞，该不是因为批判栏矗立在校门内侧，她经常站在凳子上抄稿子，那亭亭玉立的身段太引人注目吧？

鹰潭是鹰厦铁路的起点。前线的后方，后方的前线。一直被美蒋特务惦记着，从台湾起飞的U-2侦察机曾频频光临。从小，我的梦里充斥战争意象。初三下学期，战争突然变得更加具体可感，它是青天白日里响起的凌厉的防空警报，是铁路沿线密布的高射机枪，是潜行在夜色中的一趟趟军列，是随处可见的标语——"深挖洞，广积粮，不称霸"，是各个单位争相开挖的防空洞。

学校也不例外。学校建在光秃秃的红壤山包上，全校师生在山包上摆开了战场。军事化后的班级叫排。挖防空洞正是以排为单位。一个排几十个人，分成若干小组，轮班作业，昼夜不停。而原本一天三次播音的学校广播站从早到晚哇啦哇啦，激励大家一不怕苦二不怕死，凭着铁镐铁锹不断向前掘进。许多茧子变成了血泡，许多血泡破了，揭去皮，长出嫩肉，很快又磨出茧。虽然目的神圣，可一旦钻入那真正的洞府迷宫，一个个却是游戏心态。从此，校舍之下，一条条黑黢黢的老鼠洞纵横交错。

这大概可以算作回报母校的拳拳之心了。当然，也是交给初中时代的答卷。

门洞里也是学校。不出门的日子，我便躲在里屋看书抄书，也出不去呀！因为外屋成天拥堵着一大帮来串门的家属。母亲腿不好，人缘却好，吃闲饭的妇女拿我家当闲聊的公共场所了。双水坑居民从来都是枕着汽笛声入眠，依靠客车的到发来生火做饭，每日开聊的时间，也靠列车报点。

她们嘻嘻哈哈，并非只是家长里短，而有着宽泛的话题。比如，各家的迁徙历史，各地的风俗习惯，各人的命运遭际，听来的逸闻趣事，看到的稀奇古怪，北方的寒潮预报，南方的台风消息，沿线的时令蔬菜，本地的特产土产……聊得兴起，她们会忘记经常教训孩子的禁忌，忍不住疯癫起来，哪怕有职工睡觉，哪怕里屋藏着个半大男孩！女人的话题自然不乏关于自身的内容，对我来说，便有启蒙意义了。所以倾听也是上课。通过倾听，我隐约感知了女人的生理和心理，并真切地见证了铁路家属从灶台边解放自己的全过程。

妇女解放乃时代潮流。当时有一句著名的口号："我们也有两只手，不在家里吃闲饭！"这口号在鹰潭车站扩建工地落地生根，家属连应运成立，就像红色娘子军一样。家属连的任务是爬上高边车卸下铺路的石砟，每天大约有十几节车厢吧，一般得干到午后。妇女们也不嫌累，收工回家放下工具擦洗一把，又到我家聚会来了。那时的话题充满劳动的幸福和欢乐，得意忘形之余，不免披露一些匪夷所思的细节，为我日后写小说提供了生动素材，也为我想象她们的内心世界指示了路径。依稀记得组织家属连卸车起初为义务劳动，家属的概念包括我等孩子，我也曾代表我家加入队伍投入劳动。然而，不久后妇女成为能够领取报酬的临时工，一旦有了经济地位，她们思想更加解放，谈笑更加爽朗，游戏更加大胆。是的，放肆起来的她们，有她们自己热衷的游戏。

我久久地躲藏在书里。当年看的大部头，有《红岩》《铁道游击队》《野火春风斗古城》和一大摞苏联反特小说，它们是父亲的藏书。原先塞在床头柜里，破"四旧"把它们吓跑了。为收获蚕茧，我爬上小阁楼，意外发现了它们。它们让我饱餐一顿，也暗自风光了好一阵子。由于我乐善好施，忍不住悄悄借给同学，终因有借无还而一无所有。幸好，爱看书的父亲还拥有两本借书证，鹰潭图书馆的、铁路俱乐部的，那时的借书规则挺大方，每证每次可借两本，只可惜藏书非常有限，文学书籍差不多都成了"毒草"，外借图书只剩下科幻、民间故事和极少的小说。我借的主要是各民族的民间故事，借阅频率是每天分别去一家图书馆，这般阅读速度足以让图书馆倍感囊中羞涩。

于是，我常与高中同学结伴徒步前往邻县县城买书。那里的新华书店并不比我幻想的更富有，除了红宝书、马恩列斯和一些有关时政的单行本，再有就是农业科技类图书。我买的是通俗易懂的怎样养鸡、养鸭，以及《养蜂法》。《养蜂法》一直留到现在，蓝色封面，中国农业出版社出版，版本记录页显示为1958年8月初版、1972年4月第四版，印数八十万册，定价四角五分。

自然也是鹰潭新华书店的常客，尽管总是乘兴而去败兴而归。不过，偶有意外，我竟买到一本《现代诗韵》！好像是广西出的，讲诗词韵律，韵脚分为十三类，也叫十三辙，有发花辙、梭波辙、乜斜辙、姑苏辙等，开本像语录本似的。这本书为我打开了一个世界，以至尽管已读得滚瓜烂熟，我仍然把全书抄了一遍，装订成册，用的是薄薄的列车编组顺序表。为什么？说不清。也许只是以此表达自己对这本书的喜欢。后来我还抄过一本书，《李白诗选》。

曾经在不断停电的夜晚，我趴在阅览室里，读完所有党报的副刊后，借着黑暗给予的勇气，悄悄顺走一张《解放日报》，上面有一篇散文叫《天山上的雪莲》；曾经绞尽脑汁写了一篇批判肖洛霍夫《一个人的遭遇》的作文，可惜，老师虽拿我的文章当范文宣读，却没有理会我更期望"批判"《静静的顿河》的用心……就这么饿着馋着念完以学农学工为主的高中。

上山下乡去了偏僻的公社农场。鹰潭很小，过了双水坑以东的铁路道口，横穿村庄和田畈，翻越一座座丘陵，就是广阔天地。农场在带宝山的山脚下，一栋被柴烟熏得黑黢黢的屋子。在黑黢黢的孤独里，一本《李白诗选》忽然成为我的知青战友，唯一的患难知交。书是陈叔叔借我看的。那时他下放位于玉山的铁路采石场，鹰潭站扩建用的就是那里的石砟。他周末回鹰潭，偶尔会陪同妻子来看望我奶奶，可能见我抄报纸上的顺口溜吧，再次登门便带了书来。当时的语义很明白，借。也许那是他独处玉山的灵魂伴侣呢。《李白诗选》用牛皮纸包裹着。牛皮纸封面上没有题写书名。扉页上盖有私章。私章上的姓名无疑就是书主人。道理非常简单，可简单的道理令我心酸，多么希望有一天书主人慷慨地说："既然你喜欢，那就送给你吧。"然而，尽管我拖着不还，陈叔叔始终不肯给个高姿态。于是，我清醒地认识到书迟早要还给人家。想占有它，只好自己印刷出版了。

某一天，横下心来，抄！抄写的工作量比《现代诗韵》大得多。本身就厚，何况每首诗前面有写作背景介绍，后面有注释。是的，连注释也抄。在已经熟读得能背下相当一部分诗作的情况下，我果真在"双抢"季节，在昏暗的煤油灯下，忍着腰酸背痛"炮制"《李白诗选》手抄本。手抄本也有结实的封面，是钙镁磷肥的包装袋，用劲一拍，那肥沃的封面总能飘落一层铅色的灰肥。依然用列车编组顺序表，抄写在背面。可是，却疏忽了版本记录页，当年的《李白诗选》定价多少我竟全然不知。

定价突然变得非常重要。因为，刚刚拥有手抄本后，属于别人的书竟离奇地失踪了。满怀歉疚之情，我曾经闪过照价赔偿的念头，但念头一闪而逝。我觉得，要是真的提出照价赔偿，不仅辱没了别人，也辱没了自己。非常岁月里，如此一本书有价吗？

所有该找的地方找遍了。所有可怀疑的对象都在我意识中——

考问过。蛮不讲理地归咎于弟弟们，好没来由地同父母赌了几回气。见了书主人，就逃债似的躲，躲不过，就谎称还在抄。那个谎，撒了几个月，仍然找不到书。天地良心，我决不是要赖夺爱，决不是……够了，不必解释不必表白。我的实话，连我自己都难以置信，真的。记得后来陈叔叔听说此事时愣了一会儿。记得他醒过神来宽宏大量地表态，用词极精炼：算了。更记得他当时眼里有复杂的笑意，不用说，其中包含怀疑，笑意令我刻骨铭心。以后很长一段时间，一旦照面，我总是灰溜溜的。那本书的遗失，对我来说，是人生一大悬案，倘若陈叔叔果然怀有疑心，那么，则是一大冤案了。

恢复高考后的头一两年，教材仍是油印的讲义。文化是慢慢开禁的，每有中外名著重新出版发行，校园的小书亭便涌起抢购潮。我抢到一本《李白诗选》，曾想多买一本还人的，一转念，罢罢罢。区区七角二分钱怎能勾销一笔心债呢？何况，那是一笔历史巨债。

李白让我热爱诗歌。我把一沓诗稿寄给镇工农兵文艺站，接着，便成了文艺站的常客。第一次投稿，收到林挺老师的简短回信，要我得便回城时去一趟，像一句接头暗语。面谈却很长。见面后，林老师把我领到文艺站楼上的家里，善谈而热情的他，操着浓重的广东腔并伴以生动的表情，捧着我的诗稿，向我面授文学写作的基本知识。以后跟林老师的交往更长，长过了漫长难挨的知青岁月，也长过了冗长的文学话题。鹰潭好些爱好写作的知青都把他当作最可亲近的师长，都爱径直往他家里跑，都爱把知青注定会有的心事告诉他。

躲过别的耳朵后，他在鼓励我争取发表作品时说：这本不是我们的生活目的，也不是我们所应追求的，但在某个具体时刻，是可以考虑一下这种需要的。良心不堕落就行。为此，他屡次以工农兵文艺站的名义，把我的诗推荐给少得可怜的几家公开发行报刊。而更多的时候，他叮嘱道：千万不要忽视诗味，诗不能没有美！又说：中国的文学，说到底还是应时文学。真正能传下去的，被历史认识的，这些年来有多少呢？要经得起清算的！言辞虽铿锵有力，他的声音却很轻很轻。仿佛耳提面命，仿佛憋忍不住。我还记得他当时神态的变化。开口之前，先是凝望窗外或别处，做沉思状。接着，用笑意荡然无存的目光逼视着我，吐露心声后，耸耸肩头，起身离座。那些令我振聋发聩的见解，如电闪，稍纵即逝。也许，这是一种技巧。那时，真诚地讨论文学，的确需要技巧。知青作者中鬼鬼祟祟地传说，坦诚的他就曾因出言不慎而被揭发、被批判。

与之相比，文艺站的郝老师简直是谨小慎微，像我幼时在科教片中看到的某种小动物，比如瓜田里的獾或沙漠中的鼬鼠。郝老师是突然出现的，很快便调走了。林老师把我介绍给他。他漠然瞄我一眼，漫不经心地说：晚上到我住处来吧。

林老师曾是海军军官，曾以短篇小说《归来》而闻名。当年转业时，随大批军官一道被安置在国营垦殖场，后有不少转业军官分别调入各地的工农兵文艺站或其他文化部门，他也在其列。郝老师也来自部队，还是专业创作员，听说写了一个电影剧本，拍摄时不巧赶上风起云涌。电影虽夭折，作者仍难逃罪责，于是，在挨整后转业地方。

郝老师住在图书馆一楼右侧的第一间。我熟知图书馆的结构和布局。一楼左侧是外借室，右侧是几间办公室或单身职工的寝室，二楼则是阅览室，灯火通明。而外借室晚上不开放，因此，一楼只有悬在门厅和过道上的几盏昏黄的灯。天黑之后，我揣着一沓诗稿，贴着灯光的边缘，走进更黑的暗影，小心翼翼地敲着房门。门缓缓地敞开一道缝，郝老师站在门后，我侧身挤了进去。

一只十五瓦的灯泡，钨丝是暗红色的。一张黑黑的脸，眼睛是阴郁的。我俩相对而坐，头上悬着灯泡，眼睛辨认着眼睛。他没有接下我的诗稿，而是用低沉而缓慢的声音顾自说着闻捷、公刘、陆棨、沙白、梁上泉，说着他喜欢的诗人。他甚至背诵了他们的好些诗作。他叫我一定要读读这些诗。我记住了那些诗人的诗集，可是，他应该知道，那年头除了报刊上的应景之作，哪里还有诗歌？何况，早在中学时代，我就把鹰潭的两家图书馆读遍了。

后来读大学进了省城，我在校、市、省的三家图书馆里，总算一一找到了闻捷们，把郝老师提及的诗人通读了一遍。当年的登门很神秘，离开一定也很神秘，像影子一样。大约被好诗灌醉了，我竟不记得是怎么告别郝老师的。

三十多年后，与旧日诗友邂逅，谈及郝老师，没想到，诗友如我，为拜会写作导师，也曾狐妖一般出入灯光昏暗的图书馆。工农兵文艺站，即文化馆、群众艺术馆也。然而，在那个特殊年代，以"站"相称，不觉间变得滑稽起来。我等的经历，使之恍若地下党的交通站、秘密联络站。

不过，忆起文艺站，心底自有别一种亲切。因为它，我结识了文学，结识了好多老师和作者。那年头，文学是可以当敲门砖的。有不少知青，正是因写作而改变命运。我也受益于写作。拿到手的好处是，镇革委会召开理论宣传工作会议、四级干部大会、农业学大寨经验交流会和群英会，调我去大会材料组，凭着笔杆子，吃了好些天的会饭，省下农场食堂的不少饭菜票。甚至，镇里准备调我去宣传部门工作，我同样也可能因写作而改变知青身份……

前些年，读到一本年近花甲的诗集，题《知青岁月》。里面的许多诗作已经三四十岁了，是那个远逝时代关于情感的断简残篇，是一个人的背影和心情，为众多知青回顾历史、回望人生提供了弥足珍贵的心灵线索。作者以劳作入诗，以日常生活入诗，以乡村人物入诗，以点点滴滴的自我感受入诗，诗歌仿佛青春日记。可以想见，在插队落户的艰辛岁月，诗歌成为作者最忠实的青春伴侣，写诗是发自内心的倾诉，也是对自我内心的一种抚摸。于是，在只有"竹片做隔篱"的知青宿舍里，一豆灯火，照亮了既充满青春冲动又不无青春彷徨的诗心。

不由得联想到自己。那时候，我写下数千行诗，最初总是礼赞广阔天地的杜鹃花、紫云英、马尾松什么的，工农兵文艺站批评我的诗充满"小资情调"，弄得我挺委屈的。后来，我的诗歌就成了在"大我""小我"的积木之间平衡关系搭起来的小房子，我把自己关进了这样的小房子里。我怎么就不懂得用诗歌来记录自己的心路历程呢？

这番感慨，毫无抱怨文艺站的意思。当年的文艺站也无奈。正因为如此，我倍加感恩于文艺站里的两位不露声色的播火者，那些私密的文学教诲。要知道，并非所有地方的文学作者都会如此幸运。

我下放的农场，多有只能栽种一季的冷浆田，因而半年辛苦半年闲。农闲时，我常待在家里，看书写诗，或者听外屋聊天。

也是巧合。我家搬离12号附2号的时候，牵引机车实现了内燃化，紧接着跟进电气化。双水坑再也不能凭着客车的到发来生火做饭了。电力机车牵引的列车通过，18号窗不响不颤，列车悄悄去来，虚幻如不觉间流逝的日子。

当电力机车女声女气的风笛取代了蒸汽机车奔放的汽笛，我怀念已经逝去的阳刚气十足的日子，怀念为火车沸腾的热血，为火车牵挂的心，生命与钢铁的缠绵，激情与速度的比拼。

《车头爹　车厢娘》写的就是红石楼房的年代。我在小说里把车站南边的坟山称为"铁路二村"，因为林立的墓碑间有许多我熟悉的姓名，其中不乏红石楼房的住户。那些灵魂来自五湖四海，那里的风操着南腔北调。清明那天，我攀至山林最高处，把刚刚收到的样书化给了永别双水坑的他们。

确定所有人都要搬迁的时候，我赶紧用手机把红石楼房拍下来，存进电脑里，站在附1号这头拍的。我还记得附1号的全体住户，楼下有杭州的田家、东北的龚家、南昌的赵家，以及脾气暴躁的山东刘家；楼上则有胡家陈家张家和与我家对调房子的徐家，只是被叫作洗澡间的单间住过谁，记不确切了，单间常被用来照顾新婚小两口子，走马灯一样……

国营红专垦殖场

全省最小的国营垦殖场，百十号人，数百亩田地。心却大，手从鹰潭最北面的信江边，伸到顶南端带宝山的山脚下，吞并了我插队的公社农场。农民摇身一变为拿月工资的农工，当然高兴，我却茫然，这意味身份转变，不算知青而不得招工回城。

知青一定有希望吗？否也。插队落户在生产队，好歹有贫下中农管着，有大队和公社管着，有"五七大军"干部管着，有人管着就有希望。而农场名义上隶属公社，公社鞭长莫及，便委托临近生产大队代管，因无利可图，大队才懒得多管闲事呢。于是，我和另一位知青恍若游于世外。

没人管倒也洒脱，该交国家的交，该分自家的分，除了国家的，全是自家的，日子富足而惬意。年终分红，拿十分的劳力，一个工值人民币一块五，在当地算得上首屈一指，比工人阶级挣的还多。我是九分八的壮劳力。那时农场敢为人先消灭了"大呼隆"，将田全部分给每个男劳力，公社对此浑然不知。贫下中农真是翻身农奴把歌唱。不过，公社在忘记农场的同时，把两个知青也遗忘了。知青没人管，无疑就是大不幸。没人通知你去开会，不知道招工招生、上调回城的信息，就摸不到命运的门在哪儿。偏偏，农场接来大队的有线广播，那只热热闹闹的喇叭，叫我俩倍觉孤独。它不断播放知青开会、团员开会、妇女开会的消息，而所有的会与我俩无缘！

开会多么幸福啊！过节一般，逢圩一般。休歇一天，照样记工分。交半斤米，管一顿饱饭。少不了用脸盆盛的红烧肉，少不了用海碗斟的高粱酒。这些，我一点也不馋，眼馋的是大队干部、公社干部的脸色。能够欣赏到他们的脸色，哪怕再难看，也是莫大宽慰。因为，那些脸色有如命运的表情。

喇叭箱子挂在门外，被烟熏得黝黑。开关乃一枚铜钱，嫌吵可以拔去。然而，尽管它的声音注定和自己无缘，但我俩从来不忍关上它，夜夜总要听到播音结束。许久没有听到开会通知，不免黯然神伤。伤心至极，便鼓足勇气翻山越岭去找公社。两个知青心甘情愿地恳求被公社管起来。公社倒是笑脸相迎：谁说不管你们啦？想开会就自己去大队啊！

无奈之下，我俩羞答答地出现在大队会场上，像两只失群的鸭子，充满向往而又小心翼翼地接近那陌生的鸭群；又像爱读书却无钱读书的孩子，跷足扒窗窥望黑板。会上会下的话题与我俩无关，场内场外的笑容与我俩无关。吃饭时更尴尬。哪个生产队安排在哪桌，早已约定俗成。哪里有我俩的一席之地呢？端着大碗，流落在杯盏觥斝之间，饮着凄楚，寻觅着最微不足道的安慰。渴望有人来关心，可是，酒桌边的我俩远远不及酒桌上的红烧肉值得重视。

也是逼急了，终于有一次，我俩抢先占领了大队干部的座位。那次恰好有公社某位头头光临，使我俩有幸向他陈述苦衷，有幸一睹希望的微笑。他说：得空一定到农场看看你们。许诺是美好的，我俩期待着那个温暖的日子，从寒潮频频的早春一直等到烈日炎炎的酷暑。秋后，公社派卡车来拉稻谷。公社管理这个农场就是为了每年来拉一车稻谷，以贴补公社食堂的亏损。由此，我猜想随车而来的黑汉子必是食堂管理员无疑。

贫下中农并不欢迎卡车。贫下中农也狡猾。两个知青，我管账，另一个管仓库。农场拒绝卡车的招数是，把我俩藏起来，锁在黑黢黢的宿舍里。农场以会计保管员不在，无法开仓交粮的理由打发公社。透过小小窗户，我听到农场主任同黑汉子讨价还价，窥见黑汉子严厉而冷峻的表情。直到卡车悻悻而去，主任才把我俩放出来。主任本是一个大村子的生产队长，因总是对抗上级，而得罪领导尤其是公社包片干部，无奈其群众威望高，撤不得批不得，上面只好施调虎离山之计，离开其原先的山头，来到带宝山这个虎落平阳的山窝。哄走公社领导的主任充满胜利自豪感，说公社一把手大驾光临也奈何不了他。黑汉子竟是公社一把手！我俩期待的机会来了却错过了，我俩翘望的表情出现了却变换了！

如此看来，受国营红专垦殖场管，倒也好。

小小垦殖场吞下带宝山农场，根本没想好拿它做什么。田是产量很低的冷浆田，山是土质很瘦的丘陵山冈。先是种木薯，接着种树籽，前者可当粮，后者可榨油。悲剧吧，竟没有一棵成活。我至今想不明白，所谓树籽树，到底学名叫什么，长啥样。

接着养肉牛。一种小黄牛，肉质不错。那时我脱产专门管食堂。仗着从小见得多，某日心血来潮，自己动手，拿黄牛肉做了三十斤面粉的包子，规定每家可买多少。不承想，为抢买剩下的几个包子，两户人家打了起来。气得我以后再也不做了，哪怕大家使劲表扬牛肉包子。说真的，我后来再也没有碰见那么鲜嫩的牛肉了。

养着肉牛，也养大了试图全面发展农林牧渔工的雄心，工，指的是办砖瓦厂。请来几位窑师傅，按日计酬，所以，他们乐得把工夫花在嘴皮上，成天要么争吵不休，要么海阔天空。费尽周折打好的砖瓦窑在连续烧出几窑次品后，轰然倒塌于暴雨之中。至于为什么烧出来的瓦都是歪瓜裂枣呢，一位老师傅解释说，火过了。最后，场里决定建养鸡场，决心颇大。从山后面把高压线拉进来，从山里面把人送出去考察学习。养鸡可是技术活，养的洋鸡叫白洛克，挺娇贵，没有恒温的环境，它们宁肯发瘟。我印象中，年年发瘟的养鸡场好像从来不曾盈利，它却顽强，直到现在还引颈傲立于高德地图之上，名字变了，叫"鹰潭市农业科学研究院养鸡场"。

红专垦殖场扩建，唯一的杰作乃修筑在带宝山里的一座水库。垦殖场领导原先都是公社干部，而那时的公社干部大多靠在水库工地上当拼命三郎起家，成为吃商品粮的国家干部。有的并没有职务，只有国家干部的身份和待遇（每人一辆自行车）。带宝山水库多亏有他们指挥，拢共才投入二三十人吧，没多久一道土坝巍然耸立。水库淹没了冷浆田的山窝，养鱼，鱼长得慢，却肥得发腻，几乎不能吃。后来干脆懒得养鱼了。

筑水库时，从场部那边调来一支队伍。其中有个高个子青年跟场长女儿好上了，矮个子场长百般阻挠，非但无济于事，反而激起女儿的反抗，其后果是女儿一不做二不休索性怀了孕。场长勃然大怒，召来公安，要求以流氓罪法办男青年。不料，女儿拐走高个子，在外面躲了好些时日，此乃死心塌地的爱情无疑。场长无奈却不甘心，等到他俩回来后，不再威胁和恫吓，只是沉着脸，某日派高个子去城里参加公审大会。我无法揣测高个子当时的心情，反正会后人就蔫了，爱情也蔫了。场长请来土郎中，冒死打掉已隆起于女儿腹中的胎儿，然后把她草草嫁到一个偏僻而陌生的小村子。可见，开会的教育作用不可低估，那是触及灵魂的。

公审大会总是放在鹰潭人民广场上召开，颇有杀鸡给猴看，警诫老百姓的意思。但话不这么说，满街标语说是"灭阶级敌人威风，长革命群众志气"或"打击敌人，保护人民"，稍露骨些的，称"打击敌人，教育群众"。所谓公审，其实没有审理程序，只是宣判一批、公捕一批。所以有时又叫宣判公捕大会。我读中学时，经常被组织去出席大会，有时站在学生队列中，有时作为居民卷在女人堆里（我母亲双腿不便，如果每个家庭要派代表，那只好派我），有时我兼有双重身份，不得不两边站站。开起会来，动辄万人，广场上密密匝匝的一片人头，都踮着脚尖伸长脖子。在宣判押上台的罪犯前，一般都要从人海中揪出一些人，被公捕的这一批便是下次开会的主人公。每当此时，偌大的广场鸦雀无声，能清晰地听到周围的心跳和汗滴。在人人自危的紧张气氛中，即便好人也不免心虚。台上宣布的姓名，被从各个角落里稳准狠地揪了出来。我常常想，公捕是否事先设计好了，他们怎么一逮一个准呢？而会后人们追着刑车奔跑得疯狂，也许是一种如释重负的爆发吧！

林业队技术员，读高中时被判现反罪，在劳改农场学得果树栽培技术，刑满后被红专垦殖场收留，看中的正是其一技之长。我当脱产的出纳，着迷于园艺，有闲便跟着林业队去剪枝疏果打药，与他交往频繁。瓜果飘香的夏天，林业队常派员拖着大板车上街叫卖。上街必经广场，若要绕过广场，须待附近中学打开后门，横穿学校出来。他忌讳广场，每每上街总要赖在学校后门等着来人开门，实在无奈，才肯顺从大家。一旦经过广场，他神色复杂，瞟一眼主席台，脸就灰了，慌慌地加快步子，他的耻辱就是那高耸的主席台。

我离开垦殖场几年后，顶职进城的他忽然当上总经理，承包了广场主席台旁边新建的一幢商厦。那时，它是鹰潭最高的建筑，并在全城商场中率先使用电梯。冲着那电梯，商厦一时间顾客如织，或曰游人如织。我不知道他和主席台比邻而居时，感慨多少，心情如何。我猜想着，他之所以承包雄峙于主席台旁的大厦，是对过去的蔑视、挑衅，还是伸张和呵斥？我曾在商厦里转了一圈，希望找到他和他叙叙旧。为电梯而骄傲的员工，并不理会我的询问，只得悻悻作罢。

没多久，广场主席台被拆毁。商厦遮挡阳光，使之成为一棵蔫黄的植物。遗址上，栽下新的高楼。没了主席台兼审判台的广场，其实也失去广场的意义，演变为街心花园。我每年回去探亲，漫步其间，总是恍若隔世。我隐隐担心，经历着精神变迁的小城居民，总有一天会彻底忘记广场的历史。许多的美丽已在不知不觉间被砍伐，何况那些阴冷、凝沉的记忆？

比如，棕榈与芭蕉、喜树与合欢被一声号令屠戮。还有一街槐花，则被一棵棵逐个暗杀。因在烟尘里的古樟，如今蓬头垢面、垂垂老矣；至于白鹭和众多翠鸟，差不多流放了几辈子，它们的重孙辈当不知怎样填籍贯了。

场部在信江对岸，与鹰潭一江之隔。从前走浮桥过江，一旦涨水，浮桥便解开锚链一分为二靠着两岸歇息去了。这时渡口处的村庄就有了挣钱营生，大大小小的渔船都投入摆渡。村庄里有我的已婚同学，他房东女儿的嫁妆是一只渡船。他学会了撑船，铠甲似的蓑衣斗笠把他打扮得像个威风凛凛的将军，向我收钱照样铁面无私。

接我手在带宝山那边管食堂的，就是他姐姐。同样读过高中，年近三十，其丈夫远在克拉玛依油田，长期两地分居。我向她移交食堂的账目和钱物，很费了些时日。虽然高中毕业，她却没上过几天课，人长得太漂亮，演出呀讲解呀礼仪呀，都得用上她这份漂亮。由她接管食堂，我得先替她辅导算术，从珠算教起。她常常红着脸解释自己没学过珠算。怎么可能呢？比她矮几届的我，至少换过三把算盘。她笑眯眯地跷起玉指，捏住羞答答的算珠子，算珠子随长长的睫毛一块儿扑闪。

移交在我的办公室兼寝室里进行。那些天，百忙之中的老詹一直陪着我俩，日日准时得很，到点即推开半敞的门进屋，要么一屁股坐在床上，坐在我俩背后抽烟，要么蹲在地上逗她的女儿，目光却是时刻警惕着。当她的脸距离我手中的账簿太近时，老詹立刻叼着香烟凑过来，腾腾烟雾蒙住她的眼、我的脸；而当老詹暂时离开后，门一旦被女孩闩上，他敲开门进来的那一瞬间，目光尤其扎人。养鸡场闹鸡瘟不管，架高压线的资金紧缺不顾，他整天守护着我俩。老詹属国家干部，没有确切职务，也算垦殖场的负责人，大家尊称其老詹，就像喊场长似的。

交接完毕后，我有感于他常在我房间逗女孩玩，故意说：你这么喜欢小孩呀！老詹听出弦外之音，正色道：我是为你好。大家出工去了，这里空空荡荡，就剩下孤男寡女，好吗？你太年轻，我怕你上当。你一个知青，二十啷当岁，将来前途远大。你看她眼睛，是个埋人的窟，怕你掉进去！看来，甘当联防队员的老詹真是为我担心为我忧。老詹辛苦了。

毕竟单位小，闲着也闷，会计和我挺默契，他得闲便去农业队劳动，我有空则跟着林业队。那美人先前也在林业队。林业队告诉我，她在高中、在镇文工团如何风流，如何下放垦殖场，如何远嫁克拉玛依。关于她故事的口口相传，通常是在井台上进行的。井台关涉洗涤，在那里，女人用井水洗衣洗菜，用传说洗涤男人不安分的心灵和眼睛。林业队常在井台边取水配农药。打药杀虫，是林业队春天最日常的工作。十多个人，只有一台三人操作的喷药机，其他人各自背一只喷药器。人人都有邀伴使用喷药机的机会，我敢断定，她从来没有。谁敢邀她呢？粘在她背上的目光，比梨树叶片上的蚜虫更稠密。她的春天只能是一只孤独的喷药器。

我感觉，全场上下都挣扎在她的气息、她的声音中，以极端的方式抵御她的诱惑，冷落她，蔑视她，甚至丑化她。都是漂亮惹的祸。我尤其惊讶于人们厚此薄彼的那种自觉，以亲疏好恶表达出的那份警戒。他们对林业队另外两个与丈夫两地分居的少妇，长得富有安全感的女人，时时投以无微不至的关怀。出工，有人帮着扛工具；在井边洗衣，有人帮着打水；病了，更有人举家前往病榻边慰问；有的丈夫公然与她们打情骂俏，妻子还在一边偷着乐呢。而美人却被孤立着，尽管见了谁，她都打老远笑脸相迎，其得到的回应总是冷冷的，从鼻腔里发出的。

然而，我从未见过她愁苦或气恼的样子，无论遇见的是敷衍、冷漠，还是戒意。总是笑眯眯的她，仿佛要以多情的微笑征服一切，征服每天所经历的失败，征服自己的美貌。这可能恰恰正是其狐媚之所在了。回想起来，当她的眼睛和形形色色的警惕相遇，那神采多么纯净而高贵！

她终于要调往克拉玛依了。她居然早早赶来场部与人道别，一副没心没肺的样子！道别时，她的眼睛依然多情，依然如包围着场部的那片果园里的明媚花朵。清晨，被她叩开的每扇门敞开一道缝，很窄，只有声音才能挤进去。她声音轻轻的，甜甜的，像从笑眼里发出的。当人们确信她真的要走时，所有的门这才如释重负般豁然洞开，首先打门里冲出来的是刚下床的花短裤。皱儿吧唧的花短裤。一片庆幸的五彩斑斓，投映在她笑盈盈的眼睛里。

林业队真是诗意的所在。其经营的果林，以梨树为主，也有少许蟠桃、葡萄和苹果，那苹果年年开花，从不结果。有一年意外结果，盼了几个月，长成算珠大小，队长和技术员兴高采烈，居然向场领导报喜去了。场领导笑了，却是讥笑。那些苹果树最终证明南方不宜栽种苹果，当然也就彻底失去继续生长的理由。苹果树终于被淘汰。而林业队狭小的地盘，居然栽种了三十多个梨树品种，除了上饶早梨和太平梨，其他都是引进的日本品种，日本人做事精致，把梨子弄出了许多风味，有祇园、皇冠、香蕉、博多青、二宫白、今近秋，名字多得我记不住，那香蕉真是香蕉味，吃皇冠好比吃苹果。

多种风味的梨子平添了我的工作量。毛主席说要想知道梨子的滋味就得亲口尝尝，想亲尝梨子滋味的干部特别多，而梨子品种虽多可产量不高，怎么办？打报告批条子。此例大约可做当年社会风气的证明。即使镇里领导，也得请场长批条子，而我凭着条子发货收钱。一角八分一斤，始终一贯制。镇革委会主任的司机来，场长也只敢批十斤，让司机跟领导分去，不过，那是最好的品种，二宫白，熟透后皮像一张纸般可以揭下来。

梨园里还套种了西瓜、梨瓜和花生、芝麻。害得镇里有些领导不得不放下架子，于周末亲自蹬车来采购。夏天的瓜类供应充足，只要驮得动，管够。花生麻油则紧俏得很，不曾经历可能打死都不信，有领导屈尊来垦殖场批条子，只为买一两斤麻油或三五斤花生。

果园里生长甜蜜，比如瓜果和蜂蜜；果园里也生长秘密，比如一位志愿军老战士的死。我不知道他是怎么进的农场，加入以知青为主体的队伍。大概和他每逢节日喜辰就别在胸前炫耀的奖章、纪念章有关吧！我总觉得奖章有点可疑，极可能是纪念章，要是真的立了军功，即便回乡作田，二十多年怎么着也该混个大队干部，至于来垦殖场做临时工吃苦受累吗？

而他以行动证明自己。冬天筑水库，他是工地上的虎将；夏天采瓜果，他是果园里的模范。脏活累活都被他抢去了。那时因为我们年轻着，所以，五十多岁的他在我们眼里已经很老了。场长夸他是老当益壮的老黄忠。我至今还记得他的相貌和笑声，很工整的四方大脸，却叫太阳穴上的一个疤给破坏了，很爽朗的笑声，也因为那个疤吊起了慈眉善目，而带着几分匪气。长相虽凶，并不妨碍他成为一个开朗宽厚的好老头。事实上，年轻人很喜欢他，喜欢他的力气和精神，喜欢他的经历和黄段子。他的黄段子总和自己有关，在淫邪的笑声中，他把自己剥开了。无论故事是真是假，他开朗的性格当不会伪装。他在讲述中把自己剥开了。回味那些黄段子，我体会到生命由盛而衰的那种真切的感伤、迷恋和不甘。他甚至把当兵时的自慰行为也坦白出来，并喻之为嫖"五姑娘"，这难道不是以快乐的心情回望自己？

这个把自己的隐私化作满嘴荤腥的男人，后来依傍一棵树死去。一棵年产四五百斤梨子的树，一棵正值繁花满枝的树，一棵面对他的选择毫不动容的树！那时，全场男女刚刚喝过他小儿子的喜酒，他醉醺醺的笑声仍在果园里缭绕。家人大惑不解，便报了案。现场勘查的结果证实，自杀无疑。至于为什么，只能询问那棵老梨树了。

我记得那天早晨他披着一身落英。花瓣雨在他四周纷纷扬扬，晶莹似雪。因为天放晴了，蜜蜂炸了营似的从遍布果园的蜂箱里蹿出来，每根花枝都栖满了它们轻盈的歌唱。

蜂群会把他当作一根壮硕的花枝吗？

几乎每个工作日，我都要进城，去银行对账，去财政局农业局办事。然后，就便回家逻一圈。那时我家换了新房，双水坑6栋8号，父亲单位建的五层楼，也是红石材质，紧挨铁路单身宿舍。地基一头踩着红石山包，一头骑在水塘之上，搬家时便听说此乃危房。果不其然，没几年，墙体出现裂缝，我家窗下有一棵年年砍不死的泡桐，用它发达的根系不屈不挠撑出了另一道缝。与铁道兵建的楼房，真是不可同日而语。然而，那栋危楼于二十世纪七十年代中期崛起，迈进新世纪，栉风沐雨仍挺立了十多年，堪称"楼坚强"。倘若未遭遇拆迁，其注定得继续坚强下去。由此亦可见，从前人们对危房麻木得很。

老邻居照旧常来串门，母亲因此足不出户能知天下。我家的门总是敞开着。早饭后闲下来，一个个陆续登门，一直坐到该做午饭的时候。人却少了，都见老了，再也没有家属连时代的激情了。有时候，串门好像为惯性所驱遣，成为每天日常生活的主要程序，进屋聊着聊着，有人打瞌睡，或者到场的几位都闷声不响。各自喝茶，各自看钟。座钟每每报时，便激起几声感叹：哦，×点了，这么快！我经常打扰她们的瞌睡或沉默。

隔三岔五地，也会去镇上的工农兵文艺站，忐忑不安地怀揣着诗稿。林老师喜欢在家里接待作者。他的辅导以鼓励为多，最具体的鼓励就是向报刊推荐作品，我有一首顺口溜侥幸被《诗刊》选用。真的是顺口溜，是被推荐的那一组诗里自我感觉最差的，然而它能应景。令我惊讶的是发表之前的政审。先是《诗刊》的长途电话打到镇委宣传部，询问作者情况、征求领导意见；紧接着，拍发电报，内容还是政审；其后，宣传部又收到外调函件。多形式多层次不厌其烦的政审，仿佛惹了什么大麻烦，一时间，闹得动静很大。当然，那时能上《诗刊》，影响也很大。

恢复高考的消息，得益于另一次走进文艺站。林老师告知的。他说，这次你可以走了。上次为1976年招收的工农兵学员，好不容易争取到报名资格（此前认定国营垦殖场职工算正式工作，不再参加招工招考），我报了省银行学校，却在政审关被卡住了。因为祖辈有点事，不够根正苗红吧。恢复高考这次，确定不唯成分重在表现了。鹰潭是江西全省恢复高考的试点，报名的通知已通过多种渠道广而告之，比如，发文、广播、在街上贴海报等。可垦殖场小得不起眼，是任何人都可能遗忘的一个角落。

我当即蹚着满街的甘蔗渣，去往华侨旅社找到报名处。已近截止日期，那里冷冷清清的。作为试点，招生前也许摸了底，接待我的老师似乎知道我曾上过《诗刊》，随便询问了一通。距开考尚有一段复习准备时间，可复习什么呢？场里订的报刊是《人民日报》《农业科技》之类，我拥有的书籍是《果树栽培知识》《四川柑橘》什么的，读高中没有课本，油印讲义早已点火生炉子了，吃了油墨的纸是最好的火捻子。我曾空腹喝下一瓶李渡高粱酒，以此诀别回城的希望，酒后最大的梦想是做个园艺师，像米丘林那样，让梨树结蟠桃，让一片不会结果的苹果林长出梨。很多果树上都有我嫁接的作品，不过，后来全成了疤瘢。

找不到复习资料，更是心虚吧，在短暂的所谓复习阶段，我照样跑银行，照样钻果林，那时该为梨树过冬刷石灰水了。垦殖场有个职工的丈夫在镇委当秘书，他向我传递了一个信息：镇委宣传部准备调你。并劝说道：去读书也不是为了回城吗？

考场设在鹰潭中学，我的高中母校。考试期间，我没有在家里吃住，而是宁愿一趟趟穿越浮桥，往来于垦殖场与考场之间。这大约也是信心不足的证明。对考试科目，最有把握的是政治，在知识荒芜的年代，我们不就生活在政治里吗？可是，头天上午考完政治，感觉可能拿不到自己预期的高分，想想下午要考丢掉六年的数学，心里发怵，逃也似的回到垦殖场。在食堂里打饭时，被老詹看见，他一把揪住我，厉声喝问为什么临阵脱逃。我支支吾吾解释一番，老詹竟上纲上线，给我扣帽子，其怒斥至今萦绕在我记忆中，永远不会弥散：小刘，告诉你，考好考坏是水平问题，考不考是态度问题，立场问题！

威严的一句话，改变了我的人生。被老詹吓着了，我骑上他的专车——一辆铃铛崭新、别处破烂的自行车，一路狂奔，途中还得推车跨过信江上长长的浮桥。赶到鹰潭中学的校门口，第一遍铃声响了，闯进考场，恰好第二遍铃声乍落。事后我怪纳闷，老詹平日里常驻带宝山，那天怎么这么巧？哦，对了，那日中午，食堂大师傅裴师傅，特意为我留了一小碗红烧豆腐。红烧豆腐和红烧肉、粉蒸肉一样，算好菜，大家排队打饭时情绪格外高昂。

我收到了录取通知书，估计这也是当年数学没有算分的结果。

※　199

连续几天，镇委秘书几乎夜夜上门来做工作，希望我放弃入学。那是镇里主要领导的意思。我当然拒绝。其实，那时并没有什么高远的理想，只是想，既然考上了，那么应该去看看高等学府的样子。

没想到，为了立场，我也付出了代价。垦殖场直属镇委，党支部大会讨论通过我的入党申请后，需报镇委审批。原来对此作过允诺的镇委，竟冷笑了，他说：你别的手续已经办好，意味着人已经离开，我们怎么能审批呢？这还不算。当时有规定，国家职工满五年工龄可以带工资，我是四年七个月，打个马虎眼，也过得去，因为此前我做知青还有两年呢。知青岁月算工龄的。可是，鹰潭铁面无私，尽管当时的人事局局长为我高中老师。入学后，我发现，带工资的同学中未满五年工龄的，大有人在。再说，既然关乎立场，通融则有何妨？

罢罢罢，走了也！入学的时候，已是早春了——

在早春，更多的日子是被淅淅沥沥的小雨淋湿的。持久的小雨有一种坚韧的力量，一点一点地把冬天融化了，而土地则被膨化得酥松、油润。雨后的晴日，便有一团团蒸腾的水汽贴着地面奔跑，仿佛在追赶着擦身而去的阳光。六年插队的经历使我得以亲近土地，那时候我几乎每天都在以土地的心情窥望着天气。我刻骨铭心地记得，早春的雨水其实是富有歌唱性的。

我说的歌唱性不只是雨声的节奏，还有藏在云层中的歌声。那是一种看不见的鸟，在高空中啼啭的鸟。云端是它栖息的枝头，云罅是它往来的谷壑。它叽叽喳喳的鸣唱，穿透了云层和雨阵，既遥远又贴近，缥缈而真切，总在若隐若现之间。我不知道它是哪座林子里的鸟。我相信它是春雨催生的。只要雨一停，漫空尽是它的歌唱。我相信，它一直歌唱着，只是雨声淹没了它的歌声吧。

乐 平

出产萝卜的地方。童年的冬天，父亲托宁赣铁路工程指挥部的小车从那儿往家里捎回两麻袋萝卜，一袋白的，一袋红的，哗啦往地板上一倒，我欢呼起来："哇，我们家快成'地主'啦！"

连忙送邻居分享，家家都是煮熟当饭吃，比糠菜团子好吃得多，那天，鹰潭双水坑18号附1号的门洞里萝卜味弥久不散。

循着萝卜气息，我家于1961年冬天迁往乐平。我还记得背着烧柴锅炉的长途班车怎样在萝卜缨子上艰难行驶，怎样驶过镇街边一筐筐会吆喝的大萝卜，挂在屋檐下的一串串沉着脸的萝卜干，最后到达盛满大盆萝卜烧肉的地方。

这便是乐平了，指挥部用肉香诱惑着新到的移民。可是，乐平并没有允许我留下来当"地主"。第二天母亲领着我去办转学手续，校门紧闭，一群孩子用土话告诉我们："今天是星期天。"只好次日再去，不料，当晚竟传来宁赣铁路工程下马的命令，指挥部在饱餐萝卜烧肉后举办了一场篝火晚会，接着，来自五湖四海的人们作鸟兽散。宁赣铁路，自二十世纪三十年代起屡建屡停，老是戏耍在马背上的铁路。

被打回原籍，刚刚上小学的我得把转学证明还给母校，而教导主任板着脸训斥母亲道："你们来来回回的开什么玩笑！"回忆往事，我曾写道："是呀，我怎么能跟1961年开这么大的玩笑呢？"

后来才知道，乐平不仅出产萝卜，它的狗肉更加出名，而且狗肉上席，四季飘香。我在乐平尝过多次，好像都是白切的，蘸着佐料吃。我怕上火，每次只是出于礼貌意思一下而已。在我看来，白切狗肉根本算不上什么美味，远不如萝卜可亲可爱。不过，人家做得挺精致的。

就像一位乐平作者，对待自己的稿件恍若对待宴席上的白切狗肉，放进信封时就像狗肉装盘一样，伺候得整整齐齐。他的稿件无论长短从不装订，也不允许编辑装订、折角或做别的记号。而稿件到了编辑部，要经历的第一道工序就是把作者信函、文稿和信封钉在一起，纯粹为了处理来稿方便。那位乐平作者对此深恶痛绝，连别回形针也不能接受。收到退稿，若见稿件被打了装订针，他免不了来信抗议一番的。以后，他索性在每件来稿的左上角刷上这么一条标语："请不要在此处装订！"有时是三个感叹号。那行字迹会比两个针眼更好看吗？后来我终于恍然大悟，针眼是不祥之兆，它好比枪眼，它穿透的是十几页、几十页稿纸的胸膛。

是的，我就是那个必须小心对待那位乐平作者来稿的编辑。我发现他经常用胶水粘住前后两页，以检验编辑的工作态度。每到乐平，盛情之下，我搛着酒桌上的白切狗肉，跟审读乐平来稿似的，绝不会随便乱翻。

二十世纪八九十年代的乐平餐桌上，文友真不少。我编辑生涯的第一次外出组稿，便是由老编辑领着去了乐平。见到的乐平作者多为企业干部职工，电厂的、乐河机械厂的、维尼纶厂的。供电系统的立斌去年来上海，拉我进了一个群，叫"景航文学群"，这群升为祖辈的新上海人，从年轻时就是立斌的文友。不过，军工企业"景航"并不在乐平，它是乐平的近邻，是乐河厂的亲戚。

它们都是做飞机的。藏在乐平山里的乐河机械厂，生产直升机的发动机，对于江西文学来说，它曾经盛产新诗和歌词。从乐河走出去的诗人陈特明，后来成了全省成就最高的词作家，连续获得多届全国"五个一工程"奖。也算奇迹了，我为此喝过他的"金门高粱"，那是我在酒桌上所攀爬的最高度数。当年，他领着我在藏于洞穴之中的车间、办公楼转悠的时候，我惊奇地遇见鹰潭铁路中学的一名同学。从小学到初中都是同班而充满神秘感的女同学。她家住在低矮的职工宿舍里，我应邀去小坐，仿佛回到十多年前的鹰潭铁路新村，砖砌的平房同样简陋，人的表情却丰富了。

印象中的她个子不高，圆脸大眼，白白净净的，老是微微含笑，有一条粗而又长的大辫子，还有一条比辫子长得多的"尾巴"。没错，在同学眼里，那的确是可疑的"尾巴"。一个老男人，差不多每天不辞辛苦步行几里路从西站把她送到位于东站的铁路中学，差不多每天站在校门口目送她走进教室才离开，差不多每天在分手时都会交给她一个饭盒，很是蹊跷的。在火车拉来的小城里，铁路职工集中居住在几个片区，同学往往是邻居。她的邻居一个个言之凿凿："那人绝不是她父亲。"那么是谁呢？神秘吧。尽管当年不乏阶级斗争观念、战备观念都很强的同学，可是，并没有谁敢把一个弱弱的十五六岁的小女生和陪护她的老男人往不靠谱的关系上扯。

射向她的目光却是锐利的，她感觉到了，本来就悄无声息的她，进出变得更加轻盈和恍惚了，比如蚊蝇或别的飞虫。可是，不知道为什么，有一阵子她大胆地抹了香水、烫卷刘海，还约伴去照相馆拍彩照。被人揭发后，班上为此开过批判会，批的是小资产阶级思想，她低着头微笑，一副没心没肺也没有耳朵的样子。我有篇散文题目是《许多的花朵没有开放》，也许，她该含苞欲放了吧？我不知道那场批判怎样结尾的，只记得她好像从小就有点怯怯的小结巴。

初中同学，大多数一别就是一生。十多年后能在僻远的大山里和她邂逅，也算缘分。估计从毕业那天起，对于铁路中学来说，她便下落不明了。毕业多少多少周年的屡次聚会和如今越拉越大的初中同学群证明，我可能是唯一掌握她一丝线索的人。她因为嫁给了军人，后来成了乐河厂的职工，落户在隐秘的深山里。

几年后的1986年，乐河厂搬迁去了与天堂相邻的常州。民间传说，因为"军转民"，包括家属多达几万人的三线厂曾希望迁至乐平城区，可是，顾忌着职工子弟就学、就业等一系列难题，当地政府只能忍痛割爱。于是乎，常州出手了。这个例子屡屡被人用来证明江西的封闭保守。不过，我搜索的资料称：因国家战略发生变化和投入太少，乐河机械厂研制十几年的发动机最终宣告失败；经过几年的调查与协调，乐河厂与常州市有关部门达成搬迁协议，并更名为"常州兰翔机械总厂"。乐河厂从此获得新生。

十多年后依然扎着长辫子，依然爱笑，却不再结巴的女同学，会把她的辫子一同带往常州吗？

八九十年代，乐平不少领导干部也爱好文学创作，市委常委里发表过文学作品的就有好几位，有一次我去组稿，文友们还叫来了政府那边的写作者，包括一位市长书法家。确切地说，是副市长，后来他当景德镇市文联主席，转了正。

他长得比我高，身板挺直，说话中气十足，不抽烟，不喝酒，教师出身，好像还兼任了市级书法家协会的领导职务，酷爱书法是无疑的。到景德镇当主席，他做了一件功德无量的事，那便是让长期寄人篱下的文联终于有了属于自己的办公室；然而，他并没有赢得赞誉，反而因此被讥嘲：买得起马，配不起鞍。办公室虽新，可所有物件都是旧的，尤其沙发，脏兮兮的，坐下去便找不到人。沉在他的沙发里，我想，书法家主席要么清高，要么不拘小节能将就。好不容易争取到崭新的巢穴，往里面铺几根羽毛还算个事吗？或者他对旧物有感情吧。果然，他热情建议我返程时顺路去看看乐平的一座古村落，他儿媳是那里的乡党委书记。

那个村庄叫下徐。村中有些老房子据说是明清建筑，斑斑驳驳的白墙和古朴庄重的门楼、门罩，依稀透出婺源民居的风格韵致。但是，走在其中我的心境决不似在婺源那般宁谧，也不似在流坑那般从容，竟有些莫名的惶惑和紧张。是的，它的残破令人压抑和不悦，祠堂四壁穿风，幸有立柱朽而不败，民居天井的四沿垂挂着虬结成团的蛛丝。然而，颓败的景象只能证明岁月的无情，那是我们造访所有古村落都能体验到的感伤。不知为什么，在那儿体验到的感伤更多的来自内心深处隐隐的不安。

是雕刻，让我一下子恍然大悟：那些不安的形象于不知不觉间投映在我心里了。虽说都是片段的形象，可它们相互呼应，却也营造出浓重的情绪氛围。

那是雕刻成傩面似的斜撑，真正可谓狰狞恐怖的形象。它们张挂在屋后的檐下，或者是虎，或者是什么怪兽，面对村后山林里的影影绰绰，表情决不暧昧，它们眼睛尤其夸张，怒目鼓突，摄人心魄，有的甚至将两三个不同的形象组合在一起，强化其威武凶猛状，不知它们企图镇伏的是怎样的邪恶。众多可怖的形象一下子串联起我进入村庄得到的一切不安的视觉印象。

比如，此处坊式门楼的翘角也有非同一般的狞厉，有的翘角上依次密密地插着瓦片，竟如猛兽被激怒一般，竖起一根根钢针利刺，细看时，陡然令人一阵毛骨悚然。我不禁联想到戏台门楼上二重或三重的飞檐翘角，其翘起的角度和延伸的长度极为夸张，挺拔、陡耸如戏中武将背后的靠旗，又像鲲鹏展翅。这是为了炫耀技艺，还是刻意追求险奇之美？或者，表达着人们挣脱重负、飞黄腾达的梦想？无论如何，外在形象的险峻、锐利，给人的感觉是不安的。

比如，屋里木雕上动物警觉的眼睛，与斜撑上鲜明的细部特征是那么吻合，好像彼此之间声息相通、心领神会。我发现，即使槅扇上表现丰足祥和的木雕图案，上面的动物形态安闲自在，竟也是双目炯炯，格外突出。

村庄通过建筑和雕刻营造的情绪氛围感染了我。巧得很，我在此听到一个故事，恰好能证明雕刻艺术的感染力。有一位婆婆把自家前厅两侧厢房的槅扇贱卖了，一共卖得一千元。婆婆向我们道明了出卖的理由：槅扇上的两只老虎会叫，每天半夜吼得吓死人。后来，凿掉牙齿，在虎口里嵌上木板，它们还是吼个不停。前不久，有人上门来收古董，她家干脆卸掉槅扇卖人了。我曾写道："一对木雕的老虎，复活在屋主人的故事里。大可不必怀疑它的真实性，因为艺术的确使那些古老的建筑有了精血，有了神采，有了生命，乃至有了狐媚妖惑一般的魂灵。"

与镇屋辟邪的老虎相映成趣的是，在另一栋老房子里，透雕槅扇中间条形板上一组马的浮雕，却是表现出祥和中的优雅。那些马或安然觅食，或惬意自慰，或温情凝视，或回首嘶鸣，强健的马蹄透出曾经的春风得意，壮硕的马尾摇曳着富足的自满。由它们的丰腴，由彼此之间自由而依存的关系，我不禁联想起欣赏德国表现主义画家弗朗茨·马尔克的油彩《蓝马》时所领略的意味。真是一种奇妙的精神契合，它超越了时代超越了国界，发生在农家挂满什物的裙板墙上。但是，且慢。尽管马的形态各异，线条流畅灵动，但所有的眼睛却是浑圆、突出的，给人强烈的一致感、陌生感。品评整个画面得到的意味就是，这群马为自由、为富足、为和谐沉醉，而眼睛始终警醒着。安宁之中，似乎隐藏着深刻的忧郁；和谐之中，分明透露出隐约的不安。

我不禁要审视那许多的眼睛，威风凛凛的虎目、望穿秋水的鱼目和马警醒的眼睛，去窥探村庄的历史深处。在如此恬淡的精神气氛中，能有什么物事冲击它自得自满的心境；究竟又是经历了怎样的变故，让村庄像槅扇条形板上那些丰腴的马，悠闲自在却警策动人，像那些斜撑，为何不安，为谁怒目，邪祟来自哪里？

当时，我脱口判断道："下徐村的祖上一定是解甲归田的将军。"很偶然，不久后收到乐平文联新编的《乐平历代名人传》，内中见得一位下徐人氏徐衡，为北宋时代的文进士、武状元。徐衡任广东路提点刑狱公事之职时，曾单枪匹马深入贼巢，说服强贼俯首请降，立下了兵不血刃平尽十年匪患的卓著功勋，南宋高宗即位后，徐衡转任康州防御使。其告老还乡时，宋高宗亲自题写"仁者寿"三字赐给他，徐衡八十岁时皇上又下令在下徐村建了一幢"仁寿楼"。我知道，个人的经历当然不足以影响一个村庄的审美情趣，但是，当这个人成为整个宗族、整个村庄的荣耀时，口碑相传之间，他的思想、性情、志趣极可能潜移默化地溶解在宗族的血脉之中。

下徐之行，决定了我后来的写作方向。发现的喜悦引导着我长期行走在田野上。可惜，无任何不良嗜好且性格开朗的那位主席却英年早逝，难道墨汁里也有致癌物吗？

那个文学奖由作家企业家联谊会参与主办，当时记者作家、报纸杂志都爱跟企业家联谊，最初企业家也是乐意接受甚至盼望联谊的，与文学、新闻界关系良好的有桑海、红星、新钢、江钢什么的，后来，企业一个个态度暧昧了。而风靡一时的所谓"联谊"，的确给了日益尴尬的文学一些体面。

跑乐平最勤的时候，我当着文学期刊的主编。为稻粱谋，朋友引我去乐平，认识了维尼纶厂的厂长，厂长果然热爱文学，很愿意和期刊建立联谊关系，看起来人家是真诚的。厂长说，最近国际化纤市场价格下降，估计很快就能上涨，到那时，支持办刊那还不是小菜一碟。再说，厂里文学青年不少，这是企业文化建设的重要力量，支持办刊也是扶持这支力量。

然而，市场一直疲软着，接下去，甚至连企业也疲软了。回忆维尼纶厂，我不由得联想到别处一家与期刊同名的工厂。同名，让期刊和工厂一见钟情一拍即合，就等着一个良辰吉日，那是精心挑选的时辰——新的生产线投产之后。

并不是所有的投入都能产出效益，并不是所有的佳偶都能走进洞房。说好的联姻（而不是联谊）最终因为那家工厂被兼并而黄了。有乐平古戏台联句称："六礼未成顷刻洞房花烛。"这大约是对某台戏的剧情概括，期刊不会那么幸运。从此，我倒是信奉了另一联句："戏非真处皆为幻。"

乐平乡间遗存着蔚为大观的古戏台。凭着乐平文友搜集四乡得来的戏台楹联和匾额，我曾写过一篇文章。我说，那些文字里有传统剧目，有现场气氛，有戏剧理论，有评论风范，甚至指向处世哲学、为人境界。其后，好奇的我连续造访乐平，不为萝卜和狗肉，不为联谊或联姻，只为星罗棋布的戏台。尽管每次都安排得紧锣密鼓，所看到的古戏台也只不过是个零头；然而，即便是些零头，也足以叫我眼花缭乱了。它们或寂寞地坐落在村边，台上的风云际会已定格为梁枋上的精美雕刻；或作为祠堂的一部分陪伴着族中长老，默默地品味着某日游谱庆典的绕梁余音；偶有幸运的，被村人张灯结彩打扮一新，许多的精彩尽在喜不自禁的夸耀之中。

因为关注，便有乐平朋友不断向我传递消息，从来没有好消息。被外地觊觎着，被本村盘算着，被周边糟践着，有的古戏台被整体拆迁卖往远方。记得为此曾和时任市委书记很开心地喝过一顿酒，我为他的保护意识和带着酒气的打算，就着乐平狗肉，与之干过几个满杯。当然，我很明白，人家能出场并能真喝，既不为我更不为古戏台，为了做给别人看而已。喝白酒吃狗肉，我注定会上火，咽痛唇裂。唇上结痂的时候，又有消息传来，那个书记进去了。不是去后台卸妆，而是直接下场。民间传说他和市长一向不和，市长先进去的。身在好戏的乐平，真该读读戏台楹联长长心智的，有道是"看不真莫吵请问前头高见者，站得住便罢须留余地后来人"，"眼界抬高不怕前头遮住，脚跟站稳何惧后头涌来"，看似劝导观众遵守戏场秩序，却意味深长地指向处世哲学、为人境界，至于"言行要留好样与儿孙，心术不可得罪于天地"之类的教训则比比皆是。

乐平戏台还让我想起另一个与之无关的人。鄱阳人，当过兵，个头不高，气魄蛮大，像是很有钱却不知该往哪儿砸的大老板，所以，他才会冒冒失失地闯进文联来。他是我此生遇到的某种唯一，主动揣着钱走进八一大道371号的唯一。他有红色情结，准备择址建设一座东方红微缩景观园，把韶山、井冈山、瑞金、遵义、延安等革命圣地浓缩在某处山坡上。他来文联的目的是想为文艺家采风活动冠名，从而为其酝酿中的"东方红"扬名。冠名倒是好听，毫无商业气息，美其名曰：东方红之旅。凭着那笔不多的资金，我们组织了多次采风活动。其实，当初我特别想把他往乐平引。乐平古戏台虽多，却散落在乡野间，既不利于保护更不便利用，若能以微缩景观的形式展示乐平的琳琅满目，依托瓷都景德镇，建设一座微缩戏台景区，想必既有意义也可能产生效益。他点头称是。他还扯起了自家与乐平的情感联系，要往历史远处扯的话，乐平曾隶属饶州或鄱阳，也算故乡呢。

不过，他终究还是倾心于"东方红"。我应邀去参加了那座景观园的开工仪式，园区在临湖滨江的一片丘陵山冈上，草木稀疏，满目苍凉，倒是适合开展野战游戏。仪式过后，与之联系断了，其间有"东方红"不怎么顺遂的传言。风云激荡的岁月，有几个顺遂的？那些联谊的佳话，不也都一个个烟消云散了吗？

2019年元旦过后，我连续两次去乐平，一为考察古戏台之乡，二为参加一个名头不小的大会，全国文化遗产大会。乐平市开始重视以古戏台为代表的地方文化，是因为当地的仿古建筑行业已形成相当规模，未来可期。大会期间，我见过几位老总，原先都是修戏台建戏台的木匠，有老者，也有年轻的，如今他们在"江南菜乡"（对我来说是萝卜之乡）乐平支撑起了这个新产业。我幡然顿悟：看来，真正能够保护和传承地方文化的，还是那处家园的主人，那方水土滋养的能人，而不是到此观光的游人，貌似专家的闲人，譬如我等。

忽然觉得从前是杞人忧天了。后来结交一友，得知其那时正挂职乐平，且经常往来于我下乡路上，不禁唏嘘：不大地方，邂逅容易，相识却难。不然，该约伴喝酒吃肉，做个酒肉朋友的。

上　饶

　　我成长的地方原先叫鹰潭镇，归上饶地区管。我父母原先的工作单位也归上饶管，叫上饶电务段，上饶有铁路分局，辖好几个段，还有车务、工务和机务等。机务段在鹰潭的分支名折返段，机务管火车头，上饶的车头上标明"昌局饶段"，上行至金华，下行至鹰潭，就要换邻段车头牵引列车了。"昌局饶段"与"昌局向段""昌局邵段"都在鹰潭交接棒。后来鹰潭一度反仆为主，做了上饶的分局。再后来，谁也别分局吧，双双让路局直接管了去。

　　我也被上饶管过。我下放所在的国营垦殖场，系镇直属单位，顶头上司当然是镇委，那叫块块，论起条条来，该由上饶地区农垦局管的。从前所谓的条条块块，指的就是这种关系。不过，一般来说，条条联系很少，似乎只有年终送统计报表。不过，条条倒是给我发过奖状，地区农垦局开的会颁的奖，奖励知青先进。大会是在五府山垦殖场开的，给我授奖的局长，也叫刘华，于是乎，全场掌声雷动经久不息。别处上饶籍的不算，刘华局长应该是我认识的第一个上饶人。不过，当年那个级别的革命领导干部很可能是南下来的，新上饶人。

　　刘华同名太多。我写诗，别人的诗稿退给了我。我写评论，别人发表评论我得到祝贺。我出差去，另有刘华亲自来接站。如此等等。最瘆人的是，刚入初中那会儿风起云涌，当夜班的铁路工人刘华被武斗的流弹击中，人家明明逍遥着，造反派和保皇派都拿他的死做文章，在铁路宿舍区刷出针锋相对的大幅标语来，一派发誓：血债血偿；一派叫嚣：死了活该。初中生刘华日日在那些标语中进出。联系局长刘华的颁奖，同名的大悲大喜莫过于此吧。

在领奖之前，小小年纪的我也去过上饶，也是去开会的，开的是上饶电务段革命委员会成立大会，鹰潭的铁路电报所、电话所信号领工区都归它管。我们几个孩子是作为电务段家属代表，去坐火车并在会场上喊口号消食的。那是1969年早春，不久后便是祖国山河一片红了。我们穿过雪后的铁路新村去到会场，檐下滴滴答答，路上咔嚓咔嚓，满地冰雪泥泞。不久前，杭州中国作协创作之家的叶老师转发一条微信，惊奇于上饶有个"杭州村"，村里全是杭州人，路上尽闻杭州话。我告诉他，那是铁路新村，人嘛来自五湖四海，话嘛本来南腔北调，有时却是杭州一统，不仅上饶，整个浙赣铁路沿线乃至更广大地区，不知不觉都拿杭州腔调当行车部门的工作语言，客站的广播、调车场的高音喇叭，喊出来的不都是那个味嘛，人称铁路普通话。叶老师大惊，追问为什么。我给出两个理由：一是杭州师傅自十九世纪末即随浙赣铁路慢慢延伸而南迁，技术和语言像种子一路播撒下去；二是杭州话念数字响亮清晰，比如拿"一"叫"幺"、拿"二"叫"两"，行车工作语言里最重要的就是车次和时间。

叶老师说长知识了。而我写着微信，忽然想到了路边贴满庆祝、祝贺标语的上饶铁路新村。我记得那个早春格外冷，西伯利亚来的强冷空气裹挟着一场罕见的大雪，覆盖了包括鹰潭在内的上饶大地。雪后，铁路沿线的桉树几乎全被冻死了。上饶之行，让几个停课闹革命的初中生懂得了：雪是桉树的死敌；也让他们疑惑，为什么铁路边喜好栽种能驱蚊却招苍蝇的桉树呢？

那场大雪让人们变得冰雪聪明。后来，浙赣铁路的路基上长满刺槐，密密匝匝的。

对于我，上饶是同学最多的城市，大学中学小学都有，还有邻居。中小学同学有的在铁路新村住着，比如在车务段当车长的荣耀，八十年代借出差之便，我常去他那儿，还搭乘过货车尾部的守备车，值守在上的车长负责押运，每经过一个车站，无论大小，车长都得在车门口手握信号旗朝站台上接车的值班员致意，然后在行车日志上记下通过时间。后来守车被取消，可见车长职守并不紧要，不过长长的货车没有尾巴，看着别扭。

联系最多的上饶同学叫汲军，她住在茅家岭旁边的师专，是大学教授。我一去，总是家宴伺候，她叫来两三同事作陪，桌上必有刚钓来的鱼，用鹰潭土话形容：鱼新鲜得还会哇事（方言，指说话）。从小到老，我不曾见汲军愁过、急过、怒过、怨过，只有一种表情，笑，程度不同而已，始终如一吧。所以她一直呼我小名，而不是喊刘华，哪怕我家人都改了口。小名当然更有历史感，一下子穿越了半个世纪。她夫妻俩都是我初中同学，她自己还是我家邻居兼祖籍老乡。我觉得，更重要的牵系应是文友。要知道，岁月能将人改形换相，多少同学和邻居后来不都成了陌路吗？

读完初中，我俩不再是同学，进了不同的学校读高中，因仍然还是邻居，因而仍能时常见面。何况她还是鹰潭女篮的最高峰，我等无所事事的小男生肯定在灯光球场为其鼓过掌呼过加油。做知青的时候，汲军告诉我，鹰潭有个工农兵文艺站，文艺站里有个林挺老师，你要是写稿子，可以投给他看看。那时，她在《江西日报》上发表散文，挺长的一篇，《清脆的铃声》。那铃声把整个上饶文学界都震撼到了，后来地区文艺站干部在我面前夸赞鹰潭夸赞林挺，便举了汲军的例子。她还上过《江西文艺》，都是很荣耀的事。当年的上饶文学真的以鹰潭为骄傲，而能数出来的青年作者都是林老师的弟子。

是的，我喜欢写作。读初中的那三四年间，先是停课闹革命，后来又复课闹革命，中间还曾深挖洞、学工学农什么的，仅仅认真上了一年的课吧。语文老师在四个班上念的范文，基本是汲军和我以及另一位女同学的。那位女同学大学毕业后也去了上饶当老师，很优秀的中学语文教师。我与之往来极少，只记得八几年的时候，她曾经向当文学编辑的我投过一次稿，后来就没怎么联系。

听了汲军的，我在公社农场里向镇文艺站投稿，是照葫芦画的瓢。"葫芦"长在《解放日报》副刊里，是散文和诗歌。《解放日报》可算当时最文学的报纸。而我的瓢画在列车编组顺序表和磷肥包装袋上。所以，我的诗有时比薄薄的顺序表还浅薄，有时比敦厚的牛皮纸还生硬。

小学毕业那年，我便尝过投稿的好处，得到报社赠送的一枚书签，来自1966年印有毛主席语录的书签，后来不知走失在哪个笔记本里。做知青的我，得到的则是林老师回信，很简短，要我得便回城时去文艺站一趟，像一句接头暗语。面谈却很长。我除了得到指教外，还得到几本稿纸，比一般稿纸要厚，五百格，是蓝色的小方格。去得多了，便攒下了足够多的稿纸，于是财大气粗，居然萌生了写长篇叙事诗的想法，要反映梨园里的知青生活。正好上面要求抓好重大题材创作，理所当然地，被文艺站关注了。文艺站既然冠以工农兵，理该为工农兵轰轰烈烈地干活。

我没有写日记的习惯。偏偏，那个创作过程被记录下来；我也没有收藏的习惯。偏偏，有个小本子侥幸被留存下来。

根据记载，我的创作计划酝酿于早春二月，梨树酝酿于枝条上的芽苞，花苞已经膨胀，待等一夜春风，便见梨花似雪。也许，我就是看到某粒圆鼓鼓的芽苞萌生了好高骛远的念头。

四月底，文艺站紧急组织讨论我的写作提纲，提出几个问题。其一，关于主题思想。要反映通过"文化大革命"锻炼的一代新人，在新的形势下，在阶级斗争中迅速成长；其二，关于人物设计。原提纲事件淹没了人物，一号人物形象单薄，有的地方有损英雄形象，如谈心等细节。英雄的行动较少，被动，一号人物要起主导作用。反面人物技术员应是极端个人主义者，反右斗争中受批判下放林场，后得副局长信任，又燃起个人奋斗的欲火，妄图实现破灭的幻梦，故与一号人物展开了你死我活的斗争；其三，其他要求。结构不要过细，表现手法宜叙事与抒情相结合；等等。此时的果园里，一棵棵梨树已经挂果。我的诗句也一段段地挂在了文艺站提供的方格稿纸上。

五月下旬至六月初，上饶地区工农兵文艺站在铅山县专门召开会议，讨论各县的重大创作计划，计有长篇小说三部、中篇小说十一部、电影剧本一部、长诗两部，按题材分，则是知青题材六部，农业学大寨题材四部，历史和教育题材各两部，血防、工业等题材各一部。会期竟长达十天，先是学习讨论上面的重大题材创作会议精神，接着，各地汇报创作计划，其后分组讨论具体的作品或提纲。

作为业余作者，那是我第一次外出参加文学活动。会余，邻县文艺站大胡子的李老师建议我，长诗可命名为《风雨梨园》，大自然的风雨锻炼考验了梨园，阶级斗争的风雨锻炼了一代新人。如此这般，立意就深刻了。而分组讨论的意见挺尖锐的，说同走资派没有正面冲突；说七八九这三个月翻案风刮起，写梨园丰收十分不妥；说某个正面人物被写成了木偶；说矛盾的线条混乱，中心事件经不起推敲；如此等等。

为会议压轴的是出版社编辑讲话，几年后我认识了他，一位著名文学翻译家。当时他讲话的核心内容是，矛头要紧紧对准走资派，不能虚晃一枪。散会后，我搭乘人民公社的拖拉机离开铅山，去上饶乘火车回家。拖拉机晃得很实在，要不是嗓子眼窄小的话，五脏六腑差点被颠出来。如今想来，心里一惊：拖拉机怎么会成为我等的运载工具呢？若是会议主办方安排的，别是启示作者该怎么对待走资派吧？

农场的梨园里，早、中、晚熟品种都有。早熟的，六月底便可陆续采摘；晚熟的，拖不过八月份。小本子上记得分明，文艺站几位老师惦记着《风雨梨园》，曾于十月初徒步十余里来到农场，向我面授机宜，意见比从前更多更系统。可是，那部长诗和我的信心，都像秋天的梨园一样，黄叶片片坠地，随风飘去。

当年的上饶地区工农兵文艺站真是活跃。其后的一两年间，我参加他们组织的活动达三次之多：诗歌和歌曲创作学习班，赴井冈山、韶山参观学习，新国歌创作会议。那个学习班规模不小，各县都去了好几个作者，其时刚刚经历过举国悲痛，一位弋阳作者登台朗诵《周总理，你在哪里？》，竟让晚会现场挥泪如雨；那次参观则在又一次举国悲痛之后，那是秋天，井冈山上的自来水已经冰凉刺骨，所有留影的背景差不多都悬挂着哀恸的黑色。途中，发生了大事件——"'四人帮'，被粉碎"，我有记于茶陵街头的顺口溜为证："大鼓擂，唢呐吹，鞭炮使劲蹦，口号插翅飞，过来了，游行车队。"同行中有特别活跃的文艺站老师，是故事篓子、笑话篓子，笑话乃"关公战秦琼"之类，直到"拨乱反正"，我才恍然，原来是个侯宝林呀。韶山返程时，游兴陡生，我借机走长沙访武汉顺流而下到九江，由莲花洞攀爬好汉坡登顶庐山。如此行程二十天整。此前，为纪念南昌八一起义和井冈山革命根据地创建这两个"五十周年"，鹰潭组织部分业余作者赴井冈山和南昌参观，我去了南昌，在八一起义纪念馆等处泡了十天。一年后，鹰潭成为江西全省恢复高考的试点县份，考语文政治数学和历史地理四门，我的政治得分显然受益于两次似有神示的红色之旅。

新国歌创作会议是在恢复高考期间举办的。我过考后不久，由镇革委会政治部（而不是文艺站，以体现领导重视）亲自召集五位作者开会，布置新国歌创作。那是一场声势浩大的全国性歌曲征集活动，时间很紧，十二月初全国必须结束，征集活动意在充分发挥人民群众国家主人翁的作用。新国歌要求：鲜明地表现在高举毛主席的伟大旗帜，以华主席为首的党中央领导下，坚持无产阶级专政下的继续革命，继往开来，承前启后，为把我国建成社会主义的现代化强国，奋发图强的时代精神和战斗风貌；歌词要求精炼；曲谱要求庄严雄壮，有民族风格，易记易唱。

三天之后，镇里选中我，让我携词作去上饶开会。地区文艺站同样退隐于幕后，会议由政治部主办。我找到了过去的集体讨论稿："前进！各民族英雄的人民！为我们的理想，团结起来继续长征。马列主义开辟最宽广的道路，华主席向我们发出庄严的号令，前进！前进！前进！迎着斗争的风雨，高举毛泽东旗帜，前进！高举毛泽东旗帜，前进！前进！前进！进！"哼一哼，压根儿就是《义勇军进行曲》的节奏。不知为何，我极为吝惜笔墨的日记恰恰在这次会议期间突然中止，绿皮封面的小本子上从此记的是，北京和上海一些现代化养鸡场的鸡舍设计，青年鸡、蛋鸡的饲料配方。

如今，面对那一份份很细致的配方，真是匪夷所思。要知道，其时高考录取通知书可能已经上路，我怎么还会惦记着农场一再闹鸡瘟的养鸡场而不顾新国歌呢？

看看，一不小心，我又被上饶地区"条条"了。

工农兵文艺站，一个印有鲜明胎记的名称，一个陡然出现而悄然隐身的群众性文化机构。如今，知道它曾存在于二世纪七十年代的，尚有几人？

我在网上搜索这一条目，与之相关的内容寥寥无几，而且，大约都牵连着销售古旧书刊的信息。比如，《工农兵革命故事专辑》，由鄱阳县工农兵文艺站编；《人物画资料》，由南昌市工农兵文艺工作站编；《工农兵文艺》1971年第一期，由九江专区工农兵文艺工作站编；《工农兵文艺》1972年第一期，由上饶地区工农兵文艺工作站编。仅此而已，未见其他。

几本书刊，均产自江西。莫非，工农兵文艺站为江西省所独有？我不知详情，且无意探究。不过，我相信，若能得到那些书刊，翻开来，其中一定有我熟悉的作者姓名。比如，上饶的诸位诗人。那时和其后相当一段时期，上饶文学以诗歌为强，有杨学贵、陈运和、艾子青等一大批诗人。我作为诗歌爱好者，第一次出席省里的谷雨诗会，便和上饶诗友有关。

1981年的谷雨时节。其时我是大四学生，当年第一期《星火》辟有《新星闪烁》专栏，选发十位新人诗作，曾耀眼一时。而我的《我拾到一双眼睛》排在头里，被认为是朦胧诗，谷雨诗会上有欢呼称"江西终于有了朦胧诗"，或指为"江西的第一首朦胧诗"。可是，我并未接到参加谷雨诗会的通知，其他九位新人都到场了，第一天会上，上饶诗人打抱不平，纷纷向诗会主办方提出意见，得到的解释是通知确定发出，可能是邮路上出了岔子。主办方当晚派人来学校邀我，我得以在诗会的半途出场，我一直记得上饶诗人当时的温暖目光，记得他们给我的亲切掌声，所以三十年后的某个夜晚，我在上饶火车站旁的酒店里，专门邀他们和八十年代欢聚了一场。

零几年的时候，上饶市作协编辑出版上饶文学作品选，时任主席的周晓霞嘱我作序，我写道："尽管世事沧桑、人事纷繁，一些作家姓名和作品题目总在我们脑海中，再多的名片也不能覆盖。甚至，我觉得，一个城市、一个地方是因为有了那样一个或一群人，才让我感到亲切，感到那里的山水的确很美。"

　　比如上饶，一个经常令我兴致勃勃的地名。吸引我的，不是灵山、五府山，而是一些姓名，一个庞大的以诗人林莉为代表的文学群体，还有，能够凝聚这一群体的力量。依稀记起，上饶县城尚在水南街的时候，我即前往县文联调研。主席渭波是诗人，似乎跟我一起当过诗友，多少年过去，别人或金盆洗手或改换门庭，他初心不改仍然写诗，而且诗作愈老到诗兴愈青春。对他家里的特殊情况，我是一点点获知的，他于潜心写诗并埋头工作的同时，背负着巨大的生活压力和精神压力，难怪我觉得他眉头始终凝结着些许愁苦，那一半是对亲人的忧虑，一半是深刻的诗思吧？而今，艰难已经过去，我从一名伟大的父亲心里接收到的，尽是诗的消息。

　　我曾在那篇序言里，瞩目于上饶文学的全面繁荣："如上饶的山水风光——有三清的奇绝；有圭峰的精致；有茶乡婺源那么浓的绿，那么诗意的小桥流水人家，那么典雅的一梁一柱、一砖一瓦；更有黄岗山的雄峻，纵览云飞，阅尽四季，那气势仿佛把大千世界都包容在宽阔却深邃的谷壑间……我神往着这样的文学山水。"

　　一晃又快二十年了。当年我不会想多了吧？

　　京福高铁在建的时候，我又去了五府山，当年我受奖的地方——一个凄清的小镇，一个将设高铁站的旅游点。乘大巴去的，如今倒是快。我记得上次在六十公里的盘山公路上绕了两个半小时。

那时不断有树枝捅进车窗，窗外但见层层叠叠的梯田，一丘丘，小小的，长着一季晚稻。五府山垦殖场在山深处、云深处，在山坳里、在山怀里，都是很亮的白房子。时隔近四十年，当年的农机厂、木具厂、运输队、食品厂和粮油加工厂已经找不到了，当年的生气乃至人气也找不到了。我的小本子上倒是记有十多位先进知青的事迹。开完会返程宿上饶，当晚观看了上饶文工团代表地区参加省话剧调演的节目，独幕话剧《召唤》。它令我不由得联想到当年赫赫有名的上饶地区文工团，联想到那个团值得夸耀的话剧创作，比如《换了人间》《爱情的浪花》等剧目，理所当然地，我注定也会联想到那时被冠以"集体创作"的编剧。包括编剧在内的好些作家、艺术家后来陆续被调离上饶，称雄一时的话剧呢？大约走失了吧！而在五府山，当年被垦复的山坡，倒是翁翁郁郁的。

天断黑后在镇街上散步，惊见一闪一闪的萤火虫扑面而来，团团簇簇的，仿佛忽然回到了童年的夏夜。走着走着，萤火虫越来越密集，越来越亲切，伸手就能握住。一不小心会吸进鼻孔，开口说话也要当心，当心它往黑洞里钻。仿佛童话世界才有的幻境，叫人好不诧异，好不懵懂，一时间恍然如梦。逐渐适应了，清醒了，我便觉得那一定是某个聪慧的人变化了自己，用一点一点的明亮，一点一点的闪耀，结交并进入另一个人，混沌的人。

沿着萤火指示的方向一直往前走，走到镇口，那儿有一座桥，横架在深深的溪涧之上。俯视深深的黢黑，一条明明灭灭的溪水从远处的山边涌来，在桥下盘旋着，再向下游流去，一条萤火虫的溪涧。

那个夜晚仍有涧水轰鸣，不过，跟过去相比，声音是病弱的。水声令我猛然想起一个名字，几十年前在先进知青光荣榜上看到的名字，与我不相干的名字，当年只是觉得那个名字很美。接着，我怀疑是否有萤火虫钻进自己的心肺里、头脑里，甚至浅浅的梦里、粗粗的鼾声里。要不，第二天醒来，怎会发誓来年一定带着透明的帐篷再来五府山，做个布满萤火的仲夏夜之梦呢？

不可思议的萤火虫是生态的证明。然而，假若后来真的再去，还能有那般童话幻境吗？

一直叫我小名的汲军说，林老师有一天早晨起床，把自己伺候得整整齐齐，林师母很是诧异，林老师回答说："刘华今天要来。"很肯定的语气。

我脸热了。林老师离休后，举家迁回故乡汕头养老，不觉间，已经十多年了。其间，我几次动过探望的念头，终是未能成行。一切的理由，如今看来都是虚伪。这一次，没有理由。我和汲军约定专程去看林老师。她从上饶坐火车，我在上海乘飞机，几乎同时抵达汕头。

林老师真的老了，时而清醒，时而糊涂，不爱说话了，笑笑地看着我们，接着便顾自打盹。好多往事，他怕是不记得了。

我去晚了。如果早几年，他一定会聊到上饶文人的，其中还有与他一同下放劳动的战友呢。

吉 安

有个题目折腾我好些年了，一直不敢轻易起势，却也割舍不下，曰："七十八公里的中国千年。"

我说的七十八公里，指从吉安白鹭洲至青原区东固镇的公路里程，貌似是精确的概数。我沉醉那段里程，是因为道路两旁真的集中陈列着中国千年。

那么，彼处有些什么呢？有渼陂、陂下、横坑、匡家、夌田等五座中国传统村落和一大批省级历史文化名村，有文天祥、胡铨等历史文化名人的故里和传说，有影响不小的佛教圣地青原山净居寺，有王阳明讲学传道的阳明书院，有可与景德镇勾连的天玉临江古窑遗址，有被誉为"东井冈"的东固革命根据地，那里还是第一、二次反"围剿"的旧战场，等等。当然，也包括对昌盛庐陵文化发挥巨大影响的白鹭洲书院。

面对浩大，我偏偏想从细微处入手；面对逝去，我偏偏想搜寻活态存在；面对庞杂，我偏偏想熔之于一炉。这就决定了写作的艰难。

也许，它永远只是一个念头了。即便如此，我也要把念头记在吉安名下。

真正认识吉安，是从发现它拥有太多保存完好的古村落开始的。我被吉安田野上携手比肩的大群村姑吸引。她们清清秀秀，袅袅婷婷，是小家碧玉，如人面桃花。她们藏在团团簇簇的樟树林里，躲闪在自己羞红的窃笑后面。尽管此前我经常独自闲逛吉安，独自跑到寄人篱下的市文联去点个卯，独自在白鹭洲书院对面的吉安宾馆住上几夜。我在茫然中不知何往。那时的书院被中学完全占着。那时的宾馆院内多为参差错落的低矮小平房。

　　当然，也有结伙同行的时候。比如二十世纪八十年代初举办全省第一次革命历史题材创作研讨会；比如应一家工程单位之邀去参观它的作品——吉安赣江大桥，下榻吉安宾馆我常在桥上散步，最近一次路过，正赶上炸桥，事后懊悔，真该亲临现场凭吊一番的。

　　进入新世纪，吉安及其周边星罗棋布的古村落，成为我频频踏勘那方土地的唯一理由，哪怕事实上并没有任何村姑冲我嫣然一笑。田间劳作的女子，倒是好奇者多，见了提相机的我，冲着远近的伙伴大喊大叫：哈嘞！照相的嘞！

　　也曾遇见凶神。一个手持柴刀的汉子，从赣江边的古宅里冲出来，怒吼一声：拍什么拍！拍了又不给钱！吓得我转身就走。躲出老远，仍不甘心，扭头抢拍了一个远景。

　　我手里的傻瓜机先后认识了吉安周边的不少古村落，比如，渼陂、陂下和富田，钓源、曲濑、唐贤坊、燕坊、桑园、仁和店，以及安福的车田、松田与塘边，等等。

　　渼陂最是令人流连。我这样写道——

※　226

古村跑得多了，就会发现，通常每个村子都会有它特别强调的建筑构件以及与其相关的装饰手段，但在渼陂却是个例外。雕刻、美术、书法都被广泛使用，把老房子装点得琳琅满目，令人应接不暇。甚至，连檐头都镶满了花边似的彩绘、墨绘、诗词，里里外外的墙上到处可见语重心长的家训。

——这是一个被刻刀雕饰的村庄，一个被墨彩浸润的村庄，一个被文字镇守的村庄。

记得第一次到渼陂，竟在一幢叫司马第的老房子里，看到了吉安市文联常年举办的渼陂古村风情展。这就是说，早在全国民间文化抢救工程启动之前，一个市级文联即已自觉地将古村落保护纳入了工作范畴，时任主席的刘屹烈亲率一批文艺家，深入渼陂古村，踏勘庐陵大地，考察和挖掘民间文化资源。对于传统文化，这是抢救性的工作；对于文联事业，这是开创性的工作。

其实，刘屹烈组织编撰的画册《庐陵古村落》，正是我逐个走访吉安古村落的路线图。

说到古村落保护，刘屹烈经常提起省里的周銮书副部长，一位可敬的学者型领导。她告诉我渼陂是周銮书发现的，声称自己对古村落价值的认识和保护理念，深受其影响。当年我留有一些剪报，其中便有周銮书推介江西地域文化的文章，如数家珍，而又启人心智，其中的真知灼见，至今仍能发人深省；而他主编的《千古一村——流坑历史文化的考察》，堪称古村落田野调查的典范之作。

凭着真情挚爱，成为市领导的刘屹烈仍然割舍不下对渼陂的牵挂，市领导挂点帮扶，她选择渼陂村，以便"让我更名正言顺地可以用更多的时间和精力投入古村保护"。

至于保护的效果，有一个例子颇能证明渼陂的魅力。2008年北京奥运会期间，中国民协组织机关干部来井冈山等地学习、调研，分党组书记罗扬参观井冈山后，第二日随大家一道来到渼陂，当晚他得赶往井冈山机场飞回北京。然而，渼陂可以拍摄的细节太多，罗书记直呼"没想到"。是的，太多被保护的村庄千村一面，太多正开发的村庄弊端多多。细节是村庄鲜活的存在。其包括鹅卵石铺就的巷道，房前屋后的菜园，竹篱或土砖的围栏，甚至，残墙和废墟。客人恋恋不舍，被这些细节纠缠在紧张的时间里，不无懊悔地说：多留一天就好了。临近傍晚，我不得不安排抄小路送他赶往机场，那是一条串联陂下王家和泰和梅冈王家亲缘关系的路，一条有故事的路。

2006年3月，得刘屹烈大力支持，省民协和青原区共同主办了古村落保护开发论坛。到会作主旨发言的中国民协领导提出，渼陂的"陂"字读音应该规范、统一。这个字当时有三种读音，bēi和pí，以及误读的pō。这一意见得到了足够重视，很快bēi字叫开了。

也是巧了，当年11月，刘屹烈调离吉安到省里任职，适逢全国民间文化抢救工程经验交流会在河南洛阳召开，中国民协邀请刘屹烈作大会发言，介绍渼陂古村保护的经验。她去省妇联报到，却为省文联做了第一件事。她的发言在会上引起热烈反响，会后接受了多家重要媒体记者的采访，恍若会议明星。

渼陂的经验包括尊重历史风貌、坚持修旧如旧、从实际出发、疏堵结合，以村民为保护主体，处理好保护与开发的关系，等等。其实，更重要的是，富有热情的她，对渼陂的一砖一瓦、一草一木，有感情、有想法、有愿景，那是视若珍宝的感情，体恤村民的想法，期望古村延年益寿的心愿。

刘屹烈调离吉安甚至退休以后，我仍能在节日的渼陂遇见她。她是渼陂永远的村民……

2012年4月，全国古村落保护现场会暨村落文化论坛在吉安举行，由中国民协、省文联和吉安市委、市政府共同主办。其初衷，就是推介以渼陂为代表的吉安古村落。

此前，我一直希望中国民协在江西举办一次有规模、上档次的此类专题活动，因为江西古村落数量较多，且别具特色，却是"养在深闺人未识"。我的想法得到罗扬书记的大力支持，并为冯骥才主席所赞同。不过，当时他脱口而出：放在流坑搞吧。

冯骥才主席去过流坑，想必对流坑印象很深。而我对2005年前往流坑一百公里坑坑洼洼的道路印象更深。当时，他来参加中国（江西）国际傩文化艺术周活动，根据他的要求，于赴南丰途中拐个弯去考察流坑。怪我疏忽了，未能找一台商务车什么的，让他一个大高个儿窝在小车里，来回颠簸了一天。

既然叫古村落保护现场会，拿流坑和渼陂两相比较，我觉得渼陂更合适。渼陂的保护经验值得总结，社会影响急需扩大，而渼陂周围古村落比肩接踵，颇可以叫与会专家拍案惊奇的。

适逢同学聚会南昌，遇吉安市委书记王萍，我提及此事，她反应敏锐，当即把正在省里开会的胡市长叫过来，两人当场拍板，希望我争取把这个活动放在吉安。争取是要做准备的，准备足够的理由。当然，吉安不乏理由，且信心满满。

活动时间、地点确定后，为争取邀请冯骥才主席光临，我偕吉安市的有关部门领导曾专程前往天津。

这次活动当然得明确地告诉世人，江西古村落的特色何在。吉安乃至江西至今仍完好保存着为数较多的古村落，其原因包括：江西自古号称"文章节义之邦"，多鸿儒巨宦、达官富贾，因而造就了一批历史悠久、规模庞大、世家巨姓众多、文化发达且积淀深厚的村落；近代交通有所不便，地理环境较为封闭；经济发展相对滞后，而乡村社会的历史文化遗存极其丰厚；等等。由此，我概括出江西古村落有八个显著或独有的特色：村落形态丰富多样、中原文化活体遗存、宗族文化源远流长、崇文重教传统深厚、俗神崇拜丰富驳杂、风水观念坚固恒久、宋明理学烙痕深刻、革命遗迹珍藏颇丰。

我把后面三个特色视为江西独有，比如革命遗迹珍藏颇丰。诚然，放眼全国，不少古村落也有红色遗址遗迹，可是，在江西，丰富的革命历史，大量蕴藏于文化积淀深厚的古村落里，这恐怕是别处不可比拟的。以青原区为例，渼陂、富田等古村落形态完整、祠堂众多、建筑考究、雕饰精美，它们却与中国革命史有着重要关联，存储着弥足珍贵的历史信息。在渼陂召开的"二七会议"，确定了扩大苏维埃区域、深入土地革命、发展工农武装三大任务，是中国共产党在第二次国内革命战争时期的一次重要会议。富田则是

"富田事变"的发生地。富水河畔的诸多村庄至今留有多处革命旧址和大量的红军标语。

古村落保护现场会日程安排十分紧凑。报到那天，中午接机后在机场旁边用餐，随后考察井冈山机场附近的泰和县蜀口村和吉州区钓源村。嘉宾们一进村，便走进浓郁的民俗氛围，平时空空如也的村庄，忽然人头攒动，令我也吃惊。

在钓源，照例由老村长欧阳钟麟做讲解。他是钓源保护和开发的先行者，熟知历史，富有激情，讲解乃说书风格并辅以"人来疯"的表演特色，给游客留下很深的印象。不错，他曾经当过演员。考虑与会嘉宾多为专家，事前，我建议当地最好能换个导游，因为老村长的讲解里多有牵强附会或想入非非的演绎，比如在他口里，八老爷的一张逍遥床居然能随日光转动，甚是荒诞。我希望向专家做介绍时尽量朴实、本真一些，不要夸张，不要表演，不要添油加醋。

然而，出现在专家面前的，还是老村长。也是无奈，在钓源年轻导游都是他培养的，听腔调，看动作，一个老师教的。既然如此，还不如继续让他上呢。

于普通游客来说，他们或许更喜欢老村长，他的巧舌让老房子有了故事，有了玄奥，因而有了吸引力。所以，钓源早早开启了乡村旅游之门，一度曾见游客盈门。从这个意义上说，老村长可谓是钓源保护开发的功臣。大凡保护尚好的古村落，差不多都有这样一位威信高、见识多、能力强、脑子活的老村长，他们简直就是古村落的保护神。我从来对他们心存敬意。

刚刚落成的庐陵文化园，渼陂的村落及礼俗，陂下的祠堂和喊船活动，都给专家们留下了深刻印象。省民协通过上海朋友的联络、组织，邀请了沪上多家媒体参与，各家不吝篇幅，刊发了吉安古村落的大量图片。与会专家更是赞不绝口，纷纷表示，日后要带学生来深入考察。

现场会在考察燕坊后，握手道别，各奔西东。湖北老鄢说，燕坊是他老家。后来，我在广东、福建、贵州、湖南、湖北等地，遇见好多把吉安称作老家的人，有曾姓、胡姓、刘姓、李姓，有文姓、王姓、郭姓、龙姓，广东连南瑶族说他们的祖先曾住在井冈山上……

是吗？我曾造访贵州的苗族、侗族、瑶族、水族、布依族、土家族（还有鄂西土家族）以及革家人的多个村寨，询问其来路，一个个都声称祖先由江西迁出，惹得我浮想联翩，好想追踪溯源，去探访"西去的江西"。

最近十多年间，吉安吸引我的，是喊船。它也叫送船，民间的送神活动，一般在元宵节举办，青原一带则选择正月三十的下元宵至"龙抬头"的二月二。

早些年，从电视新闻里惊奇地看到陂下喊船，它一下子把我在于都山区看到的甑笍舞联系起来了。所谓甑笍，就是用竹筒剖成的刷把，民间视之为可以驱除邪祟的响器。甑笍舞手持刷把舞之蹈之，动作与划船形似，故俗称"划龙船"或"唱船歌"。

领略甑笍舞后的某一天，我听到电视讲述的"传奇"，说湘西某村庄有一种神秘的祭祀舞蹈，舞蹈时伴有唱赞，因为该村方言十分难懂，当地专家分析猜测唱词内容乃家族迁徙历史，其歌舞演绎的是一个皇族流落民间的悲情故事。而我仔细看完全片，感觉其仪式过程及舞蹈动作与甑笊舞如出一辙，它唱的应该是"唱船歌"中的《世道采莲》《历代国号》什么的。由此可见，民俗事象的传布多么有趣，甑笊舞独立于赣南，却在湘西找到了姊妹。

那则电视新闻，引领我连年造访陂下喊船。其以农历二月初二为送神日，特色是讲究仪仗。其仪仗，指一副全套的銮驾而已；所谓銮驾，乃仪仗队手持的器物。相传陂下村始祖胡晃文武双全、韬略过人，曾以参将身份随狄青征战，北宋仁宗皇帝犒劳三军，论功行赏，为胡晃御笔赐匾，并恩赐銮驾一套，共二十四对、四十八件，分别有龙头、富贵手、笙箫、喇叭、笛等乐器和斧钺刀剑等兵器，皆为锡制。这套銮驾成了陂下胡氏的传家宝。

送神仪式始于胡氏总祠敦仁堂前。叩拜儿郎菩萨和相公（欧阳修）菩萨之后，浩浩荡荡的送神队伍围绕村庄巡游一周。旗帜的队伍、銮驾的队伍、舞龙的队伍、喊船的队伍，来到河边，各自排列整齐，面对眼前的一堆纸钱，老者在地上插好一对蜡烛，点燃纸钱，几人手执喊船歌本唱了起来，众人则不时地和道。喊船，名为喊，实则唱。有领喊者一人，和喊者四五人或更多，其唱腔抑扬顿挫，韵脚悠长。烧完纸钱，就算把神送走了。

陂下的喊船是隆重的、热闹的、熙熙攘攘的，而另一胡姓村庄枫树塘村的喊船，则是简朴的，相形之下，显得冷清而单调。我在正月二十九日夜晚赶去看喊船，胡公祠里，挂有大神画的一侧安放着康王菩萨等数尊木雕神像，香案上香烛通明，几个老者手捧歌本在喊船，只有锣鼓伴奏，围观者寥寥，而以孩子为多。

次日，二月初一，为枫树塘的送船日，人们从胡极公祠出发，开始沿着本村的地界巡游。一支人数不多的队伍沿着池塘、田畴和山冈，渐行渐远，时隐时现，没有响铳，鞭炮声也是单薄的。于是乎，枫树塘的喊船以其简单的形式，给我留下强烈印象。

喊船歌本是简单的；扛的旗帜是简单的，二十四个孩子扛的旗帜竟是在竹竿上飘扬的白纸，每面旗帜上是随意抄写的两句唱词；尤其所扛的纸船，并非一般以篾为骨扎制而成的纸船，而是在白纸上随手用墨笔勾勒的船形。

枫树塘的喊船虽然简单，却未曾中断传承之链。村中老者称，就连"文革"期间，他们还偷偷喊船呢；陂下恢复喊船，也是从这里学过去的，谁让他们是同宗兄弟呢。无论究竟如何，我记住了：在即将冬去春来的田野上，有一支以纸为旗、以纸为船、以纸为神的队伍，那也是由一群老少组成的队伍，他们要把一切邪祟送到洛阳去。队伍的末尾，几个老人手捧唱本边走边唱……

我在摄影画册《村庄》的后记里，极言村庄的"已死"和"将死"，转而这样写道——

请原谅我的危言耸听。

危言同样采撷于田野。某一天，我动了念头，试图为重新出版的一套书更新配图，剔除原书中用傻瓜相机拍摄的古村落，并补拍部分照片。于是，开始了对村庄断断续续的重访。

十多年过去，越来越多的村庄挂上了"历史文化名村""传统村落""文物保护单位"的牌子，越来越多的干部群众有了保护意识，一些村庄的确被保护起来，有的还被利用着；然而，除了已成为旅游景区的古村落，大多数村庄反而变得越来越凄清，哪怕挂了牌。

……

本来比傻瓜相机先进得多的数码相机，拍出来的照片却未必比老照片更好，不少照片"死"了，假了，乱了，脏了，空了，失去了古村落的本真，失去了江南乡村应有的生气、灵气、秀气、烟火气。

无奈得很。

近年看到刚刚打造的"夜渼陂"，我满心欢喜。那是贴近乡村、贴近人心的乡村灯光秀。没有光的污染，没有光的喧嚣，柔和的灯翘首在不眠的门前，一只只，像深情的眼，串联着寂寞长巷。

我激动地把"夜渼陂"告诉大家，并两次领着朋友走进深沉的宁静。且当村庄已经入梦吧。

唯愿它醒来后仍不失生气、灵气和秀气，不失曾让我迷醉的"万家烟火一家风"……我知道我的祈愿毫无力量。

东 乡

　　东乡距鹰潭四十公里。曾经一度，鹰潭人作兴（方言，表示"喜欢"的意思）一大早开车去那儿吃碗米粉。二十世纪八十年代，我倒是崇拜它的红星奶粉。孩子缺母乳，靠奶粉奶糕喂养，可奶粉并不好买，买不着最好的南昌奶粉，只能退而求其次了。红星奶粉同样俏得很，要托关系的，好在还能扯上关系。红星奶粉产自坐落东乡境内的国营红星垦殖场，当年因红壤改造和种养结合，红星场成了耀眼的明星，而场长则成为改革开放之初江西屈指可数的风云人物。那位企业家系电影剧作家毕必成之兄长，跟我不少老同事都熟。

　　东乡县与王安石及其家族关系密切，我造访过王氏的古村落浯溪和上池，有古民居、古祠堂、古牌坊，还有状元车道，很让人意外，白居易后裔也去东乡开辟家园了，那个白姓村庄叫侯桥。

　　可是，只要提起东乡，两位大学同学的命运遭际，便会迅速淹没我对那方水土的全部记忆。

　　你竟别妻抛雏悄然而去！去向何方，并无确切的信息，但是有一点可以肯定，你已皈依空门。从此，尘世少了一个失意落拓的凡夫，净界多了一个清心寡欲的佛子。从此，我的通讯录上删除了一个地址，生出一个不可思议的法号。

你会叫什么呢？慧真、妙远，或者弘净？在某一天夜晚，你叩响山门，迈进古庙，你就不是我们记忆中的那个聪颖沉静的你了。剃去三千烦恼丝的你想必更加白净，膜拜于金身大佛脚下的你想必更显瘦弱。青灯幽幽，引领你诀别了人间烟火。木鱼声声，再也敲不疼你那百转情肠。

你走得好落寞好凄清。大约是深秋。昨日落叶已被劲风扫去，接踵而至的绵绵秋雨淋湿了你的背影。你的眼睛在长街那头，你的心在长街这头，你的双脚在长街中央。你该回去取一把雨伞的，无奈你手中已没了开门的钥匙。决心既定，就没打算折返，你何必带钥匙呢？再说你对钥匙从来就没有感情，你用它能够开启的门实在太少了。

清晨的车站不似长街那般空寂，对你却是一样的冷漠。没有人，没有可爱的小生命或者令人留恋怀想的物事挽留你。售票窗、检票口早早地向你开放。人生常常就是这样，关隘不料为通途，大道原来多崎岖。我常乘车路过那个火车站，站台很长，没有雨棚，翘望在站台上的你，避雨在哪片屋檐下呢？或许你压根儿不去避雨，你湿透了，让淅淅沥沥的晨雨洗去俗尘吧，面对佛祖如来，会少一份羞愧少一些懊悔。七情六欲从你身上流淌下来，人间的喜怒哀乐从你脸上流淌下来，和糖衣、蔗渣一起漂游在站台上。

车门为你敞开，山门为你敞开。由尘世到净土，你一路顺风！

你曾叩击过许多的门。不，那是心扉，肉做的心扉不会发出响声。你只好擂响自己的瘦骨。

我曾听到你指骨折断的脆响。考取大学后，谁知与你相爱了几年的女友反而提出分手。是有感于殊途难归的自知之明？是有嫌于你书生意气的弃暗投明？抑或是有憾于个性不容兼并的急流勇退？总之，爱情请你收回跨进门槛的那只脚。这时，爱情一点也不温柔，一点也不宽容，一点也不怜悯。爱情需要热情，也需要冷酷；爱情需要真诚，也需要洒脱：就像生活本身一样。而你却不懂，你的表情很古典，你热泪盈眶，真诚横流，忠贞沾襟。你冲动得随手抓起一把菜刀，那把刀不久前杀过鸡宰过鸭剖过大头鱼，你却瞄准自己的左手，英勇地剁了下去，剁掉了一截食指。你的壮举可谓轰轰烈烈，惊心动魄。然而，并没有酒杯来接住那新鲜的热血，点点滴滴的殷红白白地污染了桌面和地面。桌上的血迹必定要用抹布擦拭，地上的血迹无疑要用拖把了。

好一条痴情的汉子！有同学暗地里惊叹你的刚烈，然而又常常禁不住绽开揶揄的微笑，你没发现吗？哦，你是不会发现的，因为你常常把自己丢失，丢失在相思湖畔。粼粼波光，尽是熠熠耀耀的痛苦，迷乱了你的视觉，你找不到回学校的路。于是，大家分头去找你，找你好几回，岂知你最终还是失踪了！此番，再也没有谁会寻思访你之下落，召你之游魂，惊你之禅心！

有两年你似乎走出了失恋和窘境，开始认认真真地读书，认认真真地做学问。那会儿，你每天迷失在《英汉词典》里，迷失在《辞源》《辞海》里。能够通读辞书，恐怕需要为爱情断指的决绝精神。你擅长英语和古汉语。每每考试，你第一个起身交卷，走得匆忙而潇洒，招惹得一片喟叹。大家自然视你为才子，都认为你会成为罗教授的开门弟子，都听见你用残指叩击《尚书》《春秋》《左传》那古远而苍凉的钝响。

直到临近毕业，我才惊悟，你床头案头的每一本书都是同一位女生，是她羞涩的笑容，是她明澈的眼睛，是她浑身上下的文静和朴实。你阅读她，努力钻研她。你写着她，试图发表她。然而，关于她的论文注定找不到出路，唯一的刊物在她心里，而那里再也没有篇幅。单相思的苦人儿啊，人生的殿门向你洞开，何必坐守在那灯光通明的小屋窗下呢？并不是一切眷恋都有回报，并不是一切执着都有善终。美丽的错误终究是错误，生花的败笔终究是败笔。更何况你的选题不幸撞了车，撞的是稳稳当当停站卸货的车！她的眼睛是明明白白的红灯，是催你警醒的信号。然而，你全身心地投入那篇关于爱的文章。

你以考研究生的精力删改那篇文章，你以当讲师当教授的才华修饰那篇文章。一生能作一篇雄文足矣，而涂鸦万卷也枉对人生。你倾尽十年研磨那一纸衷曲，值得吗？你曾把情书改编成诗歌、散文，寄给我，希望我当它们的责任编辑。那时已毕业了，我做文学编辑，你去了另一座城市。你的稿子的确是披着文学外衣的情书，只是多了浓重的感伤。你爱得盲目，爱得偏执。你想，你那诗文纵然感情缠绵哀婉动人，可我能不顾及那一对喜结良缘的同窗挚友而贸然发表它吗？但当时，我的心扉未能向你敞开，我只是劝你正视现实，然后苛刻地挑剔作品艺术上的不是，企图叫你拍案而起愤而撕碎我的信，连同你的梦！说真的，当时我的确希望你憎恶文学，因为我害怕你的执着，唯恐你以爱的刚烈同文学较劲。至于那几次退稿，会不会被你视作人生追求的又一次惨败呢？是不是你厌世出家的另一个缘由呢？

几年后，得知你在一个县城找了对象结了婚，还索性调动工作，免去两地分居的苦恼，我很为你高兴。有次出差路过，我曾登门拜访。看你的眼神，清心淡泊。听你的浅笑，安详超逸。驻留在你眼角眉梢的宁静散淡，是悟透生活的睿智，还是背弃生活的迷误呢？真应该走进你心里去探究一番，但你心扉紧锁着。你流落在别人的心寓之外，我伫立在你的心寓之外。

又一个几年后，忽然得知你竟然做了和尚。同学都震惊，都大惑不解，都为你惋惜。你怎么舍弃大学本科文凭去做一个已不年少的小和尚？你怎么不修英文却去苦诵经文？你怎么不顾念妻女去侍奉泥胎菩萨？瞻望来日同学聚会，一群春风得意的男女中竟有一位披袈裟捻佛珠的方丈，又是怎样的滑稽！惋惜之余，众口一词：你会成为一个好和尚的！

和一位青年诗人聊天时，从他口中获悉，你出走前曾收到出版社的退稿，是一部长篇小说，洋洋洒洒，二三十万字！我又吃一惊，我恍然顿悟！原来你痴情未泯，原来你把它"演义"成鸿篇巨制，原来导致你决然斩断苦恋并殃及万般俗念的，到底还是流落于心寓之外的失魂落魄！那时候，我仿佛听到南方某处名山的林莽中，响起你急切的脚步声，爽朗绝不腼腆，坚定绝不暧昧。攀着夜色深沉的石阶山径，你气喘如牛。你终于举起断指的左手和写长篇小说的右手叩响空门，一样热烈，一样执着。古庙沉重的大门豁然一线明亮，很窄，但足够你坦然跻身其中了！

说你出家是性格悲剧、爱情悲剧，是反叛爱情、反悔贻误事业的生命悲剧，是吗？免不了议论纷纷的。但是，我想，人生总是充满了烦恼甚至痛苦，为生活，更为自己。为自己的机缘命运，更为人生难以弥补的缺憾。假如更多地更清醒地正视自己，烦恼着、痛苦着的人，心境会不会豁达一些呢？不，如今我不该也不必诱导你。我所想的和人们所议论的，都基于对你的惋惜，正如再也不需要菜刀、诗歌和小说一样！那位青年诗人这样说：你们为他惋惜（当然，你不需要惋惜），也许他自己觉得如愿以偿了呢！

真会是这样吗？

不管怎样，我也相信你会成为一位好和尚的，因为，你本该是一位好学者。

这是当年惊闻W同学出家的消息，我凭着有限的了解和不无根据的揣测，写下的散文《叩响空门》，发表于《人生与伴侣》1994年第1期。我已忘记那本杂志是属于哪个省的了。写完，并不希望同学读到，于是选择僻远的杂志投稿。岂料，未能逃出J同学法眼，J吃惊于我对W的了解，要知道，那可是完全闭锁的人！此后不到十年吧，W同学坐化在广东某处大山里，警方是凭着遗骸身上的身份证找到东乡去的。而广东一同学则把W生前托付他的长篇小说手稿，寄到南昌来，希望大家设法帮助出版，以了却其遗愿。

书稿辗转落到我手里，希望我就其正式出版的可能性做个判断。它被一个旧的红色塑料袋盛着，每每解开，总有一股香烛气味扑鼻而来。作者是点燃香烛，就着一豆青灯，在某座古刹里再改并誊抄的吗，以致香烛气息浸润了一笔一画？很薄的稿纸泛黄，钉成厚厚几沓，显得脏兮兮的，字迹却是清秀工整。我认真读过全篇，觉得无论内容还是表达，尚有较大缺憾，正式出版恐一定难度，而其自传性质，倒是验证了我写散文时对主人公性格、心理的把握。书稿在我办公室里存放了好一阵子，可能出于心理作用吧，那些日子里，总觉得鼻尖时有青烟拂过，怪瘆得慌的。后来，我因故不得不坚决地让它沿着来路返回。再后来，同学出资把它印成没有书号的小册子，人手一册散发大家以为纪念，书名《显活》。想来，W同学到底俗根未断啊！不然，何必坐化之前有心将书稿遗存于世？

确切地说，W同学是新东乡人。他毕业分配在抚州市直事业单位工作，因为婚姻毅然"逆行"至东乡县，在县广播站干过，后调往县文联。我曾去看望他，并走进了县文联这位干部的家。那是一溜低矮的平房，很像过去工厂的"干打垒"宿舍，门外潮湿泥泞，屋里黑咕隆咚的，然而，聊天时我看见的笑容很明亮。

老A才是真正的东乡人。他从东乡磷肥厂考大学走的，江西著名诗人熊光炯也是从东磷出去的，老A一直引以为豪，哪怕后来成为我同事的熊某根本不认识原先的同事A某。老A曾告诉我，其父在东乡糖厂当厂长。父子俩都是大企业，都跟吃有关，磷肥喂的是植物，白糖红糖滋养的是人物。不过，老A不在乎吃。他爱喝。

有人醉了，醉得长眠不醒，就在我到达这张酒桌之前。现在，我在逝者醉卧的酒桌上喝酒。

坐着他坐过的板凳，用着他用过的碗筷，举着他举过的酒杯。我感觉到了他兴奋的臀部、颤抖的手，以及永不言醉的嘴唇。墙角有一堆醉了的"空酒瓶"，横七竖八地躺着，有一个便是他，醉得人事不省，然后爆裂了。打田野上飞进来的蜜蜂和苍蝇，像来访的国宾，总要先去凭吊它。

我在他的县城里采访，自然忘不了他。每每提及，主人无不在扼腕长叹之余，赞颂他的人品、酒风。令我想不到的是，在远离县城的这个与铁路小站比邻的小餐馆，竟也是他斗酒的战场。他的战线何以拉得那么长？

小店里仅有一张油渍麻花的餐桌，一个白肉绷开了衬衣的厨娘，一条认识许多腿、浑身沾满酒水菜汤还带着一块烫伤的黄狗。而空酒瓶却在门外码得齐胸高，实在无奈了，只好挤进餐馆，散布在各个角落里。

去年的红辣椒仍成串悬挂在去年的对联边，去年的黑蜘蛛仍织补着去年被碰破的网；拗不过主人的盛情，我接过去年的菜谱，随便一点，竟是去年主人接待他时要的那些菜！去年的小炒，去年的大菜，去年的拼盘。去年的排骨汤里躺着几块去年的白萝卜。

索性，再来一瓶他去年喝的谷烧吧。让不胜酒力的我，代表他，回到去年的情境，同去年干杯，为人生的得意和失意，为仕途的委屈和安慰，为了蜘蛛那张维系生存的网！

杯影里，荡漾着四年同窗的岁月。那时候，他就和嗜书一样好酒。我记得当年文化是慢慢开禁的，好像怕饥肠辘辘的人猛地撑坏了，重新出版的名著像现炒的菜，一道道地端上桌面。学校的小书亭每有新书到货，顿时便人潮如涌。他去抢购，总是英勇无比，所以总能满载而归。有时是端着脸盆，有时是拎着铅桶，盛书的全是容器。在他眼里，书是液体吗？他盛酒的容器则是印着荣誉的搪瓷茶缸，我依稀记得那是先进生产者的奖品。他经常举着茶缸去各间寝室挑战，醉了，便枕书而卧，和书而眠。翻开他的任何一本藏书，当有酒香扑面，鼾声贯耳。

一朝酒醒，他便提笔给满世界的著名学者、作家写信求赐，禁不住"五体投地""三生有幸"之类的恭维，果然也有赐教、赐书的。我便听他宣读过某位大学者的回函，言辞之间尽是大家风范，竟称后学为"学友"，十分了得。他把那些信件、题词、赠书，奉若珍宝，那是自然。

毕业之后，我三次路经此地乘兴下车拜访。第一次，他领我去了他家，让我参观了卧室兼书房。我曾在一座古村的旧书斋里看到这样两行文字：万里风云三尺剑，一庭花草半床书。

据说，毛泽东曾居住此处，甚是喜欢这副对联，它也印证了毛泽东的人生。我不知道他是否刻意效仿伟人，是否胸有万里。

他的女儿放学回来，令我大吃一惊：四年相处，我一直当他未婚，此时其女儿竟这么大了；而且，他有了两个孩子。算起来，都是他在读大学时生的。他买书几乎倾尽囊中，他就用那些藏书喂养妻女吗？

第二次、第三次，我只是在他办公室里叙叙旧。他的办公室，桌上文件成堆，地上酒瓶林立，好不壮观。我忍不住惊叹，而他大手一挥，说：在下面工作就这样。每次临别，他一定要随手从脚边提起两瓶，强蛮地塞给我。尽管，除了应酬，平时我并不喝酒。

当年他送的酒，是纯正的乡间谷烧，和此刻我杯中的，一样香醇；和他去年喝的，一样浓烈。

接待我的，是小站的站长，作陪的有不知怎么凑拢的三四位县乡干部。站长用脚把那只爆裂的酒瓶扫到墙角边，很严肃地澄清了一个事实，站长肯定地说，我的同学去年的确在这张桌上大醉一场，但并不是那次毙命的，因为他又去赶晚餐的场了。县里的同志便自豪了，称自己是他最后那次酒宴的见证人（在这个县的药厂，我也遇见一个以"见证人"坦然相告的夺命杀手，其表情、语气何其相似乃尔）。而乡干部们则有些沮丧，因为他们本来准备在第二天中午请他的，寻遍了县政府大楼，却是不见其踪影，就去他家找人。这样，他妻子才发现，早晨自己匆匆上班去时，他已长眠在书堆里。

像一帧书签，或一条肥硕的书虫。

我不知道自己为什么在他去世之后，连续来这个县里采访。或许，就为了探询杯中的秘密吧？是的，我听到两种不同的说法。除了普遍认定的醉酒诱发心脏病外，也有人怀疑为谋害所致，因为他大小算是个领导。但是，尽管我接触到的那些人各持己见，他们对他的感情却都是如谷烧一样醇厚绵长。所以，为他出殡的那天，才有几里长的白事乡俗，几里长的挽幛挽联，几里长的泪水和哀思。

在小站旁边的餐馆里，我能代表他对那支队伍表达谢意吗？对那几里长的人情、几里长的邀请表示歉意吗？

是的，端着去年的谷烧，主人回到了去年的情境，我成了去年的客人。尽管我一再提醒自己：你坐着他坐过的板凳，你用着他用过的碗筷，盛情之下，我还是拗不过那些倔强的酒杯。杯里有他的乾坤，我要领略它的真实和虚幻；杯里有他的人生，我要品尝它的甘醇与苦涩。我不知道自己是被它兴奋着还是麻醉着，微醺中，心里竟是一阵阵与去年对饮的冲动。

我与去年对饮。

饮着许多藏书对一个读者的呼唤，饮着我对许多期待他的酒杯的无奈和感伤……

这篇文字题为《有人醉了》，正是纪念A同学的，我一直叫他老A。我俩走得近，因为东乡是鹰潭的邻居，二组是一组的隔壁。他好串门，随时可能光临，与我等说笑一番，把自己逗乐后扭头就走；

也好开玩笑，常托年纪稍长的女生男生给自己做媒，一副孤苦伶仃的可怜相。岂料，后来在县政府办公室好不容易得到提拔，却因为超生被撸，只好从头再来。

老A醉卧酒场多年后，我去乐安参加活动，得知时任县委书记是东乡人，忍不住提起A同学。果然不出我所料，任何东乡人都认识老A，不少人都以曾与其共饮同醉为荣。意外的是，书记还曾是老A的部下。他证实他俩的办公室里真的是满地酒瓶，老A真的好酒贪杯，而且一旦醉了，便长醉不醒。家人和好友都晓得醉后的老A一般要睡到第二天将近中午时才会从醉乡归来。呜呼！那天怎么不醒呢，忘记午餐的邀约，不怕失信于人吗？

江西首次开展全省地市县宣传部门考评那年，我带一个组负责考评赣州和抚州。在抚州，紧张的考评工作结束后，市里让考评组和市委宣传部中层以上干部一道放松放松，席间认识了老A的妹妹。也许是酒的作用吧，我点了刚学会的俄罗斯民歌《草原》，我以为自己唱得很投入，却被我的朋友市文联主席强硬地拉下了台。哦，我确实太投入，当唱到"有个马车夫，将死在草原"的时候，居然流泪了，我的泪居然让人鼻头发酸了……

年年清明，我都得从南昌赶回鹰潭扫墓，车过东乡服务区后，右侧可见杜鹃花盛开的连绵丘陵，其中有一座山包花开得最旺最纯，山上似乎没有别的草木，只有杜鹃花，只有红彤彤的一座。那是会叫人心疼的红……

西华山

西华山在大余，大余在赣南，赣南在我记忆的遥远处。有多远呢？将近四十年光阴。

是写过散文《梅岭寻梅》的子椿领我去的。先是去了梅岭。那时的梅岭驿道挺难走，梅树并不多，不似我前几年再访的景象，卵石砌成的坡道平缓而宽阔，两旁梅树成林。梅关倒还是旧模样，北面门额"南粤雄关"，南面则为"岭南第一关"，关楼有嵌字联"梅止行人渴，关防暴客来"，虽对仗欠工，却颇得意趣。

随后到得西华山钨矿，民窿里的打锤佬拿我当暴客了。

二十世纪八十年代后期，冲着钨矿再访大余，大余乃世界钨都也。我对钨矿的兴趣，正是子椿吊起来的。他在地区文联工作，写散文也写小说，一个故事篓子，之前在大余，他讲大老刘故事，讲牡丹亭故事，眉飞色舞的。大老刘何许人也？写《梅岭三章》的作者便是。大老刘形象在赣南民间故事里极其生动，一个血气方刚且招人喜欢招人疼的后生子，赣南人谈笑他，像是拿自家的亲朋好友逗乐。

接着子椿跟我说的是邬利亨，天主教福音堂的德籍牧师，邬洋人为寻幽揽胜上了距县城不远的西华山，一低头，一伸手，捡起一块黑石头，送回德国一化验，了不得，钨砂啊。于是，邬利亨假借修建花园之名，指使众教徒上山拣取黑石头，以低价收购。从前西华山遍地宝藏，不识宝的当地老百姓甚至拿黑石头来为房屋打地基砌墙裙。随着俯拾即是的钨砂被扫荡一空，便需要深入山的肚腹开采了。钨矿的矿井叫窿子，矿工叫作打锤佬。

最动人的故事就是打锤佬每天都可能遭遇的奇迹和悲剧。西华山神奇而冷酷。若有福星高照，窿子里财源滚滚，所以钨砂又叫乌金；要是背时，几条窿子不断掘进而一年到头也不见矿脉，养着几十条汉子，大伙儿还要养家，人会被残酷现实逼疯。有人锲而不舍得到丰厚回报，有人倾尽所有最终一无所获，有人无奈放弃绝望的窿子，有人捡拾那条弃窿，放一炮便打出大矿脉……如此这般的故事太刺激人了！于是，矿山开采权一经放开，上万农民如同铺天盖地的山雀，呼啦啦飞临西华山抢食，把矿山啄得千疮百孔；而一面面山坡上无数个黑黝黝的窿口则每天把他们吞进去又吐出来，有时候吐出来的就是残缺不全的尸首，有时候干脆把活生生的壮汉给消化了，连骨头渣子也不留。

子椿领我先去国营矿的办公楼，见着矿长，介绍信、记者证一掏，说明此行意图。我的意图是想了解民窿情况，感受民窿打锤佬的生活。民窿就是挖砂农民开采的窿子。矿长随意应付几句后，叫人拿来一个本子，一翻，吓我一大跳，那是民窿的死亡统计，每月少则七八人，多则十来人。数字后面是惨案，也是血淋淋的梦想和现实！数字更加刺激了我窥探的欲望。

好意劝说我们不要下窿的矿长，见实在拗不过那本记者证，便把我俩交给虎背熊腰的护矿总指挥，总指挥则带上了另一个彪形大汉的保镖，弄得像赣南人民过去保护大老刘一样。

矿山已被挖得像巨大的蜂巢。草木稀疏的山坡一片狼藉，那些挤挤挨挨的黑黢黢窿口，旁边搭有破烂不堪的寮棚，下方则是随意倾倒的矿渣。途经某座山包，见四角拴在马尾松树上绷紧的一张床单，总指挥告诉我，上面躺着打锤佬，天葬呢。

总指挥不爱说话，而且见多不怪。问他哪里的葬俗，他说西华山老早死了打锤佬也这样。南方似乎没有成群的兀鹫，只有暴烈的阳光和雨水。打锤佬将化为一堆骨殖，而后，和发财的美梦一道盛于棕毛箱，举行赣南部分客家人作兴的二次葬，又称拣筋。其实，来西华山挖砂的农民全国各地差不多都有，当然以本地人居多。他们的性命一般都丢失于某次爆炸，开采钨砂靠爆破掘进，人们经常可以从挑出窿子的矿渣里发现血肉模糊的残肢。

走进一座寮棚，里面仅有一个年轻而瘦小的打锤佬，听说来意，他一声不吭，领着我们便往窿子去。疾步到窿口时，总指挥一把抓住他，拎小鸡似的，示意保镖领头，打锤佬随后，总指挥则紧紧押着他，我俩跟着队伍。如此用兵排阵的玄机很快被揭晓了。

约莫前进了十分钟，前面黢黑黢黑，我扶着花岗岩的石壁，挪动在自己的手电光圈里。钨矿不似我从前下过的煤矿，无须担心塌方，也不算太脏，就是得小心磕着碰着。子椿教我辨识头上的矿脉，矿脉系生成于花岗岩中的石英石，钨砂与石英伴生。黑色居然喜欢用洁白来包裹自己。

忽然闻到一股浓烈的硝烟味，随着一声厉喝"你干什么"，只见总指挥往前一扑，紧紧抱住那个打锤佬。这时，我脑子里一片空白。这句话常见于小说中，至于其究竟何种感受，却难以想象。一片空白不仅是意识的卡顿，还是彻底的无我。眼前只有无边的死寂和浩渺的黑。当然，仅仅一瞬间。因为并没有发生惊天动地的爆炸，意识瞬间苏醒了。大家本能地转身后撤。

硝烟味一直在鼻尖上萦绕。出了窿子，总指挥把打锤佬狠狠训了一通，那人低着头一直嘟哝，否认总指挥的指责。我大致听懂了意思，后来总指挥和子椿干脆把窿子里的情形为我清晰描述了一番。在矿山心腹里，窿子有如网络，纵横密布，还有用于通风的竖井。有不少民窿，紧挨国营矿山的窿子，那些打锤佬其实是觊觎国营矿的耗子，国营矿讲究劳保，放过炮后，要等窿子里硝烟完全散尽，才会进去搬运矿石。而等候在民窿里的打锤佬，则迫不及待地洞穿一墙之隔，冒着浓烟蹿进国营矿窿子抢运矿石。于是，国营矿便成立了护矿队，经常深入民窿检查。而为了对付检查，民窿往往由藏在里面的打锤佬点燃雷管以吓跑护矿队，万一碰到疯狂的亡命徒，把雷管插进炸药里，便可以让检查者从此消失而神鬼不晓，他们自己则像老鼠一样，很轻易地溜之大吉。

打锤佬拿我等当检查组了。所幸的是，总指挥把那个打锤佬当人质押解着。倘若让那人走在前面，他可以迅速甩脱我们，里面打锤佬点燃的，可能就不仅仅是雷管了。难怪，矿长再三劝阻我们深入民窿。想想，很是后怕。

许多年后，我把西华山历险记（幸而有了总指挥，才有惊无险）讲给省钨业公司一位新结识的朋友听，算是专家型领导吧，他先是满脸狐疑，接着，坚决否认。他说矿山放开后，虽然乱了一阵，但怎么也不至于死那么多人，怎么也不至于那么黑社会。何况，当年他也屡屡巡察西华山。走马观花与深潜地下，本质应有所不同吧？我当时也是拎不清，偏偏送他一部长篇小说《红罪》，人家不拿你当胡编乱造的家伙才怪。

看看，同为过来人，每个人眼里的现实和历史居然大相径庭，那么，更有如实记录耳闻目睹的必要了。

《红罪》的写作灵感来自都县铁山垅钨矿，也是子椿领去的。子椿对钨矿题材更是兴致勃勃。八十年代他经常向我叨念的故事，到了新世纪，终于成就以《山脊海腹》为题的长篇小说。他嘱我为之作序，我写道——

> 因为他，我迷醉在风景独好的山水之间，迷醉在风情独在的赣南土地上，尤其令我神往的，是他一路上所讲述的那些或悲壮或隽永，或深沉或浪漫的红色故事。那些故事是他从民间采撷来的，如同在矿山的窿子里拾到的一枚枚块钨，真实得能掂出它的重量，能领略到它熠熠耀耀的光彩。构成这部长篇小说的素材就曾是那样的块钨，或者说，是他发现的嵌在花岗岩中的一道大矿脉。那时，他屡次非常激动地对我诉说钨矿故事，我还记得他当时的眼神，因为思想和情感的映照而显得格外明澈。
>
> 我知道，这个题材需要依靠掘进、爆破、淘洗和冶炼，才能成为一种硬度高、熔点高的贵重金属，正如钨的开采和生

产。然而，子椿仿佛锲而不舍的打锤佬，执着地掘进在自己发现的窿子里。

同样，《红罪》的故事也在我心里憋了多年，直到它生成矿脉才敢去开采。

铁山垅钨矿有子椿的朋友，名龙焕奇，当时好像是工会干部，矿山少有的文化人，我至今仍存有一份油印的铁山垅介绍，乃出自其手笔。老龙请我俩品尝了一道奇怪的菜肴，清炒棕榈花，有些苦味，倒是爽口，据说可清热解毒。之后，上的大菜正是红军采矿的史实和传说。那时的钨，是红军急需的药品、被服和武器，是苏维埃政权重要的经济支柱。红军曾组织五个中队的一千多人采挖钨砂，并成立中华钨矿公司，由时任中华苏维埃国家银行行长的毛泽民兼任公司总经理。无疑，对于红军挖砂队来说，钨矿是反"围剿"的另一个战场。然而，在那个战场上，那个阵营里，有一支奇异的队伍。关于他们的故事，闪烁在后人的唇齿之间。故事是破碎的、含混的、不确定的，甚至是小心翼翼的。和罪与罚相关的那些词语，比最深的窿子更幽深；而忠诚就像嵌在花岗岩中的一道矿脉，也许需要冒险掘进才能被发现。传说，红军长征前矿山曾有一次惊天动地的爆炸；传说，解放后人们在窿子里发现了一组由尸骸塑造的群雕，或坐或站或蹲，有些人手里还紧握挖砂工具，比如大锤和钢錾。

震撼于那些历史碎片，我一直力图用想象去黏合那些材料。那是一个漫长的过程，是我由震惊到思索直至理解历史的过程。我相信，历史并非都是运筹帷幄或大义凛然，并非都是慷慨悲歌或泣血咏叹。严酷的历史，有时会让人默默垂泪，苦涩难言，隐痛难忍。

为了写作的需要，在时隔二三十年后，我再访铁山垅。当年的建筑已经衰老，当年的车间显得有些凄清，当年的老人或者作古，或者迁居于都赣州带孙辈去了，老龙便隐身于赣州电话簿里享受天伦之乐。接待我的年轻人熟悉老龙，可当我索要电话号码时，年轻人没给，因为老龙住院了。门庭冷落，人烟稀少，整个矿区出奇地宁静，等待苏醒的宁静，所看到的眼睛似乎都闪烁着期待或忐忑。那时正是企业改制的前夜。相信随着改制的推进，更多的老人将告别矿山，进城带孙子。在那里，我所看到和听到的，远不及我已知的更多。它仍保存着矿史陈列室，然而，其中的矿史不过是简单的大事记，展出的实物不过是一些矿石样品，几件采矿、淘砂的工具，大量篇幅炫耀的则是技术进步成果。

赣南钨矿的采矿历史不过百余年，从前的国营钨矿尚且顾不得珍藏它独特的历史和文化，还能指望改制后的企业吗？从前的钨矿里还有什么呢？有在两次世界大战背景下，因各国争夺战略资源导致钨价猛涨，从而刺激钨矿生产工艺不断进步，生产经营方式和生产组织形式不断演变的历史；有百年间屡禁屡放、顽强生长的民营矿业，打锤佬麇集于矿山，依山而建的寮棚鳞次栉比，繁华一时的市集构筑起属于矿区特有的文化空间；有融汇客家人聚集区各地民俗所形成的民俗文化，它既包括矿业生产习俗、生活习俗、社会组织习俗，也包括矿区独有的民间观念等；有丰富了赣南客家山歌题材的矿工歌，它们在反映钨矿工人苦难生活的同时，也见证了近代工业在赣南土地上落地生根的历史；面对严酷的环境、宿命般的人生，人们必定要寻找足够强大的精神支撑。这种精神力量，蕴含在几代矿工创造的矿业文化之中，蕴含在矿工的生活理想、信仰崇拜乃至矿业禁忌之中……

读过《红罪》的那位专家型领导，不仅认为其故事纯属编造，所谓矿山习俗也是编的，因为他经常跑矿山，从未听说过。他倒是对所有钨矿的大事记烂熟于心。

第一次去铁山垅，由老龙领着，顺便造访了于都的另一座钨矿——盘古山。它同样也有一段红色历史，而在二十世纪八十年代，它以开辟了矿山公园名盛一时……

矿山有许多禁忌。比如，忌"死"字，因此拉屎被称作"打堆子"；忌"红"字，而崇拜黑色，红运自然被叫作"乌运"，钨是万人膜拜的灵神……禁忌是人们抚慰自己的经验传承。

矿山有许多习俗。比如祭野鬼，亲人不愿意承认打锤佬死了，拿其当失踪或丢魂的人，夜夜送饭去喂野鬼，为了让野鬼不去糟害那些死鬼……习俗是人们调解现实的智慧方式。

矿山有奇特的生活景观。传说在八十年代的大吉山，尚能体验到民国时期的矿区生活。鳞次栉比的寮棚，鳞次栉比的欲望，酒馆赌馆烟花馆，打锤佬啃噬着矿山，更多的人啃噬着他们……大吉山在赣南以南的全南县，我特别想去领略传说中的民国风情，可惜因交通不便，数次动议无果。

矿山有悲惨的人生命运。传说从前采矿两三年下来，没有不患硅肺病的，只有一期、二期还是三期"硅肺"的区别。为了生存，打锤佬没有选择，只能挖砂不止，直到耗尽生命的灯油。有一个故事把我震撼到了——某个二次葬的现场，人们在为打锤佬拣筋时，竟发现化去肉身的死者，除骨骸外，还留下两块石头一般的肺叶，那样的肺叶仿佛矿工生命的化石！

直到进入新世纪的2007年，我终于在雾蒙蒙的春天里，兴冲冲地驶向八十年代便惦记着的大吉山。没有传说中的景观，没有传说中的人气，满目苍凉，满目凋敝，跟我后来看过的所有矿区一样。但是，且慢。我发现了大吉山钨矿与众不同的一幕。我迫不及待地拍下这样的照片：前景是一座简陋的民营选矿厂，四面开敞的草棚下，一张张淘床正为披沙拣金而忙碌着；中景是一座草木稀疏而墓碑林立的坟山；远景则是高大雄峻的尾砂坝，像一面遮蔽所有背景的灰色幕墙，当然，也遮蔽了所有墓主人的生活历史，众多逝去的生命只是投影在幕墙上的一个个姓名。

尾砂坝迅速增高，一座钨矿的历史可以堆积成比山更高的尾砂坝；而密密麻麻的坟墓静静地蜷在尾砂坝下，关于钨矿的记忆迅速湮灭，一代代矿工的生活历史恐怕越来越难探问了。似乎，我们早已习惯于把历史当作尾砂丢而弃之。推而广之，举目四望，已有多少文化记忆被埋在了尾砂坝下？

西华山铁山垅以及大吉山警示我：即便在矿山，历史也并非寸草不生的尾砂坝。历史有血肉，有肌肤，有气息，有表情。历史的记忆和情感中，蕴藏着丰富的可以观照现实的精神价值，它比乌金更金贵。

后来我多次去大余。八九十年代，大余有羽绒服和鱼皮花生在江西风靡一时。后来的金边瑞香，畅销广东及香港市场，好些人种养那吉祥花卉，发了大财，包括一位大余文友。那两次我是冲羽绒厂和花卉产业去的。再后来，我曾陪同作家前往采风。

到了大余，哪怕住在院中有牡丹亭、有汤显祖传说的招待所里，我遥望西华山仍心有余悸。不过，我十分感激它，它让我的想象力面对花岗岩竟有了不断掘进的能力。

婆源

山洪来袭。随即婆源县发布"彩虹令",全网搜集被冲走的彩虹桥构件。该桥始建于南宋,乃婆源廊桥代表作,桥名典出唐代诗句"两水夹明镜,双桥落彩虹"。此番受损,为湍急的洪水裹挟大树撞击所致。

彩虹令挺管用。次日便见新闻称,已找到两根大梁及部分木构件,传有人想买下那些老古董,被下游打捞的百姓拒绝。一如我所认识的满怀珍惜情感的婆源人。

事发于2020年7月。

彩虹桥应该认识我。我屡屡前往造访,和许多人,和一些人,和一个人,和自己。

我电脑里有彩虹桥的图片夹,大多是桥的个照,也有一些客人和桥的合影。偶尔还有凫游的水牛露出鼻头。假如我在对岸的水碓房旁边拍桥,桥洞里便有牛和它们的犄角;回到河这边来拍水碓,取景框里只有巨大的木制水轮和依山叠彩的茅花了。

在画舫般的廊桥上,顺逆水流游走的都是人。

索性把婆源的图片夹数了数,我至少去过三十多座村庄。常去的地方,眼见它日益商业化,竟有些厌倦要绕着走了;而仍有藏于深闺的，寂寞无主，凄凉无望，怪叫人疼惜的。前者譬如李坑，我最早领略的婺源古村，小桥流水人家，可一经开发，"大夫第"之类的门额迅速被"××酒家"覆盖；后者有古蜀地，怪怪的村名，坐落在山深处林深处，村盘布局松散开阔，倒是利于旅游开发，不过，眼下村庄里的真正主人多为草木。

古蜀地近篁岭。我正是从篁岭过去的，婺源朋友说，古蜀地的环境条件比篁岭还好，已经有人打它主意。篁岭以晒秋闻名，用团箕晾晒鲜艳色彩的摄影作品多出自那里。村盘坐落山上，原本生产生活也不方便，开发商买下整个村庄并在山下建新村，搬迁后的村民又可返回山上做工种田，以使篁岭人气依旧。而建筑改造，则保持外观原貌，重在内部装修以适合现代人居住，迁来几幢经典的徽派老宅子，与整个村庄的建筑环境水乳交融，游客根本识不得那些"外来户"。

尚在改造期间，我便慕名前往。居然游客穿梭，居然来了台湾团，可见篁岭运作十分出色。某年初冬乘缆车上山，我与朋友由天下趋同的时弊，聊到深秋时节连个儿也是一身斑斓的乌桕树，一低头，满山坡尽是，参差错落的，仿佛自然生长。只是叶子被季节悉数收了去，剩下满枝自制竹筒枪的"子弹"。那是可以榨油的乌桕籽。

我甚是惊奇，上了篁岭便问，才知道此地的乌桕并非野生野长，而是移栽过来的。其后，与别处领导言及景观树种话题，他也认为乌桕最具地方特色且最亮丽，当即指示县林业局搜罗全县，结果移植到景区去的树并不多。而我确切地记得，从前江西国道两旁的行道树便是乌桕，它的色彩会迷死班车上的旅客，所以班车速度恍若龟行。山野里更多，那团团簇簇的五彩，便是乌桕。乌桕似乎更喜欢待在桥头路口，哪怕是田头地角。乌桕晓得自己看上去很美，晓得美乃为悦己者容。

原本最亲近人的树。

因为人把它忘了，所以它变得稀罕了。

篁岭可是上过全国高考试卷的村庄。

估计天底下获得如此荣耀的村庄不会太多。那是一个影响久远、投入再多都值的广告。数百近千万应试者会记住关于篁岭的那道10分试题，会感激那道题奖赏自己的得分，他们的家长兴许也会，他们之后的考生恐怕比他们还要认真对待篁岭，以研判将要面临的题型。

那道试题是生长生活在婺源的作家洪忠佩出的，更确切地说吧，试题取材于他的散文《晒楼上的秋天》，上了全国高考文综卷，要求考生做出分析。

忠厚而不失机智的忠佩，为我走访婺源当了二十多年的向导。有个细节令我难忘，与滕王阁文学院特聘作家一道采风贵州，我因刚刚病愈而不敢爬坡，那两三天他一步不落地陪着我，舍弃了许多高处的风景。到了婺源的地盘上，他自然更是善解人意的主人翁。忠佩自己每个双休日差不多都在路上，在乡野间。微信朋友圈里可觅得其行踪，每次他会发若干图片，而只写一个"行"字。那是支撑思想、情感和文字的行走。

至于究竟行了多久、走过多少地方，看看他源源不断的精美散文便知晓了，不少篇什或被选载选编，或被收入教材教辅以及模拟试卷什么的。我以为，他的书写对象，不仅仅是有着鲜明徽文化色彩和韵致的某片县域，而且是徽文化本身，是徽文化的广阔厚土。如今，徽学已与藏学、敦煌学成为我国地域文化研究的三大显学之一，试问，以文学手段这般深耕徽文化且成果丰硕的，尚有几人？这正是洪忠佩创作的意义所在。他应该踏遍了婺源的每个角落吧？不然。最近忠佩在微信中惊叹：居然发现我没有到过的地方！

我一问，才知道那是思口的一条源，俗称茶连坑片，小小的村庄而已，但尚存古道、古桥和宗祠。

无疑，篁岭创造了古村落保护利用的一种新范式。而在古村落以及民间古建筑比比皆是的婺源，保护肯定是一个巨大难题，保护必须找到更多办法。

某日傍晚，县长说，退下来你到婺源做堂主吧。简要介绍一番后，我懂了，就是租下村庄里的老房子，或自住，或开民宿，厅堂上方不是挂有炫耀宗族源流的某某堂牌匾嘛，故名堂主。

全县有那么多古老的建筑，而县财政每年可用于保护的资金少得可怜，发挥社会的积极性，不失为一道良策。婺源县费心了。当时听说全县已有堂主六七十号人，也就是说，已有那么多古民居在外观不变、主体不动的情况下，被堂主护起来，被人气养起来。

趁着兴头，我摸黑走访了两户堂主。甲家，堂主三人，均为深圳医生，正值壮年，却感觉身心疲惫，便相邀来到婺源，花几十万租下一幢老宅子，装修花了一两百万元，三人轮流坐堂当老板兼休养，在网上招徕顾客，以住宿收入维持日常开支，挺自在的。堂主称，图的是换一种活法；乙家，租金和装修费用大致同甲家，不过，我与之无法细聊，因为有客人投宿，他得赶紧开车接人去。看来，这位堂主当得比较累，这是另一种活法，养家糊口的活法。

在婺源，忙着累着的人不少，尤其是守护传统文化的那一大批人。比如当过乡镇干部的毕新丁，为研究婺源民间文化笔耕不辍，有一阵子竟把自己累病了；比如当过上饶市文联主席的王涧石，退休后干脆返乡，自得其乐当上了实实在在干活的"文化顾问"；再如开有雕刻厂的摄影家任春才，不少表现婺源的优秀摄影，出自他的目光和指尖。早年我看过他的收藏，挺震撼的。是的，在古村落比比皆是、民间文化蕴藏极其丰富的婺源，只要热爱，你的热爱一定天地广阔。

任春才还热爱傩，他办了一家厂子来雕刻自己的热爱。他把热爱雕成八十大王、李斯、盘古、魁星以及形形色色的傩面具，就是为了弘扬民间艺术的梦。辟邪纳吉的傩舞到了婺源，俗称舞鬼或鬼舞。然而，重续被斩断的传承之链相当艰难，曾经遍及婺源乡村的舞鬼已经很稀罕了。任春才领着我去过庆源和长径村。随着最后一位老艺人的逝去，庆源傩只是存于电脑中的影像里，唯有长径傩孤独地存在。尽管如此，任春才锲而不舍，一直在探索怎样让傩面具艺术能够走向市场、走向生活。

我多次参观位于甲路的雕刻厂。时有新的材料、新的设计、新的工艺，给我等参观者一些欣喜。厂区存放着进口木材，那些木材可以雕刻足够多的八十大王。八十大王是婺源傩的形象代言人。可是，愿意接受它的人呢？

任春才还开发了傩酒。酒是好酒，像是纯正的谷烧，盛在傩面纹饰的坛子里，大大小小的。

他跟傩较上劲了，跟自己较上劲了，像好些矢志不渝、深情怀抱大地的民间艺术家那样。

长径傩仍顽强地生长在乡间，且有年轻人加入傩班，让人倍感欣慰。它或许是婺源傩最后的代表。

长径能够延续傩事活动，跟它依然保存着古傩面具有关。老艺人直言相告：要是没有古傩面，就不会再舞鬼。我相信，历经沧桑的傩具，以神性光芒穿透时间，逼视着乡村的内心，它们可以轻易地唤醒信仰，因为傩神崇拜始终沉睡在人们血脉里。

八十大王等四件古傩具得以逃脱劫难，留存至今，靠的正是人们的虔诚笃信。"文革"中，偏远的长径村居然成为偌大一个上饶地区的重点"四旧"村，上面不辞辛劳地派来工作组，深入发动群众，誓将"四旧"货色扫除殆尽。傩班胡师傅被迫提着面具道具去上缴，走在半路上，终是不忍，便将四件最好的傩具悄悄扔进田埂下的水沟里。

我第一次去长径，见到七十六岁的胡师傅。从茶园里被喊回来的他，刚刚病愈，身体显得比较虚弱。胡家厅堂墙上的相框吸引了我。玻璃板下，压着一些关于长径傩的图片，像是从印刷物上剪下来的，有的看上去有些年头，甚至，连主人也记不清它们的出身了。比如，其中的傩面具图片《太阳、月亮》和《孟姜女》，老人说是二十世纪八十年代的，那显然有误，因为在浩劫中，"太阳""月亮"和"孟姜女"都被付之一炬，化为灰烬。它们应该被摄于五十年代，那时胡师傅曾随婺源傩进京演出。

关于逝去的岁月，老人尚能记得的，是一个人，一个姓欧阳的女子。她曾来长径做傩舞调查。我立刻就猜出了她是谁，便告诉胡师傅，她叫欧阳雅，是省文联的离休干部。我看见老人脸上忽然泛起的亲切感。

省文联有大事记如此记录："1961年9月，中国舞协江西分会筹委会组织舞蹈收集小组，五人到南丰、乐安、宜黄、婺源等县进行江西古老民间舞蹈——傩舞的收集工作，连续四个月编印了《江西傩舞资料》。"无疑，其中包括欧阳雅，而圆脸、小个子的欧阳雅老师仙逝于八十九岁高龄。

半个世纪过去，当我翻山越岭来到傩乡，却仿佛回到二十世纪六十年代，再一次翻寻乡土中的文化记忆。虽然，前人的辛劳至少给我们留下路线图，但是，我们并不比前人幸运多少，凭着前人的指点我们走到目的地，却见逝者逝去，老者老矣！

被胡师傅救下的宝物，为傩面具八十大王、大鬼、小鬼和一柄古铜斧。斩妖驱邪时，各家各户在门上劈一斧，便可斩绝一年的孽根；上年有过不测的牛栏猪舍，只需举斧猛地一剁，从此便是六畜兴旺；人也亦然，正月里跳傩，男女老少个个争相伸出脑壳，享受铜斧的轻轻一刮，以保平安康泰。四件宝物的图片当然也收进了镜框。还有一张图片，是大鬼穿戴齐整的剧照。那几张图片显然是近年照的。扮演大鬼的艺人，正是眼前的胡师傅。

后来再见胡师傅，觉得他气色好多了。特别是说话，反应要快一些，中气也更足。

感受着正月初二的搜傩，我时时能看见他的身影，一会儿隐没在人群里，一会儿出现在乐师中间，一会儿又和年轻艺人站到了一起。胡师傅不仅随时给人以提示，到了关键环节，他少不了亲自上阵。比如，迎神时面向东方念祷词的就是他，舞鬼时击鼓伴奏的也是他。跟着傩班穿行在幽深村巷里，我好几次与他不期而遇，恍惚之间，觉得他依然是长径傩班之魂，随着锣鼓点子逐户奔走，伴着八十大王驱邪纳吉。

如今八十大王的扮演者，则是老胡师傅的大儿子。看相貌，怕也四十多岁了吧。论技艺，感觉已经十分老到。不知小胡师傅是决意子承父业呢，还是为了长径傩不至于像庆源傩那样曲终人散，才不得不挺身而出？

我拍的照片里有他们父子俩在一起的，还有老胡师傅和现任傩舞剧团团长抱着儿子的合影，这不就是三代人吗？当时我想，应把拍他们的所有照片一起寄给长径，让胡师傅家再添一个相框，以此寄寓我对长径傩的平安祝福，正如八十大王微笑着用铜斧为我刮了脑袋一样。

为老胡师傅当年智救傩面具的故事所感动，任春才千方百计搜集长径傩资料，设计并制作了一批共十枚的傩面具以省民协名义赠送给长径村。在我们去看搜傩的那年岁末，进村听说老胡师傅因脑血栓已经辞世，他大儿子告诉我，自己在江苏打工，秋天回来割完禾返江苏才十天，父亲突然倒下。直到去世前一刻，老人还在干活。

老胡师傅有三个儿子，其中两个跟着父亲学过傩。请神、辞神祷词和搜傩结束时对着人群唱赞的一百零八句好话，按傩班规矩是不传外人的，想必两个小胡师傅应该得到了父亲传授。尽管如此，胡师傅一走，还是永远带走了长径傩的更多记忆。

哦，搜傩仪式有一件重要道具叫皂炉，一只燃着皂角荚子的小小香炉。村人告诉我，如今全县仅剩一棵皂角树了，竟比乌桕更稀罕。对于皂角，我不陌生，从前它是乡村的肥皂和洗洁精。而在长径，它的异香可驱除邪祟。

皂角树居然将要灭种？

该不是耸人听闻吧？

我的同事汪秀珍也请八十大王用铜斧刮了一下。

她是婺源人。自然，她也是我走访婺源的最佳向导。她引领我欣赏的不仅是婺源的茶山、村落和民俗事象，还让我身临其境地真切感受着婺源人的热情淳朴，感受着乡村的日常生活氛围和人情客往方式。我和不少文朋艺友，都记得她慈善的父亲以及弟弟妹妹。

早先去婺源，常住在老城区的中日友好宾馆，总经理姓鲍，兼着县文联主席，是汪秀珍的同学。大家先做中日友好宾馆的客人，接着在去考水太子墓的半途和去鸳鸯湖的返程，成了她家的客人，她弟弟家的客人。

到了婺源，亲近着一草一木，兴奋的她忍不住老是把客人往她记忆深处领。比如，她家原先住过的村庄、毗邻的村庄，她上学翻山越岭走过的路、经过的地方，甚至歇脚的屋子。村庄因她而格外亲切，仿佛在辨识她似的。

汪秀珍担任省民间文艺家协会主席后，民间文化资源尤其丰厚的婺源，成了展示江西的大舞台。连年举办的中国乡村文化旅游节，每届内容不同，新意迭出，产生了广泛影响。或者是全国鼓舞鼓乐大赛，或者是全国民歌大赛，如此等等。记得有一年规模最为盛大，冯骥才主席亲临古村落保护研讨会，广场上的赛事由江西卫视现场直播，夜里还有壮观的踩街表演。那次邀请了多支少数民族表演队伍，这边演员刚刚下场，遥远家乡的电话祝贺就到了，各地民间艺人乐得没完没了地唱祝酒歌。中国最美的乡村，成了最乐呵的乡村。而中国乡村文化旅游节，成了中国民协和江西民协、婺源县政府共同创造的文化品牌。

活动猛然停下来那年，适逢中国文联领导来赣，分管副省长把我和婺源县委书记一道找了去，要求当年哪怕时间再紧也要坚持举办，绝不能让它断弦。一断，很难再续，果不其然。

大约也是那时候，中国文联文艺研修院就文联干部培训课题做调研，得知我大学毕业一直在文联工作，"从一而终"，便让我谈谈体会。我说，作为文艺界人民团体的文联，应以事业激励人，以专业凝聚人，以敬业感召人。专业和敬业，是对文联干部素质的具体要求。以江西为例，专业突出的干部要像后来调走的画家马宏道、王兆荣那样，德才兼备，能够凝聚全省的美术家、书法家队伍；而汪秀珍则是协会干部的敬业典范，敬业精神能感召人心，从而团结队伍共同谋事，无论在作协还是转岗民协，她在会员中都是有口皆碑。

人的精神应该也是土地赋予的吧？

婺源老城区被星江环绕着，真正的风水宝地。二十世纪八十年代第一次到婺源，住在婺源宾馆，整个县城一览无遗。县博物馆在宾馆那座山的更高处。

一个有故事的博物馆，全国藏品最多的县级博物馆。它的故事与老馆长有关，说的是在非常岁月里老馆长如何慧眼识珠发现民间并收藏民间。那时我作为青年编辑，应邀参加上饶地区文联组织的文学采风活动。开个会，星江边走走，博物馆转转，接着去了黄山。尽管当年路况极差，仍觉得两地距离很近。

后来陪同一位专家型领导，我随口介绍道，假如明天你醒得早，可以去星江边拍照。哪晓得，第二天一大早我出门时，人家已经返回。乐不可支，连忙翻出相机里的照片，有一幅尤其难得，江面上升起丝丝缕缕的雾，像袅袅娜娜的细草随风飘摇，而对岸恰好划出孤舟蓑笠翁。他陶醉于那张照片，一路上时不时地端起相机顾自欣赏。

他返京乘坐夜里黄山机场的航班。婺源至黄山的高速公路虽已贯通，但未开通。打算走老路的，故请了当地司机。不料，司机的气概挺地主的：上高速！不料，这头上去容易，那头下来却难，一路畅行，到了黄山出口被拦住，人家死活不肯放行。我掏出身上的一包金圣烟让司机去通融，结果两人为金圣烟的价格争论起来。对方认为这种金圣太便宜，才二十元一包。司机硬说是三十的那种。

争了十多个回合，把人吵烦了，抬起栏杆，下吧，并说本来要软中华才放行。返程还是走高速，为了打通关节，赶紧买了一包黄山。结果又为黄山争执起来，人家黄山人还能被黄山烟蒙呀，司机不管，只管抬高价格吵烦人家。

胜利属于智者。三十六计有此一计吗？

早年屡次参加上饶地区的活动，认识了各县的作者，其中当然少不了婺源的。那时他已有三十多岁，上海知青。听完老馆长的，便听他单独给我讲自己的故事。一个没有结果的恋爱故事，那个故事让他变成了大龄青年，很委屈的样子。后来再见他，是在铁路边的玉山县，近上海母爱而告别无望的婺源情爱。

如果常去廊桥走走，情形会怎样呢？不是有人拾得"廊桥遗梦"吗？我在彩虹桥为一对水牛拍过合影。它俩深潜于水，只露出鼻头，用沉重的喘息相互试探；或者，踏水而歌，呼唤彼此的名字，用凌厉的犄角相互抚摸。那抚摸发出金属的脆响，像两件兵器在厮杀，是两颗心在格斗吧？我知道爱情是靠肉搏完成的。

我能想象它俩心怀怎样深刻的皱纹、怎样苍凉的微笑，怎样在那里不期而遇，怎样耳鬓厮磨；我能想象一番温存之后，它俩嘴上衔着的茅花是怎样忧伤。有多少祈望能够最终如愿？有多少允诺能够最终兑现？许多的分手就是分离，许多的告别就是诀别。它俩谁目送着谁先上岸呢？离去的步履踏破了河边草滩，踩碎了岸边水线。

桥下浸染夕晖的波光里，闪烁着久久的缱绻，久久的怅惘。我由此久久反刍它俩深深的慨叹。

都　昌

　　都昌是我当编辑后的第一个采风目的地。那时它远离南昌，远至鄱阳湖东岸，远至要舟车劳顿。必须坐班车到星子县过夜，第二天，再去正午的星子码头，等待九江过来的班轮。

　　载上啃饼干喝汽水的我与灼烫的风，班轮横穿满湖樯林帆影，经过神秘莫测的老爷庙水域，不时听得鞭炮炸响，不时可见青烟腾起。长长的木排竹排从上游下来，过火车一般，很有阵势，却无声息。更有成群结队的江猪拱出水面，似乎在追逐一支支张满风帆远去的船队。黑乎乎的江猪一旦出现，拥挤的船舱里便是一阵躁动。一名手指湖面惊呼"江猪"的陌生男子，激动之余，把江猪的身世告诉了我。当时，挨着我俩的几个女孩正好奇地摆弄同伴胸前的十字架，那是忽然流行一时的金色饰物。

　　男子说，俗名叫江猪的江豚和非常罕见的白鳍豚，一个浑身黢黑，就像真正的渔夫，一个洁白俊秀，仿佛渔家的掌上明珠。传说它俩是一对父女变的。那一家人的生活悲剧发生在女儿七岁的生日。早晨，母亲朱玉为女儿戴上亲手绣的荷包，父亲江珠去给女儿买漂亮的新衣裳。不料，他上岸不久，一队来买鱼的官兵见朱玉母女，顿生歹念。江珠回来后只见空船，连忙心急火燎地操起鱼叉，上岸寻找妻女。找了三天三夜，喉咙叫哑，眼泪哭干，人变得像个疯子。此后，他卖掉渔船，给别人当船老大，吃喝嫖赌，玩世不恭，只想糊里糊涂打发一生。却不知，女儿并没有死，她被卖进了烟花院。

一晃十年过去，江珠已经四十多岁。在湖边镇上的酒馆里喝醉后，他进了当地有名的白玉楼，点名牌上价钱最高的白琦陪夜。次日醒来细看白琦，问过身世，且验证了绣花荷包，江珠顿时五雷轰顶。白琦见其失魂落魄，已是心知肚明，又羞又恨蒙脸冲出门，冲向湖边。追着她的江珠眼看白琦纵身一跃跳进湖里，他跌倒地上，一边呼唤女儿，一边磕头。风浪也是有情物。此刻湖天乌云陡暗，湖面巨浪翻腾，白琦的尸身在浪里漂来浮去。江珠万念俱灰，也扑入湖中，白琦尸体随之沉入水下，可江珠还是一扑一扑地寻找女儿。

大慈大悲的观音娘娘闻知冤情，让他父女变成水族，后人称他们为"江猪"和"白鳍"。白鳍恼恨人间不平，总是藏身水底，从来不肯露面；江猪只要一见天暗有风雨，就要拱出水面寻找女儿。所以，我们现在几乎看不到白鳍豚，那貌若天仙、命比纸薄的女子了；所以，现在我们一旦看到江猪，便见它仍在水面上一拱一拱的，仍是那集深仇大恨与奇耻大辱于一身的苦命父亲形象。

讲故事的男子眼里仿佛有湖水溢出。一只不知名的鸟儿，避开逐浪翻飞的鸥群，落在他身边的栏杆上。我不知道，是如此深沉的情感滋养了那些鲜活的故事，还是那些动人的故事培育了一颗颗情感丰富的心灵？我想，以船为家的人们，就像那只在湖面上飞倦了的鸟儿，需要蓊郁的山林、烂漫的花朵和坚实的峭岩，甚至，还需要可以远眺的山巅。于是，在我看来，民间故事就是撒落湖中的一座座小岛，人们飞临其上，亲密地依偎，自由地鸣唱，或者，任意用尖利的喙，啄击世间的不平和人心的恶。幻想和语言是他们生活的另一处湖天。

"江猪拜风"的故事曾在湖区广泛流传。耕作在湖面的渔民、奔走在浪尖的船工、织补在湖滩的妇女、留守在湖岛的孤寡，口述着凄惨故事，忘记了自己的悲苦。他们浩瀚无垠的悲悯，弥漫在广袤的鄱阳湖上，温暖着众多飘零的孤独的心，也打湿了他们自己的眼睛。

班轮行驶了整整一下午。眼看都昌将至，但见烟波浩渺的湖面上白帆点点，波光粼粼的浪涌间江鸥翩翩。下了船，我竟逗留在挤满夕照的都昌港，不忍离去。停泊在港汊里的挤挤挨挨的"夫妻船"上已是炊烟袅袅，却仍有一些归帆在湖上踟蹰，它们大概还想捕捞跳跃在湖面上的金色光斑吧？然而，更多白帆从南山后面驶出来，遮住了夕阳晚霞。

第二次再去，鄱阳湖上的帆船已被机器船取代，白帆消失得无影无踪，一片也看不见！如此干净彻底，令人咋舌，时隔最多不过两年吧。丢失的速度怎么可以这么快呢？仿佛一夜之间。

都昌女儿的名字，时见鄱阳湖文化记忆的印迹。比如，作家杨廷贵之女叫杨帆，我同学国发之女名雨群。约莫十年前吧，打算以长篇散文记录我对鄱阳湖的长期关注与体悟，结构有了，刚刚动笔却搁浅了。像枯水季节的鄱阳湖，一座干旱的河成湖，水流不动，船行不得。其开篇正是从有关名字切入。

雨群，亲近自然且富有诗意。从前不兴去酒店餐馆请客，到了都昌，便是国发家的客。在他家饭桌上，我不时品味雨群的意象。得来这一意象，需要开阔的视野、敏锐的洞察力，需要巧妙的联想、丰沛的诗情。国发多次带我去南山眺望鄱阳湖，苏东坡说"水隔南山人不渡"，我去时却有大堤为桥；苏东坡说"春风吹老碧桃花"，我去时但见万顷碧波。我觉得，唯有立足尽收眼底的南山之巅，才可以发现游走于浩浩大湖的雨之群。如我在《过去的雨》中所述——

　　我经常爬上山冈，眺望雨的行走。拖着风在旷野上行走，把风拖累了。在阳光里行走，把阳光淋湿了，融化了。
　　那么浩大的雨阵，在苍茫无垠的天地之间，只是一团云和一束雨而已；而在它的衬托下，它前面泛黄的稻田更加明亮，它背后的阳光穿透雨阵，雨之林因此疏朗而温馨。当阳光照耀着雨阵，当飘荡的雨脚闪烁着阳光，这是不是某种寓言？

南山是好望角。望得见来往的船只，望得见浮沉的江猪，望得见密谋于天边的积雨云，望得见各种形态的雨在广阔舞台上怎样出场。我觉得国发为女儿取名的灵感一定来自南山，不管其承认与否。

国发调往星子后，我还见过他的女儿雨群。头天出差九江，我住在铁路行车公寓，凌晨被远远近近的犬吠声和空调主机的晃动声惊醒，虽判断应是闹地震，仍不管不顾昏昏睡去，天亮后外面的叫嚷证实九江附近发生地震。我与地震的消息先后到达星子。晚餐后去国发家看望，已是小学生的雨群双手抱着书包，坐在靠门处，怎么也不肯去睡觉，老师说了，要随时准备跑出大楼。那姿态那神情那语气，真是可爱。

都昌人对地震有着深刻的集体记忆。尽管对于发生在公元421年的大地震所知不多，通常它被简略概括为六个字："沉鄡阳，潒都昌。"到了鄱阳湖西岸，另有六个字，叫："沉海昏，起吴城。"《都昌县志》如此记载："鄡阳县地大部分沦入湖中，鄡阳县撤销，境域入彭泽县，隶江州。"两百余年后，"安抚使李大亮谓土地之饶，井户之阜，道途之遥远，水陆之阻碍，遂割鄱阳西雁子桥之南地置此县"。浮出来的"鄱阳湖上都昌县"，到了苏东坡笔下，已是"灯火楼台一万家"。

关于那次地震的传说千年流传，民间的口头创作是保存集体记忆的鲜活形式。都昌传说，地震发生之前，苦于天机不可泄露，许姓道人扮作跛足行者，心急如焚地到处预警，他手执半边瓷盘，边走边喊：卖边盘呀卖边盘。边盘就是边搬的意思，都昌口语管"搬"叫"盘"。人们都拿道人当疯子，并不理会，结果蒙受灭顶之灾，人或为鱼鳖。其实，湖区各地都能听到这一传说以及多种故事版本。耐人寻味的是，面对灾难，老百姓并不大肆渲染悲情，反而创造出诸如许道人、乌鱼精等智慧形象，那些形象浸润了古人对天地、自然的敬畏之情和力图认识、把握它们的浪漫理想，同时蕴含启蒙和教化的意义。关于它们的传说故事，不仅仅是坐在颠簸的夫妻船上讲给漫漫长夜听，也是讲给子孙后代听。

都昌朋友领着我前往古鄡阳，前往一千五六百年前的地震遗址，那儿现在属都昌县周溪镇泗山村的地盘。因为干旱，原本沉入湖底的遗址完全袒露出来，其中有专家才识得的水下文化层。在我等眼里，是很平常的堤岸，很平常的山包。

连年干旱，让清代的千眼桥横陈在夕照里，原来一湖之隔的都昌与星子是可以从湖底走着来往的；让老爷庙下的沙滩交出了一船水泥，水泥已经固化，包装袋上文字依然清晰，产于2003年，产地为芜湖火龙岗镇。

在老爷庙前，我与九江市文联主席拍了合影。闻知行踪，他特意追到老爷庙。我俩有同行澳洲经历。当我们刚刚落地澳洲时，九江这边又地震了，他接到家里报平安的电话，嘿嘿一笑，也就放心了。

九江还有一次震级稍强于各次的地震，中国文联曾派出团队慰问灾区人民。因为地震灾害而接受慰问演出，在江西可能是绝无仅有。

我对都昌港印象深刻，上了岸，往左侧看，便是造船厂。作家杨廷贵当过它的厂长。不过，我不认识当厂长的杨廷贵。如果认识，避风都昌那天，干脆让水警巡逻艇开进船厂岂不更加安全？

那是师大作家班学员毕业数年后组织的鄱阳湖春游，从南昌出发经吴城、星子到湖口，住一夜；次日折返经都昌和康山，康山尚存有旧时的打铁铺和剃头店呢。岂料，遇上"打风暴"，应是伴有大风大雨的强冷空气吧，不得不临时决定到都昌上岸避避风头。风雨来得急也走得快，一夜之后，返程途中风和日丽，早春的鄱阳湖风景让我刻骨铭心，草洲漂浮在湖面上，牛群漫步在草洲上，还有一些水牛急切地往草洲凫游，它们企望赶上那艘嫩绿的邮轮。

师大作家班由江西师大与省作协共同举办，后来，南昌大学也办了作家班。两个班基本囊括了八十年代中后期江西文学的青年骨干，学员遍布全省各地以及各行业，巡逻艇便是证明。尽管毕业后不少学员南飞走了，但留下的作家班学员仍然在相当长的一段时间里，是江西创作的中坚力量。

满城鱼腥的都昌，人才济济，居然没人参加当时的作家班，真是一个意外。细细思量，忽然发现与身份有关。各地学员差不多都有固定的工作岗位，或为公务员，或为文化单位干部，使得他们可以如愿脱产学习两年而工资分文不少。都昌不然，甚至整个九江市不然。都昌及九江作家仿佛是野生野长的，或者说，那片土地肥沃，到处都适合作家生长。比喻或有不当，真相的确如此。都昌及九江作家没有工作的多，有工作而容不得"不务正业"的也多。

退伍回乡的都昌青年陈永林，当年曾流落南昌街头，睡在广场纪念塔下。省作协主席陈世旭闻知心疼得不行，马上请一家杂志社领导帮忙，陈永林得到进入杂志社当编辑的机会，之后靠着勤奋写作，成为全国小小说的大家。要知道，陈世旭乃万事不肯求人的性格。

也许执着于写作吧，厂长杨廷贵索性调到文联，写小说、写评论、研究地方历史文化去了，后来曾被省里的《创作评谭》编辑部借调，聘为评论编辑，可惜因年龄故未能正式调动。他的遗作《番人后裔》，是我了解都昌的门窗，想念了，便推开一扇，远望南山周溪老爷庙……

都昌县文联曾打算召开"都昌现象"研讨会。数一数，在外的都昌籍知名作家果然不少，那番景象构成了令人刮目相看的"现象"。八十年代初期，都昌县仅有一位省作协会员，我强烈感受到周围人群对他的敬重，且无不引以为豪，我就是被那种氛围引领着去拜访他的。如今成为"现象"了，还能维持当年一枝独秀的氛围吗？

都昌的书法创作力量也很强，其中以"都昌三友"吴德胜、曹端阳、黄阿六为代表。早些年三位都曾入选书法"国展"，这在当年是很荣耀的事，对于一个县份来说。吴德胜当县文联主席的时候，我又多次造访都昌。看风景看古村也看人，看的就是吴德胜这个人。看他装作盲艺人，看他表演鼓书，看盲人仅仅凭着眼皮和脸部肌肉怎样表情达意。他的模仿能力极强，据说是从小学的。由此亦可想象，过去都昌城乡多有茶馆书场，多有走村串户的民间艺人。

都昌有一位老作家长期呼吁建立"鄱阳湖派"。我觉得，有着深厚的历史蕴藏、丰富的文化积淀、广阔的生活背景的鄱阳湖，无疑是江西作家得天独厚的宝贵创作资源。一代代江西作家钟情于斯，蘸着鄱阳湖水，写出不少或描绘鄱阳湖风光或表现鄱阳湖生活的优秀作品。然而，坦率地说，囿于过去的时代氛围和创作观念，真正汲取了地域文化精神、捕捉到鄱阳湖独有的气质神韵、以鄱阳湖生活特色夺人眼目乃至摄人魂魄的力作却是罕见。

所以，我回应道：鄱阳湖应是可以出大作品的资源宝库，生活在鄱阳湖畔的一批作家真挚地呼唤鄱阳湖文学，其呼唤当然是有意义的。然而，确立文学流派的基础，要有一定数量的作品和代表人物，有审美观点一致和创作风格类似的作家群。因此，钟情鄱阳湖的作家更应该立即出发，走向旱情愈演愈烈的鄱阳湖，走向民间记忆也将干涸的鄱阳湖，去寻访上了岸的老人和船，去叩问水下文化层和农村的新生活，如此等等。

最近读汪国山的《家训里的乡愁》，百篇文章，九十座村庄的村落文化记忆。他还打算"孜孜矻矻，以勤补拙"，继续写下去，写满三百篇。村庄有各自的历史、各自的文化，众多的各自构成历史的完整真相。我一直鼓励作家挖一口深井，我认为汪国山写这三百篇只是挖井掘出来的土，将来，他或许能见到源头活水。因为我觉得那土是湿润的，甚至用力攥得出水来。

攥得出水，弥漫鱼腥，那才可能是鄱阳湖文学。

星　子

星子县而今叫庐山市。从前星子人总是夸耀：庐山之美在山南。

星子即为庐山南麓。它有庐山的多处著名景点，秀峰呀三叠泉呀观音桥呀白鹿洞书院呀，都在星子境内。还有久负盛名的温泉，从前坐班车去星子必从温泉过，但见右侧的山溪里热气蒸腾。热气像是从石块之下、卵石之间突突出来的，热气大约在蒸煮什么。

星子很小，仿佛陨落的小星星。论人口，全省倒数第二。县城也是容不得县官打老婆的小地方。读小学时，我从课外读物上读到另一名小学生写家乡的作文，星子因此成为我从小向往的地名。没想到，那么美丽的故事落进湖里，变得很具体，一块叫落星墩的巨石而已。

八十年代，星子是我前往都昌的中转站；后来，星子变成终点。都和国发有关，国发由都昌调任星子。得他支持，我们在星子秀峰宾馆举办过两次文学活动，分别为《星火》组织一批重点作者参加的笔会、省作协组织的重点创作改稿会。

所谓重点创作，指精神文明建设"五个一工程"中的"一本好书"创作。"一本好书"原先体裁宽泛，包括理论书籍和画册什么的，后来强调发行量，强调社会影响，仅限于文学，且仅限于长篇小说、儿童文学和报告文学。省文联既非生产单位（出版社），又非申报单位（出版局），然而，此乃全省宣传文化口大事，一个都不许闲着，要求省作协抓好创作。可是，能否抓得住抓得准，不知道；尤其是抓出来别人不出版或者出版后不予申报，怎么办？

挺为难，不抓更难为。年年最怕上面开"五个一"的会，报过项目，接着要不断报进度。也是为了能够出成果吧，想出一个办法：找几部靠谱的作品，请作家评论家会诊，提前介入重点作品的写作。在星子的会上，有两部作品被聚焦，都是革命历史题材。讨论地点安排在宿舍里，先后面对面进行，六七位作家评论家开诚布公地对小说初稿评头论足，一旦批评尖锐，作者脸上便挂不住，甚至争辩起来，气氛时有火药味弥漫。之前与以后，我经历的研讨会太多，基本都属于"今天天气哈哈哈"之类。唯有那次，刺刀见红，很能考验作者的忍受力。别看表现得还算谦虚，其实我心知肚明，某人的思想恐怕早已暴跳如雷，可用结果来验证，那部作品坚决不改。

另一部稍有增删。它其实很难再改，写历史事件，人物形象在那么短暂的事件中根本无法展开。大家当时聊着聊着，把作者的思考牵引去了更加广阔深沉的时代背景，更加风云激荡的社会生活。结果，作者很快拿出第二部长篇，比讨论的那部好得多。它的灵感来自星子，来自秀峰宾馆的某间宿舍。为写评论而细读它的时候，我甚至能回忆起在场评论家都说了些什么，甚至依稀听到有人闹痛风而发出呻吟或嚎叫。有在星子的经历，我才晓得，痛风是能要人命的痛。

当年的观音桥旁，有一栋闲置的楼房。其时星子县政府有出让的考虑，也是，长期空着闲着，房屋会闷死的，会郁郁寡欢抑郁而终。我喜欢那里的环境，假如省文联出资买下做创作基地再合适不过了，便兴致勃勃回去报告，过了好一阵子，班子讨论结果下来，问：谁去管理创作基地呢，你去吗？我瞪眼了。也是哦，我能去吗？

最近得庐山市籍作家杨振雩新著，见其写到观音桥，竟然生出些许懊恼。若当年果然落户观音桥，如今倒是优哉游哉。

星子也是鄱阳湖观鸟的好去处。年年为之动过念头，可是一耽搁，便是冬去春来。殊不知，候鸟是不等人的，片刻都不等。

有一年春天赶到吴城。湖天茫茫，鸟影寥寥，只有几只白鹭踏水而行，似在收拾白鹤天鹅们遗落的羽衣。它们张望于草洲，搜寻于苇丛，突然飞了起来，却不知飞向谁边，几多落寞，几多惆怅。而圈养的一对天鹅呢，它们眼里的感伤犹在，离情依然。那一切让我相信，候鸟大约是头一天告别鄱阳湖走的。候鸟悄悄飞走，正如它们悄悄地来。

错了。候鸟的到来和离去，都是热闹非凡的、壮丽无比的，就像我们的节日，是我们所经历过的最为隆重、最为难忘的典仪。摄影家为我描述过那不可思议的场面。

初冬的鄱阳湖仿佛辽阔广场。所有翅膀纷至沓来，从东北西北，从西伯利亚蒙古日本朝鲜，从一个泽国到另一个泽国。候鸟不约而同选择到达的日期，那是摄影家掐算中的日子。候鸟首先齐聚于主湖区，举行到达的仪式、盛大的联欢、庆贺成功抵达、友好重逢和亲情团圆。白鹤的方阵、天鹅的方阵，东方白鹳的方阵、鸿雁的方阵，那么多方阵中，包括被国际鸟类保护区组织列为世界濒危鸟类的十三种鸟。它们快乐地歌唱着，激动地叙说着，或者，它们的歌唱本来就是叙事长诗，叙说遥远的草原、沼泽和荒野，叙说去年的离愁别绪、去年的怀想如梦，以及此刻的美梦成真。仪式之后，各种鸟一群群地去找各自的家。它们冬天的家园，分别在各座小湖或港汊里。

而告别候鸟的鄱阳湖，就像一座机场、一座车站、一个码头，就像我们为亲人送行的每一个现场。整个水乡泽国都在为它们送行。候鸟们不约而同地启程，正如它们不约而同地抵达。它们从各自的家园各自的湖湾起飞，约定一般，都在鄱阳湖上空反复盘旋，一圈又一圈，盘旋在自己的歌声中，盘旋在大地的眼睛里。此刻，它们的啼鸣催人泪下，因为里面有万般缱绻。然后，便是分道扬镳，各奔前程。

杨振雪领着我去星子的沙湖山。沙湖山是天鹅家园。也许刚刚离开联欢会现场吧！一个个的，仍沉浸于万鸟来朝、众声欢鸣的情境之中，仍在放声歌唱。嘹亮的歌声、铿锵的和鸣，具有金属质地、金属光泽，穿透密密的芦苇丛，飞扬在整个湖湾里。远远地，并未见着湖，我便听到了天鹅鸣唳。我说，这么热闹，好像中央电视台心连心剧组来了吧？成千上万只天鹅的鸣唳，营造了心连心的氛围。

芦苇在湖滩的这边，芦苇是天鹅的篱笆；水岸在芦苇滩的那边，水岸是天鹅的庭院。天鹅在自家的庭院里排练，我在天鹅的墙外、窗下窥望。芦苇丛中的我，成了踮着脚尖的一秆芦苇，或笑眯着眼的一柄花穗。芦苇似幕，芦花似帘。拉开大幕，卷起珠帘，便是精美绝伦的《天鹅湖》。成千上万只天鹅聚集在一起，却是仪态万千。一群群的，仿佛在温习昨天赶排的集体舞；成双成对的，或以喙相碰，或以头相靠，大约是忙里偷闲说几句悄悄话；三三两两游离群体的，应该是找僻静处练嗓子去了；至于那些把头钻入水中觅食的天鹅，在我看来，它们一定是正在给自己换上新舞鞋。

天鹅们成群结队游弋于湖上的情景，不仅令我联想到那出著名的芭蕾舞剧，也让我恍然：为什么人们把候鸟王国鄱阳湖，称为"中国第二长城"。所谓"第二长城"，大约是用来比喻令人叹为观止的"白鹤长城"的，其实，当成千上万只天鹅那么优雅那么自在地沿着水岸铺展开去，何尝不是一道气势磅礴、蜿蜒逶迤的天鹅长城呢？那是以有翅的船队筑起的长城。

法国科学家、作家布封在其名篇《天鹅》里对天鹅之船有生动而细腻的描写："它的颈子高高的，胸脯挺挺的、圆圆的，就仿佛是破浪前进的船头；它的宽广的腹部就像船底；它的身子为了便于疾驶，向前倾着，愈向后就愈挺起，最后翘得高高的就像船舻；尾巴是地道的舵；脚就是宽阔的桨；它的一对大翅膀在风前半张着，微微地鼓起来，这就是帆，它们推着这艘活的船舶，连船带驾驶者一起推着跑。"

何止是跑起来呀，它们连船带自己都飞起来了。不知是受到了惊扰呢，还是风怂恿的，尽管湖上是无边宁馨，却时有一些天鹅突然在水面上向前冲跑一段距离，然后起飞，飞翔时长颈前伸，徐缓地扇动双翅。而更多天鹅依然从容地栖息水上，它们庄重地伸直脖子，欣赏别个兴致勃发的飞行，就像品味自己雍容高贵的仪表。所以，一次次起飞，不过是短暂的表演。

沙湖山的天鹅，有芦苇做篱笆，可以潜入其中，小心翼翼地接近水岸，接近它们的呢喃和鼾声。别处则不然。

我曾为沙湖山之行写道：通灵的鸟啊，多像人类，多像我们自己。

宋金山老人则是鄱阳湖畔最坚执的留鸟。他居住的青山古镇，街邻早已不再是店铺、客栈、酒楼、茶肆，而是杉树、梓树、柿树以及茶树和杂草；它的客人再不是来往于鄱阳湖上的船工商贾官员和诗人，而是常年寄居在那里的鸟与兽。

连废墟都湮灭在草木之中了！宋家作为唯一住户，连老伴和五个儿女都搬迁到山那边的新居去了！六十六岁的倔强老人，仍独自在此守望一个六十岁的梦。

加起来一共只读了三百天书的老人，从孩提时，就梦想着"寻找真相"。我听不懂星子方言，再三追问什么叫"真相"。原来，他指的是化石。

对了，化石里生长着真相，珍藏着真相——关于宇宙和地球，关于海洋和陆地，关于自然万物和我们自己……那是怎样绚丽的真相啊，竟让一个孩子在痴迷的寻找中不觉间变成了老人，竟让一个渔民总在卸下满舱雷电后又划向浪涌的彼岸，竟让一个老人夜夜醉卧在漫长的孤独里？

他以收藏鄱阳湖奇石而渐为世人所知晓，时有各色人等不辞辛苦登门造访。大约先有媒体为之命名，随后他乐享其成，索性也自号"奇石老人"。渔民居然成了收藏家！

殊不知，寻找是凶险的。比如，六十年前的爆炸，至今仍回荡在他记忆中。当年，国民党军队为阻止日军兵舰进入鄱阳湖，在湖上布下水雷。宋金山的大哥便捕得一枚水雷。二十岁的年轻渔民心想，拿这玩意儿做个米缸倒是挺好。于是，与伙伴一道把水雷拖到湖滩上，操起家伙，砸呀砸，硬是把它给砸开了瓢，成就了两口米缸。随后，他大哥又拾到第二枚水雷，幸运不再庇佑。一阵猛砸，水雷爆炸，三条生命化作腾空而起的一团黑烟。

化石虽不至于爆炸，但它们总是藏在恶浪的血口之中，怒潮的利齿之下，狂风暴雨才可以让它们现形。所以，打风暴的日子才是寻找化石的好时机。每每风暴未曾消停，宋金山老人便已驾舟出行。有时候，化石则是毒蛇的眠床。我从他右臂上看到十分新鲜的蛇伤。我采访他的时候，咬伤他的眼镜蛇正趴在他的小院里，和我一样，直起脑袋用心听着他的故事。

那么，他穷尽毕生，甚至不惜身家性命，究竟得到一些什么宝贝呢？厅堂厢房厨房，到处摆放着石头。我不懂石头，在我看来，奇则奇矣，却非想象中的那般动人。老人舀了一瓢水，往一块大石头上一浇，化石显露出它的"真相"。上面密密麻麻地镶嵌着大大小小的管状、螺帽状物，构成奇异的纹饰。像金属，也像螺贝及某些海洋生物的骨骼。也许，它就是鄱阳湖生成的见证？

可是，老人随后从塑料袋中掏出的石头，又让我不以为然了。

他认为那是某种动物骨骼的化石。对此，我内心生疑。因为，我屡次在湖滩上行走，也曾为拾得类似石头而欢呼，向导却冷酷得很，说那不过是陶瓷残骸而已，比如茶壶把手或碗底。是的，水是能够对付一切坚硬材料的雕刻师。

我不禁疑惑：老人是否果真找到"真相"？其全部收藏究竟有多大的价值？对于显然缺乏赏石常识的渔民来说，他评判奇石的标准大约就是自己的直觉和幻想吧？它们可靠吗，总不至于让他碌碌终身而一无所获吧？

老人却自信得很。他用别人为某块化石所给出的价格来坚定自己的信心。他的自信感染了我。是的，不要嘲笑他几近偏执的性格，即便那些珍藏并无多大价值，他的执着，难道不是人类面对喜怒无常的大自然所应取的探究态度吗？那种探究，是一种抗争，也是一种热爱。

我相信，从六岁开始痴迷于寻找"真相"，一定与鄱阳湖区广泛流传的"鳌鱼翻身"故事有关。口口相传的民间文学，养育了情感丰富、充满想象的人类心灵……

不大地方，故事不少。连通常干巴巴的县志里都有妙不可言的故事，我索性把它搬回家细读。

一则说，日军入侵，星子沦陷，县政府避难迁去都昌县的三汊港，乡间倒是歌舞升平，星子义和班与都昌文词班同在阎王庙戏台演出，打擂台似的，文词班演出观众如涌，而义和班门可罗雀。后星子义和班改演文戏，场下剧情骤然反转，文词班居然不得不停演了。生死大战背景下，两家戏班偏安一隅，相互比剧情、斗技艺、争扮相，赢得观众后，星子县县长喜不自禁，特地奖励义和班景德镇瓷碗一套。

这一史实，令我不由得联想到星子作家宋崇风的小说。早在二十世纪八九十年代，他以独特视角，描写战争环境中的美丽哀婉故事，不少篇什给我留下深刻印象，比如娓娓道来的《窈窕》。其爱情故事恰恰发生在日军进犯的枪炮声中，一边是两军对垒的殊死搏斗，一边是鼓声不绝的唱弹戏；一边是游弋的兵船，一边是迎亲的队伍。当村庄已经沦陷时，一对新人却冲进村去匆匆拜堂再撤离。他在小说里，总是把战争信息处理得隐隐约约，把乡村日常生活写得饱满浓郁，战事的紧张仿佛只是反衬和平生活的从容舒缓，从而突显人们的生活态度和生活信念。

从前江西不乏如宋崇风这般有想法有个性的小说家，我能轻易报出一些姓名，其中有一位著述颇丰，我偏偏难忘其记叙乡村人物的笔记体小说，多年后重读倍觉可贵，便把感受告知出版界朋友，朋友读后也大加赞赏，并促成了那部书的再版。宋崇风说：自己虽离开家乡几十年，却仍然像乡亲们那样温情脉脉地、和睦地看待周围的一切，传统美的核心是仁爱平和，"中庸"二字是我所有作品的基石。世事风云变幻，作家坚持写作已是不易，若要坚持自己的个性更是不可思议。回头读读过去的宋崇风们，我不由泛起一种奇怪的惋惜之情。

县志里的另一则故事更是惊心动魄。说的是日伪县政府为标榜"大东亚共荣"，要求星子大戏艺人在县城里演"端午戏"，结果艺人们宁死不从，纷纷逃亡；而抗战胜利之日，他们不约而同从各地冒了出来，聚集县城连演大戏三天三夜以为庆贺。此心此情，感天动地。岂料，后来的国民党政权以禁赌之名行戡乱之实，严厉禁止民间演出大戏。我取材于星子故事，动手写作长篇小说《大地之眼》，起初行云流水一般，出奇地顺利，无奈完成三分之一时因故突然搁笔。几年后再续，笔端却是枯涩。星子应该记得我当年观摩乡戏采访艺人的行踪。星子大戏于1979年正式得名西河戏。

《星子县志》里吸引我的第三个故事，乃是一位县长的故事，日军进占星子，他组织民众手举小旗出城迎接；日本投降，他以汉奸罪被判，但很快被国民党委任军事职务；人民解放军即将进城时，他故伎重施，再次组织民众欢迎，不料迎来当头一枪，结果了其罪恶生命。戏乡的人物也这么有戏。正应了《徐策跑城》里的一段西皮摇板："湛湛青天不可欺，未曾起意神先知。善恶到头终有报，且看来早与来迟。"

星子还有一张重要名片不得不提——陶渊明故里。他醉卧的地方，他采菊的地方，他悠然望见的地方……从前去，朋友介绍得很细致，朋友是他的乡亲，是他的诗友，甚至是他的酒友。好像刚从他身边酒醒似的，一一指认陶公的行迹。星子境内还有陶渊明墓园。尽管知道那只是一种象征，我仍多次前往拜谒，自己去，带文友去，组织诗人清明祭扫。

然而，坐落在温泉开发区里的栗里村，居然不可思议地被开发了，被温泉蒸煮成一团热气，从此飘逝净尽。我在《村庄》一书的后记中写道："有的村庄死了，它却活着；有的村庄活着，它却死了。"死去的村庄有各种死法——

村庄将死于一张张图纸。

村庄领着我跨过大树下的石拱桥，去拜读陶渊明裔孙修的族谱。小桥，细流，连接着光耀千古的人名，也连接着岌岌可危的村名——栗里。当时它大概已经被景区开发者圈在纸上。那次因保管者不在家，访族谱未果。

不久后得见族谱，村庄却荡然无存，比秋风扫落叶更凌厉，遗址上不留任何遗迹。我是在矗立于已故村庄旧址上的成片新楼里找到保管族谱的族人的。族人能算村庄的遗迹吗？

这样的村庄死了，将永远活着；它活在古籍里、记忆里，会让今人永远不自在的！

广　昌

　　广昌建县于南宋绍兴八年（1138），因"道通闽广，郡属建昌"而得名。二十世纪八十年代初，我第一次造访，是赣州地区文联派员领着去的，那时它归赣州。不久后，1983年吧，它被还给了抚州。

　　也就是说，再开省文代会，得去抚州代表团找广昌县文联主席朱同海了。瘦瘦的老朱告诉我，广昌的客家人口比例不小，说自己就是客家人。听口音，我毫不怀疑。其实，民间古建筑也能披露这一信息，比如驿前古镇一带的民居，其形制、风格，与毗邻的石城、宁都民居如出一辙，最突出的特征便是窗户变大了。

　　认识老朱，由他竟认识了"中国民间文学三套集成"。所谓"三套集成"，指的是《中国民间故事集成》《中国歌谣集成》和《中国谚语集成》，它是"十部文艺集成志书"中的中国民间文学部分，另七部分别是《中国民间歌曲集成》《中国民族民间器乐曲集成》《中国戏曲音乐集成》《中国曲艺音乐集成》《中国民族民间舞蹈集成》《中国戏曲志》和《中国曲艺志》，洋洋大观，这项工程起始于1979年，全国动员文艺工作者十万之众，投入搜集、整理和编撰。

　　江西在1984年着手编撰"中国民间文学三套集成"，历时二十多年最终完成。其领导小组由政府文化部门和文联的领导组成，具体组织工作则落在文联，而奔走于广阔田野的搜集整理者大多是文化馆和文联的文学干部，这支队伍也是新时期文学创作的骨干力量。因此，他们中的许多，为我经常联系的作者。虽然，他们后来很少提及此类成果，然而编辑成册的三部省卷本中却留有他们的姓名，其中不乏曾在江西文坛引领风骚的人物。如今想来，当年那种热血那种激情简直不可思议，若再有那般浩大的工程，恐怕很难指望振臂一呼而四方响应了。是的，编撰"三套集成"恍若人民公社时代的修筑水库，在二十世纪八十年代，文艺界差不多是人人自告奋勇，无须报酬，不计条件。老朱堪称代表，我以为。

翻开厚厚的省卷本，那些署有"朱同海"搜集整理的故事、歌谣和谚语证明，他不仅只是县及地区的组织者，还是常年亲历现场的搜集整理者。最近得到抚州市文联编辑出版的《民间歌谣》，其中亦见老朱姓名，且内里有些歌谣感觉陌生，估计应取自当年县里出的资料本。其时工作流程是，由县文联牵头，组织力量广泛搜集并整理，其成果汇编为资料本，地区（市）汇总各县资料本交给省里选编，也有地区（市）出选编本的。总之，那是披沙拣金的工程。

时值新时期之初，残留着的思想观念不免掣肘选编工作，我曾浏览过省卷本，不少歌谣和民间故事明显有浓重的改编痕迹，为的是突出思想性；而且，一些不无价值的作品或因涉"黄"，或因编辑眼力所限被过滤了。直到二十一世纪初，在县里，仍有专业人员不敢为我等采风者唱情歌的；而在石城的文化旅游节晚会上，一曲客家山歌震撼了我，它唱的是"走了一山又一窝，看见搋公（老鹰）捉鸡婆；捉走鸡婆不要紧，就怕鸡公没老婆"，悲怆的歌声传达出巨大的命运感，一下子紧紧抓住了人心。然而，这样的山歌竟然也被省卷本遗漏了。在抚州新编的《民间歌谣》里，我便读到一些当年的"遗珠"。

县及地区的编辑工作完成后，老朱被省民协借调，成了省卷本的特聘编辑。没有报酬，食宿自己解决，像机关人员一样上下班。我常常能在省文联办公楼后门的自来水龙头边遇见他，又黑又瘦，佝偻着的腰身一天天显得更弯了。

说到"三套集成"，我便不由得联想到那弯弯的腰身和水龙头滴滴答答的那一粒粒晶莹。

认识广昌却是一个意外。禽流感闹得邪乎的那一年，正是元宵节，本来打算下午看过驿前的老房子赶去南丰看傩的，忽然得知信息有误，石邮的搜傩之夜应为正月十六而非十五，来早了。那么，如何才能不辜负一年一度的元宵夜呢？

县文联的陈主席连忙电话咨询。真是幸运，甘竹镇有两个演孟戏的农民剧团，一个演《孟姜女送寒衣》，另一个演《长城记》，都是孟姜女哭长城的题材，两个剧团一年到头只在春节期间分别演个两夜和三夜，曾家班子已经演完，元宵之夜则是刘家班子三夜本的最后一场，而平时他们根本不排演的。

赶紧去刘家听戏吧。剧场可能是公社时期的礼堂改成的祠堂。一进门，首先吸引我的是戏台对面供奉着的三尊面具，是谓三元将军也，即白起、王翦、蒙恬三位。传说这三员神将曾自天而降，以飞沙走石击溃大兵，拯救甘竹曾氏先人于危难之中，曾氏先人仰天拜谢之余，拾得两只大木箱，内藏孟戏戏本及面具若干，其中三只大面具熠熠生辉，便是这三元将军了。仿佛天意，村人自然心领神会，即组建戏班，按戏本和面具分角色排练。五百多年来，年年春节村中必演孟戏，以酬神祭祖，乞福纳祥。至于曾氏恩人怎又成了刘家神灵呢？我不知端底。刘家班子的缘起，倒有说法，无非是说一河之隔的刘家人年年过河看戏，如何成了戏迷，而后横下心来创建自己的戏班而已。算起来，刘家演出《长城记》也有四百多年了。

广昌孟戏之所以有价值，是因为整本的南戏《孟姜女》本被认为早已失传，曾家班子的《孟姜女送寒衣》演出本约形成于元代，无疑是孤本了；而刘家演出的《长城记》，则以曲调保留着当年宜黄班演唱的海盐腔，且扮相好而显得弥足珍贵。两台孟戏中，既有我国戏剧早期的唱腔道士腔，还有明代逐渐兴起的弋阳腔、青阳腔、四平腔和徽州腔等，是研究我国戏曲唱腔的珍贵的活化石。大年初八就有两位北京的记者慕名而来，他们在乡下已待了一周，而时任中国民协副主席的刘国梁先生独自在那里考察的时间更久。

同为孟戏，竟在各自的村庄里上演了数百年，这出戏该濡染了多少代人？

哭倒长城的故事余音绕梁，竟弥漫了整个正月，人的一生要重温多少回孟姜女？

我好奇地东张西望，这么想着，不知不觉就开场了。后来才知道，分为三本的孟戏每本开台前要演一出吉庆戏。锣鼓唢呐的伴奏，并没有大肆造势。以妇女老人为主体的观众大概一直沉浸在头两夜的剧情里，悄然间就入戏了。

台上的孟姜女是不老的，感天动地地哭了上千年，倾不尽人间悲苦，声声泣血；悲悲切切地唱了几百年，诉不完心中不平，句句含恨。尽管颇有亵渎帝王之嫌，这样的戏本为明永乐年间所颁的禁令不容，她还是意外地流落到了天高皇帝远的穷乡僻壤，并一如既往地爱着恨着。她的幸存和不老，发生在两个相邻的村庄里，真是个奇迹。

其中有太多的不可思议。想当年血雨腥风，"敢有收藏、传诵、印卖，一时拿送法司究治"，她怎么就敢冒满门抄斩的风险，公然且安然地在宗族的祠堂里登台亮相呢？数百年岁月沧桑，她怎么就能锲而不舍地唱到今天，并保持着原始的风貌呢？还有，让我一直耿耿于怀的，虽然孟戏的唱腔集我国古戏曲唱腔之大成，优雅悦耳，但那美妙的演唱中却不乏对秦王暴政的控诉，尤其对蒙恬几乎是口诛笔伐了，那蒙恬他们怎么又被奉作神明了呢？

我把当时的所见所闻所感，记在《广昌孟戏〈长城记〉（三夜本）最后的演出》一文里，发表于《江西日报》2004年4月23日B4版。拿到样报，只见B3版上有一则消息《谁为孟戏振旗鼓》，云：4月3日晚11时许，广昌县孟戏剧团价值23万多元的排练场、道具、服装、音响等设备遭遇火灾被毁，火灾是由于剧团隔壁的房屋电线老化引发的。在火灾后的废墟上，数百名群众和剧团演员们声泪俱下，均已年过八旬的老艺人刘挺苏、谢传福和刘宗兴，更是老泪纵横……

读到这则消息，我并没有立即把它与甘竹镇孟戏剧团联系起来，与观看三夜本最后那夜的演出联系起来，因为它说的是广昌县孟戏剧团，甚至，我还诧异，县里也有孟戏剧团？

不料，五一节过后，我看到了三张照片。焚后的剧场，自是一片狼藉，砖瓦满地，梁柱成炭，四围的外墙倒是没有全部坍塌，大门上方，保全下来的招牌令我大吃一惊。没想到，这竟是让我等一行人意犹未尽、相约来年再访的地方！

"最后的演出"简直是恶魔的符咒。我真该用一块脏抹布擦擦嘴的。不过，选择这个题目时，虽然是特指三夜本第三个夜晚的演出，可"最后"的确在我心里投下了浓重的阴影，我走不出它的笼罩，于是，便包藏了几分警醒世人的用心。因为，从我为《长城记》惊奇的那一刻起，就有一股无奈的忧伤紧紧地攫住我的心。好像冥冥之中我料知了它的某种不测，孩子似的失声惊叫。

我为那声惊叫忐忑不安。仿佛惊叫就是一种过错。值得庆幸的是，我的那篇文章虽在正月里就写好了，可直到四月份才交给报社，很侥幸与火灾打了个时间差。否则，真是乌鸦嘴了。这正是后来大路背孟戏剧团刘先忠、谢良生等三位负责人找上门来，叫我能够坦然面对的心理堤防。

三位农民，三条汉子，他们从包里掏出了那张报纸，翻开了那个让我紧张的题目，述说着那场大火。这时，他们眼里闪烁的，不是叫我心虚的怪罪，而是感激。好像我的文章是特意为那场火灾而写的。当然，他们不是专程为感激而来的。火灾发生后，剧团班子为研究剧团的命运，曾开过三天三夜的会。他们的共识是，不能放弃民间文化这一瑰宝，放弃就是断送。为此，他们每人捐资一百元，并向社会发出捐助呼吁，希望通过社会的帮助重建孟戏剧团，让孟戏代代相传。他们需要各方面的支持。不是说到孟戏都如数家珍，都慷慨激昂吗？

作为一个文字匠，我所能付出的还是文字。没想到，他们竟也很满足地离去了。后来，我得知，他们大老远地赶到省城，除了想向有关部门呼吁，还想找一对十分关注孟戏的专家夫妇，指望他们帮着说说话。可是，他们心急火燎地到了专家的家门口，一个愣怔之间，念及人家年纪大了且尚在病中，终是不忍让老人焦心操劳，竟毅然打道回府了。

带回去的，只有自己掏钱买的锣鼓家什！

我是在剧场的废墟上得知他们省城之行的结果的。四下奔波的艰难，倒是让他们更加坚定了自救的决心。议到重建剧场事，六十七岁的老演员罗金定竟提出自己动手上山砍树，以节省开支。

再访孟戏，我才知道，共有三十多位演员的大路背剧团，也演皮黄戏，常演的剧目有二十多个。春节期间，除了一台孟戏，还演了四夜的皮黄戏。罗师傅是老生，十一二岁学皮黄戏，最初在《三娘教子》中扮儿子。为什么不学孟戏呢？他的父亲就是演孟戏的旦角，原先三夜的孟姜女由罗父一人演。没想到，说话有些腼腆的罗师傅回答倒是很男子气，当年他不愿学孟戏是因为不肯扮女性。如今，他在《长城记》中扮演许父等角色，不知是因为旦角有女性充当他无须顾忌了，还是为了后继无人的孟戏不得不挺身而出？

当我得知刘先忠、谢良生与扮演孟姜女的刘妻都是去年才学的孟戏时，忽然感觉到了几分悲壮。因为，看上去，他们已不年轻。仿佛，他们就是为青黄不接而生，为余音绕梁而长，为四百年的《长城记》而活着，而老去。

我得到了三册油印的《长城记》戏文。娟秀的手书，让我想起久违了的钢板、蜡纸和那种古老的油印机。其中两册是用年画做的封面，一册画着慈眉善目的财神爷，另一册是象征着金玉满堂的胖娃娃。随手一翻，恰好翻到孟姜女那长达四十多分钟的唱段，孟姜女悲悲切切的声腔言犹在耳。可是，随着那场火灾，剧场化作了灰烬，服装道具化作了灰烬，锣鼓乐器化作了灰烬，刘家班子的孟戏还能浴火重生吗？

答案不仅在他们目前所做的努力中，也在他们对那场大火充满敬畏的描述之中。顷刻间吞没剧场的大火，火舌居然没有朝大门外蔓延，这让人们甚是惊奇。人们对此的解释是，门外就是紧挨剧场的将军殿，其中供奉着三元将军和清源祖师的神像。缘此，将军殿又称作孟庙。最奇的是，将军殿的后殿是化妆间，与剧场的后台有门相连，剧场里的铜铁都被烧化了，而那道木门却安然无恙。

面对此情此景，也就由不得你不满怀敬畏了。也许，充满敬畏感的信仰，正是人们重建剧场的精神动力。

此后不久，我收到来自广昌甘竹的请柬，浴火重生的大路背孟戏剧团将举行开台庆典。走进新建的剧场，在那肃穆的气氛里获知，这开台庆典可是百年难得一见，其程序和讲究谁也没经历过，只能凭着老人靠听说得到的记忆来想象和设计。

人们小心翼翼地忙碌着，神色庄严地招呼着观众，说话都是轻言细语的，而且，议论剧场曾经的火劫是为大忌，进大门时两边的楹联做了暗示："沧海复桑田喜四方援助弦管重调，楼台易瓦砾看莫论仍美旧貌换新。"竟也奇怪，无论文化程度如何，陆续进场的观众都很自觉地"看莫论"，一个个虔敬得很。

晚饭过后，等到夜色渐深，演员、乐手纷纷登台，此时，有人执笔站在台边一一为他们点额。台下前面的座席留出一片空场，村人相互叮嘱，等下会有"鬼"从此经过出大门，千万别被它撞到了。主持庆典活动的剧团负责人好像对此也特别在意，不时过去维持秩序，还轻声提醒拎着相机的我。剧场里陡然充满了神秘感。

开台庆典的第一个节目是《跳加官》。将军、道士、僧人依次出场，各自唱念做打一番。我注意到，在节目开始之前，戏台的地上扣着一些小瓷碗，瓷碗间隔一大步，作方形整齐排列。当一手执拂尘、一手举公鸡的道士出场时，随着场外鞭炮大作，一头厉声嚎叫的猪被几个壮汉拖到台前，在他们给猪放血的瞬间，台上一片吆喝，原来前后台的演员、乐手都冲到戏台中央，或以棍击，或以脚踩，把那些瓷碗都打碎了。这个情节发生得很是突然，让人不禁愕然。接着，人们迅速把那头被宰杀的肥猪拖出剧场，地上的一大摊血迹热气腾腾，温热的腥气和辛辣的硝烟味弥漫在剧场里。

方言土语的唱段我听不懂，但后来形象极其丑陋的鬼魅登场时，他们有一段伴着狞笑的念白，让我依稀听出了个大概，鬼魅们是觊觎着"广昌县甘竹镇"呢。小鬼们抬着大鬼，很是张狂，但一个个尖嘴猴腮，分明是一群饿鬼。

就在鬼魅横行之际，庆典演出进入了高潮。随着钟馗的出场，大鬼小鬼匍匐在地，连连叩首，突然间，又是一阵齐声怒喝，演员和台上其他人等各个手持照妖镜，一起出来驱鬼。剧场门外再度鞭炮炸响。鬼魅们仓皇下台，夺路而逃。

在此之前，尽管心存畏惧的观众已给他们让出了道，但那位负责人还是用自己的身体挡在观众前面。据说，万一有人被他们撞到，那人就晦气了。这些鬼魅要拣小路一直奔逃到村外的河边，洗脸卸妆，还原为人样，才能回到剧场；而庆典演出之所以要拖到夜深人静才开始，也是为了避免让路人撞见鬼。

开台的庆典，经过逐疫驱邪祈太平的仪式之后，就可以上演乡村孟戏剧团的拿手好戏了。它象征着一次复活，古老的孟戏复活在人们的热爱之中。在第一次领略孟戏风采至剧场"旧貌换新"的这一年里，我屡屡被他们的热爱感动着。我记得刘先忠、谢良生等人曾在我面前夸耀刘家班子往昔的"神气"，说甘竹流传这样的顺口溜：大路背神气，舍上争气，赤溪土气。意指大路背刘姓居住在甘竹镇上，历来乡绅较多，所以演员中不乏乡里的显赫人物，甚至乡长也禁不住披挂上场；舍上戏班没有几名曾氏演员，只是争口气而已；赤溪的演员都是种田人，外出演戏也是穿草鞋，乡土气息浓厚。刘家班子曾经以此为荣，与"争气"的曾家班子当面锣对面鼓地唱起了对台戏，观众就坐在两座戏台之间，任凭两个戏班子争夺。想来，那比拼才艺的场面定是精彩纷呈。

在开台庆典之前，我从剧场旁边的孟庙进去，穿过作为化妆室的后殿上了后台，只见一位戴着老花镜的婆婆坐在窗下，就着一方光亮，把五颜六色的珠子缝缀到凤冠上去。后台的一面墙上挂满凤冠，另一面墙上"飘老"依在。这时，有人告诉我，官帽上的翎子叫作"跳毛"，这个词令我怦然心动。

跳毛，这声乡土而亲切的称呼，让神灵凡俗化了，让达显平民化了，那些朴实憨厚的农民因为拥有了它，就可以主宰戏里乾坤，而他们的内心因为拥有了艺术，从此抖擞起来。

不过，在抖擞的跳毛之下，那些浓妆的面目已不年轻。演员多为老者，几个主要演员年龄则在六十上下，台下该是儿孙辈了。令人惊讶的是，别看这些农民演员可能大字不识几箩筐，却能够熟记《长城记》六十九场戏文，有的一唱竟是几十分钟，平时并不排练，到过小年时才临阵磨枪排戏三天，唱念做打的功夫只能靠自己日积月累练出来。不妨让我们来想象一下吧：在田间地头，在前庭后厨，躬耕的男人，持家的村妇，一个个拳不离手曲不离口，一个招式也许就是兰花指矮子步，一声吆喝也许就是海盐腔青阳腔，那该是多么优雅的一群！

曾经挂在剧场里的几幅年轻时的合影照片，在火灾中未能幸免。我愿为这喜庆的开台拍一张合影，然而，我相信，在我镜头里，那些让年龄爽朗起来的"飘老"，真的会因为孟戏的后继无人而衰老，而忧伤……

南　丰

　　不少地方的元宵节俗因新冠疫情继续停摆，而2022年的南丰在停了两年后恢复跳傩，真叫人意外。兴冲冲赶到那儿，县文联新任主席迎了上来，在握手的同时递过来一个冰冷的消息：黎兴旺病故了。

　　我去南丰必能见到的一个人不见了，总是挎着相机包出现在我面前的一个人不见了。我记得他的镜片很厚，与他形影不离的相机包很重。几年前一别竟成永诀。

　　当时，我曾建议他放下手头琐事，赶紧好好整理积累多年的图像，出一部摄影画册，不然太可惜。如能选编成册，那一定会是反映南丰傩文化最翔实最全面最精彩的画册。我甚至暗示愿为其出版尽力。因为我知道，他的镜头始终聚焦乡土生活，聚焦节日现场，几十年间从未懈怠。我关注南丰傩已近二十年，几乎在每场傩事活动现场，都能瞥见他端着相机穿梭忙碌的身影。

　　呜呼，他攒下的许多图片永远失去了主人！

　　认识黎兴旺的时间更早，早至二十世纪八十年代。当年，凭着省舞协《江西舞讯》上的一则讯息，我曾糊里糊涂独自跑到南丰，先是乘坐班车去了山里的三溪乡，再由乡政府文书黎兴旺领着往回走。我俩把夏被往石邮村委会地上一铺，住过一宿。那时我管他叫小黎。

进村才知道平时看不着傩舞，也别想看傩面，沮丧之余，甚是不甘，便借来族谱翻阅，也算不枉此行了。族谱用箩筐装着，族谱是一种谷物，一册恰好一石，一页大约一斗。正值双抢时节，居然在村民家做起客来，吃了人家好几餐西瓜皮炖肉，还表扬那户浙江移民竟把西瓜皮做出了笋干味道。如今想来，好好笑。不过，那次经历让我收获了"开光""偷水""搜傩"这样一些神秘字眼。

直到进入新世纪，我才真的探看到"搜傩"这个词的内部真相。它的内部很深，深达整个长夜，每条村巷，各家厅堂。所谓搜傩，即索室驱疫，石邮村自大年初一出神开始的跳傩活动，至搜傩之夜达到高潮，行将"周圆"，这也是整个跳傩过程中最隆重的仪式。是日为正月十六。第一次看石邮搜傩，依然有小黎陪着，不过那时他已是县委宣传部的人了。

搜傩之夜，是从傩神庙开始的。经过请神掷笅、吃起马酒等仪式，傩班八伯敲锣打鼓走出庙门，应着一声炮响，猛然折返闯入傩神庙，戴着狰狞的面具，手舞铮铮作响的铁链，做骑马状到得堂前，凶神恶煞一般，追风逐电一般，想必，一切邪祟在那一刻都会受惊的。伴随紧锣密鼓，钟馗在舞蹈，开山在舞蹈，大神在舞蹈。当开山和钟馗拿起神链，转身绕过头顶，那就是告慰村人：鬼疫已被俘获。他们把面具推向头顶，露出真容，和傩班众弟子一齐喊唱《拜颂饭诗》。

傩神庙搜傩完毕，顿时爆竹大作神铳齐放，傩班弟子疾步出庙，按规定路线去附近庙宇道观参神，其后，便是去各家各户搜傩。举火把的、扛铳的、挑桶的、敲锣打鼓的，一行人慌慌张张，却也是威风凛凛。出了傩庙，傩班消失在寒夜里，只闻炮响和吆喝声渐去渐远。

各家各户灯烛通明，等着远去的炮响再挨家挨户慢慢逼近。他们从容得很，不论老的少的，好像都对搜傩的路线和速度了如指掌。待得傩神即将临门时，他们才手持线香举家迎接。在厅堂里进行的各家搜傩，程式与傩神庙搜傩相同，但为各家唱的赞诗却根据各家情况，选择不同内容的祈祝。

夜，寒凉渐渐侵骨，也是人多拥挤看不真切，我们有了退意。回到县城，想想不甘，稍事休息后，于下半夜杀了个回马枪。这时，半个石邮坦然入梦，半个石邮还在虔诚等候；半个石邮从此康健太平，半个石邮仍在翘盼风调雨顺。我睡眼惺忪看村巷，它们好像在打盹，有火把闪过，有炮声炸响，一激灵，它们又抖擞精神。

约莫两个时辰后，我再进傩神庙。这会儿，庙里冷清多了，只有少许执着的观众，比如法国女博士庄雪禅。她连续三年独自一人不远万里来石邮过年，这回竟在村长家住了半个月。搜傩仪式开始时，我瞥见她端着相机站在人群后面，矜持而无奈的样子；各家搜傩完毕，接着要在庙里举行圆傩仪式，这倒是摄影的好机会。不料，庄雪禅走近我，操着很溜的汉语问我懂不懂数码相机。那玩意儿坏得真是蹊跷，CF卡内存还大着呢，却怎么也不能记录了。远涉重洋，独守乡里，好容易熬到此夜此时，相机却出了故障，天可怜见的。

圆傩的场面值得存照。搜傩结束后，傩班回到傩神庙内，列队向傩神太子跪拜，由居中的主持者念"跳傩回饭单"，就是向傩神汇报这半个月的跳傩活动中有哪些人家供给饭点，其目的是媚神和酬神，祈求傩神保佑各家平安吉祥；而后，傩班收拾神器，将挂在神龛上的所有神像和傩太子取下，放进箱笼，在头人的带领下前往村外的河滩。

从前在河滩上举行的仪式尤其神秘，外人是不得靠近的。然而，坚实的古老禁忌随着南丰傩的声名远播，风蚀崩塌在所难免。就像不许女人入内的傩神庙终于让女人准入一样，隐蔽在沉沉夜色、飕飕寒风中的圆傩仪式也终于在我等的镜头下曝光了。更有甚者，竟把电视转播车开到了河滩上，打开车灯，权作照明。我不知道那秘不示人的紧张、深不可测的庄严，怎么会和那明晃晃的车灯达成默契。我真希望那探照灯似的车灯不要把它照射得纤毫毕现，神秘是神秘的身份证，一旦它被彻底破解，它的魅力也就荡然无存了。

关于傩舞，学者通过探究它的渊源、形态和演变，从中品味着它深厚的历史意味和文化蕴含。而我只是好奇的浅尝辄止的观众，打动我的，是浸润在这一民间祭祀活动中的强烈的生命意识，是那种借重超自然力的信仰崇拜所表现出来的生命尊严。是的，我感受到了戴着面具的生命尊严。

然而，当时我又是一个没有耐性的观众。眼看猛然弯腰抱起神像冲进傩庙的八伯折返回来，以为他们来收拾地上的其他器物，整个活动该结束了，便离开了河滩。事后才知道，其后还有一次占卜全年吉凶的掷笓，驱疫祈年的心愿全都凝聚在那充满悬念的一掷上。

洋博士显然熟谙石邮村的跳傩活动，她仍流连于寒冷的河滩上，此时已是雄鸡三唱。

此后连年正月十六，我差不多都要赶赴石邮的搜傩之夜。自己去，邀伴去，或者领着专家去。

一般都是吃过晚饭后，挤在傩庙里围观搜傩仪式，接着等待傩班上门逐疫，然后回县城宾馆。好几次和客人约定，凌晨三点返回石邮，为感受神秘的圆傩仪式。

然而，到头来，能从梦乡爬出的人并不多。每次，几乎唯有我，才出梦乡，又去傩乡。

我因此见证了圆傩仪式逐渐开放的过程，石邮人丁兴旺、村盘不断扩大的过程。村子大了，索室逐疫的户头多了，圆傩仪式的时间也就年年延后了。从前圆傩，河滩上黑黢黢的，以后渐渐是东方发白、晨光熹微、天色破晓。

神秘因时间而消解！谁说民俗事象的本真和魅力，不会因时间而消解呢？

由此，我庆幸当年曾对南丰傩做过普遍考察，而没有让石邮傩一叶障目。石邮傩是南丰傩的代表无疑，然而，南丰傩的丰富、绚丽是令人吃惊的，正月简直是南丰乡村盛大的假面舞季。

遍访南丰，向导正是曾志巩先生。他生活在南丰，我在二十世纪八十年代初作为文学编辑去南丰组稿时就认识他，却不知他心在田野、情系傩乡、志趣高远。其分为上、下两册的专著《江西南丰傩文化》，是一部材料翔实、脉络清晰、论述透彻、调查深入而视野开阔、治学严谨而文笔亲切的民间文化研究著作，它是南丰傩文化的科学总述，也为更多的傩文化研究者提供了难得的线索和路径。

尤其值得称道的是，曾志巩先生的学术研究建筑在全面、深入且细致的田野调查基础上，有大量采撷于乡土的第一手材料作为学术支撑，因而令人信服、启人心智。于是，我想，一个研究者恐怕要甘愿先做个忠实的记录者。

傩的古老，叫人好奇、引人探究，那是自然。我读过一些来自地方的研究文字，当地研究者珍视传统文化的立场和作为，无疑是可敬的。然而，我注意到，一些研究缺乏扎实的田野作业、系统的搜集整理，而是在捡拾到少许傩的碎片后，便眉飞色舞地论述起人云亦云的傩与巫、与道乃至与史前自然崇拜、图腾崇拜的关系，痴迷于在旁征博引的文字中追根溯源，意在证明本土傩的古老。刻薄地说，那样的研究只能是浅薄的宣传文字。

曲六乙、钱茀所著的《中国傩文化通论》称："傩是多元宗教文化、民俗文化、艺术文化的融合体，是一个在时空上跨时代、跨社会、跨民族、跨国界的庞杂而神秘的文化复合体。"而且，傩在孕育、形成、发展和演变的过程中，有着不同阶段、不同类型。比如刘镗所观之傩，已是由"鬼神变化"至"剧戏"的傩，已是由祭祀性傩礼蜕变为观赏性傩戏的傩。我以为，对于地方研究者来说，倒是应该像曾先生这样，利用得天独厚的条件深入田野，抢救性地把当地傩事活动的真相完整地记录下来。

遍访南丰，必须请他策划路线、请他引领，因此，我的耳边常有他如数家珍的介绍，脚下便是他屡次造访留下的足迹。这位热情而仁厚的长者，让我一次次的南丰之行获益多多。

比如，考察上甘解傩，我写道——

在长长的村街上，我发现，解傩仪式并非挨家挨户进行的，傩班弟子插花似的落下了一些敞开大门的人家，不由得就有些纳闷了。一问，才知道，有着二百七八十户人家的上甘村，如今已有二十多户信奉耶稣。

既然信了耶稣，那就意味着要远离傩神了。好像正是为了表达自己的决绝，那些信耶稣的人家，都在大门两侧贴着虔诚笃信、忠贞不贰的对联，道是："天地广大唯一主，教门所多无二真。"横批是："万有真原。"言辞铮铮，义无反顾。倘若傩神老爷有知，不知会作何感想？

我想，尽管这很可能是在教友中间广泛流传的一副对联，它未必有针对某种信仰环境的特指，未必能够反映某些信徒在特定环境中的微妙心态，但是，在傩风盛行的上甘，在傩事频频的这个时节，当这类对联落窠地兀立在锣声鼓声鞭炮声中时，很难说它不是耶稣信徒们抖擞精神的慷慨陈词，或者，横眉冷对的自言自语。

看着这些对联以强硬的姿态，揳入乡土信仰根深蒂固的环境中，我不禁要追问：既然它们已经在傩神老爷的眼皮子底下落地生根了，它们会像甘坊过去盛产的苎麻一样，一丛丛繁衍发达起来吗？会像了溪边植有菌种的那片树桩林，渐渐被长出来的肥嘟嘟的黑木耳覆盖吗？我不知道。

但是，我感觉到了它们生长的气势。在世界经济一体化所带来的文化一体化的背景下，出现在这个闭塞的村庄里的对联，理所当然地引起了我的警觉。当我们对遗存乡间的傩事活动仍心有疑虑，担心它是不是"糟粕"、是不是"迷信"、是否"落后"的时候，事实上它已面临巨大的生存危机。它的生存危机与失去了农耕文化的土壤有关，与随着生活的变迁而淡薄的宗族意识有关，与年轻人向往外面的世界以至于傩班弟子后继无人有关……殊不知，也与这对联有关。很难说它不会像流行歌曲取代民间歌谣一样，在山野间流行起来。从这个角度看，保护上甘傩等民间文化遗存又多了一重意义。

又如，考察三坑和合判，我赞赏它的传承方式以及组织形式——

听说，每年扮演和合的弟子，是在全村王姓男孩子中轮流担当的，这两个孩子不过学了六个晚上。当晚，在礼堂里跳和合判时，另有一和合班登台表演，那对弟子年龄稍大些，十二三岁，他们只学了两夜。看来，傩舞在三坑，倒是不愁后继无人，此地王、聂二姓对和合班、判神班的一系列管理制度，保证了傩舞艺术的民间传承。试想，假若让三坑所有的男孩子一起舞之蹈之，那该是怎样壮观的场景！

茅坪村在人们望中，在神灯前方。联想到那叫我犯惑的和
合判组织形式，我忽然觉得，是驱邪纳吉的民俗活动，把鸡犬
之声相闻的村庄串联起来，强化了这种建立在血缘和地缘基础
上的关系，并且形成了绵延千百年而不变的秩序。看来，要驱
逐人间的鬼疫，更要紧的是先祛除心中的鬼疫，求得人和，方
能享受太平安康。

再如，考察水北和合舞，巧遇数百年难遇的和合寺落成开
光，得知在开光仪式上，有处士为菩萨安心祠的环节，我如此感
慨道——

心祠，一个多么动人的名词！它让一只只木雕的面具，顿
时有了神采和表情；它让一尊尊泥塑的菩萨，顿时有了体温和
思想。

……

心祠让泥胎有了肉身，有了魂魄；心祠令神人气脉相通，
心灵感应。人们之所以虔诚笃信，大约也因为心祠中本来就注
入了他们自己的鼻息和心气吧？

时隔多年后再访南丰，陪同的县领导乃三溪乡的原乡长，姓
曾。在南丰国际傩面具展览馆里，陈列有曾巩雕像，为当地傩面雕

刻艺人罗春明的作品。我欣赏过罗春明的不少傩面具杰作，而这件形神兼备的曾巩雕像，尤令我赞叹不已，其符合我对这位历史文化名人的全部想象。看面相，该位曾姓领导乃曾巩后嗣无疑。

他说，石邮村成就了好几个人。比如，它让一位日本老太太成了傩文化专家，让一个法兰西美女成了中国媳妇，如此等等。此言并不准确，民间的笑谈而已，却是从另一个角度道出了石邮傩的影响。

此次安排考察上甘和石邮。去上甘必经白舍镇，当年红卫兵步行大串联时，还是小学生的我，曾投宿白舍饭店，我还记得铺在客房地上的稻草和虱子，盛在钵子里的用来炖萝卜的可怜见的肉片，印有毛主席语录的红红绿绿的纸片。串联路上，最大的乐趣就是美滋滋地看着沿途男女老少欢呼雀跃着疯抢语录卡。半个世纪前向我索要"最高指示"的某个乡村少年，该不会早已成为上甘傩班的老师傅了吧？

石邮傩庙里依然水泄不通。匍匐地上的八伯依然身着红底长袍。苍老的面孔不见了。年轻的面孔苍老了。当然，也有陌生面孔出现了。

有一位叫叶根明的傩班师傅最是面熟，不过，他一直忙着招呼客人。他已是村党支部书记。

而我的相机从前最喜欢捕捉他的形象，仿佛石邮傩的代言人。

青原：万家烟火一家风

　　青原区，因青原山而得名，为赣江水所滋润。青原山中的净居寺，于唐开元二年（714）由行思禅师入主，其广聚僧徒，弘扬顿悟禅法，自成青原派系，世称行思为佛教禅宗七祖。赣江上的白鹭洲，有吉州太守江万里创办的书院，宋宝祐四年（1256）书院三十九人同登进士金榜，文天祥高中状元，朝野为此震动。从白鹭洲横贯青原区到曾被毛主席高度评价为"李文林式"根据地的东固镇，依山傍水的狭长地带上，一条八十多公里的国道两侧，仿佛展示中国千年的壮阔画廊。

　　群山连绵，是它的悠远来龙；江流奔涌，是它的浩浩去脉。一棵棵千年古樟，统率着属于它们各自的一群群古樟；一座座千年古村，牵绊着毗邻它们各自的一座座古村。一片片的古民居相互依偎，一幢幢的古祠堂彼此顾盼。朴实的青砖灰瓦与富丽的坊式门楼融为一体，精美的雕梁画栋与林立的楹联匾额交相辉映。桃红李白的村庄水口处，也许还残留着龙抬头的二月二日喊船送船的线香。紫燕衔泥的祠堂门厅里，总是有抬阁和龙灯歇息着，它们在举族狂欢的下元宵节那天累了，倦了。

　　青原，是文天祥、胡铨以及历代四十五位进士的故里，也是共和国二十位开国将军的家乡。以六座中国传统村落为代表的青原古村群落，密密匝匝地坐落在哞哞牛吼、翩翩鹭飞的山野间，其活态突出表现为：老者的唇齿间常常闪烁着动人的开基传说，村人的心目中时时感念着祖先的功德业绩，节日的鞭炮为百姓朴实的生活愿望而炸响，敬祖的香火为少年奋发的人生理想而点燃。

每每踏上有"文章节义之邦"之誉的庐陵大地，我总是情不自禁地要去寻访青原的万家烟火。这一次，打动我的，不仅仅是建筑和民俗，更是充溢其间的文化精神，是能够概括它的三个大字——魁、义、礼。

魁

这个字通常书写在宗祠门前的照壁上，是一个行楷的大字，浓重的墨色，粗放的笔画，于稚拙和庄重之间产生催人警醒的力量。

这个字通常熔铸于门楼顶端的塑像里。那"金鸡独立"且一手持斗、一手提笔的魁星，平易得像个求学的孩童，仿佛鱼龙变化就在点斗的瞬间。

进村便遇魁星，入祠又见"魁"字，青原的崇尚竟表达得如此坦荡和迫切！好些村庄都很认真地告诉我，为什么宗祠照壁上要写这个字呢，因为文家村的文天祥高中状元有传说的，他是文曲星下凡，人们都想托他的福，让子孙后代天天看到"魁"字，为之激励；而魁星则象征着进士及第、科甲联芳，本村本族文风昌盛。

文风昌盛，是族谱村史中最为得意的神色，也是族规家训里倍显庄重的表情。今天，哪怕行走在富水河畔油菜花香弥漫的村巷里，一旦清风吹过，便有书香扑鼻。书香来自古村落着力营造的儒雅风流的文化氛围，来自沁润人心的崇文重教的深厚传统。请看，富田匡家以世传家风教化族人："世传学风勿替诗书礼乐恒咨博雅振家声，祖遗德泽长存衣冠文物燕翼贻谋垂竹帛。"横坑钱家则以祖先功德激励后人："文可经邦长仰平江节度使，武能戡乱永钦护国大将军。"山水象形，可催人发奋，富田文家道："紫瑶列彩屏笔峰耸翠层层秀，富河环玉带南水翻波叠叠文。"陂下胡家云："端直敦心积厚流光诗书传世业，德行仁寿竞存求适山水毓人文。"宗族分脉，然传统永续，奁田李家曰："祖德耀千秋孝友仁慈光睦前绪，孙谋诒百代诗书礼乐启迪后人。"江城张家称："派别分三方同一肝胆，传家惟两字归本读耕。"以梁姓为主的渼陂，有一副著名的对联气概非凡："万里风云三尺剑，一庭花草半床书。"屋主人身在书斋，倾心于读书之儒雅，进而叱咤风云，退而修身养性，寥寥数字，把普遍的修身齐家治国平天下的人格理想和境界表达得淋漓尽致。

对诗书仕宦的追求、对功名文章的向往，入木三分地镌刻或润物无声地融化在寻常人家的砖木之中，成为建筑的血肉、岁月的记忆。渼陂村的对联，总是把耕读为本的思想表达得通俗易懂，或者语言直白，明白晓畅，如"歌高门第须为善，要好儿孙必读书"，"人具四端仁义礼智，名垂千载道德文章"等；或者朴实生动，耐人寻味，如雕花的槅扇上有联曰："学乃身之宝，儒为席上珍。"以珍馐佳肴喻礼乐诗书，以雅类比俗物俗事而臻于大雅；还有的长于用典，含蓄却也真切，"长江大海昌黎伯，明月清风赤壁仙"，其对文学大家的尊崇溢于言表。

为追求人文蔚起，村庄自然要拿出培养子弟的实际举措，比如置学田、办书院和义学、成立助学的会社等，不少古村落竟是书院林立。渼陂敬德书院房门上描金画有诗云："角上挂书常不离，专心好学把牛骑；时人只识忙中读，惟有杨公见乃奇。"如此诗意的画面，也许是往昔朴实的生活情景。在富田一带，至今人们仍津津乐道明代状元曾彦的故事，贩卖猪崽的青年曾彦，曾用裹脚布为陂下写下堂匾"竹隐堂"，也曾穿着草鞋为张家"一本堂"堂匾补上丢失了的"一"字，且一模一样。这样的传说，在乡野上架构了一座精神云梯。

匡家村有始建于明万历年间的万松书院，其"晋师破蒙礼仪"自明代一直传承到"文革"前，近年被发掘整理出来。仪式其实也是教化的重要内容——入学儿童穿戴一新，胸前挂红纸缠裹的小弓箭，带一面小镜子、一兜四季葱，寓意从此心明眼亮、四时聪慧、学习成绩上升；到了书院，学童先行晋师礼，再参拜孔子，再三叩拜后，先生用毛笔蘸朱砂为其点额头，是为"开天眼"；接着，擂鼓三通以明志，开笔破蒙并先生释义，读书破蒙又先生释义，最后由先生引导学童去文丞相祠参拜状元公。

据说，在毛家村，凡入学启蒙的子弟不仅要对孔圣像行跪拜大礼，还有一套拜孔的舞蹈。此地传说，一举人来莲庵设馆授课，后来考中进士离开，就连供奉于堂上的康王爷菩萨也仰慕不已，竟屈驾离座，月夜为这文曲星开门，不料，失足摔折臂。康王爷菩萨莫非是想诚心就此一拜吧？

毛家村总祠称冬官第，是传统祠堂向现代建筑转变的典型，建造于1936年，不仅使用水泥，而且还以水墨石磨面柱子代替木柱，以瓷版画取代木雕刻装饰，以彩塑技艺来装潢墙面，可见，毛家人较早受到西方思想文化的影响。自祠堂建好后，每年春节都要在石柱上贴对联"司空司马第，太守太保家"，标榜的正是毛氏的显赫门第和攻读家风。清光绪年间，毛家仁创建纱布店，积产数万金后，在村中兴建裕元巷。在其"尔等能奋志前程以诗书训子孙，令世世不乏读书种""士人十年读书，十年养气，必先化气质为主"的思想训导下，毛家村以教养学，文风鼎盛，精英荟萃，现有大学学历以上者近二百人，约占总人口比例的五分之二。近代以来，佳话频传，如"学界泰斗、一代宗师""刚烈报人""一家三教授""兄弟两高工""父女俩高编""兄妹渡东瀛""姐弟留北美""夫博士、妻硕士"等。其中的裕元巷文风尤甚，教授成群，高工成族，高学历者不胜枚举。新圩毛家成为令人欹羡的科教兴国精英群体。

冬官第又名文接堂，寓意传承文明、文化接力。祠堂内"蒇经世泽""出囊脱颖""捧檄承欢"等牌匾，"迎尚书以就养心能兼孝，因刺史而兆基官即为家""教子孙两行正路唯读唯耕，继宗祖一脉真传克勤克俭"等楹联，道破了人才辈出的秘密。

人们崇宗敬祖，将自己的生活置于祖灵的众目睽睽之下。不辱先祖，成为生活的起码原则；光宗耀祖，则是人生的最高境界。我在横坑钱氏宗祠孝敬堂里竟看见，祖龛两侧贴有用红纸写的几张喜报，题"登堂大吉"，内文是关于大学新生录取通知书的内容，如："××同学：经我校和相应省级招生委员会批准，你被河海大学录取，进入能源与电气学院新能源科学与工程专业学习。请持此通知书于2016年9月1日到学校报到……"如此这般。要知道，这些有志少年的名字，竟然和宣惠王、忠逊王、忠懿王、钱江将军等先祖画像并列在一起，这该是怎样的荣耀，怎样的激赏！而且，村中父老还要在宗祠里摆酒，邀祖灵共宴饮同欢庆呢。

我一路问去，此俗在青原古村群落大同小异。对了，传统村落，岂能仅存村落而丢弃传统？

义

古村落差不多都有义田、义学、义仓，那些义仓差不多都有感人的故事。青原也不例外。然而，青原更是忠孝节义的精神富矿，一个大大的"义"字舒展在青山绿水之间。

南宋爱国名臣胡铨就是这个字的代表之一。国家危难之际，时任枢密院编修官的他，冒渎天威而舍生取义，写下著名的《戊午上高宗封事》，声明"义不与桧等共戴天"，请斩秦桧等三人。因为这份奏章，胡铨被流放二十三年，而他始终坚持抗金、反对议和，最后力求去职，归返故里，死后葬于"青原山南麓"。他用铮铮铁骨和颠沛流离的命运实践了自己的诺言："久将忠义私心许，要使奸雄怯胆寒。"胡铨谥忠简，成为庐陵"五忠一节"之一。

传说，文天祥十多岁时去应县考，走进庐陵学宫，看到画有欧阳修、杨邦乂、周必大、胡铨四人形象的四忠图时，当即慨然放言：如果我死后没有像他们一样受世人祭祀的话，我就不算大丈夫！

大约一百年后，文天祥果然用生命、用泣血的《正气歌》续写着这个"义"字。我屡次到文家村，再三聆听关于他的悲壮故事。文天祥率义军鏖战于粤东，因寡不敌众而被俘。元军劝降，他出示《过零丁洋》明志："人生自古谁无死，留取丹心照汗青。"在被押解北上的途中，经梅岭时他开始绝食，只想魂归故里，元军便灌粥灌水。文天祥叹道："自被俘后，服脑子（冰片）二两，不死；绝食八天亦不死。"抵大都，三年水狱，文天祥始终大义凛然，视死如归。就义后，其好友张千载将其首级及平日脱落的指发藏于木盒中，千里负柩，历时一年多回到富田，交其家人安葬。从此，忠魂长眠在卧虎山的怀抱里。

文天祥陵园前牌坊上的楹联说得好："志可凌云文能载道，生当报国死不低头。"这既是对文天祥一生的崇高评价，也反映了人们对忠勇仁义的精神价值的普遍追求。

在文家村，自从文天祥就义后，每年他的诞辰日和就义日，都要举行由全体男丁参加的祭祀活动。请注意，这里的男丁是泛指，包括所有男孩。直到二十世纪七十年代，文家村才将两个祭祀活动日改为正月初一祭祖。此后，每年的大年初一上午，族中长老将珍藏的文天祥画像以及张千载、邓中甫画像取出，小心翼翼地张挂在文氏宗祠静学堂的上方，全村男性齐聚于此燃烛上香，关上祠堂大门后，再行祭拜之礼。仪式一结束，立即将画像收起。有一对红石狮子护卫的祠堂，大门紧闭，不妨想象其内中，虽有点儿神秘，却应是十分神圣。是的，传承七百多年的仪式，其实是在锲而不舍地向一代代后人传递着那份神圣情感。

义有不同的表达方式。文家合族祭拜的邓中甫，是文天祥的学友和难友，因病侥幸留在解送途中并做了道士，他不负文天祥的嘱托，着道冠道袍，不辞云游天下、跋山涉水的艰辛，将其全部诗稿带回家乡。后来，为文天祥撰写墓志铭、传记、像赞、挽诗，为纪念追随文天祥的抗元志士作《文丞相督府忠义传》。而张千载则是文天祥的同乡和同窗，乡试后，他未和文家兄弟一道赴临安会试。文天祥为官，屡次请他出山，均被婉拒。文天祥落难，他却倾力相助。文天祥被俘后途经吉州，张千载组织江南十义士沿赣江伺机营救，营救无果，他随行至大都，三年间每日为文天祥送饮食，直至其就义。明代李贽在《续焚书》中赞叹道："张氏何人，置囊异椟。生死交情，千载一鹗！"所以，文家世世代代感念他俩的道义和恩德。

感念仿佛播种，精神的种子总是悄然无声地播撒到后人的心田里，它还可以随风飞往四面八方，就像马尾松的飞子。沿着文家祭祖的线索追寻下去，我得知：邓中甫卒后，葬在横坑村的麻坑吊钟形，从那时起直至如今，经历多少辈了，每年清明，横坑人钱期鉴家都忘不了为邓墓烧钱挂纸。这一平凡的细节，因为贯穿了无数个清明节，照亮了无数场清明雨，而成为令人唏嘘不已的义举。它绝不是仅以乡情风俗就能解释的，其中一定灌注了充溢在青原山水之间的精神崇尚和道义担当；而在万安县的横塘村，张千载的后人每年正月初一去固山古寺祭祖，同时要祭拜文天祥。这座古寺始建于宋，其实也是横塘张氏宗祠，供奉张氏历代祖先牌位和观音像，侧室祀有文天祥雕像。文家与张家，世交笃厚，更重要的是，诚如横塘村介绍的文字所言："纪念这位'正气浩然'的大英雄，也是昭启后人效法先贤，崇仁义，厚风俗，慎交游，睦邻里。"端坐在古寺里的文天祥，早已成为一尊灵神，即便平时，也是香火不断。张氏后人还常常相邀，一道前往坐落在吉安县的文天祥纪念馆去瞻仰呢。

文天祥曾为渼陂撰写《梁氏合修大宗谱序》，为江背刘氏作《古春说》，赞颂其十三世祖古春公的品德，为厅上村学友之百岁母拜寿并赋诗……这是青原乃至整个庐陵大地对"南宋状元宰相，西江忠臣烈子"的亲切记忆。我强烈地感受到，凡存有文天祥手迹、履痕的村庄，无不以此为荣，他的名字在建筑中、在族谱里熠熠生辉，甚至，为充满炫耀、教化意味的建筑装饰思想，平添了一种风骨，哪怕文天祥所题的只是一块牌匾。

青原古村群落其实就是巨大的忠孝节义博物馆。一座座村庄，就是它的炫目展厅；一幢幢祠堂和民居，就是它的丰富馆藏；万众的口碑，代代传颂着众多英雄良才的事迹。在第二次国内革命战争时期，青原的东固地区成为中国共产党创建的最早的革命根据地之一，同时也是最早实行"工农武装割据"的红色区域之一。我想，这与青原地方有着经年历久、宝贵丰沛的精神滋养是分不开的，所以，当年有太多的热血男儿肩负大义而义无反顾。一个才二百来户人家的奁田村居然能组建一个红军营，同样，横坑村的子弟也是成建制地去当红军。土地革命前，横坑是千烟之村，然而，到1953年人口普查时，全村仅剩老弱妇孺八十人，由此，可见青原人民为革命付出巨大牺牲之一斑，墨写的大大的"义"字染着浓烈的血色。

千年古村，因增添了近百年来的红色历史，而显得更为厚重，更加斑斓。

礼

横坑孝敬堂享堂两侧的木柱上，分别挂着看上去很有年头的字牌，刻在上面的文字来自族规，一块是"存诚"，另一块是"起敬"，此乃平日对族人的要求，它们是慈眉善目的；而一旦在宗祠里举行活动，字牌就得翻转过来，背面的四个大字却是神情庄严，它们是"正伦"和"秉礼"。这个"礼"字，是仪节之规。

永乐龚氏宗祠三畏堂，其堂号"三畏"出自《论语》："君子有三畏：畏天命，畏大人，畏圣人之言。"凡善怕者，必身有所正，言有所规，行有所止。怀有敬畏之心，既是人生态度，也是行为准则。陂下胡氏的启正堂，始建于明末，以纪念曾任监察御史的"察院公"，他在任上严饬法纪、功绩卓著，年老辞官回乡后热心公益、修族谱、修祠、筑长堤、置义学，尤为重视教育后人，特意为祠堂题写对联："言易招尤对朋友少说几句，书能益智劝儿孙多读数行。"江背刘氏总祠复古堂，其"复古"之意在于颂祖德、循祖训，勉励族人遵守古制，奉公守法，读书好礼。这个"礼"字，是为人之道。

值夏胡氏于五代末年开基，自胡铨始，胡氏子孙多以"忠义"自勉，人丁日盛，成为庐陵望族。一向注重言传身教的胡铨，在去世前不久，用古律写下家训："悲哉为儒者，力学不知疲。吾宗二百年，相承惟礼诗。资殿尊职隆，授官非由私。立身忠孝门，传家清白规。但愿后世贤，努力勤撑持。把盏吸明月，披襟招凉飔。"这个"礼"，是传家之宝。

青原古村群落所强调的礼，乃各个宗族认定并世代相传的道德规范和行为准则，它们的呈现形态主要是家训族规，虽表述语言有异，然而，万家烟火一家风，其精神内核如出一辙。在林立的宗祠里，家训族规总是那么醒目，那么精警动人。匡家村有简洁明了的家训十二则，云："肃祀奠，修宗庙，敦人伦，谨婚嫁，重丧礼，务本业，训勤俭，睦族邻，育人才，完国赋，崇礼让，固风龙。"而横坑村有全面、周详的《钱氏家训》。这是五代时期吴越国王钱镠奉行一生的处世经验，被其孙辈整理出来而代代相传，内容分为个人篇、家庭篇、社会篇和国家篇，它谆谆告诫后人，"心术不可得罪于天地，言行皆当无愧于圣贤"，"勤俭为本，自必丰亨；忠厚传家，乃能长久"，"私见尽要铲除，公益概行提倡。不见利而起谋，不见才而生嫉"，"聪明睿智，守之以愚；功被天下，守之以让。勇力振世，守之以法；富有四海，守之以谦"。

家训族规挂在宗祠里、写在族谱里，更多的时候，能作为装饰与建筑融为一体，乃至成为建筑的精魂。比如，楹联和匾额是凝聚宗族的道德观念、知识经验、心智心声等，以彰扬、夸耀、规劝、引导的口吻，而做出的价值判断。所以，其表达的思想常常可以从宗谱、祠规中找到注释，从民风、乡俗中找到实例，从集体的性格心理中找到血脉里的因袭。

通常，村庄都有它特别强调的建筑构件或装饰物，但在渼陂却是个例外。它的木雕、石刻、楹联、匾额琳琅满目，令人应接不暇，连檐头都镶满了花边似的彩绘、墨绘、诗词，里里外外的墙上随处可见语重心长的家训。这是一座被刻刀雕饰的村庄，一座为墨彩浸润的村庄，一座由文字镇守的村庄。

我多次造访渼陂，印象最深的，倒不是它的长街和祠堂，而是铺张的文字，它们刻于木、书于墙，填充视野，灌注心田，几乎达到振聋发聩的地步。除了对诗书功名的痴情吟咏，大量文字充满传统道德的教训意味，富有为人处世的哲理，涉及修身之境界、持家之根本、处世之品行、交往之气量等。如，宗祠的楹联"世事让三分天空地阔，心田培一点子种孙收"，有一座照壁干脆大笔直书四字警世箴言——"多留余地"，真是一语双关，触目惊心。民居对联"做天地间不可少之人，为伦类中所当行之事"，语言虽朴实无华，却是铿锵有力，洋溢着一股大丈夫气；书于墙上的家训更是牵肠挂肚，顾忌颇多。因此，它的表达更加循循善诱，更加澄明透彻，如："观贫贱人当观其度量，如宽宏坦荡者则其福必臻而其家必裕。观富贵人当观其气概，如温厚和平者则其荣必久而后必昌。"其言也善，其意也切。拳拳此心，明月可鉴。不知道为何，它对为人处世之道竟然如此在意！

金无足赤，人无完人。既然如此，又有家训教人如何完善自我，且说得实实在在，操作性很强："勇不足则多劳，明不足则多察，理不足则多辩，情不足则多仪，才不足则多谋，识不足则多事，威不足则多怒，信不足则多言。"这套理论真是费尽了心机。可见，此地梁氏注重教化，几近极端。于是乎，入堂便见正襟危坐的文字，出门皆是道貌岸然的格言。

在这个始建于南宋初年，耕读并重、农商并立、文武并举、义利并蓄的村庄里，如此谆谆教诲，是"文献名宗""衣冠望族"的秉性所在，还是以儒行商、以商助儒的封建儒商文化的经世方略？是人们阅尽世态炎凉、人情冷暖的经验总结，还是人们置身于通商码头面对前路漫漫的千叮咛万嘱咐？是语重心长的，也是踌躇满志的。

"求名求利，但求无愧社稷；志大志远，立志有功黎民。"如今，青壮年大多外出打工去了，古老的村庄靠老弱妇孺养着，养着它的族谱和香火，养着它的家训族规和贴满厅堂的中小学生奖状。从蛛丝积尘中，忽然读得这副楹联，我不禁眼里发潮……真的！

千年古樟荫护着千年古村，万家烟火映照着万众口碑。风光秀美的青原古村群落，既富有诗情，又满怀哲思。那光耀千古的英名，赋予其无与伦比的文化纪念意义；那袅袅飘升的青烟，象征着绵延不断的接续和传承。

我看得分明——青烟起处，是胡铨墓园、文天祥陵园，是敬祖祈福的现场，是信仰着的心灵深处……

湘东的种子

　　湘东在赣西，在"行尽江南有山处"，在赣湘界的这边。出了老关，此去便是湖南了。

　　湘东也在我记忆里的傩乡。那儿"五里一将军，十里一傩庙"，这句民谚意在标榜萍水河畔傩庙遍布的奇丽景象。早些年我行走湘东，几乎就是行走于一座座傩庙之间，行走于一尊尊傩像之间，行走于一支支傩队之间，行走于一位位傩面具雕刻大师之间，他们中有毛园陈氏家族傩面雕刻的非遗传承人陈团发、陈全富父子，有彭国龙等多位杰出的民间艺人。我先后造访过汶泉、明塘、下埠等村庄，汶泉习傩少年技艺之娴熟，曾令我为传承事感慨不已。明塘的扫堂傩仪古朴完整，竟让随行专家大开眼界，下埠傩在萍乡的影响最大，其影响甚至进入了当地的语言生活，有歇后语道："下埠的傩——面子大些。"湘东傩面具雕刻艺术被列入第一批国家级非物质文化遗产名录，而湘东区则名正言顺地成为中国民间文化艺术之乡。到了湘东，我忍不住想吆喝一嗓子：民间文化依然活态存在的山野，才能够算得上是丰饶肥沃的土地！对吧？

　　湘东还在我的舌尖上。它是肥而不腻，香且又糯的腊肉。它是纹饰别致，味道甘美的花果。它是小觑四川，不让湖南的辣椒。参观排上镇的南繁制种馆，有一个火辣辣的数字呛着我了，那是1976

年排上制种队前往海南时留下的历史纪录，队员们随身携带的物资以辣椒最为紧要，居然是每人十斤。那可是干的辣！红彤彤的辣！叫人一把鼻涕一把泪的辣！

忍俊不禁之余，不由得怦然心动。依稀记起当年的海南制种，那是已经沉淀于我内心深处的一次国家大行动。置身南繁制种馆，我才读懂来龙去脉，我依稀记得的，乃二十世纪七十年代初中期，杂交水稻"三系"配套成功后，为了推广种植，全国各水稻生产省（区）陆续在海南建立基地，开展杂交水稻繁育、制种，故而简称"南繁"。

十斤干辣椒的记载，唤醒了我的记忆。当年我下放所在的垦殖场，像周边所有公社一样，也必须派员奔赴海南。那时去往天涯海角一点也不浪漫，倒是充满了瘴疠虫蛇之惧、炎炎烈日之忧、台风狂浪之惑，更何况往来不便、为期太长。场里决定抽调根红苗壮且"一人吃饱，全家不饿"的单身汉，响应者唯有一位刚刚入场的退伍军人。可是，完成任务回来后，那刚强汉子绝口不提海南故事，也不知其究竟吃了多少苦遭过多少罪（萍乡作家漆宇勤《候鸟》一文所写的湘东继父，也是这样，"我反复询问他制种是怎么回事，他先告诉了我父本母本的概念，然后就没什么可说"；关于海南的热，"继父并未详说"；关于农作的艰苦，"他只是淡淡地说"），我倒是发现退伍军人此后养成了不管什么季节都紧扎裤脚的习惯。不过，我还能从垦殖场书记对待他的态度，间接感受到他在海南的辛劳、海南的煎熬。憨厚而儒善的书记每每遇见他，总是满脸不无歉疚难为情，连声音都变了，轻轻的，亲亲的，像父亲用语言小心地爱抚膝下后生晒黑的皮肤，疗治他疲累且孤独的心。

排上展示的南繁制种，已历四十年之久，蓬蓬勃勃一直延宕到如今。漫长的岁月一定有漫长的故事，那些故事一定可以编辑为厚厚的大书。它既是可圈可点的科学研究，也是可歌可泣的田间实践；既是耐人寻味的珍贵往事，也是令人振奋的火热现实。然而，身临其境，我试图追问的是，为何当年连我也知晓的国家行动，到头来怎么就独独落在了排上的肩头，怎么就能说"只要有水稻种植的地方，就有排上人生产的种子"，怎么就可以在排上造就中国乃至全世界的第一支种子生产专业队伍？

排上娓娓道来，说的是"当惊世界殊"的种子革命。早在七十年代初期，在"世界成功利用水稻杂交优势第一人""杂交水稻之父"袁隆平的主导下，全国开展了籼型杂交水稻"三系"配套协作大会战；而在萍乡，由颜龙安领衔、多位湘东籍成员参与的研究团队率先获得成功，并立即运用于生产实践；从1975年开始，萍乡在全国率先组织人员奔赴海南大规模繁育、制种，经过长期努力，湘东的排上建立了全国规模最大的杂交水稻制种产业，从业人员六千多，制种面积占全国南繁育种总面积的95%，制种业务拓展到全国各地，产品远销东南亚等十多个国家。

我更愿意通过一些细节感受当年，以便更加真切地逼近自己的追问。比如，制种队员不无风趣地总结出了"海南十八怪"，什么"三只蚊子一盘菜，五只老鼠一麻袋；田螺吃禾比牛快，蚂蟥又长又大当裤带；男人骑牛车，女人学大寨；汽车跑得比火车快，老婆婆上树比猴快；团鱼海龟门板大，吃鱼好比吃蔬菜"，如此等等。

它既是风土人情的反映，也是生存环境的写照。比如，海南各种自然灾害肆虐，有的年份台风过去暴雨即来，甚至海啸接踵而至，以致重灾田块颗粒无收，且有制种队员在台风中献出了生命。像关于干辣椒的好处，制种队老人回忆道：当年物资匮乏，想吃肉只有等过年，等萍乡慰问大家送来的腊肉，然而，天气太热，腊肉也留不过一周，平时常吃的菜，就是干椒炒黄豆、干椒炒萝卜皮、干椒烧鱼干。如此看来，每人才十斤干辣椒，多乎哉，不多也。

原始落后的自然条件，苦不堪言的饮食起居生活，又脏又累且大强度、长时段的生产劳动，让不少制种队员难以承受。据说，制种期结束返乡时，有人在海边捡起石头扔进琼州海峡聊表决绝之意，誓不再还。难怪，当年萍乡全市共有三十八个公社、四所科研所分别派出队伍，后来仅剩排上队一支独苗；难怪，声势浩大的制种行动在我身边却是以制种人紧扎裤脚作结。

排上始终坚守海南，坚守制种基地，坚守种子们的初心。他们利用萍乡的技术优势，全面接管了众多队伍撤离后留下的基地。此后几十年，候鸟般飞去飞来的排上制种人，不断改革生产经营方式，直至抱团发展、组建公司，走向专业化、机械化、集约化、公司化经营，同时，积极开发杂交水稻新品种，创新生产工艺，扩大制种规模，使得排上成为能让袁隆平院士欣然为之题字的"中国水稻制种之乡"。与时俱进的一代代排上制种人，成为乡村产业振兴的"良种"。

追溯南繁制种的历史，我记住了"野败"不育株、四十八粒起源种子和有"英雄母亲"之誉的"珍汕97A"，记住了颜龙安院士以及他的团队，记住了这样的褒奖："如果说杂交水稻的缔造者是袁隆平、颜龙安等水稻育种专家的话，那么将杂交水稻的科研成果转化为实际生产的，就是以张理高为首的排上制种队。"排上，堪称这场种子革命的开路先锋！当然，我也记住了更多的后起之秀。其实，通过展出的那些红头文件，我想，不能忘怀的还有当年的组织指挥者。他们共同的作为，体现了往昔岁月的时代精神，那是"敢为人先、百折不挠、崇尚科学、求实创新"的湘东南繁精神之源头。

往昔岁月的时代精神，并非仅仅只是遗产，它也可以成为财富，譬如在排上，它就是乡村产业振兴的独特资源。由此，我想起水库。让今人受益的水库大多建于二十世纪中期，从前筑水库，一声号令便是四面八方，便是千军万马，甚至自带口粮，义务劳动。水库最能体现从前的时代精神；由此，我还想起遍及全省的垦殖场和共产主义劳动大学。也是巧了，离开南繁制种馆，便进了知青印象馆，其中展出的也有垦殖场的历史。

于是，我忽然发现，作为制种之乡的湘东，真的善于繁育种子。它把民间文化的种子，播撒在0799艺术区里，播撒在麻山幸福景区，使之既得到保护、传承的土壤，又享受着生长、发展的阳光雨露；它把红色文化的种子，播撒在凯丰故居周围，建起了凯丰生平业绩展览馆、廉政文化教育馆和智慧党建体验中心；甚至，传统的工业陶瓷也是种子，湘东引进高端人才，建立科创中心，只为将其培育成产业振兴的良种……

正是立冬，暖阳如春。我在湘东的山野间好奇地探访着关于种子的传奇。一些种子已收获入库，一些种子正繁育生长，一些种子却悬挂枝头。适宜繁育良种的地方，注定也是适宜良种落户丰收的地方。我在田园里品过南丰蜜橘，又去山林间采摘广丰马家柚，没想到，远嫁他乡的橘子柚子，滋味毫不逊色于原乡。

哦，忘记问了，候鸟们应该又南下海南了吧？

靖安的绿

　　正是火红的日子，我走进万绿丛中，为品读靖安山水绿映红；正是繁茂的季节，我跻身清华之间，以感受九岭南麓云水境。

　　绿从连绵起伏的峰峦上倾泻下来，从潺潺的溪涧里流淌开去。风为绿吹出了千层皱褶，或者说，绿赋予风以生动的形色；雨将绿闹出了百般动静，或者说，绿传授雨以悦耳的音韵。

　　雨后，一条条玉带缠绕着绿，一团团轻纱包裹着绿，那些飘然而至的洁白，似乎合谋着要把绿打包带走，而绿似乎格外钟情于这片佳丽之地。我一回回目睹着云雾无奈散尽，山川清淑，绿色更绿。

　　靖安的绿，是可以诵读的，譬如诗词美文。名列"唐宋八大家"的曾巩游历至此，赋诗写道："地气方以洁，崖声落潺潺。虽为千家县，正在清华间。"而早在盛唐，著名诗人刘眘虚见此地山明水秀、俗美化淳，"道由白云尽，春与青溪长"，索性落地生根，归隐水口一带的桃源村。宋时邑人有七言古风描写桃源四时景色，并道破了吸引刘眘虚的所在，只道是："此源非是为避秦，此处桃花不浪传。山城画里纵盘旋，奇峰兀突摩大圆。"原来，让刘眘虚迷恋的，竟是桃红，竟是柳绿！于是，他筑"深柳读书堂"读书写诗，在桃源村开枝散叶。如今，"深柳堂"仅存遗址，赋诗填词的风气却蔓延全县，我所到之处，时见挥毫赋诗场面，老的老，少的少，农人原来是诗人，"斯民无日不题吟"，要知道，靖安乃乡乡有诗社的"中国诗词之乡"。家乡的绿，无疑是他们吟咏的主题之一，我记住了这么一句诗，"原生态里心涂绿"。人心逢春，才有大地的无边绿色吧！

靖安人的好诗，也许还受清代诗人舒梦兰影响。这位乡贤选辑历代著名词人各种词牌的代表作，按照格律分别注上平仄声，编成《白香词谱》，为填词者典范，至今风行。我搜索到他游庐山的一则日记，甚是有趣，云："……口鼻之内无非云者。窥书不见，因昏昏欲睡，吾今日可谓云醉。"云为绿而生，云醉乃绿醉也。我相信，舒梦兰的庐山云醉当有家乡生活的深刻体验。

靖安的绿，是可以品鉴的，譬如靖安白茶。呼吸着绿，似有扑鼻的清香，沁人心脾；况味着绿，似有悠长的回甘，耐人咀嚼。是的，崇尚绿本来就是我们身边的文化和传统，不信，请看靖安之绿所蕴含的山水文化和生活理想——绿是村庄择址开基的重要条件，因为绿象征着生气。白鹭张家的祖先决定分迁子女另觅居所，觅得潦河南岸有一片绿洲，茂密的树林上空群鹭翩翩，于是便选择在那里开基立业。鹁鸠垄涂姓先人十分爱鸟，为了与啾鸣不止的林间小鸟朝夕相处，其不惜举家迁移，毅然与参天古木为邻。该村爱鸟、养鸟、惜鸟的传统延续至今，每遇天寒地冻，村人便会为林中成千上万的斑鸠呀鹧鸪呀投放食物；绿是村庄安全无虞的可靠屏障，

"无樟不村"，此乃江西乡村的共有景观。靖安亦如此。"矗矗山围立，团团树绕家。"宋人舒邦佐的一个"绕"字，惟妙惟肖地表现了人与自然相依相偎的情状。朋友告诉我，宋坊村前沙洲上的樟林，古樟多达三百余棵，树龄百年以上，树冠浓密蓊郁，整体树龄之高、保护之完整，着实罕见。而拥有几十棵古樟、古松等古树的另一个村庄，更被成片的野生楠树林围绕，于是，该村索性更名为"古楠村"。随意数来，靖安以树命名的村庄不少，有古竹、烟竹、槐树、三栎、棠棣、梓源、茶坪、茗岗、茶子山、樟树港、枫树墩、枫树湾等，一座村庄有以茶山作陪嫁之传说，干脆取村名叫"油搽头"，殊不知，从前的茶油也是高档的头油，美丽了多少山里女子。人们依恋树，甚至膜拜树，牌楼村钟情古柏，时至今日，新婚男女仍要摘一枝柏叶挂在床头，以求吉祥。

雷公尖林区有一处景观叫天香崖。何为天香？那里长满野生山茶，每年初冬，连片的山茶花竞相开放，香气四溢，山风拂来，但见花瓣飘飘洒洒，而石壁崖缝里遍布蜂巢，石崖之上则有老鹰和鸦雀麇集。人称，它们是来闻香、吃蜜的，香甜滋润了它们的鸣唱。是吗？我深以为然。这不，近来在九岭山自然保护区的密林里，发现了植物界的"金丝猴"——极度濒危植物大黄花虾脊兰，它属兰科常绿草本，生长在海拔1200米至1500米的深山常绿阔叶林下，对生态环境和水源要求极高；而安置在林中的红外相机，则捕捉到了豹猫的身影。被列入《世界自然保护联盟濒危物种红色名录》的豹猫，体形与家猫相似，皮毛呈美丽的豹纹样，具有夜行性特点且行踪隐秘，主要栖息于山地林区、郊野灌丛，这是江西首次于白天发现豹猫觅食活动。频频现身的珍稀动植物，应是被靖安的绿召唤，并被其迷醉。

靖安的绿，是可以雕琢的，譬如中源竹雕。中源乡境内层峦叠嶂，郁郁葱葱，此地有修水水系和北潦河水系的分水岭，也是多条河流的发源地，得天独厚的竹木资源，催生了肇始于清代中期的竹雕工艺，盛菜、装茶、灌油的竹筒被刻上花鸟和文字，日常生活便被艺术化了。而作为中源竹雕的代表，蔡氏竹雕自清道光年间传承至今，历五代，到了第五代传承人蔡长远兄弟手上，已有十个品类，其中尤以镂空雕最为出色，作品造型由古代建筑中的亭台楼阁衍化而来，因刻法、刀具、造型独特，获奖多多，并取得八项国家专利，为传承技艺，蔡长远还义务培训竹雕学徒上千人次。关于他的镂空雕笔筒，人们或许记忆犹新，它曾偕资溪面包一同上过央视《小崔会客》。关于他的老家中源，人们可能偶有所闻，一个"六月无棉，莫上中源"的避暑小镇，因有"小庐山"之誉，引得游客纷至沓来。如今全乡民宿有接待床位两万余张，而夏季旅游高峰日，游客可达三万多人。因为绿，中源避暑休闲旅游的红火，一年更甚一年。站在镇街上，蔡长远手指对面山坡上的葱翠，葱翠之中的老家，满脸微笑。凭着这张笑脸，他曾与慕靖安名到访的洋学者长时间地自说自话，言语不通，微笑为径，彼此竟也能顾自侃侃而谈，至于究竟聊了些什么，唯有心知道。

民宿与竹雕有关吗？有。避暑旅游的产业发展，同样依托当地资源，同样需要一颗匠心，需要以匠心去培育，用匠心来雕琢。算

※　333

起来，这里的民宿发展已有不短的历史，就像工匠磨砺技艺一样，当地农户终于能够娴熟地驾驭经营之道了。人们评介蔡长远的竹雕技艺，便用了这个词——"技进乎道"。那么，中源民宿的经营之道是什么呢？是规范的管理模式，是自我管理、自我约束、自我发展的运作机制，我在此便看到了由中源乡农宿文化乡村旅游协会公布的统一的房价表，看到了实现智慧化管理、服务及营销的智慧旅游平台。正是午餐时间，走进一家农户，只见几名房客围坐一桌，俨如一大家子，都是来自南昌的老人，最长者九十三岁，他们在此避暑已有八九年，每个夏天住上两三个月。像夏候鸟似的，年年如期而至，自然是出于对靖安之绿的向往，无疑也是对"道"的赞赏。而避暑于清凉的绿世界，闻香并云醉，亦可算是一种生活艺术吧？何况，这里是农民书画之乡，游客颇可以轻易地融入老百姓的艺术生活。

靖安的绿，是可以漂流的，譬如三爪仑森林公园。提起靖安，我首先想到的便是三爪仑，便是出现于南昌街头的旅游广告——"到三爪仑漂流去"，它让我第一次接触"漂流"的概念。于是，邀拢一拨文友，乘坐一辆客车，经过半天摇晃，到达三爪仑的某条"爪"状山脉的窝窝里。时为"五一"节后，一场神奇的大雪颠倒了季节。好在下榻的招待所虽简陋，客房里却有壁炉和干柴，身裹棉被毛毯，笔会暖烘烘地召开。二十多年后，我再度来到三爪仑，乘坐小火车"漂流"在虎啸峡的溪流之上、林梢之上，顿悟当年开发林海漂流的意义。三爪仑曾是全省最大的采育林场，二十世纪九十年代初，也许正是出于对绿的崇尚，以采伐为重要任务指标的林场猛然认识到，"山上的树砍倒卖，不如长着看"。不砍树，就是在心底种下了生态观，种下了新的发展观！为了"长着看"，三爪仑经策划、申报，成为江西唯一的国家示范森林公园，于是乎，"看"的人多起来，"农家乐"风生水起，林海漂流闻名遐迩，朋友证实，因为三爪仑漂流起步早，以至于各地经营漂流的，多有靖安老板。"长着看"的植被，令今朝群山更好看，三爪仑一带的森林覆盖率已高达95.7%。生态，正是靖安的金字招牌，它是全省首个国家级生态县，全国首批"绿水青山就是金山银山"实践创新基地。而今，以"一产利用生态、二产服从生态、三产保护生态"为发展模式，一大批生态康养旅游项目，纷纷落户于九岭南麓的万绿丛中。

我乘坐的观光小火车，据说是世界第一条森林高架轻轨，此地广告词称："坐着火车去漂流，激情穿越大峡谷。"漂流，一个动感十足的词汇，它让人起伏跌宕在谷壑溪涧里，让心飘摇浮沉在鸟语花香里。漂流，也是富有想象力的词，它教人像鸟，像鱼，像树叶，携手自然，亲近自然，或者，就像一个孩子吧，在山水的怀抱里嬉闹、淘气，撩起水花，浇湿女人的秀发、男人的胡子……

下榻于靖安之绿，牵念着绿海日出，早早出门守候桥上。此行绕县境一圈，满目苍翠欲滴，几乎不见裸土，于是便想，在森林覆盖的地方之外，大约就是水面以及城镇村庄道路了。其实不然。靖安的水里也覆盖着森林，覆盖着层层叠叠的倒影。未等到日出，我用手机摄得一组照片，桥下的河里，白雾缠绕葱茏，天光辉映晨林。发了朋友圈后，多有询问：这么美的地方，在哪里呀？那天，我也是云醉了，竟未回复。姑且在此一并作答吧——

那是靖安的绿，江西的绿！

好戏的鄱阳

鄱阳有个地方叫莲荷国。这名字听上去大气，看过去美丽。接天莲叶的国度，映日荷花的疆域。流连其间，我竟摄下两座仿古新戏台。一座，建筑在莲叶之上，像蹲伏着一片蛙鸣；另一座，仿佛莲蓬，荷花绽放，它便露脸了，还有些娇羞的样子。

戏台后面的一幢幢农舍崭新的，却也是空荡荡的。只见一位女子在自家阳台上晾晒，听得一声吆喝，她便躲闪进屋去了。也许退场隐没于弥漫的馨香中。那村庄四周荷花，她乃起舞凡间、入戏太深的花仙子，怕也未必。

莲荷簇拥着的新戏台，引出一个耐人寻味的新话题。朋友告诉我，如今鄱阳乡间兴起建造戏台热，全县共有戏台746座，除了明清时期及以后的38座老戏台，其余都是改革开放以来尤其是近年所建的新戏台，建设资金均由村民集资和乡贤能人捐资。我大吃一惊。村庄不是"空心"了吗？在这样的背景下，"戏台热"反映了怎样的乡村生活现实和心理现实？

其时为2018年。此后我再次造访鄱阳，得知戏台数量持续上涨不断翻新。现在，此刻，已达千余座了。或许仍有在建的呢。

我对鄱阳的好戏，早有耳闻。鄱阳人好的是饶河戏，此乃赣剧的重要流派，它是在南戏和弋阳腔的基础上经改造发展，变一唱众和、锣鼓伴奏、以板击节的高腔，与乱弹等皮黄声腔融汇糅合，所形成的唱腔丰富、剧目众多、乡土气息浓郁的地方戏剧。饶河戏一经问世，即受到鄱阳和饶河流域老百姓的喜爱，从清乾隆时期起，鄱阳乡间演戏看戏之习蔚然成风，不仅庙会、开谱、开台、做寿、婚庆要做戏，秋收后要演太平戏，甚至违反乡规族规所领受的处罚，往往就是掏钱请戏。在这片丰饶的土地上，唱戏的班社长势如水稻如莲荷，其中既有专业的长班、业余的太子班，也有众多自由结合、走村串户"至家表演"的串堂班，而串堂班多为好戏的农民群众所组成，现学现演，游走乡里，过一把戏瘾。我曾读到一段追忆往昔的醉人描写，云："突然从湖上传来一声'叫太保，传帐令'的大花唱腔，这略显嘶哑却高亢激越、掩饰不住苍凉的吼唱，令打鱼的父亲他们兴奋了，也不时以吼唱回应。在夜和水的氤氲中，此起彼伏的交流，缩短了陌生与阻隔，冲破了天与湖的黏合，漫撒在浩瀚的彭蠡……"

从前有民谣极言乡人好戏，道："深夜三更半，村村有戏看，鸡叫天明亮，还有锣鼓响。"关于好戏者的身心享受，则有民谚概括称："三天不看饶河戏，肚皮发胀鼓闷气。"似乎，看戏能疏肝解郁，补中安神；民谚又云："一听锣鼓响，嗓子就发痒。"仿佛，看戏可升举阳气，开心益智；民谚还说："听过饶河戏，全身长力气。"无疑，看戏将滋补强壮，扶正培本。

既然有许多好处，那么，约吧，看乡戏去！冬月初十夜，我等匆匆应付肚腹之饥，拔腿便走，赶往正在演戏的董家坪村。董家坪在茫茫夜色的深处，在静静昌江的对岸，在记忆犹新的夏天——其时，它及其所属的昌洲乡漂浮于一片汪洋，像一艘吃水很深的船，沉重而缓慢地行走在举世关注的目光里，一连多少天，总也驶不出央视三十分钟长度的《新闻联播》。而到了岁末，董家坪要唱洪灾过后的第一场大戏了，这也是完成脱贫攻坚的第一场大戏，更何况，它是由老百姓自个儿做主、众人合伙掏钱请的戏！

鄱阳乡间所说的做戏"一场"，其实指搭台演出的一个单元，比如，连演四夜三天，一共九本。当然，也可以更多。每一场的第一本戏，一定是《满堂福》，一听剧目即明白，老百姓图个彩头。接下去上演的剧目则任由东家点，而东家呢，往往委托村中长老，甚至选择剧团也要请长老去做实地考察并拍板。长老乃资深戏迷也。这一回，董家坪选的是实力雄厚且为四乡称道的鄱阳湖赣剧团，一家聘请赣剧大腕做台柱子的民营剧团。鄱阳全县共有经过注册的民营剧团二十多家，年复一年，它们在千百座戏台之间乐此不疲地赶着场子，家家都火得很。我访问过昌江赣剧团的团长，那个汉子本来做灯光音响生意，出于为年迈岳父帮忙的动机，他接任该团的第三任团长，岂料，一旦接手就舍不得甩手了。而在琳琅满目的演出剧目单上，董家坪点的正本为《飞龙带》《下河东》《降天雪》《胭脂狱》《鱼肠剑》《反昭关》《对花枪》和《八郎探母》，还有《苏三起解》等小戏。

赶往董家坪途中，穿过黑灯瞎火的昌洲街，纳闷于那般冷清，我随口臆测：人们大概都去看戏了吧？哈哈，果不其然，此夜远近村庄的老少戏迷齐聚在董家坪，簇拥于戏里。不愧为中国戏剧之乡呀，在乡下看戏也讲究了，不怕风吹雨淋，不怕下露打霜了，撑起巨大的帐篷，便是一座剧场，里面全是专注的眼睛，哪怕有人在台口对着他们拍照。所有视线紧盯台上的生旦，须臾不肯离开，若非身临其境，很难想象，在人人捧着手机过日子的今天，农民群众居然对传统戏剧、对饶音赣调一如既往地如饥似渴。

戏迷迷醉在《八郎探母》的剧情里，迷醉在杨八郎和公主的唱段里。我去后台采访团长。年轻的女团长告诉我，请戏的东家乃四位花甲寿星，做的是寿戏。鄱阳乡村作兴为50、60、70岁的老人做寿、演寿戏，此时，子女及孙辈必须回来，哪怕远在天南海北！而亲朋好友理当如约而至，远近戏迷自然闻讯赶到。总人口2764人的董家坪村，有1600人在外地营生，这是人口普查得到的最新数据，差不多只剩老幼了。然而，"空心村"因上演一场赣剧，而人气旺盛，而喜气洋溢，而热气蒸腾。这四夜三天，成了董家坪召集天下、邀拢四邻的盛大节日。

为观众热爱着，被戏迷鉴赏着，演员从来唱得认真、唱得投入。要知道，好些戏迷远远听到唱腔、听到鼓响，就能断定演的是哪出戏，万一演唱有瑕疵，台下跟着哼戏的观众会忍不住吆喝一声："没唱到板呀！"我在后台与退场的杨八郎握握手，没聊几句，他又该上场了。寒夜里，他戏服里面只穿着一件汗衣，却已汗流浃背，他乐呵呵地说："这还没唱到最费力气的时候呢。"老百姓爱看戏，也是因为有一群会演戏的人，乐于倾心为老百姓演戏的人。

我想与请戏的东家聊聊天，然而，手机怎么也打不通。也是，这本戏忠孝节义全有了，观众的神思还不飞越雁门关呀？只好委托团长帮忙约定次日再会。返程行驶在江堤上，迎面有小车停下问路，问去看戏怎么走。可怜见的，赶到现场，演员恐怕该谢幕了。他们是从远处赶来的戏迷吗？不知道。不过，听团长介绍，她的赣剧团倒是有一个十分活跃的戏迷微信群，追踪着演出讯息，对于铁杆戏迷，一切的遥远都很亲近。

次日再访董家坪，我见到了请戏的东家，不止四位，还有他们的妻子呢。一位名叫刘莲花的女寿星美滋滋的以东家自居，大声宣示道：过去合伙请戏，女人只出一半费用，现在男女平等，一样出钱啦！她咯咯地笑起来，言辞间，颇有巾帼不让须眉的气概。由此，我想起芦田徐家村镌刻在戏台功德碑上的那份自豪，其碑文称"吾村群贤望士，出阁贤良淑女，慷慨解囊""故录其芳名，勒石纪之"，上面赫然列出长长的女子捐款名单。那是出嫁的女儿情系故乡，普通女性堂而皇之不折不扣参与乡村公益事业的证明。

女寿星曾经当过村干部，近年去杭州经商，此番夫妻俩带着全家老小返乡庆生，包括远在甘肃的女儿也回来了。我问：眼看就要过年了，还去杭州吗？答曰：要的，那边有家有业还有要上班的，过两天就得走。问：过年呢，到时再回来？答：过年当然要回来啦！又是很灿烂的笑容。她披露了一个秘密。这次合伙的寿星，还都是儿时的同班同学呢。头发白了，皱纹生了，或留守，或进城，或外出，差不多也算天各一方，然"岁月幸同庚"，相约返乡一道做寿看戏，真是一件人生旅途的浪漫事情。

在鄱阳，乃至周边各县，最出名的剧团当属鄱阳县赣剧团。它正在为芦田乡徐家村举行开谱演出呢。约好了中午去采访，我便顺

※　341

路探看了好几座戏台，曾请过鄱阳县赣剧团的村庄，仍留有旧日的欢迎标语以炫耀于人，而这个剧团的影响更在戏迷的口碑上，一旦言及，无不啧啧赞叹。据说，想请它做戏，至少得提前一年预约，俏吧？早些年，我曾去到该团调研，得知它不仅名角多、剧目多、获奖多，更发人深省的是，在戏剧式微的大背景下，这个团每年下乡演出数百场且供不应求，还曾遇百姓抢戏箱半道截了去呢。

朗里村最近便请过县赣剧团。下半年以来该村竟已经做戏四场，分别是两场寿戏、太平戏以及庙戏。朗里新戏台耗资百万元，三重檐飞翘，梁枋上依次雕饰盗仙草、八仙过海和八大锤大战朱仙镇。这是怀抱孩子的老人告诉我的，青壮时期人家还是村剧团的角呢。芦田孤山村的戏台装饰也引我注目，背景墙上彩画马背上英姿飒爽的聂荣臻元帅，不用问，该村姓聂。听说，有吴姓村庄希望赣剧团创作反映江西第一人杰吴芮的剧本。看看，村庄的攀附意识其实也闪烁着民间的英雄崇仰。

莲荷国旁边的洪曹村请的却是安徽小百花黄梅剧团。九位花甲老人提前一年即开始规划，做寿时在外打工的子女携孙辈全都回来了，不然，"会被别人耻笑的"。从前洪曹村演戏，需临时用竹木搭台，登台的是本村农民剧团，他们既演给村人看，也在春节期间外出为宗亲表演，剧目有《龙凤阁》《打金枝》《打銮驾》《狸猫换太子》等。农民剧团虽早已解散，然而，囊中有了闲钱的老百姓，憋不住好戏的念想，一个个动了心思，于是由村理事会牵头，经考察多座戏台后，动工兴建属于自个儿的"父老开心地，乡村体面场"。

有的村庄则由老年协会掌管建造戏台以及开台、开谱做戏事宜，比如徐家村。我于正午赶到徐家村，只见家家户户都为开谱庆典贴上了红彤彤的门联，而演出现场又令我吃了一惊。整齐排列在一侧的餐饮摊，头天夜里在董家坪我就注意到了，而饭点时的徐家村这边，分明成了餐饮一条街。大饱眼福耳福之后，观众可任意点餐，大饱口福，花色品种还挺多呢。据说，那些摊贩常年跟着剧团跑，戏演到哪里，餐饮服务便送到了哪里。

但是，且慢！村人及其请来的客人注定得回家吃饭，那么，挤满餐饮摊的观众应该都是外村的、外地的。听说，他们看完上午场，还得看下午场，接着晚上看，临走说不定要吃顿消夜再摸黑几里十几里往家赶。那些餐饮摊生长在好戏的土壤上，真是活色生香啊。

这么看来，请戏的四夜三天，对于一座"空心村"，真的是人心欢娱的节日，人情融通的节日，人性和美的节日。看戏或许另有一大功能，便是强心"填空"吧？乡戏的鲜活存在，乃村庄生气和活力的表征，乃乡村振兴精神潜力的希望所在。戏缘，一条美好的乡愁纽带，可以把人心召唤在一起，串联在一起。

好戏的鄱阳自然盛产赣剧表演人才，朋友一一数来，省里以及周边好几个赣剧团都有谁谁谁、某某某为鄱阳籍，而不少优秀女演员，正是著名表演艺术家胡瑞华的弟子。高龄的胡老师至今仍热心传艺授业，或为民营剧团担当艺术指导，或为戏友戏迷讲课教学，有会员一二百人并成立演出队的饶河戏戏迷协会，便把胡老师到访当作协会大事，张挂上墙以为荣耀。说到胡老师，故事就多了，她是赣剧观众的偶像，鄱阳人的偶像。

我记住了一件小事。两年前，在胡老师的故里古县渡镇，县文联组织的志愿服务演出，八十多岁的胡老师登台演出前，先跟父老乡亲亲切打招呼，她说："我水花子来看望你们大家啦。"

讲述者用方言把这句话复述了两遍，她竟然声音发颤、眼睛顾自红了。我心里一热。鄱阳的千百座戏台，何尝不是在期待着更多的水花子芙蓉出水呢？当然，一年到头翘立于村口的戏台，更是翘望着更多的掌声笑声，更多的人气心气……

庐陵文物照江天

　　"庐陵文物照江天，院寺钦崇自昔年。水占芳名分白鹭，诗题古壁效青莲。"——这是清代吉安知府林逢春在《云章阁》一诗中为白鹭洲书院写下的佳句。因为书院，赣江中游"水占芳名分白鹭"的梭形小岛，千百年来，生长绿意，更生长诗情。

　　寻觅那些古诗名句，譬如，施闰章的"不信风流限古今"、彭殿元的"遥指中洲桃李繁"、李振裕的"吉州盛与邹鲁比"、罗京的"江右名贤地"、徐盛持的"讲院宏开白鹭洲"、张暖的"只今风月共谁看"、章绂的"从兹桃李盛江头"等等，我尤喜择此句为题。我乐见它非常生动地把一叶江洲和广袤富庶的吉泰盆地联系起来了，把一座书院和光耀千古的庐陵文化联系起来了。

　　我曾多次造访白鹭洲书院，或者，从书院出发前往星罗棋布的庐陵古村落，或者，披一身节日民俗现场的烟火气息，以踏上白鹭洲为考察行程作结。并不自觉的路线图，却是鲜明地勾勒出小小书院与芸芸众生的精神维系。是的，在我看来，这也许是白鹭洲书院最可夸耀之处：它所推崇的节义，润物无声地滋养了大地人心；它所追求的学风，如浩浩春风，化育了绵延古今的乡情民风。

　　南宋淳祐元年（1241），理学大儒江万里知吉州的第二年，他看中鹭飞振振、环境幽雅的白鹭洲，演绎了"浮屠让地"的故事，以禅门为邻，创建旨在敦教化、兴理学、明节义、育人才的白鹭洲书院。作为朱熹的再传弟子，书院自然以传习理学为主。然而，其时南宋王朝风雨飘摇，内忧外困，而朝野上下缺乏敢于担当的栋梁之材，江万里为此忧心忡忡："今世所少，惟节义。"因此，其办学初衷尤其注重培养学生立志、立德，寄希望于通过理学教育来造就忠义之士和经邦济世之才。

明节义的理念，在历代馆规院约的字里行间熠熠生辉。《罗太守馆例十三则》称："本府所属望诸生，不独以文章取科名而已，愿以行己有耻为士人第一义。"《王太守学规八则》道："立品为学人第一义……处则为一乡楷范，出则为一世羽仪。"《孔山长学说四则》云："志以气节为重，气以志帅。"如此等等。亲自订立《馆例十二条》的汪太守，名汪可受，为明万历年间的吉安知府，他为官四十年，以坚守节操、严于自律闻名于世，为政重教兴学。重建书院于白鹭洲后，他经常前来会讲，"躬临程督，日课月试，激励诱迪，寒暑不辍，即父兄之劝诲子弟，殷殷然冀其必成"，庐陵士人赞曰："廉明而有至惠，治状直追古人。"这个"古人"，乃号"古心"的江万里也，"士啧啧颂公，以为古心先生再见于今日"。而通过清代施闰章的《白鹭洲书院讲义》，则可窥见这位江西布政司参议亲自讲学的要义，其文曰："学者首辨志，志必向道……富贵不可必也，为第一等官，何如为第一等人？"康熙年间的知府罗京感慨书院毁于战火："何白鹿洞常盛而白鹭洲可中坠乎？"于是，决定修复书院，并且，"自捐其费，一丝一粒不以取民，一事一役不以烦士，即僚属之助各随其力。遂幸告成"。他规定每月初二、十六为会课，其时必亲临书院讲课督学，在教导学生勤奋诵读经史子集的同时，要求他们"清介且端重""人品既端，文品自异"。令人感动的是，罢官之时，罗京仍以重建书院自慰，称"虽然官有罢时，而道无罢日"。

朝代更替，水患兵燹，迁而再移，屡毁屡建，命运多舛的白鹭洲书院，因为不断遇见重教的名宦、主教的名儒，它又是十分幸运的。他们不仅以馆规院约约束学生，不仅以传道讲学教化学生，更是"力行而躬体之，浩然之气所由充塞天地之间"。江万里创办书院后，身兼主讲人和管理者的"山长"暂无合适人选，他甘愿在政务之余亲自讲学，"载色载笑，从容于水竹间"，甚得生徒拥戴，以至于晚年的他感慨道："平生士气之乐，惟鹭洲一事。"当元军紧逼、饶州城破时，江万里毅然殉国死节，书院学子、南宋末年词人刘辰翁为此写道："先生又以身殉，宇宙与之终始。虽康之山、鄱之水，同光而共洁，而其道隐然增鹭洲之重……"是的，书院因此陡增感天动地的精神分量；学问贯通的山长欧阳守道，主讲书院十余年，其一生严慎自守，言行一致，两袖清风，每次行李装束唯有旧书两筐而已，被学者们尊称为"巽斋先生"，六十五岁死于贫病交困，是学生们捐款才使之得以殓葬。《宋史》本传称欧阳守道为"庐陵之醇儒"，文天祥称其"天子以为贤，缙绅以为善类，海内以为名儒，而学者以为师"；清代的刘绎，是江西的最后一位状元，鸦片战争爆发时，他不满朝廷的腐败软弱，辞官归里，成为白鹭洲书院任教时间最长的山长。他"以省察躬行为本，经明行修为要"，在办学的同时，承担了多部志书的编撰工作，包括任《江西通史》总纂，"平生进未尝有一日诡遇，退未尝有一日遐逸"。刘绎所撰的"鹭飞振振兮，不与波上下；地活泼泼也，无分水东西"联，镌刻于书院门前石柱上。鹭飞振振而不肯随波逐流，这是诸多大儒名家对庐陵学子的殷殷嘱托，又何尝不是他们自我人格的生动写照？正如罗京所言："余欲歌振鹭之诗，而为白鹭书院劝也。"

我注意到，祭祀先贤名儒，也是白鹭洲书院道德教育的重要措施，"上祀至圣，次及六君子"，除崇祀孔子和理学大师朱熹、周敦颐、程颐、程颢、张载和邵雍外，书院还将吉安本府以及曾在吉安为官的大儒、名儒、贤侯、忠烈、名臣、先生、义士揭之坊表，使学子举目皆师而见贤思齐，"每岁春秋次丁日，郡侯致奠或委教授行礼至祀"，这正是："圣贤临咫尺，讲幄近辉光。"要知道，所祭祀的人物尚有一套规范的申报程序呢。白鹭洲上先后建起六君子祠、四忠一节祠、江文忠公祠、三贤祠、王阳明祠、先贤祠等祠庙，以及理学、忠节、名臣三坊。少年文天祥面对揭之坊表的欧阳修、胡铨、杨邦义、周必大这庐陵"四忠"，曾慨然誓言："殁不俎豆其间，非夫也！"立志跻身其中。果不其然，文天祥后来用生命、用泣血的《正气歌》续写了节义二字，成为"五忠"之一。

作为白鹭洲书院学子的杰出代表，文天祥受业于欧阳守道，深得其道德文章的影响和熏陶，入书院一年后赴京城科考，竟独占鳌头，夺得状元，被理宗皇帝视为"天之祥，宋之瑞"，钦赐字号"宋瑞"，并亲笔题写"白鹭洲书院"匾额。文天祥高中状元的这一年，同榜吉州进士多达三十九人，白鹭洲书院名扬天下，真可谓"自白鹭兴而文教更阐，大节流芳。文信国成仁取义，一柱擎天，直与日月争光"。

时至今日，行走于庐陵古村落，我仍能强烈地感受到，凡存有文天祥手迹、履痕的村庄，无不以此为荣，他的名字在建筑中、在族谱里熠熠生辉，甚至，为充满炫耀、教化意味的建筑装饰思想，平添了一种风骨，哪怕文天祥所题的只是一块牌匾。有的村庄不仅在祠庙里祭祀这位"南宋状元宰相，西江忠臣烈子"，村人还常常相邀，一道前往坐落在吉安县的文天祥纪念馆去瞻仰呢。

凭着史志文献里的存录，可见白鹭洲书院有显著的官办特征，比如，由官府创办，拨给学田院产，山长列入官员体制，享有科举名额，且教学管理严格，等等。然而，它与府学、县学相比，教学方式灵活多样，兼具讲会式书院和文课式书院特点，立课程、勤讲论、勉自学，招收童生和生员，习字讲课识文，且藏书刻书。书院创办之始，一度成为理学会讲的圣地，出现了"庐陵士至二三万，挟策来游者，不于州学则于书院"的盛况。始于明嘉靖年间的白鹭洲书院心学讲会活动则持续百年之久，大规模的讲会有十次之多，应邀赴会的各派理学大儒纷至沓来。施闰章作诗《鹭洲讲会歌》抒怀，其题记曰："西江讲学之会，吉州最盛。中辍者四十年矣。余以癸卯十月复修旧事，布衣野老皆许以客礼相见，与会者近千人。"一时间，江南名儒齐聚方圆不足九里的吉安城，以化育人心为使命，奉知行合一为圭臬，点亮了士子修身齐家治国平天下的人生理想，也深刻影响了当地的政风和民风，如汪可受所言，学子个个"服膺明训，争自濯濯""吉州文风几于变雅"。

至于白鹭洲书院历史上究竟出了多少进士、姓甚名谁，因志书提及人物鲜有读书经历记载、参加科考无须注明学习经历、查证族谱等资料委实不易，难以给出确切答案。然而，白鹭洲书院的科考地位却在古人的字里行间——选生"集郡中九邑俊秀，受业其中"，"吉州之元魁科举，班班可考"，"自有书院以来，科甲踵接"，"鹭洲书院兴废，与古之人文相盛衰"，"自文忠创书院，而后制科飙举，名硕云蒸，几当宇内之半"……何况，有白鹭洲书院为示范，遍布城乡的书院如雨后春笋，摇曳于文风鼎盛的庐陵大地，于是乎，在这片土地上，士子科举成名，学者成林，作家成派，仕宦成群，著述成山，志士成仁，吉安因此被世人誉为"文章节义之邦"。

我以为，白鹭洲书院培育人才的成就，还雕塑为村庄门楼上的魁星，书写为宗祠照壁上那大大的"魁"字。进村便遇魁星，入祠又见"魁"字，庐陵古村落的崇尚竟表达得如此坦荡和迫切！为什么？村庄告诉我，传说文天祥高中状元，乃文曲星下凡也，大家都想托他的福，让子孙后代天天看到"魁"字，为之激励；而魁星则象征着进士及第、科甲联芳，本村本族文风昌盛。

文风昌盛，是族谱村史最为得意的神色，也是族规家训倍显庄重的表情。如今，哪怕行走在赣江两岸油菜花香弥漫的村巷里，一旦清风吹过，便有书香扑鼻。书香来自古村落着力营造的儒雅风流的文化氛围，来自沁润人心的崇文重教的深厚传统。为追求人文蔚起，不少村庄拿出了培养子弟的实际举措，比如置学田，办书院和义学，成立助学的会社等。青原匡家村有始建于明万历年间的万松书院，其"晋师破蒙礼仪"自明代一直传承到"文革"前，近年被发掘出来——入学儿童穿戴一新，胸前挂红纸缠裹的小弓箭，带一面小镜子、一蔸四季葱，寓意从此心明眼亮、四时聪慧、学习成绩像箭一样上进；到了书院，学童先行晋师礼，再参拜孔子，再三叩拜后，先生用毛笔蘸朱砂为其点额头，是为"开天眼"；接着，擂鼓三通以明志，开笔破蒙并先生释义，读书破蒙又先生释义，最后由先生引导学童去文丞相祠参拜状元公。

我在横坑钱氏宗祠里看见，祖龛两侧贴有用红纸写的几张喜报，题"登堂大吉"，内文为大学新生录取通知书内容。有志少年的名字，竟然和大功大德的先祖画像并列在一起，这该是怎样的荣耀，怎样的激赏！我一路问去，此俗在青原各村落大同小异。

对了，那次行程也是情不自禁踏上白鹭洲作结。在风月楼前、古吉台上，但见赣江波光里白鹭翩翩，它们一定是从村庄、从田野随我们伴飞至此。我不胜感慨，虽然书院已是胜迹，然而，其文化精神仍然活态存在于庐陵古村落，存在于大地人心……

代后记：以写作向田野致敬

——刘华访谈录

刘华 陈蔚文

陈蔚文：刘华老师，去年看到您新出的摄影画册《村庄》，感觉有些意外。听说整理、选择照片花了几年时间，您为什么不厌其烦做这样一件事呢？

刘华：像个摄影"发烧友"吧？确实，在文学圈里干了一辈子，到头来用一部摄影集为自己作结，有点奇怪。可这是我当时最想完成的一件事，念头来自福建的明清建筑园。园中最经典的一座清代祠堂，居然是从江西南城的废旧木材市场上淘去的。于是，我便想把近二十年积累、采自南方诸省六百余座古村落的照片挑选出来，堆砌在一部书里，像一大堆古旧材料，多少年以后，人们可以凭此通过想象去拼贴形态完整的村庄，从而认识传统村落的本来面貌。我自己就把它当作一个完好的村子，所以收入其中的两千张图片都不标注地名。

在此之前，我曾重访过一些古村落，试图用数码相机把早年傻瓜机拍的照片替换掉，可是，新拍的并不比老照片更好，失去了我曾经领略过的生气、灵气、秀气和烟火气。也就是说，这么多年来，古村落似乎并没有因为声势浩大的抢救和保护而变得更好。

陈蔚文：有些地方我去过，看到图片挺亲切的。《村庄》留存了珍贵的乡村记忆，也披露了您走向田野的身影。我想知道，您怎么忽然会对乡村发生兴趣呢？

刘华：是的，忽然。我长期从事文学编辑工作，编辑之余，写过诗歌、评论、小说，写小说花的力气最大，但编辑容易眼高手低，写着写着，把自己看穿了，半途而废了，留下许多没有结尾的小说稿。写得杂，也是没有方向、缺乏自信的表现。我写评论，其实是《创作评谭》逼出来的，主编留着版面逼我这个新人写稿，而且不吝篇幅，后来再写，则是为了扶持别的新人。为了把传统的谷雨诗会做大，做成谷雨诗歌节，我得带头写朗诵诗，比如《为江西干杯》等。最初写散文也是任务，为央视写电视散文，写的《井冈杜鹃红》《青花》在那几年里每逢相关节日必定播出，《青花》还被改写后进入全国小学课文。不过，大学期间我的《我拾到一双眼睛》是朦胧诗，发表的第一个短篇小说是意识流，当编辑以后写的评论，曾有老评论家开玩笑说，怎么你的评论也朦胧呀。这样的例子或许也可以证明我内心的不安分不满足。二十世纪八十年代前中期，文学期刊阳光灿烂的日子，作为青年编辑，我经常以组稿的名义往基层跑，乡镇、林场、瓷窑和钨矿、煤矿都去过，一去三五天，多则十天半月，经常是独自晃荡，没有目的，只是好奇。如今回首往事，感觉过去的自在行走对写作也挺重要，不仅积累了生活，还能吸纳天光地气。

真正走进乡村并为之怦然心动，是在本世纪初。非常偶然，我应朋友之邀顺路拐进了乐平下徐村，凭着老房子里一些不安的视觉印象，我主观臆测其祖上一定是解甲归田的将军，后来从史料中证实了我的猜想，下徐历史上果然出过一位文进士、武状元，他在康州防御使任上告老还乡。个人经历当然不足以影响村庄的审美情趣，但是，当这个人成为整个村庄、整个宗族的荣耀时，口碑相传之间，他的思想、性情、志趣极可能潜移默化地溶解在宗族的血脉之中，因此，村庄的土木砖石都是可以解读的，古村落的魅力恰恰在于此。"千古一村"流坑的村落文化十分厚重丰富，早先知名度就很高，然而游客寥寥，原因是，对于一般游人，它不过是密密匝匝的老房子而已，人们并不懂得怎样欣赏它。于是，我开始用自己的情感和方式去解读古村，试图引领读者去品味建筑，想象历史，启发读者欣赏民间古建筑的审美主动性。

类似下徐的发现不胜枚举，正是发现的喜悦，引导我长期行走在田野上。可以说，下徐之行，决定了我后来的写作方向。

陈蔚文：我想起当年在瑞金开散文笔会的时候，读到您的一组散文，好像里面提到这件事。

刘华：瑞金笔会是我写作的机缘。来讲课的百花文艺出版社甘以雯主编看到那组散文，除了《散文海外版》选用外，还约我以长篇文化散文的形式来写民间古建筑。百花社以出版散文和建筑文化类书籍为特色。甘主编的约稿成就了《灵魂的居所》，接着，意犹未尽，或者说是发现了新大陆，我连续完成多部专题性长篇文化散文，其中有四部书先是在百花社等两家出版社出，后被商务印书馆看中，整体包装后重新出版。我挺意外，用散文来写建筑写民俗，在当时挺吸引眼球，可能让人感觉新鲜吧。在出版社并没有推介的情况下，销售比想象的要好，有的书还在省级新华书店月排行榜上名列前茅。尽管这类写作是文学和民间文化研究两头不讨好，但读者接受，它就获得了意义。

陈蔚文：那几年听文友议论，您的写作好像"井喷"一样。您在《灵魂的居所》后记里说过，古村在迅速老去，它们老去的速度超出了我们的想象，所以得赶快记住它们，记住，是自己所能做的事情。记住，也是您写作的动力吧？

刘华：我的这类写作最初的动机确实是为了记住。不妨叫作田野写作吧。以田野作业的方式，采自田野，记录的是大地的事、田野的事，不过，这是农耕文明土壤正在迅速流失的田野。我的田野写作起始于本世纪初全国民间文化抢救工程蓬勃开展之际，是和大环境同步的，而我加入抢救行列有两个身份，既是写作者，也是组织者。江西的抢救工程精彩纷呈，影响最大的是中国江西国际傩文化艺术周活动，把藏在深闺的江西傩推介给了世界，除盛大的踩街表演外，民俗风情歌舞《赣傩的表情》用傩舞贯穿江西的民俗事象，也颇得好评，后来的民歌组歌《赣鄱谣》曾在国家大剧院演出，并被《歌曲》全部刊登。投入这类舞台艺术的策划和文本写作，其思想和艺术资源也都是来自田野，而且是散文创作的副产品。

我希望读者记住什么呢？记住古村落之所以令人神往，是因为其中存储着大量的历史文化信息，寄寓着丰富而微妙的情感和理想，沉积着民族民间的精神和观念，我们因此把它称作人类的精神家园；记住宗祠建筑往往集中反映了可以约束人心的民间信仰，可以教化人心的人文传统，可以激励人心的宗族情感，可以温暖人心的生活理想；记住古村落是珍藏中华美学精神的富矿，或者说，是中华文化精神造就了璀璨夺目的古村落，而村庄体现出来的中华美学精神，有道法自然、天人合一的审美价值观，有既入世又出世的人间情怀，有营造意象与追求意境的艺术表征，如此等等；记住民间俗神崇拜总是大张旗鼓地彰显民间的英雄情结，总是绘声绘色地述说乡土的人类情怀，总是润物无声地播撒传统的道德理想……总之，要记住我们民族浩大而久远的来龙之势。

陈蔚文：您对传统的村落文化进行了全面系统的挖掘和梳理，完成了一次对乡土中国文化具有规模意义的审美书写。可是，您个人的写作速度肯定赶不上村庄消亡的速度，作为文艺工作组织者，您完全可以组织写作团队来做这件事，您是否考虑过？

刘华：当年有好几个专家朋友曾向我提议过。如果说，只是为了给古村落给民俗事象建档的话，那就必须依靠团队的力量。事实上，当年冯骥才先生倡导开展中国传统村落立档调查工作，我省就在各地民协的支持下，把这项工作做在了全国前面。而我的写作，是我个人的事，是别人不能取代的事。别人提供的材料，只是我追寻的线索。我写的村庄，一定有我的足迹，我写的民俗，一定有我的体验。

当然，我的表达一定也要渗透自己的思考，并且采用自己的方式。如果找助手合作，那样的写作就会机械。所谓田野调查，其实也是一种阅读，而不是高声朗诵，所以只能是个人化的。其阅读对象是山水田园、土木砖石和灯烛香火，是众多生长在民俗大地上的活生生的人。田野写作的资源来自长期的积累，更来自锲而不舍的追踪。那些长篇文化散文好像是一股脑抛出来的，其实不然，有的花费了不少时间和精力，我得考察它研究它理解它，才可以用文学语言表达它。古村落就在那里，什么时候都可以去看，而且可以反复研读。民俗事象则不然，它们往往一年一度，有的甚至多少年一轮回，错过时间就得做漫长的等待。写《我们的假面》花了好几年时间，就是为了尽可能亲临各地现场。将近二十年，春节至元宵期间，我年年都在乡下赶场子。写得最辛苦的是《送船考》，它差不多是一点点挖出来的。2004年秋天，在赣南山乡观赏到一种表现划船的民间舞蹈，心里一直揣着疑问，几年后电视报道青原喊船，让我把二者联系起来了。喊船唱船送船，叫法不同，其实就是请神容易送神难的送神，送神为什么难？人们希望神灵在返回天界时把地上一切灾疫邪祟都押走。后来，在赣州吉安一带陆续冒出来不少送船的村庄，而我每年只能考察一处，沿着送神线索，我追到正在联合申报世界"非遗"的闽台送王船，已经与端午习俗捆绑成为世界"非遗"项目的西塞神舟会，等等，所以这本书写了十多年。我认为，送船是一个巨大的民间文化之筐，过去在我国南方普遍流行，到得如今，别处遗存不多或荡然无存，而在江西吉安赣州等地却时有发现，而且万安唱船因为保存有水陆画元宵图，其仪式堪称最古朴最丰富，极具研究价值。多年来，我把该县当作自己的民俗学研究和实践基地，在深入民俗研究的同时，积极参与实践，致力推动农民画创作的发展，帮助其建成了农民画家村和全国农民画精品馆，建成了中华传统民间游戏村。

　　江西民间文化缤纷绚丽，自然也是文学写作的宝贵资源。的确，个人力量极其有限，我还有一些有意义的选题可能无力完成了。好在这些年来，江西散文异军突起，其中不少青年作家钟情于地方文化，有的已收获颇丰。这也是对散文题材领域的开拓，它与省作协的引导有关，比如，省作协策划组织了《走向田野》等多套丛书的写作出版。从前我们鼓励作家立足脚下打一口深井，在这类成果越来越多的情势下，我反而想提醒文友，应有大视野、大格局，要始终坚持专业精神和专业立场，孜孜以求地去实现专业水准。

　　陈蔚文：您的民俗研究紧贴大地，有些观点精警动人，比如对江西古村落突出或独有的文化价值的概括。那么，哪些是独有的呢？判断的依据是什么？

　　刘华：江西古村落形态多样、蕴藏丰富，而且有不少是活态存在。概括其文化价值，是为在吉安召开全国古村落保护现场会做准备，那次活动把吉安星罗棋布的古村落介绍出去了，让全国来的专家感到震撼。村落形态丰富多样、中原文化活体遗存、宗族文化源远流长、崇文重教传统深厚、风水观念坚固恒久、俗神崇拜丰富驳杂、宋明理学烙痕深刻、革命遗迹珍藏颇丰，这八个特点是站得住脚的，其中崇文重教传统深厚、风水观念坚固恒久、宋明理学烙痕深刻，可以说是为江西所独有。依据嘛，有前辈专家的总结，更有我长期实地考察的经验，并经过广域环境的比较对照才得出的。

　　陈蔚文：您出过三部长篇小说，写蒸汽机时代的铁路，写红军时期的矿山，写当下的乡村，表现的生活跳跃性很大。这些作品里却有一些共通的东西，比如对民俗的迷恋，对精神价值的追索，尤其是您在每部小说的后记里，谈创作初衷，都离不开"记住"的意思。写铁路，您说"我愿意用文字为将要拆迁的铁路住宅区的住户们，建筑一座记忆之城"；写赣南，您说"历史的记忆和情感中，蕴藏着丰富的可以观照现实的精神价值，它比乌金更金贵"；还有，您干脆把新作《大地耳目》当作是用文字重构的锦江镇。所以，我觉得，您力图让人们记住的绝不是生活的表象。

刘华：我说过，年轻时在小说上花的力气最大。前两部长篇，都是从我以前未完成或不满意的作品发展而来，经过很长时间的发酵。铁路生活是我儿时的记忆，曾经有个长篇的初稿在抽屉里放了多年。当火车不断提速时，摧枯拉朽般的城市改造瞄准了依偎铁路的工人住宅区，我这才猛然发现，那是属于铁路特有的"文化场"，珍藏着艰辛岁月的温暖记忆、五湖四海的故乡情结，还有蒸汽机时代的精神和情感，这一发现令我激动地推翻原稿，重写了这部长篇。当时中国铁路文工团领导含泪表示要将其搬上话剧舞台，可它的机缘未到。写《红罪》则得益于我对赣南客家生活的熟悉，因为组诗《赣南母亲的群雕》，后来有些选家总是想当然地把我标注为江西赣州人。对于历史生活，必须怀有历史理性才能正确地理解它、准确地把握它。早先我对革命历史很有兴趣，听了太多的故事，钨矿故事就是八十年代听来的，我甚至为之冒险钻入硝烟刺鼻的矿井。这个故事这些人在心里憋了多年，直到它生成矿脉我才敢去开采。

像用图片重构村庄一样,《大地耳目》是用文字重构锦江镇。多年的田野作业,我接触了乡村的各种人物,尤其是能人、手艺人和民俗活动的组织者。非常遗憾,他们中能说会道的并不多,一旦口若悬河,反倒要警惕其身份和经历了。每每采访或开座谈会,我会很累,挤牙膏得来的东西多是零碎的,不过,也是有意味的,所以我乐此不疲。那些东西为想象提供了可靠的路径和足够的空间,于是,我采用口述史的形式,通过自己的想象去丰沛人物故事,去刻画呈现在民俗事象中的人物形象,书写他们的命运遭际和性格心理,从而反映当下乡村的精神现实。这个长篇看上去像中短篇集,可我用心着意这样布局,是为了强调它的内在结构,使之成为一部用地缘纽带、亲缘纽带尤其是地域色彩鲜明的文化血脉,来贯穿乡村日常生活、节日现场和众多心灵的长篇小说,独特的民俗氛围把众多人物故事汇拢在锦江镇上,就像许多村庄聚集在襟江带湖的现实大地上一样,鸡犬之声相闻,命运情感相通,古韵新声相融。这个锦江镇好像在鄱阳湖边,似乎在庐陵大地,又仿佛在赣南山乡,我把江西民俗乃至有意味的方言融注在这里,要知道,语言也是我们的精神家园。锦江镇上的人物形象,大多实实在在地生活着,是我曾经面对的讲述人,只不过我让那些名字有了性格,让那些吞吞吐吐或欲言又止有了过程及结尾,让他们的喜怒哀乐有了感染或启示读者的力量。这是虚构给予写作者的赏赐,是小说赋予写作者的自由。

我一直关注乡土小说,很长一段时间来,乡土小说是不能令人满意的。我们能读到的乡村,往往是记忆中的乡村,道听途说的乡村，想象中的乡村，人云亦云的乡村。我希望这个锦江镇能给人新的认识——它空心着，也喧嚣着；它斑斓着，也寂寞着；它富有着，也困窘着；它虔敬着，也茫然着；它兴奋着，也莫名地感伤着……

我在后记里有一句话，特别希望读者能够理解："民俗并非点缀乡土的花朵。民俗是老百姓的生活方式、思维方式和精神生活的淳朴形式。"其实，把"淳朴形式"改作"最高形式"，或许更为贴切。

陈蔚文：刚才您提及还有一些未完成的选题，凭您近年的势头，我期待着。

刘华：从年轻时我就神往赣南，积累赣南，何况人家都把我当作赣南人了，确实想为赣南做一次酣畅淋漓的表达。其实我有积存的半成品，只是如今拿出来，肯定得重起炉灶另开张。再看吧。

微信公众号留言选

关于《八一大道147号》——

颂今音乐：

在离江西省文联千里之外的岭南羊城，意外读到《八一大道147号》怀旧文字，如同又回到了熟悉的省大院。感动、感慨，交织心头！记忆中的刘华，青春、谦和、有才，还是二十多岁的模样，当年他一首写动乱岁月的诗，让我心动不已。文中的许多人、许多事、许多场景，仿佛就在眼前。从1976年春天调进省文化工作室音乐组，到1987年春天南下广州，省文联留下了我11年的难忘记忆。记得载满我全部家当的搬家卡车驶出文联大门那一刻，用"泪如泉涌"四个字来形容我当时的伤感与不舍，实在一点儿也不夸张！感谢刘华，让我又回了一趟南昌的故园，又想起了我在《星火》隔壁的《心声歌刊》编辑部……

夜叶：

一个门牌号码，一本杂志，盛放的是一个个可以无限拓展的故事，关于人的情感、记忆、来时路、归去途……这些故事因文字而起，细碎散落在岁月的角落和缝隙，有心有情之人用同样细碎的文字捡拾、弥合、修复，拼接串联起来的，是绵延不绝的历史和时代。

微微尘：

一口气读完，竟然有鼻酸的冲动。我想，刘华先生落笔的同时也想落泪吧。关于糖果、香烟、雪松和梅树，以及那些细碎的逝去的金子般的岁月，都装在和《星火》有关的回忆匣子里。似乎直到今天，他翻开任意一个年份的任意一卷，那些梦一样的片段还会重演，从八一大道的147号生长出的故事，枝蔓鲜活，暗香萦回。从147，到141，再到371，世事更迭。刘华先生既写《星火》的历史，也写他自己的人生。他的履历，是最好的代言。先生的笔下，编辑部的故事几度春秋。70年大浪淘沙，一群书生的坚守犹显悲壮。经济大潮的汹涌之下，"量"与"质"的角力，转型期的阵痛，难为了一群书生。说起来，我以前做语文教师的时候最讨厌批改作文，觉得那简直是最残酷的刑罚。想想做编辑其实不就是成人社会的语文教师吗？从对象来讲，更宽泛；从业务来讲，更多元；从得到来讲，更可怜吧。毕竟稿费只会给作者本人。书生热血，并无几多缚鸡之力，却总让人想起这世间的侠之大者。作为编辑，明明本身能写，能挣稿费，却把更多的心力放在了发现作者培养作者上。在属于文学的黄金时代已经过去了的今天，依然坚持用心脏深情地活着。都说百无一用是书生，其实才不是。书生热血是这世上最坚定的东西，像某部电影的主题，一个人，只有足够坚定，才能在时代的洪流里，听从内心，无问西东。最后，我想说，星与火，都是极美的自然物象，又有极美的人文意象。希望这一本以"星火"为名的刊物，永远葆有如初之光，传承历史，创造未来。

猎头冰柔轩：

感觉自己正在看一篇《星火》纪录片，从八一大道编辑部的故事开始，日常琐碎事务到杂志收稿、审稿、校稿、退稿等一系列流程。给作者写退稿信的传承延续至今实属不易。作为一名作者能收到编辑的回信已经是一件很奢侈的事，大部分自由投稿常常是石沉大海无消息，收到"已阅或请投稿他处"或许已经很欣慰，如果收到几百或上千字退稿信，看信的人该是怎样一种感动。我想这对基层写作者应该是一种莫大的鼓舞和一次写作提升机会吧。我有认真地看过《星火》给小说作者的59封回信，给散文来稿者的63封回信，那真是一堂又一堂生动的写作课，编辑老师的认真和负责任的品评让我莫名地感动。《星火》风风雨雨已走过70年，它是一代代编辑的心血，换来返老还童不老的灵丹妙药。我仿佛看着《星火》爱好者，在星光和萤火虫的天空下，围着篝火一人一段朗读着《星火》的过去和未来……

河北毕俊厚:

老主编眼中的七十年《星火》，讲述了许多作者所不知的编辑部故事，令人感动。

Lai 韵如:

刘华主席写省文联，写《星火》，满满的情怀。深深地爱那份事业和那个地方，才会有这样细致的场景再现："八一大道于1989年和1996年两度变换门牌，147号而141号再371号。147号所经历的新时期初始，是文学的黄金期，是期刊不算太短的蜜月期。竟也奇怪，号码一变再变，期刊愈见困窘。也不知是数字犯忌呢，还是改换门牌的行为冲撞了哪路尊神，就像经济大潮兴起后一些人认为大门里的雪松不吉利一样。'门'字里有个'木'那是'闲'，'口'字里呢？于是，雪松几度挨批评遭算计。最终，它得以幸存，要感谢147号的老人，此院多长寿者，似得雪松神佑。雪松乃文联的风水树。另有两棵招人疼爱的梅树，它俩离去时，大家感伤了好一阵子。写到这里，我鼻尖依稀暗香萦回，幽幽的。"

静水流深:

七十年的《星火》却不老。一代代编辑的心血，原来是它返老还童的灵丹妙药。正是刘华主席到如今的范先生一代代赋能《星火》，才让它永葆年轻，有生命的韧劲！

石买生:

刘华老师对《星火》的回忆真切感人。人、事、时代印记,尽诉笔端,充满温情。其实,《星火》不光有浓郁的充满地方色彩的红色基因,更有圣洁的、纯粹的文学基因。因为《星火》有一群薪火相传的好老师,南昌八一大道147号很长一段时间成为文学一方圣土。作为一名老作者,我对《星火》充满感激,因为《星火》拥有了诗意般的生活,《星火》的老师,是我生命中的贵人!

老安:

刘华的为文为人都是我所崇敬的,特别是他乃一正统书生,没有官架官风,却是作家们的好当家人、好领导!他的诗,他的散文是被文坛低估了的。其文学价值当有后人正确评定!期望刘大作家保重身体,百岁百年!

Lai 韵如:

刘华主席好朴实,据说去各地都用脚步丈量土地,也关注年轻人,挖掘新人。先生写了很多关于赣南的文章。有一次出席赣南的活动,下雨了,大家戴上雨具,有的纷纷离场,刘主席坐前一排,裹着一次性雨衣,全神贯注看民间文艺……顿觉很亲切啊!

关于《景德镇》——

骥亮：

瓷的都，美的"镇"！《景德镇》这篇文章勾起很多感慨和记忆碎片。父亲是八十年代最早一批窑老板，家乡那座馒头窑一直住在我的心中。窑边上的木棚屋，是我放学后的栖息地，父母在那里忙碌，那里有我踩过泥巴的小脚印，有码得整整齐齐的即将要送入窑的砖的粗坯……我大学专业和陶瓷有关，实习单位也是在萍乡陶瓷厂，出门找工作的第一座城市也是佛山。从我一出生，就和窑有种宿命般的关联，可惜一直若即若离，没能真正走进窑的心里，没有真正停下过脚步去和一块砖、一片瓦、一件瓷进行一次深入对话。

江锦灵：

瓷都的光泽，不仅来自闻名遐迩的瓷器，也有着手艺人和寻常百姓的闪烁。刘老师拨开岁月的尘埃，结合自身的经历与感悟，重点给读者捡拾了那些细碎又不可忽视的光泽，另有一番温度与质感。

茉莉仙子：

瓷的都城，是艺术的都城，大师的都城，贩卖和复制大师的都城，抬举和恭维大师的都城。如此光怪陆离的地方，当然也应该是文学的都城。想去景德镇。

夜叶：

　　作者说，在青花中寻找自己，在自己中寻找青花。时间有光，是为时光。把人的历史和故事揉进泥坯，经窑火和时间的历练烧制，瓷器上便有了人的纹路和时间的光泽。好的文字就是在器物上打磨出时间的光泽，好的声音可以唤醒时光的温度。

清平乐：

　　瓷都在作家的笔下总是那么美丽而富有魅力！点赞！

关于《乐平》——

天岩：

　　真正被刘华主席的才华和功力折服。我相信认真拜读原文的文友们，一定会有真正的收获。我真正感受到他过人的记忆、见识，敏锐的观察力、洞察力。那些记忆里的人事，三五笔细节，立即传神地刻画出神情风貌，且暗含人间百态、处世哲学。虽没有真正在乐平待过，读了刘华主席的《乐平》，可能比在乐平生活多年的人更懂得乐平。如果我有机会去，首先要看乐平的戏台，读戏台的对联；再去下徐村，细看那里的勾栏瓦肆；看曾经有那么多文学爱好者的机械厂的旧址……我们学校有一位家在乐平的老师，我和他处得像兄弟一样，他和我讲得最多的是乐平曾几次出过高考省状元。读此文，没有一星半点掉书袋的味道，但又大长见识。因为每一处的叙写，都是作者亲闻亲历，带着作者的体温与情怀。作者发出的感慨是自然的、由衷的、发自肺腑的，因此也一直深深地浸染着我。可以感受得出，对乐平有着深度交往的作者在文末得出的启示，对许多其他地方的文化传承思路都有深刻的启发——真正能够保护和传承地方文化的，还是那处家园的主人，那方水土滋养的能人，而不是到此观光的游人、貌似专家的闲人。所言极是。

云之尚：

没去过乐平，刘华老师的《乐平》里的狗肉香味却扑鼻而来，那白晃晃的萝卜散发着热气，就热沾着辣蒜吃的感觉，乐平的最初印象算是留在舌尖上了。铁路、锅炉、工程指挥部，向编辑部投稿的作者，维尼纶厂、机械厂，神秘而新鲜，让人感受到那个年代下乐平的人文气息。那一刻，时代洪流下的印痕里，岁月的余温依然触手可及，时光的年轮并没走远。深山里与同学的偶遇折射出生活偶然中的必然。让我想起时常怀想的小学时两个来自262地质大队的同学，几十年了杳无音信。我想，如果也有那么一天与她们偶遇该会有怎样的惊喜。那些深藏山村的破败不堪的古建筑，带有灵性的雕刻，"面对村后山林里的影影绰绰……它们眼睛尤其夸张，怒目鼓突"。极具艺术内涵的解读里是对现实与文化底蕴的考量。"我"不是跳出现实的俯视，是与之相融的体验，是人文情怀的真情流露。

"几位老总，原先都是修戏台建戏台的木匠"，时代在日新月异，一切的变化在意料之中，又在意料之外。

秦时雪：

特别喜欢这样的叙事方式和语言，乐平的人文饮食以及对乐平的态度不知不觉间体现出来，让读者真正了解了乐平，又不至于盲目地喜欢乐平。

金古：

腹有昆仑，笔走游龙！好文字就应该如此，有血有肉且飘逸灵动，一文道尽乐平多元文化！

汪雪英：

这是一篇功力深厚的散文，越是好文，标题越是简单明了。就两个字，写尽了乐平的精神风貌，乐平狗肉，乐平古戏台，乐平的文学，以及与文学有关的企业和文学的联姻。对于乐平，我的认识很有限，只认得两个乐平人，但从刘华老师的文章里，我认识了一个全新的乐平。

帅美华：

一篇文章闲闲写来，却蕴真意朴，道出一个人对一座城的所有碰撞和过往。

......